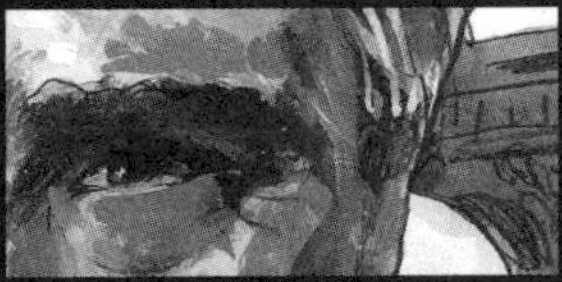

독립기념일 2

INDEPENDENCE DAY
by Richard Ford

이 도서의 국립중앙도서관 출판예정도서목록(CIP)은
서지정보유통지원시스템 홈페이지(http://seoji.nl.go.kr)와
국가자료공동목록시스템(http://www.nl.go.kr/kolisnet)에서 이용하실 수 있습니다.
(CIP제어번호: CIP2018032134)

세계문학전집
170

Richard Ford : Independence Day

독립기념일 2

리처드 포드 장편소설

박영원 옮김

문학동네

일러두기

1. 번역 대본으로는 Richard Ford의 *Independence Day* (Vintage Books, 1996)를 사용했다.
2. 주석은 모두 옮긴이주다.
3. 본문 중 고딕체는 원서에서 이탤릭체로 강조한 부분이고, 볼드체는 원서에서 대문자로 강조한 부분이다.
4. 장편소설과 기타 단행본은 『 』, 시와 희곡 등의 작품명은 「 」, 연속간행물, 방송 프로그램명, 곡명 등은 〈 〉로 구분했다.

차례

8

우리가 막 출발하려 할 때 클래리사 배스컴이 폴의 손에 비밀스럽게 조그마한 무언가를 쥐여줬다. 하지만 농구 명예의 전당으로 가려고 하트퍼드와 스프링필드로 달리는 내내 폴은 클래리사가 준 그 물건을 까맣게 잊은 듯 손에 꼭 쥐고 있기만 했다. 운전하는 동안 나는 폴과 나 사이에 감도는 어색한 기운을 없애기 위해 일부러 흥을 내어 이런저런 얘기를 했다. 이것이 아들과 아버지로서의 마지막 여행이자 가장 중요한 여행이라는 생각이 들어 순조로운 출발을 하기 위해서였다(아닐 수도 있지만).

붐비는 코네티컷 9번 국도를 벗어나 더 붐비는 91번 교차로로 들어서서 거무죽죽한 하이알라이* 경기장과 원주민들이 운영하는 카지노를 지나친 후에야 나는 나의 첫번째 '흥미로운 주제'를 화제로 올린다. 오늘 1988년 7월 2일, 하트퍼드에서 남쪽으로 16킬로미터 떨어진 바로 이곳에 이르기까지 얼마나 험난한 여정을 거쳤는가 하는 내용이다. 이게 다 1776년 7월 2일 덕분이다. 당시 해안에 접한 모든 식민지들은 각각 분열된 상태에서 서로를 불신하며 자신들이 가진 재산의 가치를 지키고, 이웃 식민지가 어느 종교를 믿느냐를 두고 격렬히 싸웠다(지금처럼 말이다). 하지만 그들은 보다 행복하고 안전한 미래를 원했기에 이를 성취할 방법을 찾으려 노력했다. (이런 주제가 바보 같다고 여겨질지 모르지만, '과거와 현재의 화해: 분열에서 통일과 독립으로'라는 주제의 측면에서 보자면 그렇지 않다. 이는 분열된 과거를 혼란스러운 현재와 통합시키는 데 어려움을 겪고 있는 폴의 처지와 관련이 있다. 따라서 과거와 현재를 납득할 만한 방법으로 연결시켜, 소외감을 느끼고 자꾸 빗나가며 흥분 상태에 빠져 있는 폴이 자유와 독립심을 느낄 수 있도록 해줘야 한다. 역사가 주는 교훈이란 섬세하고 미묘하여 우리가 선택적으로 기억하거나 망각할 수 있게 도와준다. 모든 것을 강제로 기억하게만 만드는 정신과의사의 치료보다 훨씬 효과적인 것이다.)

"존 애덤스는 말했지." 내가 말한다. "모든 식민지가 독립에 찬성하게 만드는 것은 시계 열세 개를 동시에 울리게 하려는 것과 마찬가지라고."

"존 애덤스가 누군데요?" 폴이 지루하다는 표정으로 묻는다. 폴은 이제 막 털이 자라기 시작한 희멀건 다리를 남자답지 않게 한쪽으로

---

* 스페인과 중남미에서 즐기는 실내 구기 스포츠. 스쿼시와 비슷하다.

곱게 포개고 앉아 있다. 리복 운동화의 형광색 끈이 변속레버에 닿을 듯해 은근히 신경이 쓰인다.

"존 애덤스는 초대 부통령이었단다." 내가 말한다. "독립은 어리석은 일이라고 말했던 첫번째 인물이지. 공개적으로 말했던 사람으로는 말이야. 그때가 1797년이었어. 참, 독립선언서는 복사해 왔니?"

"아아아." 했다는 건지 안 했다는 건지 모호한 대답이다.

그러고 나서 폴은 스쳐지나가는 코네티컷강의 풍경을 감상하듯 차분히 창밖을 바라본다. 한 여자가 모터보트로 수상스키를 타고 물보라를 일으키며 반짝반짝 빛나는 강물을 가로지르고 있다. 밝은 노란색 구명조끼를 입은 그 여자가 몸을 지탱한 밧줄 반대쪽으로 뒤꿈치를 기울이자 그녀가 지나간 거친 흔적 위로 반투명한 물거품이 높다랗게 솟구친다.

"아빠는 왜 이렇게 운전을 개떡같이 느리게 해요?" 폴이 우스꽝스러운 목소리로 묻는다. 이어 폴은 할머니 목소리를 흉내내며 이렇게 말한다. "모두들 나를 추월하고 있지만 나도 다른 사람들이랑 비슷하게 도착할 거란다."

물론 나는 내가 원하는 속도로 운전하지, 더 빨리 달릴 생각은 없다. 하지만 그제야 나는 딥리버를 떠난 후 처음으로 아들의 얼굴을 자세히 쳐다본다. 메르세데스 운전대에 다치지 않은 쪽의 귓구멍을 보니 잿빛 털이 곱슬곱슬 삐져나와 있다. 며칠간 목욕을 안 했거나 곰팡내나는 이불이라도 뒤집어쓰고 잔 것처럼 고약한 냄새도 난다. 양치질도 한동안 거른 게 틀림없다. 폴은 자연 상태로 되돌아가고 싶어 그러는지도 모른다. "원래의 입안자들은," 나는 입을 떼는 순간 헌법을 쓴 사람들과 독립선언서에 서명한 사람들을 헷갈렸다는 사실을 깨닫는다(내가 자주 저지르는 실수지만 폴은 알 리가 없다). "새로운 실수를 저지를 자유를 원했단다. 분열해 있던 식민지들은 똑같은 실수를 계속 저지르면서 앞으로 나아가지 못하고 있었거든. 그게 바로 각 식민지들이 그동안 유지해온 통제력을 기꺼이 희생하고 한데 뭉쳐 독립하려 한 이유였어. 식민지들은 보다 나은 것을 원했지. 예를 들면 외부 세계와의 더 나은 무역 같은 거 말이다."

폴이 나를 한심하다는 표정으로 바라본다. 내가 우스꽝스러울 정도로 지루한 프로그램만 내보내는 라디오 방송국이라도 되는 것처럼.

"입안자들이요? 농부 말이에요?"*

"그들 중 일부가 한때 농부이긴 했지." 내가 말한다. 이제 와서 얘기를 그만두는 것은 아무 도움도 되지 않는다. 나는 아직 폴과 교감을 나누지 못했다. "하지만 같은 실수를 계속 저지르고 싶어하는 사람들을 우리는 보수주의자라고 부르지. 보수주의자들은 모두 독립에 반대했어. 그중에는 벤저민 프랭클린의 아들도 있었는데 결국 코네티컷주로 추방되고 말았지. 너처럼 말이야."

"그러니까 보수주의자가 농부라는 뜻이에요?" 폴은 궁금한 척 물었지만 조롱하는 게 분명하다.

"응, 많은 보수주의자가 농부이긴 하지." 내가 대답한다. "그러면 안 되는 건데도. 그런데 클래리사가 너한테 뭘 주지 않았니?" 나는 폴의 굳게 쥔 왼 주먹을 쳐다본다. 우리는 이제 하트퍼드의 병목 지점까지

---

* '입안자(framer)'와 '농부(farmer)'의 철자가 유사한 것을 이용한 말장난.

왔다. 강에 접한 오른쪽 도로는 공사가(새로운 램프를 설치하고 차선을 그린다) 한창이라, 화살표 모양 지시등이 번쩍거리고 있다. 코네티컷주의 흙을 가득 실은 거대한 노란색 중장비가 보이고, 안전모와 흰 셔츠 차림으로 더운 바람을 맞으며 두꺼운 공사계획도를 들여다보는 백인 남자들도 보인다.

폴이 이제야 알았다는 듯 자기 주먹을 바라보다가 천천히 손가락을 펴자 작은 노란색 나비 리본이 나타난다. 클래리사가 내게 준 붉은 리본과 색깔만 다를 뿐 똑같은 모양이다. "클래리사가 아빠한테도 줬죠?" 폴이 묻는다. "같은 리본인데 붉은색으로요. 클래리사 말로는 아빠가 리본이 되고 싶다고 했다면서요? 철자는 다르지만요." 클래리사가 나 몰래 폴에게 거짓말을 했다니 놀랍고 당황스럽다. 폴은 노란색 리본의 느슨한 양쪽 끝을 익숙한 동작으로 이리저리 잡아당겨 정교하고 근사한 고리로 만들고는 매듭을 짓는다. 그러더니 리본을 입안에 집어넣고 그냥 삼켜버리는 게 아닌가. "어," 폴이 간사한 미소를 짓는다. "리본이 없어져서 속이 시원하네."* (폴은 처음부터 계획적으로 장난을 친 것이다. 여동생의 말을 바꾼 것까지도 전부. 말장난을 위해서 말이다.)

"내 리본은 나중에 먹게 남겨두려고."

"괜찮아요, 클래리사가 나중에 먹으라고 하나 더 줬거든요." 폴이 나를 흘겨보며 말한다. 폴은 계속 나를 자극하려 한다. 보나마나 내내 이럴 것이다.

---

* '없어져서 속이 시원하다'를 뜻하는 관용 표현 'Good riddance'에 리본을 연상시키는 ribbance를 넣어 말장난을 한 것.

"그건 그렇고 새아빠랑은 무슨 문제가 있었던 거지?" 이제 우리는 하트퍼드 시내로 들어선다. 금빛 돔 지붕을 자랑하는 의사당 건물이 이곳에 있지만 높직이 솟은 커다란 보험회사 빌딩에 가려 잘 보이지 않는다. "두 사람 다 좀 잘 지낼 수 없는 거니?"

"전 그럴 수 있어요. 그 자식이 병신이죠." 폴이 차창 밖을 내다보며 대꾸한다. 창 너머로 할리 데이비슨을 타고 페즈 모자*를 쓴 슈라이너들**이 나타난다. 뚱뚱한 거구에 볼살도 두툼한 그자들은 황금색과 녹색 실크로 만든 하렘의 수호자 의상에 고글과 장갑을 끼고 오토바이용 부츠를 신고 있다. 엘렉트라 글라이드를 탄 놈들은 정말 하렘의 수호자라도 되는 것처럼 포즈를 취하면서 그에 걸맞게 안전한 지그재그 대형을 만들어 달린다. 닫힌 차창 너머로도 오토바이 굉음이 요란하게 들려온다.

"그 자식? 그래서 노걸이로 때리는 게 좋은 해결책이라고 생각했니?" 찰리의 안부를 걱정하는 듯한 말은 하고 싶지 않지만 지금은 어쩔 수 없다.

슈라이너들의 리더로 보이는 사람이 폴을 쳐다보며 씩 웃더니 장갑 낀 손으로 엄지를 들어 보인다. 리더를 포함해 모두 덩치만 큰 순둥이들처럼 즐거워하고 있다. 아마도 행복하고 감사해하는 표정의 쇼핑센터 군중에게 팔자 대형과 빈틈없는 대형을 선보이려고 출동하는 길일 것이다. 그 행사가 끝나면 서둘러 중심가 어딘가로 나가 또다른 퍼레이드를 펼쳐 보이겠지.

---

* 오스만제국 시대에 전파된, 술이 달린 원통형 모자.

** 프리메이슨 산하 단체 슈라이너스 인터내셔널의 회원들. 빨간 페즈 모자를 쓴다.

"그저 해결책 중 하나일 뿐이죠." 폴이 차창에 이마를 기댄 채 대답한다. 그러더니 하렘의 수호자들을 향해 비꼬는 듯 씩 웃어주고는 역시 엄지손가락을 치켜든다. "난 저런 형들이 좋아요. 찰리도 그러면 좋을 텐데. 저런 사람들을 뭐라고 부르죠?"

"슈라이너라고 부르지." 바로 옆을 지나가는 그자들에게 나 역시 엄지손가락을 들어올려준다.

"무슨 일을 하는데요?"

"글쎄, 간단히 설명하기가 어렵네." 내가 차선에서 벗어나지 않으려고 애쓰며 말한다.

"저 옷이 마음에 들어요." 폴이 갑자기 목소리를 낮추더니 성마른 테리어가 짖는 소리를 낸다. '세 얼간이'라는 말을 짧게 끊어 말하는 것처럼 들린다. 내가 듣지 않기를 바라지만 그럼에도 멈출 수 없다는 듯, 몸짓까지 곁들여 몇 번을 그렇게 짖어댄다. 오토바이 탄 놈들 중 하나가 내 차를 따라와 역시 개 짖는 포즈를 폴에게 취해주더니 또 엄지손가락을 들어올린다.

"또 개 짖는 소리를 낸 거니?" 나는 폴을 슬쩍 쳐다보며 오른쪽으로 차를 약간 붙인다. 여기서 사고라도 난다면 그야말로 재앙이다.

"그런가봐요."

"왜? 미스터 토비 때문에? 아니면 다른 이유 때문이니?"

"이렇게 할 필요가 있어요." 폴은 사람들이 '원한다'라고 말하는 대신 '필요가 있다'고 말하는 것 같다며 그게 참 재미있다고 예전에 몇 번 말한 적이 있다. 오토바이 무리들은 이제 서행 차선으로 옮겨간다. 내가 차를 옆으로 붙여서 약간 긴장했나보다. "그러고 나면 기분이 좋아져요. 꼭 그럴 필요는 없지만."

'안녕하세요'라고 평범하게 인사하거나 엄지손가락을 들어 보이는 대신에 가끔 개처럼 짖고 나면 기분이 좋아진다니, 솔직히 폴에게 뭐라고 할 말을 못 찾겠다. 그러니 흥분할 이유가 어디 있겠는가? 대학 시험을 치르는 데 문제가 될 수는 있다. 또 평생 말은 전혀 하지 않고 개 짖는 소리만 낸다면 그것도 문제가 될지 모른다. 하지만 난 그렇게 심각하게 받아들이지 않는다. 틀림없이, 다른 모든 것들처럼 이 또한 지나가리라. 나도 그렇게 한번 해보는 게 좋을 수도 있다. 그럼 내 기분도 나아질지 모르니까.

"농구 명예의 전당으로 가는 거예요, 마는 거예요?" 마치 지금까지 그걸로 논쟁을 해왔다는 듯 폴이 묻는다. 아들이 지금 무슨 생각을 하고 있는지 나는 도저히 알 수가 없다. 미스터 토비를 생각하고 있으면서도 그런 생각에서 벗어나고 싶어 이러는 걸까.

"물론이지." 내가 말한다. "금방 도착할 거야. 왜? 기대되니?"

"네." 폴이 말했다. "도착하면 바로 오줌을 눠야 하거든요." 이후 폴은 한참 동안 아무 말도 하지 않는다.

우리는 삼십 분 동안 서둘러 달려 91번 도로에서 스프링필드로 접어들었다. 갈색과 흰색으로 꾸민 **농구 명예의 전당** 팻말을 따라 마을을 구불구불 돌아보지만 팻말은 어느샌가 사라져버리고 우리는 시내 북쪽 끝까지 갔다가 빽빽한 벽돌주택 단지에 차를 세운다. 옆으로 우리가 방금 빠져나온 고속도로 진입로가 보이는 가운데 바람 부는 넓은 거리에는 쓰레기만 나뒹굴고 있다. 아무래도 길을 잃어버린 것 같다.

덩그러니 서 있는 버거킹 바깥에는 젊은 흑인 남자들이 서성거리고, 주차장 너머 광고판에서는 듀카키스 주지사가 가식적인 미소를 짓고 있다. 인종과 종교적 배경이 다양한 아이들이 듀카키스를 둘러싸고 있는 모습인데 광고 속 아이들은 행복하고 건강해 보이면서도 가난에 찌든 것처럼 보인다. 거리는 며칠 동안 쓰레기를 전혀 안 치웠는지 지저분하고, 버려졌거나 아니면 도난당한 것처럼 보이는 자동차들도 눈에 많이 띈다. 가까운 인근 30킬로미터 이내에 그 어떤 명예의 전당이 있다 해도 총격 위험을 감수하면서까지 구경하고 싶은 생각은 전혀 없다. 별안간 오늘 일정을 접고 매사추세츠주 고속도로로 진입해 (여기서 270킬로미터 떨어져 있는) 쿠퍼스타운으로 달려가고 싶어진다. 2인용 침실을 예약해놓은 디어슬레이어모텔로 저녁식사 시간까지 맞춰 가서 쉬고 싶은 마음이 간절하다.

하지만 길 한번 잃었다고 일정을 취소하면 패배를 선언하는 것으로 해석될 수 있다(여행을 통해 교훈을 가르치려 한 의도와도 거리가 멀어진다). 여기까지 온 마당에 일정을 취소하는 것은 너무 충동적이다. 더구나 최악의 상황이었던 어제 새벽 세시, 내 성격에 대해 곰곰이 생각해본 바로는, 충동적인 기분에 휩쓸리는 것은 나와 어울리지 않는다. 아버지의 입장이라면 더더욱 그렇다.

내 의지를 계속 미심쩍어하는 폴은 아무 말도 하지 않고 차창으로 듀카키스 주지사의 얼굴만 뚫어져라 쳐다본다. 마치 오직 그 주지사만이 이 세상에서 유일하게 정상적인 사람이라는 듯이.

바로 시내 쪽으로 차를 돌려서 BP 주유소의 편의점 앞에 멈춰 선다. 막 주유소를 떠나려던 흑인 고객에게 창문을 열고 길을 물어보니 남쪽 방향 고속도로를 타라는 말이 돌아온다. 오 분 만에 붐비는 고속도로로 다시 진입한 우리는 이번에는 길을 제대로 찾는다. 어느 곡선 구간을 지나다가 농구 명예의 전당 쪽 출구 표지판을 발견하고는 재빨리 그 길로 빠저나와 명예의 전당 주차장으로 들어선다. 이미 주차된 차들이 많다. 깔끔히 정돈된 주변 잔디밭에는 어린 묘목들이 자라고 있고, 나무의자에 앉아 쉬는 소풍객들과 열정적인 농구팬들도 보인다. 그 옆으로는 코네티컷강이 햇빛에 반짝이며 흐르고 있다.

시동을 끄긴 했지만 나와 폴은 가만히 자리에 앉아 나무들 사이로 보이는 저 먼 강가의 어느 낡은 공장을 물끄러미 쳐다보고만 있다. 마치 이렇게 적힌 대형 간판이라도 느닷없이 나타나주길 기대하는 것처럼. '아냐! 여기는 아냐! 여기는 다 끝났어! 넌 잘못 왔다고! 넌 우릴 놓쳤어! 넌 또 잘못한 거야!'

사실 나는 도착 직후의 이런 애매한 시간을 이용해 필리스가 만지작거리다 뒷좌석에 놓아둔 에머슨의 책, 즉 이번 여행의 주제인 『자기신뢰』를 꺼내 낙관적 운명론자인 에머슨에 대해 이야기해야 한다. 특히 "불만은 자기신뢰의 결핍을 의미한다. 그것은 허약한 의지를 반영하는 것이다"라는 경구를 들려줘야 한다. 아니면 "우리는 신성한 섭리가 우리를 위해 마련해둔 장소를, 동시대인들로 이뤄진 사회를, 또 사건들 간의 연계를 받아들여야 한다"는 경구를 들려줘야 한다. 이 두 경구는 충분히 들려줄 가치가 있는 것 같다. 두 가지가 서로 모순이지만 않다면 말이다.

폴은 몸을 뒤틀어 철재와 유리로 지은 거대한 명예의 전당 건물을 쳐다보더니 이맛살을 찌푸린다. 명예의 전당은 전설이 살아 숨쉬는 유서 깊은 명소라기보다는 첨단기술로 무장한 치과처럼 보인다. 콘크리트처럼 보이게 처리한 짙은 자줏빛 건물 전면은, 마치 검진을 받거나 스케일링을 하려고 치과를 처음 찾아 불안해하는 환자들을 안심시키는 문구 같다. 마치 이렇게 말하는 듯하다. "당신을 해치거나 진료비를 과다 청구하거나, 나쁜 소식을 전하지 않습니다." 출입구 위에는 색색 천만 몇 장 걸려 있었고 이렇게 쓰여 있었다. **농구: 미국의 경기**.

나는 고개를 돌리고 있는 폴을 바라보다가 폴의 새끼손가락 아래쪽에서 도톰하고 발갛게 달아오른 보기 흉한 사마귀를 발견한다. 또 실망스럽게도 폴의 오른 손목 안쪽에 죄수들이나 스스로 새길 법한 파란 문신을 발견한다. 폴이 혼자서 해넣었으리라. 뭐라고 적혀 있는지 잘 읽을 수는 없지만 마음에 들지 않는다. 아이 엄마가 제대로 신경을 못 쓰면 나라도 폴을 챙겨야겠다고 마음먹는다.

"저 안에는 뭐가 있어요?" 폴이 묻는다.

"뭐, 온갖 좋은 것들이 다 있지." 에머슨과 문신을 화제로 올리는 것은 일단 명예의 전당을 둘러본 후로 미루기로 한다. 어서 차에서 내려 샌드위치를 사고 사우스 맨톨로킹 해변의 샐리에게 전화를 걸고 싶으니까. 그녀에게 마지막으로 전화를 해볼 생각이다. "여러 영상과 사진을 볼 수 있단다. 유니폼도 전시해놨고 공도 던져볼 수 있어. 내가 안내책자를 보냈었잖니." 내가 들어도 별로 설득력 없는 말이다. 차라리 지금 당장 차를 타고 여기를 벗어나는 게 더 마음 편할 지경이다.

하지만 농구공을 던지는 상상 속 제 모습에 재미를 느꼈는지 폴은 만족스러운 기색이다. 그 못마땅한 문신 때문에 당장이라도 폴의 입에 주먹을 날려주고 싶지만, 그러면 아들과 첫 여행을 무사히 마치리라

다짐한 내 결심을 무너뜨리게 될 것이다.

"'장대' 월트* 선수 사진 옆에 서서 네 키를 비교해볼 수도 있어." 차 안의 에어컨이 느리게 돌아가기 시작한다.

"'장대' 밀트**? 누군데요?"

사실 폴은 이미 알고 있다. 이사할 무렵에 필라델피아 식서스의 팬이었기 때문이다. 같이 경기를 보러 간 적도 있고 월트의 사진도 이미 봤다. 지금도 클리블랜드 스트리트의 내 집 정원에는 농구 골대가 남아 있다. 폴은 더 복잡한 게임을 하고 싶은 걸까.

"아, 아주 유명한 항문과의사였지." 내가 말한다. "어쨌든 햄버거를 먹으러 가자. 네 엄마한테도 내가 스포츠 점심을 사줄 거라고 말해놨어. 아마 슬램덩크 햄버거가 있을 거다."

나를 바라보는 폴의 눈이 가늘어지더니 혀가 신경질적으로 입술 가장자리를 바쁘게 핥는다. 폴은 이런 행동을 좋아한다. 나는 폴의 눈썹이 앤처럼 무척이나 길다는 것을 이제야 알았다. 폴의 변화를 따라갈 수가 없다. "죽은 스컹크 엉덩이도 파먹을 만큼 배가 고프세요?" 폴이 당돌한 표정으로 눈을 깜박이며 묻는다.

"응, 난 배가 아주 고파." 차에서 내리려고 문을 열자 디젤냄새와 고속도로 소음, 강 특유의 내음이 더운 공기를 타고 한꺼번에 몰려온다. 나는 이미 폴에게 지쳐 있다.

"그렇게 배가 고프시다고요, 그렇다면." 하지만 폴은 마땅한 말을 못 찾는 것 같다. "아빠, 치료가 필요할 정도로 나한테서 이상한 증상

---

* 미국 프로농구 선수 월트 체임벌린. 팔다리가 길어 '장대'라는 별명이 붙었다.

** milt. 수컷 물고기의 정액덩어리를 뜻한다.

이 보여요?"

"아니, 난 네가 어떤 증상도 갖고 있지 않다고 생각해." 차 안으로 고개를 돌리며 내가 말한다. "넌 너만의 성격이 있어. 네 경우엔 그편이 더 나쁜 상황인지도 모르지만." 죽은 새에 대해 물어봐야 하는데 어쩐지 망설여진다.

"전-복."* 폴이 중얼거린다. 나는 자리에서 일어나 자동차 지붕 너머로 코네티컷주의 풍경을, 곧 우리가 차를 몰고 갈 푸르른 매사추세츠주의 서쪽을 바라본다. 난파당한 사람처럼 갑자기 외로움이 몰려온다. 폴이 이렇게 물어온다. "이탈리아어로 '나는 배가 고파요'를 어떻게 말해요?"

"차오."** 내가 말한다. 이건 부자지간의 어색함을 풀기 위해 우리가 써먹는 가장 오래되고, 가장 믿을 만하고, 또 가장 부담 없는 방법이다. 하지만 오늘은 통제할 수 없는 이런저런 힘겨운 일들 때문에 별 효과가 없는 것 같다. 나와 폴이 난해한 사랑의 언어를 속삭이건 말건 신경쓸 사람이라고는 전혀 없는 곳에서 우리의 말은 미풍 속으로 사라져 버린다. 부모가 된다는 것은 최악의 불만족스러운 일이 될 수 있다.

"차오." 폴이 말한다. 내 말을 무시한 게 틀림없다. "차오. 다들 얼마나 빠르게 잊는지." 이제 폴은 명예의 전당으로 들어가기 위해 차를 나선다.

---

* '전복(abalone)'과 '헛소리(a baloney)'의 발음이 같다는 점을 이용해 장난을 치고 있다.

** '차오(ciao)'는 원래 헤어질 때 하는 인사말이다.

안으로 들어선 우리는 마치 연옥에 들어가려고 5달러를 지불한 방황하는 영혼처럼 여기저기를 헤매고 다닌다. (나는 마침내 절뚝거리지 않게 된다.)

전략적으로 배치된 넓고 현대적인 계단에는 자줏빛 벨벳을 두른 차단봉이 있고 그 옆으로 난 길을 따라 우리를 비롯한 사람들이 가축떼처럼 삼층까지 올라간다. 농구의 역사를 일목요연하게 정리해놓은 곳이다. 공기는 무척 깨끗했지만 놈*에서처럼 냉기가 감돌고(오래 머물지 못하게 하기 위함이리라) 사람들은 장례식에 온 조문객처럼 하나같이 조용조용 속삭인다. 복도를 따라 길게 늘어선 여러 전시물을 돋보이게 하기 위해 조명은 어둡게 되어 있다. 전시물 둘레의 유리벽은 몹시 단단해서 다탄두 미사일을 동원해야 겨우 부서질 성싶다. 농구 창안자 네이스미스 박사(캐나다 태생이라니!)의 연보가 간략히 정리되어 있고 옆에는 그가 농구 경기를 구상하면서 휘갈겨쓴 봉투의 사본도 보인다. "실내용 경기로 고안할 것." (분명 성공했다.) 조금 더 걸어가니 1920년대에 캔자스주에서 코치로 맹활약했던 포레스트 '포그'** 앨런의 흑백사진이 나온다. 옆에는 최초의 농구 경기에서 골대로 사용한 복숭아 바구니의 복제품이 전시되어 있다. 기증을 해준 YMCA에 감사하다는 인사말이 여기저기 적혀 있다. 벽에는 '그 경기' 장면을 담은 흐릿하지만 소중한 당시 사진이 빼곡히 걸려 있다. 철망 창문이 달리고 그늘진 실내 경기장에서 운동선수 같아 보이지 않는 빼빼 마른 백

---

* 알래스카주 서부에 있는 항구도시.

** 포레스트 앨런이 농구 심판으로 활약하던 시절 그의 뱃고동(foghorn) 같은 목소리 때문에 붙은 별명.

인 소년들이 '경기'하는 장면이다. 천장에는 이백 년 묵은 유니폼이 마치 유령의 집에 사는 유령들처럼 매달려 있다.

가족 단위 관람객들이 나른한 표정으로 소극장에 입장하고 있지만, 폴은 화장실에 간다며 영화를 보지 않겠다고 한다. 나는 입구에 서서 점심식사를 앞둔 관객들의 눈앞에 농구의 역사가 펼쳐지는 것을 지켜본다. 실제 경기 당시의 소리가 나오고 있다.

팔 분 후에 우리는 이층으로 활기차게 걸어내려간다. 이층은 삼층과 크게 다르지 않지만 최신 자료 등 쉽게 알아볼 수 있는 볼거리들이 많다. 폴이 관심을 보인 것은 밥 레이니어*의 350밀리미터짜리 농구화와 사람 무릎 단면을 붉은색과 노란색으로 칠한 플라스틱 모형, 작은 천문관처럼 생긴 또다른 상영관에서 상영하는 영화다. 영화는 농구선수들이 얼마나 믿을 수 없이 거한인지, 또 그들이 '공으로' 어떤 묘기를 할 수 있는지 보여준다. 평생 왜소함과 무능함에 시달리는 우리 같은 나머지 사람들을 주눅들게 하기에 충분하다. 평범한 사람들을 별 의미 없는 외부자로 느끼게 한다는 점에서 이곳은 진정한 사원이다. 폴은 크게 신경쓰지 않는 듯하지만. (여기에 비하면 빈스 기념관은 정말 따뜻한 곳이다.)

"캠프에서도 농구를 했어요." 원형 상영관 바깥에서 잠시 쉬고 있을 때 폴이 무덤덤하게 말한다. 상영관의 네 벽에 설치된 근사한 스크린에서 유니폼을 입은 거구의 튼튼한 흑인이 계속 골인에 성공하는 장면이 나오고 있다. 사람들은 재미있어하며 연신 박수를 친다.

---

* 미국 프로농구 선수.

"그래, 농구는 잘했어?" 내가 묻는다. "응원만 했니 아니면 주전으로 뛰었니?" 가벼운 대화라도 나눌 수 있어 다행이다. 하지만 폴의 더러운 바지와 티셔츠, 짧게 깎은 옆머리를 보니 언짢아진다. 꼭 변장하고 있는 것처럼 보인다.

"전혀요." 폴이 진지하게 말한다. "전 점프를 못했거든요. 달리기나 슈팅도요. 또 왼손잡이잖아요. 별 관심도 안 갔어요. 한마디로 소질이 없는 거죠."

"레이니어도 왼손잡이였어." 내가 말한다. "러셀도 그랬고." 폴은 그들이 신던 신발은 볼 수 있어도 그들이 누구인지는 모를 것이다. 영화관 안에서 관객들이 "우우우우" 하고 경탄에 찬 함성을 질러댄다. 우리 옆에서 각자 아들과 함께 온 남자들이 선 채로 상영관을 들여다보고 있지만 들어가 앉고 싶은 마음들은 없어 보인다.

"어쨌든 우리는 이기기 위해 농구를 했던 게 아니었어요." 폴이 말한다.

"그럼 뭣 때문에 했는데? 그냥 재미로?"

"치-이-료 때문이죠." 폴은 농담을 한 것 같지만 별로 역설적으로 들리지 않는다. "별별 애들이 다 있었어요. 지금이 몇월인지 늘 헷갈려 하는 애, 너무 시끄럽게 떠드는 애, 경련을 일으키는 애. 안된 일이죠. 뭐 농구 같지도 않은 농구였지만 일단 경기를 하고 나면 그래도 한동안 상태가 좀 나아졌어요. 경기를 마치면 '생각 나누기' 프로그램을 했는데 다들 경기 전보다 더 나은 생각을 하게 됐어요. 잠시라도 말이에요. 저는 빼고요. 참, 찰리도 예일대에서 농구를 했대요." 폴은 바지에 손을 넣고 물끄러미 천장을 바라본다. 금속 기둥과 받침 구조물, 서까래, 스프링클러 설비를 모두 검은색으로 칠한 지붕은 현대적인 분위기를 물씬 풍긴다. 농구야말로 후기 산업시대 미국인들의 국민 오락이 아닐까.

"잘했대?" 이렇게 물어봐야 할 것 같다.

"몰라요." 폴은 시골뜨기처럼 손가락으로 귀를 팠다가 입술 주변을 실룩였다가 한다. 상영관에서 두번째 함성이 들려온다. 어떤 여자가 이렇게 외친다. "그래! 신에게 맹세할 수 있어. 저걸 보라고!" 뭘 보고 그러는지는 알 수 없다.

"아빠, 세상에 전혀 휘둘리지 않고 아빠만의 독특한 방식으로 할 수 있는 일이 있어요. 뭔지 알아요?" 폴이 묻는다. "캠프에서 배웠어요."

"잘 모르겠네." 우리처럼 상영관 바깥에 있던 사람들이 흩어지기 시작한다.

"재채기예요. 제가 상영관에 온 사람들이 언짢아할 정도로 이상하게, 또 크게 재채기를 한다 해도 사람들은 어쩔 수 없이 참아야 해요. 아무도 '그런 식으로 재채기하지 말란 말이야, 이 멍청아'라고 말할 수 없는 거죠."

"누가 그런 얘기를 해줬니?"

"기억이 안 나요."

"그런 게 색다른 일 같니?"

"네." 폴의 시선은 천장에서 차츰 아래로 향하지만 나를 쳐다보지는 않는다. 귀를 후비던 손가락은 이제 가만히 있다. 비꼬지 않고 아이처럼 말하려니 불편한 모양이다.

"나이가 들면 사실 모든 일이 그렇지 않니? 그게 뭐든 다들 네가 하고 싶은 걸 하도록 내버려둔단다. 마음에 들지 않으면 곁에서 떠나버리면 그만이니까."

"그거 근사한데요." 폴이 미소 지으며 말한다. 그거야말로 자기가 바라는 세상이라는 듯이.

"그럴지도 모르지." 내가 말한다. "아닐 수도 있고."

"차 부품 중에서 가장 오해를 많이 받는 부품이 뭔지 아세요?" 폴이 묻는다. 서서히 심각한 주제에서 벗어날 준비를 하면서, 또 나의 진지한 목소리에서 느껴지는 특유의 위험한 신호를 경계하면서.

"모르겠네. 공기 필터?" 영화는 이제 끝난 모양이다. 내가 공언했던 '장대' 윌트의 커다란 사진은 없다.

"비슷하네요." 폴이 진지하게 고개를 끄덕인다. "답은 스노타이어예요. 필요해질 때까지는 그 중요성을 모르니까요. 중요성을 알게 됐을 때는 대체로 이미 때가 늦었고요."

"왜 오해받는다고 표현하지? 그냥 가치를 몰라준다는 거 아니니?"

"둘 다 같은 뜻이에요." 폴은 이렇게 말하고 밖으로 걸어가기 시작한다.

"그렇구나. 네 말이 맞을지도 모르겠다." 우리는 함께 계단을 향해 걸어간다.

일층에는 사람들로 붐비는 기념품가게, 스포츠 기사를 모아놓은 작은 방(나로서는 전혀 구미가 당기지 않는 곳이다), 실제 라커룸을 그대로 옮겨놓은 전시장, 자판기 코너, 농구를 직접 해볼 수 있는 체험관이 있다. 폴은 농구 체험관에 살짝 관심을 보인다. 나는 명예의 전당을 떠나기 전에 샐리에게 전화하기로 결심하고, 폴에게 돈을 쥐여주며(폴도 돈을 갖고 있긴 했지만 그것은 납치 같은 비상사태에 대비한 돈이라고 할 수 있다) 자판기에 가서 '적당한 먹을거리'를 사오라고 이른다(아무리 둘러봐도 스낵바가 보이지 않았다). 폴은 양팔을 흔들면서 느릿느릿 안짱걸음으로 걸어가는데, 그 모습이 아주 꼴불견이다.

화장실 옆 한구석에 조그맣게 있는 공중전화 구역은 쾌적하고 주변과 분리돼 있으며 조도가 낮다. 주변 소음을 막을 수 있도록 두꺼운 칸막이를 둘러치고 설치된 전화기는 신용카드 긁는 곳과 초록색 디지털 액정, 말소리가 잘 안 들리면 소리를 키울 수 있는 버튼을 갖춘 최신식 전화기다. 장난전화나 협박전화를 하기에 이만한 곳도 없을 것이다.

609번을 누르고 첫번째 신호음이 끝나자마자 감격스럽게도 샐리의 목소리가 들려온다.

"당신 지금 대체 어디에 있는 거야?" 샐리의 목소리에는 활기가 흐르지만 어딘지 조심스러운 기색도 느껴진다. "어젯밤에 신경쓰이게 만드는 메시지를 장황하게 남겨버렸네. 내가 아마 많이 취했던 것 같아."

"오늘 아침 내내 당신에게 전화하려 했어. 혹시 세스너 경비행기를 빌려 타고 쿠퍼스타운에 올 수 있는지 물어보려고. 폴이 많이 기대하고 있어. 아마 즐거운 시간을 보낼 수 있을 거야."

"글쎄, 잘 모르겠어." 샐리가 기쁘면서도 당황한 척 말한다. "지금 어딘데?"

"농구 명예의 전당이야. 아, 그냥 들른 거야. 우린 정식으로 명예의 전당 입성 자격을 얻지 못했거든. 아직은 말이지." 나는 갑자기 명랑해진다. 전부가 엉망이진 않은 것이다.

"그럼 지금 오하이오주에 있는 거야?"

"아니, 농구 명예의 전당은 매사추세츠주 스프링필드에 있어. 처음으로 헛간 문에 복숭아 바구니를 매달고 농구를 시작했던 곳이 여기거든. 오하이오주에 있는 건 미식축구 명예의 전당이지. 애석하게도 거기까지는 갈 시간이 없네."

"이제 어디로 갈 건데?"

샐리는 관심 있고 기쁜 듯이, 어쩌면 안도하면서 나와의 대화를 반기고 있다. "여기서 270킬로미터 떨어진 뉴욕주 쿠퍼스타운으로 갈 거야." 내가 열의 있게 설명한다. 나와 약간 떨어진 곳에서 통화를 하던 여자가 뒤로 몸을 내밀더니 나를 노려본다. 내가 자기 수화기에 대고 소리를 지르기라도 했다는 듯. 내가 정신이 좀 이상한 사람이 아닌가 생각하는 모양이다. "어떡하겠어." 내가 말한다. "올버니*로 당장 와. 거기서 만나자고." 나는 여전히 너무 큰 소리로 떠들고 있다. 명예의 전당 경비들을 만나고 싶지 않다면 소리를 낮춰야겠다. "진지하게 부탁하는 거야." 나는 목소리를 낮추고 더 진지한 목소리로 말한다.

"이렇게 초대해주다니. 당신 참 다정해."

"그래, 난 아주 다정한 사람이야. 그렇지만 이렇게 빠져나가게 해주진 않겠어." 내 목소리가 다시 높아진다. "오늘 아침에 일어났을 때 어제 내가 너무 흥분했다는 걸, 또 내가 당신을 미치도록 사랑한다는 걸 깨달았어. 그래서 월요일까지 도저히 기다릴 수 없었어." 나는 당장이라도 폴을 불러 차에 태운 다음 해변으로 가는 다른 행락객들과 함께 사우스 맨톨로킹 해변을 향해 달리고 싶다. 물론 그러면 나쁜 사람이 되고

* 뉴욕주의 주도.

만다. 신성한 부자간의 여행에 샐리를 무턱대고 끼워넣는 것만으로도 충분히 나쁜 짓인데 말이다. 하지만 누구라도 그렇듯, 폴 역시 다소 통념에 어긋나는 소소한 일에서 더 재미를 느낄지도 모른다. 폴에게도 설명한 것처럼 결과에 책임만 진다면 세상은 우리가 무엇을 하든 내버려둔다. 우리는 모두 각자 알아서 행동하고 책임지는 주체인 것이다.

"질문 좀 해도 돼?" 샐리가 다소 진지한 말투로 묻는다.

"글쎄," 내가 답한다. "너무 진지한 질문이면 곤란한데. 난 진지한 사람이 아니니까. 설마 여기에 못 온다는 말은 아닐 거라 믿어."

"어젯밤에는 몰랐지만 오늘에야 깨달은 내 매력이라도 있어? 그게 뭔지 말해줄래?" 자조적이면서도 기분좋은 목소리지만, 샐리는 이를 중요한 질문이라고 여기는 것 같다. 누가 그녀를 탓할 수 있겠는가?

"어," 갑자기 머리가 혼란스러워진다. 화장실에서 나온 한 남자가 나를 스쳐지나가면서 화장실 비누 냄새가 코를 찌른다. "당신은 성숙한 사람인데다 내가 알기로 겉과 속이 정확히 일치하는 사람이지. 사람이 다 그렇진 않거든." 나를 포함해서 말이다. "그리고 사람을 진심으로 대하지. 공평무사해서 말도 솔직하게 하고." 내가 제대로 대답하고 있는 걸까? "그러니까 자기 감정에 어긋나지 않게 행동한다는 말이야, 내가 정말 좋아하는 점이지. 우리는 서로에 대해 더 잘 알아야 한다고 생각해. 그렇지 않으면 둘 모두에게 안타까운 일이 될 테니까. 나한테는 확실히 안타까울 거야. 마지막으로, 당신은 내가 아는 한 가장 아름다운 여인이야."

"난 당신이 아는 가장 아름다운 여인이 아니야." 샐리가 말한다. "외모야 그저 그렇지. 게다가 나이도 마흔둘이나 되고. 키도 너무 커." 큰 키가 고민이라는 듯 샐리는 한숨을 내쉰다.

"샐리, 비행기를 타고 여기로 와. 그래서 옷세고 호수의 달빛 아래에서 호텔 칵테일을 즐기며 당신이 아름다운지 아닌지 얘기해보자고." 그동안 폴이 어디 있을지는 모르겠지만. "난 당신에게서 조수潮水 같은 매력을 느껴. 파도가 일면 어쩔 수 없이 흔들리는 배처럼 말이야."

"당신 배는 내가 없을 때만 출렁거리나보네." 샐리의 목소리가 확실히 딱딱해졌다. (내가 샐리에게 확신을 주지 못해서일 수 있다.) 아까 나를 쏘아보던 그 여자는 커다란 검정색 에나멜 지갑을 닫고는 어딘가로 성큼성큼 걸어간다. "어제 뉴저지부동산협회 '원로'가 되고 싶다고 말했는데 기억나? 아니, 어제 일을 기억하긴 해? 당신은 콩, 가뭄, 쇼핑센터에 대해 계속 말했지. 우린 술도 많이 마셨고. 당신은 기분이 좀 그렇고 그런 것 같았어. 자신이 애정의 손길과는 동떨어진 사람 같다고 느낄 때도 있다고 했으니까. 어쩌면 지금도 어제랑 비슷한 기분일지 모르겠네." (내가 사실은 바보 같은 놈이란 걸 알려주려면 아무래도 개 짖는 소리라도 내야 할 것 같다.) "전처는 만났어?"

이건 결코 현명한 질문이 아니라고 그녀에게 경고하고 싶지만 난 그저 액정에 떠 있는 초록색 문자만 우두커니 바라볼 뿐이다. 다른 통화를 원하십니까?

"그랬어." 내가 말한다.

"어땠어? 좋았어?"

"뭐 특별한 건 없었어."

"떨어져 있어야 전처가 더 좋게 느껴진다고 생각해?"

"떨어져 있는 게 아니지." 내가 말한다. "우린 이혼한 사이야. 전처는 바닷가에 사는 사람과 결혼했고. 말하자면 윌리와 유사하다고 할 수 있지. 그러니까 공식적으로 전처는 내게 죽은 존재나 마찬가지야. 여전히 서로 얘기만 나눌 뿐이지." 앤을 떠올리자, 샐리를 생각하며 들떴던 나의 마음이 착 가라앉는다. 이렇게 말해버리고 싶다. "하지만 정말 놀라운 소식은 전처가 그 늙은 찰리와 곧 이혼할 생각이라는 거야. 그럼 우린 다시 결혼해 뉴멕시코주로 가서 맹인들을 위한 FM 라디오 방송국을 차릴 작정이지. 그게 바로 내가 전화한 이유야. 당신을 여기로 초대하기 위해서가 아니라, 나한테 일어난 경사를 알려주기 위해서. 들으니까 기뻐?" 제법 긴 침묵이 흐른 후 나는 이렇게 말한다. "사실은 어젯밤에 참 즐거웠다고 말해주려고 전화했어."

"당신이 계속 머물렀으면 하고 바랐어. 혹시 아직 못 들었을까봐 말해주자면 내가 보낸 메시지 내용도 그랬지." 샐리는 더이상 말이 없다. 차갑고 강한 바람과 함께 우리의 작은 실랑이와 나의 작은 흥분이 동시에 잦아든다. 정말 안타까운 일이지만 좋은 기분은 나쁜 기분보다 쉽게 깨진다.

큰 키에 가슴이 떡 벌어진, 연푸른 점프슈트를 입은 남자가 어린 여자아이의 손을 붙잡고 전화기 쪽으로 다가온다. 여자아이는 주름장식이 달린 분홍색 치마와 하얀 카우보이 셔츠를 입고 있다. 남자는 내 맞은편 칸막이로 들어가 전화를 걸더니 아이가 바라보는 가운데 종이 한 장을 꺼내 읽기 시작한다. 나를 힐끔 쳐다보는 아이의 눈이 나처럼 아주 졸려 보인다.

"프랭크, 전화 끊은 거 아니지?" 샐리가 조금 미안해하는 기색으로 말한다.

"다른 칸에서 전화하는 남자를 쳐다보고 있었어. 윌리가 생각나지 뭐야. 물론 말도 안 되겠지, 난 윌리를 본 적이 없으니까."

다시 침묵이 이어진다. "프랭크, 당신은 참 유연해. 다른 화제로 넘어가는 게 너무나 자연스러워. 나는 감히 못 따라가겠어."

"전처도 그렇게 생각하지. 둘이 만나 토론해도 괜찮겠어. 난 그저 편한 게 좋을 뿐이야. 나만의 고상함이랄까."

"당신은 아주 신중하기도 하지." 샐리가 말한다. "애매하기도 하고. 당신도 그 점을 잘 알고 있지? 어젯밤 당신이 했던 말, 그러니까 사랑이나 애정과 거리가 먼 사람으로 느껴진다는 말의 속뜻이 그거라고 확신해. 당신은 유연하고 신중하고, 또 애매해. 그런 성격이 나한테는 그렇게 쉽지 않네." (물론 좋게 느껴지지도 않을 것이다.)

"나는 판단력이 별로 좋지 않아." 내가 말한다. "그래서 곤란한 일을 많이 초래하지 않으려고 조심할 뿐이야." 어제 조도 자기 판단에 믿음이 가지 않는다며 비슷한 말을 했다. 어느새 내가 조의 영향을 받고 있는지도 모르겠다. "하지만 옳다는 확신이 강하게 들면 바로 실행하는 편이지. 지금 내가 느끼는 바도 바로 그렇고." (혹은 조금 전까지는.)

"아니면 겉으로만 그렇게 보이는 것일 수도 있고." 샐리가 말한다. "폴이랑 재미있는 시간 보내고 있어?" 샐리 역시 유연하게 다시 활기찬 분위기로 돌아온다.

"그럼, 재미있다마다. 당신도 오면 재미있을 거야." 수화기를 든 손에서 희미하게 고약한 찌르레기 냄새가 풍겨온다. 어쩌면 이 냄새는 영원히 내 피부에서 사라지지 않을지도 모른다. 그렇게 보인다는 샐리의 말이 거슬리지만 나는 이를 무시하기로 한다.

"당신 판단력이 별로라고 생각하다니 안타깝네." 샐리가 짐짓 쾌활한 목소리로 말한다. "그렇게 말하면 당신이 나에 대한 느낌을 말한다 해도 그걸 쉽사리 신뢰할 수 있겠어? 안 그래?"

"어제 침실 테이블에 있던 커프스단추가 누구 것인지 물어봐도 될까?" 좋은 판단이라고 할 수 없는 경솔한 발언이다. 하지만 난 화가 난 상태다. 비록 그럴 자격은 없지만.

"월리 거야." 이번에도 활기차면서도 정직한 목소리로 샐리가 말한다. "월리 말고 다른 사람 물건이라고 생각했나보네. 월리 어머니에게 보내려고 꺼내놨었어."

"월리는 해군에 있었다고 알고 있는데. 해군 작전을 수행하다 위험에 처한 적도 있었고. 내 말이 맞지 않아?"

"그랬지. 그러니까 해병대였어. 중요한 사실은 아니지만. 당신이 그를 해군에 보내버렸네. 뭐, 상관없어."

그때 맞은편 남자가 통화하는 소리가 들린다. "알았어. 지금 당신이 세를 얻었다는 그 집 때문에 전화한 거라고." 작은 여자아이가 아빠/삼촌/유괴범으로 보이는 그 남자를 쳐다본다. 마치 그 남자가 자신에게 응원을 부탁했기에 오직 그 남자만 쳐다봐야 한다는 듯이. "월세가 얼마나 되지?" 비음 섞인 억양을 쓰는 걸 보니 남서부 지역, 아마도 텍사스주 출신일 것이다. 먼지 끼고 낡은 부츠가 아니라 남자 간호사/죄수에게나 어울릴 법한 끈 없는 흰색 단화를 신고 있긴 하지만. 남자는 자기 농장이 없는 텍사스주 사람이다. 이 현대판 조드*는 아마 석유회

* 존 스타인벡의 소설 『분노의 포도』에 나오는 등장인물. 연이은 흉년과 한파로 땅을 빼앗기자 일자리를 찾아 캘리포니아주로 향한다.

사에서 해고되자 소중한 아이들과 함께 러스트 벨트 지역에서 새 인생을 시작하려는 참인 것 같다. 문득 매클라우드 부부 역시 이 남자처럼 요행을 바라야 할 정도로 형편이 어려워졌지만 성격 탓에 내게 솔직히 말하지 못하는 게 아닐까 하는 생각이 든다. 월세에 대한 나의 태도가 앞으로 미약하나마 바뀔지도 모르겠다.

"프랭크, 내 말 듣고 있어? 아니면 또 혼자만의 생각에 빠져 있는 거야?"

"좀전에 말했던 남자가 집을 알아보는 중인 것 같아. 그럴 수만 있다면 스프링필드의 집들을 보여주고 싶다는 생각이 드는군. 내가 여기 주민은 아니지만."

"아, 그렇구나." 샐리는 이제 대화를 서서히 마감할 준비를 하고 있다. 나는 내가 상관할 바도 아니면서 커프스단추의 주인이 누구인지 물어봤다. 왜 그랬는지 모르겠지만 해군과 해병대까지 헷갈렸고. "그건 그렇고 거긴 어때? 아름다워?" 샐리가 밝은 목소리로 묻는다.

"응, 아주 아름다워." 문득 키스하고 싶어지는 샐리의 매력적인 얼굴이 떠오른다. "정말 여기에 오지 않겠어? 원하는 건 뭐든 사줄 테니. 당신은 한푼도 가져올 필요 없어. 먹고 싶은 음식도 마음껏 먹고 말이야."

"나중에 다시 전화줘. 밤에는 집에 있을 거야. 당신이 지금 생각이 많은 것 같아. 아마 피곤해서 그럴 거야."

"정말 그렇게 생각해? 난 당신이 무척 보고 싶은데." 나는 사랑이나 애정과 거리가 먼 사람이 아니라고 말해야 한다. 왜냐하면 정말 그러니까.

"응, 그렇게 생각해." 샐리가 말한다. "이제 그만 끊어야겠어."

"알았어," 내가 말한다. "알았어."

"그럼, 좋은 시간 보내." 샐리가 전화를 끊는다.

카우보이 셔츠를 입은 여자아이가 뾰로통한 얼굴로 나를 쳐다본다. 내가 다시 목소리를 높여서 그런 모양이다. 텍사스 남자도 몸을 반쯤 돌려 나를 바라본다. 강한 인상에 각진 턱, 아무렇게나 헝클어진 머리카락, 그리고 배관공처럼 두툼한 손. "아니," 남자가 단호한 목소리로 말한다. "소용없는 짓이야, 필요 없어. 잊어버려." 남자는 전화를 끊고 손에 든 종이를 구겨 바닥에 내던져버린다.

그러더니 한 손으로는 여전히 꼬마 수지의 손을 붙잡은 채 셔츠 주머니에서 쿨 담뱃갑을 꺼내 입으로 한 개비를 꺼내 물고 두툼하지만 싸구려로 보이는 지포 라이터로 불을 붙인다. 그렇게 남자는 천장의 **금연** 표지판 바로 아래에서 담배 한 모금을 깊게 빨아들인 후 연기를 내뱉는다. 나는 담배에 들어 있는 화학성분이 곧바로 화재경보기를 울리게 해서 경비원들이 그 남자를 향해 전력질주해오지 않을까 생각했지만 아무 일도 일어나지 않는다. 남자는 전화기 앞에 멍하니 서 있는 나를 향해 적대적인 시선을 보낸다. "무슨 문제라도 있습니까?" 남자는 이렇게 말하고는 담배가 들어있던 주머니를 다시 뒤지지만 원하는 것을 찾진 못한 듯하다.

"아뇨," 나는 씩 웃으며 말한다. "내 딸이 따님과 비슷한 또래거든요." 물론 순 거짓말이다. 그리고 거짓말은 더 큰 거짓말을 불러온다. "내 딸아이가 생각나서요."

남자는 여자아이를 내려다본다. 여덟 살이 분명해 보이는 그 아이는 남자를 쳐다보며 미소를 짓고 있다. 남자는 딸이 시선을 끌 만큼 예쁘다는 것이 자랑스러우면서도 한편으로는 정확히 딸의 어느 구석이 예쁘다는 것인지 의아한 표정이다. "이 아이를 당신한테 팔면 어떨까요?" 그 순간 아이는 고개를 뒤로 젖힌 채 남자의 억세 보이는 팔에 매달려 미소를 지으며 예쁜 머리를 세차게 흔든다.

"싫어, 싫어, 싫어요." 아이가 말한다.

"내게 너무 값비싼 아이이긴 하죠." 남자는 텍사스주 억양으로 말하더니 축 늘어진 아이를 들어올려 가볍게 원을 그리며 돌린다.

"나를 팔면 안 돼요." 여자아이가 화가 난 듯 카랑카랑한 목소리로 말한다. "난 파는 물건이 아니야."

"요놈아, 파는 물건이고말고." 나는 어려운 상황에서도 딸에 대한 무력한 부성애를 표현하는 그의 농담에 미소를 건넨다. 그런 그의 진심을 몰라봐서는 안 된다. "저한테 빌려줄 집은 없으시겠죠?"

"죄송합니다," 내가 말한다. "여기에 살고 있지 않아서요. 그냥 잠깐 들렀을 뿐이죠. 아들과 함께 있는데 아들은 지금 뭘 사러 갔어요."

"오클라호마주에서 여기까지 오는 데 얼마나 걸리는지 압니까?" 남자가 담배를 입 한쪽에 문 채로 말한다.

"그다지 빨리 올 순 없을 것 같은데요."

"꼬박 이틀 낮, 이틀 밤이 걸렸습니다. 사흘을 야영장에서 보냈죠. 일주일 후에 고속도로 공사 현장에서 일해야 하는데 아직 살 집을 못 구했어요. 그래서 이 고아를 돌려보내야 합니다."

"난 아냐." 아이는 화난 목소리로 말하더니 무릎을 구부리며 남자의 팔뚝에 매달린다. "난 고아 아냐."

"너!" 화난 얼굴은 아니지만 남자는 얼굴을 찌푸린다. "네가 제일 문제야. 너만 없었다면 누군가는 집을 빌려줬을 거라고." 남자는 나를 향해 씩 웃으며 눈을 굴린다. "크리스티, 이제 똑바로 서라."

"아빠는 레드넥*이야." 딸이 웃으며 말한다.

"그래, 아니 그보다 더 안 좋은 사람일지도 몰라." 남자의 목소리가 약간 무거워진다. "이런 옷을 입고 있는데도 정말 당신 딸이 내 딸과 비슷한가요?" 남자는 이렇게 말하며 그 큰 손으로 아이의 손을 붙잡고 천천히 걷기 시작한다.

"그럼요, 옷이야 어떻든 아이들은 언제나 예쁜 법 아닙니까?" 깡충거리는 아이의 발걸음을 보며 나는 앤과 내게, 아니 내게만 수줍게 손가락을 내밀던 클래리사를 떠올린다. "아마 이번 휴일에 상황이 다 바뀔 겁니다." 왜 그렇게 말했는지는 나도 모른다. "오늘 안으로 살 곳을 찾으실 수 있을 거라고 생각해요."

"그럼 좋겠지만 아니면 극단적인 조치를 해야 할지도 몰라요." 남자가 내게서 멀어지며 말한다.

"무슨 뜻이에요?" 팔에 매달린 아이가 묻는다. "극단적인 조치요?"

"우선은 네 아빠 노릇을 하는 거지." 남자는 내 시야에서 사라질 즈음 이렇게 말한다. 그리고 덧붙인다. "하지만 그 밖에 아주 많은 걸 의미할 수도 있지."

나는 폴이 어디 있는지 찾아나선다. 자판기에서 뽑은 먹을거리를 들고 있을 줄 알았더니 체험관에 들어가 구경을 하는 중이다. 일층 한쪽

* 미국 남부의 백인 노동자를 경멸적으로 일컫는 말.

모퉁이를 다 사용하는 그 체험관은 방문객들이 이미 많이 들어와 있어서 시끌벅적하다.

'직접 던져보세요!' 체험관의 볼거리는 공항에서 흔히 볼 수 있는 설비, 즉 사람을 실어나르는 컨베이어벨트다. 다만 공항과 다른 점은 컨베이어벨트 주위로 조명을 밝힌 실내 운동장이 자리잡고 있다는 점이다. 실내 운동장에는 다양한 높이와 거리의 농구 골대들이—3미터 높이에 4.5미터 거리, 60센티미터 높이에 9미터 거리 등—설치되어 있다. 사람들을 태워 이동시키는 벨트의 난간 바로 옆에는 바닥에 설치된 흡입 튜브를 통해 쉼없이 공을 모으는 일종의 농구공 수거함이 붙어 있는데, 볼링장에서 볼링공을 되돌려주는 시스템과 비슷하다. 사람들은 시속 약 2.4킬로미터 속도로 이동하는 컨베이어벨트를 타고(이미 많은 사람들이 타고 있다) 수거함에 들어 있는 농구공을 집어 골대를 향해 던질 수 있다. 점프 슛, 훅 슛, 투 핸드 슛, 백보드 슛 등 할 수 있는 온갖 동작으로 계속 던지다가 마침내 종착지에 다다르면 컨베이어벨트에서 내려와야 하는 것이다. (이런 기묘하고 기발한 장비는 보나마나 서던캘리포니아대학교에서 '군중 통제'와 '운동장 자동 관리'를 이중전공한 사람이 발명했을 것이다. 그리고 정신이 제대로 박힌 사람이라면 이 장비에 투자할 기초자금을 만들기 위해 고군분투했겠지. 사실 명예의 전당 운영진이 올라가서 포레스트 앨런의 흑백사진이나 밥 레이니어 모형을 먼저 보러 가라고 강권하지 않는다면 방문객 누구나 실제로 몸을 움직여 농구를 할 수 있는 여기 체험관에서 대부분의 시간을 보낼 것이다. 그러니 나머지 공간들은 어쩌면 치과병원으로 바뀌어버릴지도 모른다.)

체험관 한쪽에 설치된 간이 관람석에도 사람들이 모여서, 벨트에 올라타 공을 던지는 자녀나 형제, 조카, 의붓아들을 향해 소리를 지르며 야유하거나 응원을 하고 있다.

벨트에 타려고 입구 근처에 대기하고 있는 아이들 무리 곁에서 폴은 자신이 마치 저 장치를 가동시키는 담당자라도 되는 것처럼 경계하듯 안을 들여다본다. 하지만 자세히 보니 폴이 쳐다보는 건 뉴욕 닉스 유니폼을 입고 있는 허벅지가 굵은 아이다. 그 아이는 농구 골대 사이를 잽싸게 오가며 공이 모이는 수거함에 농구공을 차 넣기도 하고, 그물에 걸린 공을 끄집어내기도 하고, 벨트에 올라탄 아이들에게 기습적으로 공을 던져주기도 한다. 이따금 그 짧은 팔로 투박하게 훅 슛을 날릴 때도 있는데 어떤 골대를 겨누든 공은 던지는 족족 빨려들어간다. 이 체험관 관리자의 아들인 게 분명하다.

"네 그 기막힌 투 핸드 슛을 날려보지 그래?" 시끌시끌한 소음 속에서 내가 폴의 뒤로 다가가며 말한다. 폴의 어깨에 손을 얹을 때 아들의 땀냄새가 코를 훅 덮친다. 폴의 두피에는 우툴두툴한 상처가 나 있다. 폴의 머리를 이렇게 짧게 깎아놓은 이발사가 실수로 상처를 낸 모양이다. (도대체 어느 이발소에서 이런 짓을 해놨을까?)

"그럼 참 좋겠네요. 그렇죠?" 공을 정리중인 아이에게서 눈을 떼지 않은 채 폴이 싸늘하게 말한다. "저 멍청이는 여기서 일하면 자기 실력이 늘겠거니 생각하겠죠. 하지만 운동장 규격도 그렇고 농구 골대도 표준이 아니에요. 그러니 바보 같은 짓만 하는 셈이라고요." 폴은 제 설명이 만족스러운 듯하다. 그런데 내가 사오라고 했던 먹을거리는 어디에도 보이지 않는다.

"너도 한번 해보지 그러니?" 거대한 기계가 끊임없이 굉음을 내뿜는 가운데 나는 폴에게 권해본다. 나 역시 다른 아빠들과 똑같은 심정이다. 잘해내지 못할까 두려워 엄두를 못내는 아들에게 격려를 보내는 마음 말이다.

"어이, 너는 슛하기 전에 항상 드리블을 하니?" 관람석에 앉아 있던 사람이 컨베이어벨트에 탄 누군가를 향해 외친다. 막 훅 슛을 시도하려던 키 작은 대머리 남자가 소리친 남자를 쳐다보지도 않고 이렇게 말한다. "그래, 계속 방해해봐." 하지만 슛은 던질 때마다 빗나가고 관람석에서는 웃음이 터져나온다.

"아빠가 해봐요." 폴은 내 제안을 가볍게 무시하고 코를 킁킁거리며 말한다. "브루클린 네츠에서 스카우트하는 사람도 저기 어디 있을걸요." 네츠는 폴이 늘상 놀림감으로 여기는 팀이다. 뉴저지주에 연고를 뒀지만 성적이 좋지 않기 때문이다.

"알았다, 하지만 내가 하고 나면 너도 해야 한다." 나는 다정하지만 다소 어색하게 폴의 어깨를 툭 치며 말한다. 폴의 상처 난 귀가 계속 눈에 거슬린다.

"뭐든 꼭 할 필요는 없어요." 폴이 내게 고개도 돌리지 않은 채 밝은 오렌지색 농구공 더미만 쳐다보며 말한다.

"그래, 그럼 아빠를 잘 봐." 자신없는 목소리로 내가 대답한다.

나는 작은 출입구 쪽으로 재빨리 걸어가 흑인 아이들 뒤에 줄을 선다. 잠시 후 뒤를 돌아보니 대기하는 줄과 체험장의 경계 역할을 하는 베니어판 위로 폴이 팔꿈치를 걸치고 나를 바라보고 있다. 폴은 무표정한 얼굴로 이렇게 말하고 싶은 것 같다. 아빠가 그렇게 열을 올려봤자 결과는 신통치 않을 거라고.

"내가 어떻게 넣는지 잘 보라고." 폴을 자극해본답시고 소리를 질렀지만 폴은 듣지 못한 것 같다.

오른쪽에서 왼쪽으로 덜덜거리며 움직이는 벨트에 올라타자 조명을 받으며 서 있는 농구 골대들과 농구공 수거함이 제법 빠른 속도로 나를 스쳐가기 시작한다. 나는 혹시라도 넘어질까 싶어 농구공에는 아예 손도 대질 못한다. 내 앞에는 자주색과 황금색이 섞인 운동복 차림의 흑인 소년이 서 있다. 등판에는 화려한 황금색으로 미스터 뉴햄프셔 농구*라고 쓰여 있다. 흑인 소년은 한 번에 농구공을 세 개 이상 집어들고는 높이나 거리를 가리지 않고 거의 모든 골대를 향해 던진다. 던질 때마다 주먹을 날리는 권투선수처럼 짧고 강한 고함소리를 내지른다. 물론 아까 그 공을 정리하는 소년처럼 뱅크 슛부터, 세트 슛, 원 핸드 슛, 폴 어웨이 슛, 훅 슛까지 공은 던지는 족족 다 골대로 들어간다. 앨리웁 슛 한 번과 덩크슛 한 번을 제외하면 말이다.

나는 벨트가 중간쯤에 이르러서야 용기를 내 처음으로 공을 잡지만 여전히 넘어지지 않을까 걱정이 된다. 뒤에서는 벨트를 타려고 대기하는 사람들이 지켜보고 있어서 심장이 빠르게 고동치기 시작한다. 나는 붉은색 골대 기둥과 오렌지색 골대를 노려보면서 최대한 하체를 단단히 고정시킨 다음 귀 뒤로 공을 당겼다가, 아치를 그리며 떨어지도록 공을 던진다. 하지만 공은 목표로 삼은 높은 골대를 벗어나 그보다 낮은 골대를 맞고 튕겨나오더니 미처 보지도 못했던 가장 낮은 골대 쪽

---

* 해마다 뉴햄프셔주의 고교 농구선수 중 최우수 선수에게 주는 상.

으로 떨어지고 만다.

앞에 선 미스터 뉴햄프셔주 농구가 이야 하고 소리를 질러가며 연달아 공을 골인시키는 동안 나는 재빨리 다른 공을 잡아 든다. 중간 거리에 있는 중간 높이 골대를 목표로 텔레비전에서 봤던 것처럼 한 손으로 공을 멋지게 회전시킨 후 던져보지만 골대에 거의 들어갈 듯하던 내 공은 미스터 뉴햄프셔주 농구가 던진 공과 충돌하면서 그만 바닥으로 떨어지고 만다. (순간 균형을 잃어버린 나는 옆으로 떨어지거나 사람들과 충돌하지 않으려고 벨트 난간을 꽉 움켜쥔다.) 미스터 뉴햄프셔주 농구는 내가 균형을 잡으려고 움직이자 자기 머리를 때리려는 걸로 오해했는지 고개를 돌려 자주색 깃 너머로 의심스러운 눈초리를 보낸다. 나는 미소를 지으며 이렇게 중얼거린다. "하마터면 떨어질 뻔했네."

이런저런 고함소리와 기계 굉음, 기계의 기름냄새가 뒤엉켜 있는 가운데 누군가 이렇게 외친다. "슛을 하기 전에 드리블부터 해야지, 이 멍청아." 고개를 돌려 사람들이 모여 있는 곳을 힐끗 쳐다보지만 밝은 조명 때문에 제대로 보이지 않는다. 어찌됐든 소리친 사람이 누구인지는 전혀 궁금하지 않다. 그 고함소리의 주인공이 관람석에서 히죽 웃고만 있는 아들을 둔 아버지가 아니라는 것만은 확실하다.

벨트에서 내려오기 전에 한 손으로 마지막 슛을 시도해보지만 자연스럽지도 않고 균형까지 흔들린 상태여서, 내 공은 모든 골대를 다 지나 골대 뒤쪽의 나무 벽 부근에 떨어지고 만다. 웬만해서는 공이 떨어지기 힘든 곳이다. "멋지네요!" 공을 모으는 꼬마 녀석이 내 공을 주우러 가며 외친다. "저랑 100만 달러 내기 경기 할래요?"

"내가 다시 이 벨트에 타게 되면 하자." 바닥에 내려설 때도 가슴은 여전히 두근거리지만 시간이 지나면서 흥분은 차츰 가라앉는다.

미스터 뉴햄프셔주 농구는 이미 자기 아버지와 함께 스포츠 기사를 전시하는 갤러리로 걸어가고 있다. 소년의 아버지는 키 큰 흑인으로 녹색 셀틱스 재킷과 이에 어울리는 녹색 반바지를 입고 있다. 그는 긴 팔을 아들의 작은 어깨 위에 올리고 아들과 나란히 걸어간다. 보나마나 상대 수비를 뚫는 수법이나 효과적으로 드리블하는 법, 파울을 유도하는 방법 따위를 가르쳐주고 있을 것이다. 물론 전직 스포츠 기자로 글만 써왔던 내게 그런 설명은 말 그대로 단어에 불과할 뿐, 실제로 시도해본 적은 한 번도 없다.

폴은 벨트에서 내려오는 나를 빤히 쳐다본다. 내가 공을 던지는 동안 소리를 질러 응원했겠지만 지금은 그 사실이 알려지지 않기를 바랄 것이다. 사실 나는 벨트 위에서의 모든 걸 완전히 즐겼다.

"폴, 네 멋진 슛을 보여줘!" 사람들의 고함소리에 나도 덩달아 힘껏 소리를 지른다. 공을 줍던 아이는 이제 실내 농구장 한쪽으로 가서 금발머리를 뒤로 묶은 통통한 여자친구와 열심히 떠들고 있다. 양손을 여자친구의 탄탄한 어깨 위에 올려놓은 소년은 클라크 게이블이라도 된 것처럼 그윽한 눈길로 그녀를 쳐다본다. 바로 그 순간, 대기행렬 이론*으로 설명할 수 있겠지만, 어쩐 일인지 컨베이어벨트 위가 텅 비어 버렸다. "폴, 어서 와." 나는 과장된 몸짓으로 폴을 소리쳐 부른다. "어쨌든 이 아빠보다는 잘할 수 있잖아!" 어두운 관람석에는 구경꾼도 몇 명밖에 남지 않았다. 대부분 다른 전시관으로 가고 있을 것이다. 폴에

---

* 서비스를 받고자 기다리는 대기 시간, 줄의 길이, 창구 수 따위의 관계를 수량적으로 나타내는 이론.

게는 더할 나위 없이 좋은 기회다. "어서, 한번 해봐." 문득 이와 비슷한 영화 장면을 떠올리며 내가 말한다.

폴의 입술이 움직였지만 무슨 말인지 알아듣기 힘들다. 까불면서 '엿 먹어라'라거나 '네 똥이나 먹어라'라고 했을지도 모른다. 폴이 좋아하는 예스럽고 전통 있는 욕이다(나한테 배웠다). 폴은 텅 비어 있는 로비를 한번 뒤돌아보고는 눈에 거슬리는 특유의 이상한 걸음걸이로 입구를 향해 천천히 다가온다. 중간에 잠시 걸음을 멈추고 귀찮다는 듯 나를 쳐다보기도 했지만 조명이 켜진 농구 골대들을 한번 쓱 둘러보더니 마침내 컨베이어벨트 위에 올라탄다. 벨트 위에는 이제 폴 혼자뿐이다.

벨트는 나를 태웠을 때보다 훨씬 더 천천히 움직이는 것 같다. 적어도 예닐곱 번쯤 공을 던질 수 있을 테고, 슛을 하기 전에 몇 번 공을 튕겨볼 시간도 충분할 것이다. 닳아 떨어진 신발에 머리 모양도 이상하고, 허리에 손만 올린 채 꼼짝도 하지 않는 폴. 볼보이는 그런 폴을 경멸하듯 쳐다보더니 여자친구에게 쟤 좀 보라고 말하는 것 같다. 실제로 그 여자아이는 고개를 돌려 폴을 쳐다본다. 그러나 다정하고 관대한 누이의 눈길에 가깝다. 겉모습은 촌스러워도 용기 있고 수학에서는 최고점을 받는 아이를 쳐다보기라도 하듯이(사실 폴과는 상관없다).

벨트의 종착지에 다다르자 폴은 뒤뚱거리는 걸음으로 벨트에서 내려와 다른 아버지들처럼 자신을 지켜보고 있던 내 쪽으로 다가와서 선다. 폴은 벨트에 올라타고 있는 내내 한 번도 나를 쳐다보지 않았다. 공을 던지기는커녕 아예 손도 안 댔고 최면술사처럼 그저 골대만 노려봤을 뿐이다.

“대단하군!” 관람석에 있던 누군가가 야유조로 소리친다.

“다음에 탈 때는 한 번이라도 공을 던져봐.” 야유를 무시하며 내가 말한다. 폴이 벨트에 탔다는 사실만으로도 기쁘기 그지없다.

“다음에 여기 또 오려고요?” 폴의 작은 회색 눈에 걱정이 스친다.

“아니,” 내가 말한다. “이제 넌 네 아들과 함께 와야지.” 사람들이 다시 몰려온다. 아까보다 더 많은 아들딸들, 몇 안 되는 아빠들이 벨트에 타려고 줄을 서기 시작한다. 장치가 어떻게 작동되는지 살펴보며, 곧 맛볼 운동의 즐거움을 기대하면서.

“좋았어요.” 조명을 받고 서 있는 농구 골대들을 바라보며 폴이 약간 놀랍다는 투로 말한다. 오랜만에 듣는 폴의 예전 목소리다(불과 한 달 만에, 이제 저멀리 사라졌다). “그거 아세요? 전 항상 뭔가를 생각하며 지냈어요. 그런데 저 벨트 위에 서 있을 때는 그렇지 않았죠. 괜찮은 경험이었어요.”

“다시 해보는 게 어때?” 내가 말한다. “사람들이 더 몰려들기 전에 말이야.” 안타깝게도 폴은 어쩌면 다시는 저 벨트에 올라탈 기회를 얻지 못할지도 모른다.

“괜찮아요.” 문으로 밀려드는 아이들을 쳐다보며 폴이 말한다. 벨트에 올라탄 한 아이가 힘차게 공을 던지지만 제일 처음 던진 공은 빗나가기 쉬운 법이다. “저런 건 별로 안 좋아해요. 이번엔 예외였죠. 제 나이에 좋아해야 할 만한 것들을 저는 그다지 좋아하지 않는 편이에요.” 폴은 이렇게 말하며 다른 아이들을 유심히 쳐다본다. 좋아해야 할 만한 것들을 좋아하지 않는다는 말은 아빠에게 쉽게 털어놓기 힘든 진실이다. 이는 어른만이 깨달을 수 있는 지혜다. 비록 대부분의 어른들이 그러지 못하지만.

"이런 말이 위로가 될지 모르겠다만 나이든 이 아빠 역시 농구를 잘 하고 싶어도 그렇게 못한단다. 그런데 네 생각을 멈추게 할 정도로 좋았던 게 뭐였는지 자세히 말해줄 수 있겠니?"

"아빠는 그렇게 나이들지 않았어요." 폴이 뾰로통하게 말한다.

"마흔넷이나 돼."

"어," 폴이 입을 뗀다. 아마 입에 올리기도 불안한 생각을 하고 있는 듯하다. "아빠 실력은 더 좋아질 수 있어요."

"모르겠다." 내가 말한다. "엄마는 그렇게 생각하지 않는 것 같더구나." 요즘 일들에는 별로 부합하지 않는 말이다.

"최고로 좋은 항공사가 어딘지 아세요?"

"아니, 어딘데?"

"노스웨스트예요." 폴이 심각한 표정으로 말한다. "왜냐하면 쌍둥이 도시 미니애폴리스랑 세인트폴도 가잖아요." 이어 폴은 터져나오는 웃음을 참으려 애쓴다. 생각해보면 재미있는 얘기다.*

"나중에 캠핑여행을 가면 한번 들러보자꾸나." 공중에 날아다니는 많은 농구공들을 바라보며 내가 말한다.

"미네소타주에도 명예의 전당이 있어요?"

"아마 없을 거야."

"좋아요," 폴이 말한다. "그럼 언제든 가봐요."

---

* 미니애폴리스와 세인트폴은 뉴저지주의 북서(northwest) 방향에 있다.

나오는 길에 우리는 선물가게에 급히 들른다. 내 지시에 따라 폴은 여동생을 위해 농구공 모양 금귀걸이를, 엄마를 위해서는 역시 농구공 모양의 플라스틱 문진을 사온다. 폴은 두 사람이 그 선물을 좋아할지 모르겠다고 하지만 나는 좋아할 거라고 말해준다. 농구공이 달린 토끼 발*을 사서 찰리에게 화해를 청하는 의미로 건넬까 의논해보지만 폴은 잠시 그 토끼 발을 쳐다보다가 뚱한 표정으로 이렇게 말한다. "그 사람은 원하는 건 다 갖고 있잖아요." "아빠의 부인이랑 아이들까지요"라고 덧붙이지는 않는다. 그래서 (다행스럽게도) 찰리의 선물은 사지 않고 우리 둘을 위해 티셔츠 두 벌만 추가로 산 다음 주차장으로 향한다.

아까보다 차들이 더 늘어난 주차장은 매사추세츠주 오후의 뜨거운 공기로 가득 차올라 있고, 엷은 안개가 낀 강에서 날아오는 냄새도 더 강렬해져 있다. 명예의 전당에 머문 시간은 고작 사십오 분 정도였지만 나는 만족스러웠다. 실컷 즐겼고 희망의 말을 주고받았으며 (늘 뭔가를 생각한다는 고민 등) 폴의 현재 관심사와 걱정거리를 알게 되었고, 덕분에 한층 일체감을 갖게 되었다. 예상보다 출발이 좋다.

주변을 둘러보니 오클라호마주에서 왔다는 점프슈트 남자와 그 딸이 옹벽 부근의 참피나무 묘목 아래에 앉아 느긋하게 쉬고 있다. 둘은 은박 종이에 싸온 점심 도시락을 바닥에 놓고 먹으면서 아이스박스에서 꺼낸 음료를 종이컵에 담아 마시는 중이다. 단화와 양말을 벗어버린 남자는 바짓단도 농부처럼 위로 말아두었다. 남자가 하늘을 쳐다보

* 유럽, 북미 등에서 행운의 상징으로 여기는 소품.

는 동안 천진하기 그지없는 크리스티는 두 손으로 아빠의 발가락을 붙잡고는 귀여운 장난을 치며 속닥인다. 얼른 두 사람에게 다가가 두번째 대화를 나누고 작별인사를 하고 싶어진다. 여기 북동부 지역의 대표 자격으로 우리는 당신을 환영한다는 느낌을 준다면, 업계 사람으로서 문득 떠오른 정보가 있다며 부동산에 관련된 무언가를 알려줄 수 있다면 어떨까. 항상 그렇지만 나는 피치 못할 사정으로 이주를 해야만 하는 미국인들의 슬픈 이야기에 감동받는 편이다.

문제는 내가 아는 정보는 그도 다 알고 있을 거라는 점이다(부동산 정보의 특징이다). 나는 말을 걸지 않기로 이내 마음을 고쳐먹고는 내 차 옆에 서서 부녀를 바라보기만 한다. 내게 등을 돌리고 앉은 (또 이국적으로 보이는 저 거대한 강을 친숙한 친구 삼아 소박한 소풍을 즐기며 새로 정착할 거주지에 모든 희망을 걸고 있는) 두 사람에게 존경을 보내며. 어떤 이들은 남의 도움 없이도 자기 문제를 아주 훌륭히 처리한다. 진정한 고민을 발판으로 자신들이 가장 행복하게 지낼 수 있는 곳을 스스로 찾아 뿌리를 내리는 것이다.

"제가 얼마나 배가 고픈지 관심 있으신 분?" 차문을 열어주길 기다리던 폴이 뜨거운 자동차 지붕 위로 나를 쳐다보더니 재촉한다. 햇빛에 눈을 찡그리니 비행 청소년처럼 얼굴이 험악해 보인다.

"폴," 내가 말한다. "그전에 네가 그 빌어먹을 자판기에서 뭐라도 샀어야 하지 않니?" '빌어먹을'이란 말은 그저 폴을 웃겨보려고 해본 것이다.

뒤를 돌아보니 도로는 승용차, 밴, 트레일러, 버스로 가득차 있다. 지금은 토요일 오후, 미국인들이 대이동을 시작했다.

"그래요, 제가 잘못했어요." 폴이 반항하듯 말한다. "어쨌든 지금은 썩은 와퍼*라도 해치울 수 있겠다고요." 무례하고 기분 나쁜 웃음이통통한 얼굴을 밉상으로 보이게 한다.

"잘 잊어먹는 놈한테는 수프가 나올지도 몰라." 나는 이렇게 말하며 차문을 열어준다.

"알았어요, 의-사 선생님! 의-사, 의-사." 폴은 이렇게 말하더니 차문을 탁 열고 몸을 숙이며 안으로 들어간다. 잠시 후 차 안에서 개 짖는 소리가 들려온다. "멍, 멍, 멍, 멍." 나는 폴이 그 소리로 어떤 심정을 드러내려고 하는지 알 수가 없다. (진짜 개처럼) 행복한 마음? 아니면 불확실성으로 인한 행복감의 상실? 내가 어딘가에서 느꼈던 바와 같이, 마음 저 깊은 곳에서 두려움과 희망은 똑같은 감정이다.

나무 그늘 아래에 앉아 있던 크리스티는 바람결에 무슨 소리를 들었는지 주변을 두리번거린다. 차 안에서 폴이 낸 개 짖는 소리를 들었을 테지. 크리스티는 고개를 돌려 당황한 얼굴로 나를 쳐다본다. 나는 크리스티의 시골뜨기 아빠가 눈치채지 못하도록 비밀스럽게 손을 흔들어준다. 그러고는 몸을 굽혀 오븐처럼 뜨거워진 차 안으로 들어가 쿠퍼스타운으로 차를 몬다.

오후 한시경, 나는 한 휴게소에 차를 세워 폴에게 웨일러**와 다이어트 펩시를 사오게 한 뒤 찌르레기 냄새를 없애려고 화장실로 가서 손을 씻는다. 이어 고속도로에 다시 올라타 애팔래치안 트레일과 버크

* 패스트푸드 프랜차이즈 버거킹의 햄버거.

** 버거킹의 피시버거 이름.

셔를 지나친다. 폴이 얼마 전에 다녀온 불행 캠프에서 그리 멀지 않은 곳이다. 하지만 폴은 무슨 생각을 골똘히 하는지 캠프에 관해 어떤 말도 꺼내지 않는다. 자기가 생각하는 중이라고 생각하면서, 속으로 개 짖는 소리를 내고 있는지도 모른다. 아마 페니스가 따끔거리고 있겠지.

나는 폴의 몸에서 풍기는 악취에 삼십 분째 시달리다가 더는 참지 못하고, 폴에게 행복은 혼자일 때 가능하다라고 적힌 셔츠를 벗고 새 옷으로 갈아입으면 어떻겠느냐고 제안한다. 기분전환 겸 여행하는 기념으로 말이다. 놀랍게도 폴은 내 제안에 순순히 동의하더니 더러운 셔츠를 곧바로 벗어버린다. 햇볕에 그을리지 않아 새하얀데다 털 하나 나 있지 않은 윗몸이 놀랍게도 살을 출렁이며 모습을 드러낸다. (폴은 앤과 나와는 달리 나중에는 뚱뚱하고 거대해질 수도 있겠다. 하지만 열다섯 살에 겪고 있는 이 시련을 무사히 통과할 수 있다면 몸집이야 어떻게 되든 무슨 상관이랴.)

특대 사이즈인 새 흰 셔츠의 앞면에는 노란색 농구공이 실제 크기로 그려져 있고 공 바로 아래에 붉은색 블록체로 더 록이라고 적혀 있다. 새 옷에서 풍기기 마련인 풀 먹인 냄새라든가 화학약품냄새가 밀려온다. 그 옷이 씻지 않은 폴의 몸에서 나는 악취를 디어슬레이어모텔에 도착할 때까지 가려주길 빈다. 일단 숙소에 도착하기만 하면 폴을 강제로 목욕시키고 저 더러운 옷은 어딘가에 몰래 내다버릴 참이다.

폴은 웨일러를 먹어치운 후 다시 조용히 자기만의 생각에 잠기는가 싶더니 매사추세츠주 외곽을 알리는 초록색 표지판들이 나타날 무렵에는 꾸벅꾸벅 졸기 시작한다. 나는 휴일 날씨와 교통 상황, 그리고 혹시 어젯밤 살인사건 소식도 들을 수 있을까 생각하면서 라디오를 켠다. 사건 발생 후 시간이 어느 정도 지나기도 했고 그 동네에서 벗어난 지도 꽤 됐지만, 그래도 여기서 남쪽으로 고작 130킬로미터 떨어져 있는 사건 발생 지역과 이곳은 비탄과 상실과 분노가 점점이 흩어져 있는 뉴잉글랜드* 지역에 함께 속해 있기 때문이다. 하지만 AM 방송이든 FM 방송이든 그저 휴일 사망자 수만 평이하게 전할 뿐 내가 원하는 소식은 전혀 언급하지 않는다. 코네티컷주에서 여섯 명, 매사추세츠주에서 여섯 명, 버몬트주에서 두 명, 뉴욕주에서 열 명이 사망했으며 거기에 익사 사고 다섯 건, 보트 사고 세 건, 추락 사고 두 건, 질식 사고 두 건, 폭죽 사고 한 건이 일어났다. 그러나 칼로 찔러 죽인 살인사건 소식은 들리지 않는다. 어젯밤의 죽음은 휴일 사건으로 처리되지 않은 게 틀림없다.

폴에게 신경쓸 필요가 없어진 나는 조용히 생각에 잠겨 라디오 주파수를 이리저리 돌려본다. 피츠필드의 한 의료기관이 '고통 없는 발기 보조제'를 제안했다. 샤티코크의 한 개신교 종교단체에서 실시하는 모금 방송 프로그램에서는 파산법 제13조에 대한 교회의 입장을 설명했다(해설자는 일부 조항에만 찬성을 표한다). 또다른 방송에서는 아티카의 종신형 죄수들이 다른 재소자들에게 걸스카우트 쿠키를 판매하고 있다는 소식을 전한다. "선을 행할 수 없는 상황이란 없다고 확신합니다." 다른 찬성측 패널의 웃음소리. "하지만 그렇다고 녹색 죄수복

* 메인, 뉴햄프셔, 버몬트, 매사추세츠, 코네티컷, 로드아일랜드 등 여섯 개 주에 걸친 지역. 초기 영국계 이주민들이 정착해 살기 시작한 곳으로, 뉴잉글랜드 연합이라는 식민지 연합체가 구성되어 있었다.

을 입고 감방을 노크하며 돌아다니진 않죠." 약간 흥분한 듯 이번엔 말소리가 가성이었다. "최소한 오늘 오후에는 말입니다."

뉴욕주와 경계를 이루는 한적한 곳에 들어설 무렵 나는 라디오를 끈다. 폴은 엉망으로 깎은 머리를 차가운 유리창에 기댄 채 앉아 있다. 어떤 힘든 기억을 떠올리며 악몽이라도 꾸는지 마치 탈출하려 애쓰는 강아지처럼 손가락을 까딱거리고 볼을 꿈쩍거린다. 그런 폴을 바라보자 찰리 오델이 지은 언덕 위의 크고 푸른 집이 떠올라 나는 갑작스레 경외심에 빠져든다. 객관적으로 그 집은 누구라도 꿈꿔볼 만큼 멋지다. 어떤 형태의 가족이든 어떻게 맺어진 부부든 그런 집에서 살 만큼 성공적인 삶을 살지 못한다면 스스로를 측은히 여기게 만들 만한 그런 집이다. 나는 그처럼 '성공적인' 삶을 한 번도 제대로 이뤄본 적이 없는 사람이다. 이혼하기 전 해덤의 그 괜찮은 집에서 가장 평온한 날들을 보낼 때도 마찬가지였다. 당시 나는 가족의 토대를 탄탄하게 다지지 못했을뿐더러 앞으로 토대를 탄탄히 다지게 될 거라는 희망조차 충분히 심어주지 못했다. 언제나 스포츠 기사를 쓰는 일에만 너무 많은 시간을 보냈고, 집을 소유한다는 게 (그 집을 떠날 수 없다는 점을 제외하면) 집을 빌려서 사는 것과 무엇이 다른지 결코 이해하지 못했다. 해덤 집에서 십 년 넘게 살면서도, 나 혼자서는 십 년 이상이긴 하지만, 나는 마음 한구석에서 뜻밖의 사고라든가 임박한 변화의 가능성을 항상 의식하고 있었다. 나에게는 그저 누군가 나를 사랑하고 그것이 영원하리라는 것을 아는 것만으로 언제나 충분했다(오늘 앤에게 다시 주장한 바가 바로 이것이었지만 앤은 받아들이지 않았다). 나는 무릇 집이란 사랑을 위한 미장센으로만 구실을 하면 그만일 뿐 집 자체가 본질적 요소는 될 수 없다고 생각했다.

하지만 찰리의 견해는 나와 사뭇 다르다. 그는 좋은 구조가 또다른 좋은 구조를 만들어낸다고 믿는다(이것이 바로 찰리가 명백한 진실을 즐겨 들먹거리는 이유다. 그런 점에서 진정한 골수 공화당원이라 할 만하다). 조심스러운 질문을 통해 우연히 알게 된 사실이지만 찰리에게는 상품거래소 고위직 관리였던 아버지가 파크 애비뉴*에 아무도 몰랐던 집 한 채를 더 갖고 있었다거나 포레스트 힐스에서 또다른 가족을 부양했었다거나, 또 그런 아버지를 어린 시절에 거의 본 적이 없고, 어쩌다 잠깐 보더라도 (아빠라든가 허브, 월트, 필이 아니라) 그저 '아버지'라고만 부르는 희미한 존재에 불과했었다는 사실은 문제가 되지 않았다. 그러니까 기품 있는 지붕과 군데군데 솟은 굴뚝, 튼튼한 기둥, 아연 유리로 만든 창문, 안전한 울타리, 자연석으로 꾸민 조지아양식의 멋진 거처가 올드 그리니치에 버티고 서 있는 한 그에게는 모든 것이 만족스러웠다. 비록 그 올드 그리니치가 안개와 쥐똥나무, 보트 광택제, 놋쇠 광택제, 축축한 테니스화, 또 수영장에서 빌릴 수 있는 싸구려 수영복들로 고약한 냄새를 풍기는 곳이라 해도. 찰리는 바로 그 집이, 즉 단단히 버티고 선 물리적 환경이 인생과 의심의 여지 없는 진실을 구성한다고 여겼다. 머리 위에 지붕이 있다는 사실이 우리에게 머리가 있다는 것을 증명해주는 것이다. 그러니 그가 건축가 외에 무엇이 될 수 있단 말인가?

아들과 함께 서쪽으로 여행하고 있는 지금, 특별히 야구를 좋아하는

---

* 뉴욕시의 번화가.

것도 아닌데 그저 신성하다면 신성한 우리 여행의 목적에 걸맞은 마땅한 장소가 없어 그곳으로 달리고 있자니, 어릴 때 부유한 시절을 보냈던 찰리의 세계관이 어쩐지 그저 틀리지만은 않을 거라는 생각이 든다. 보다 고정적인 환경이 더 바람직할 수 있다는 생각 말이다. (코네티컷주와 텍사스주를 두루 거친 부시 부통령이라면 분명 동의할 것이다.)

하지만 내 안에는 좀 다른 생각이 자리하고 있다. 틀림없이 바로 그런 점이 내가 안정적이고 고정된 환경을 찾는 데 걸림돌로 작용했으리라. 그 결과 나는 다른 사람들에 비해 낙관적이지는 않지만(샐리 콜드웰과의 관계가 좋은 예다) 어떨 때는 너무나 낙관적이다(샐리와의 관계는 여기에도 들어맞는다). 나는 다른 사람들보다(혹은 과거에 비해) 안 좋은 사건의 충격에서 회복되는 속도가 빠르지 않지만, 어떨 때는 너무나 빨리 망각해버려 내 본연의 임무를 잊을 때도 있다(마크햄 부부 일이 그 예다). 나는 마크햄 부부가 자신들에 대해 보다 명확한 견해를 가져야 한다고 말했지만 정작 나 자신에 대해서는 그러지 못해왔다. 이런 생각을 나눴어야 마땅한 가까운 사람들과도 생각을 나누지 못했다. 그리하여 그러지 않아도 될 사람들과는 상대적으로 너무 자주 대화를 나눈 셈이 되었다. 내 경우에 국한해 살펴보자면 나는 나 자신에게 더 큰 연민을 느껴야 할 때 오히려 나에게 더 야박하게 굴기도 했다. 틀림없이 이러한 불확실성 때문에 내가 전형적인(어쩌면 소심한) 자유주의자가 되었을 것이다. 내 아들이 약간 이상해지고, 달을 보며 짖고 으르렁대는 것도 그 탓이리라.

아들 문제와 관련해 구체적으로 말해보자면, 만약 찰리가 폴의 친아버지였다면 분명 그랬겠지만, 나는 좀더 안정된 장소에서 아들과 대화할 수 있기를 진심으로 바란다. 지금처럼 내 곁을 스쳐가는 수많은 차량들 틈에서가 아니라. 진실로 만약 내가 ('존재의 시기'의 특질이라 할) 이동성보다 고정성을 더 중요시하는 사람이었다면 개 짖는 소리를 내는 아들과 나 둘 모두에게 더 나은 상황이 펼쳐졌을지 모른다. 그런 면에서 아이들을 통해 자아를 발견해보라고 했던, 폴의 문제는 우리 문제에서 비롯된 것이라고 했던 앤의 견해가 옳을 수 있다. 그렇다면 이 문제를 어떻게 풀어나간단 말인가?

허드슨강을 건너서 '수도권'인 올버니를 지나 88번 교차로로 접어들자 남쪽을 향해 우뚝 뻗어 있는 푸른 캣스킬산맥이 안개와 말꼬리 같은 긴 구름을 휘감고 나타난다. 졸다 깬 폴은 패러마운트 가방을 뒤지더니 워크맨과 〈뉴요커〉 한 부를 꺼내든다. 폴이 들을 만한 카세트테이프가 없는지 묻길래 글러브 박스 안에 있는 테이프 컬렉션을 보여준다. 1970년대에 나온 크로스비, 스틸스, 내시 테이프가 있지만 고장났고, 몬태나주에서 어느 외로운 밤에 800번 서비스*를 통해 샀던 로런스 올리비에가 녹음한 릴케의 시 테이프는 〈푸른 눈이 표준이라네〉 1부와 2부로 나눠져 있는데 이 역시 고장났으며, 회사가 영업사원들에게 동기부여를 한다며 3월에 나눠줬지만 아직 들어본 적이 없는 교육용 테이프 두 개, 그리고 (맹인들을 위해) 내가 직접 녹음한 〈닥터 지바고〉 테이프가 있다. 〈닥터 지바고〉는 해당 방송국 국장이 장한 일을 하느라 수고했으니 보람을 느낄 만한 게 있어야 한다며 크리스마스 선물로 준

* 수신자 부담 서비스 번호.

것이지만 역시 아직 들어보지 않았다. 나는 여전히 테이프보다 책을 사랑한다.

〈닥터 지바고〉를 집어든 폴은 워크맨에 테이프를 넣고 이 분쯤 듣다가 짐짓 놀란 듯 눈을 크게 뜨고 나를 바라보더니 이어폰을 귀에 꽂은 채 이렇게 말한다. "재미있는데요? '루피나 오니시모프나는 진보적인 견해를 가진 여성으로 편견이 전혀 없는 사람이었으며, 확신을 갖고 있거나 극히 중대하다고 생각한 모든 것들에 매우 호의적인 태도를 보였다.'" 폴의 미소에는 경멸이 섞여 있지만 나는 아무 말도 하지 않는다. 어쩐지 폴의 말을 듣고 부끄러워졌기 때문이다. 폴이 시나트라 테이프를 틀자 폴의 귀에 깊숙이 꽂힌 이어폰에서 시나트라의 목소리가 웅웅웅 새어나온다. 폴은 곧 아무 말 없이 〈뉴요커〉를 집어들고 읽기 시작한다.

올버니 남쪽에 도착하자 지금까지의 메마른 도시 풍경은 사라지고, 놀랄 만큼 아름다운 경치가 느닷없이 나타나 눈을 사로잡는다. 마치 영국이나 프랑스의 유서 깊은 지역에 들어온 기분이다. 분기점에 있는 표지판은 어느새 우리가 **센트럴 레더스타킹*** **지역**에 들어섰음을 알린다. 표지판을 지나치자마자 물결 모양의 빙하 지형이 시작되더니 고속도로를 따라 남서쪽으로 수킬로미터나 뻗어 있다. 채석장과 작은 마을, 송풍 장비를 갖춘 소박한 농장이 점점이 들어선 캣스킬산맥 끝자락의 언덕에는 서서히 오후의 그림자가 내려앉기 시작한다. 그 모든 풍경이 내게 이렇게 말하는 듯하다. "놀랍도록 거대한 대륙이 바로 이

---

* 뉴욕주 관광부에서 지정한 관광지역으로, 야구 명예의 전당이 있다. 미국 소설가 제임스 쿠퍼의 소설 시리즈 '가죽 스타킹 이야기'의 배경이 된 곳이기도 하다.

길에 놓여 있다. 그러니 친구여, 명심하는 편이 좋을 것이다.” (이곳은 변변찮은 소설의 배경으로 안성맞춤이다. 쿠퍼의 소설을 가져오지 않은 게 안타까울 따름이다. 저녁식사 후 문가에 앉아 소리 내어 읽으면 제격일 텐데. 쿠퍼의 소설이라면 〈닥터 지바고〉가 남긴 모멸감을 씻기에 충분하다.)

나의 공식적인 견해로는 이곳의 풍광은 도무지 놓칠 게 없다. 힘은 전이되는 순간 속에, '심연을 건너뛰는 순간 속에, 목표를 향해 돌진하는 순간 속에' 존재한다는 에머슨의 견해와 딱 들어맞는 곳이다. 폴이 저 〈뉴요커〉를 집어던지고 전이라는 매우 유용한 단어의 뜻을 되새기며 과거는 그만 떨쳐버리고 자기 상황을 숙고해보면 좋으련만. “중요한 것은 인생 그 자체이지 그것을 살아왔다는 사실이 아니다.”* 생각해보면 나는 에머슨의 『자기신뢰』를 종이책이 아니라 카세트테이프로 샀어야 했다.

하지만 폴은 입을 꾹 다문 채 시나트라의 〈여름 바람 속의 두 연인〉을 따라 웅얼거리거나 입술을 달싹이며 〈뉴요커〉의 '장안의 화제' 섹션을 읽고 있을 뿐 차창 밖으로 펼쳐지는 감동적인 영화에는 눈길조차 주지 않는다. 여행은 결국 어리석은 자의 천국인 걸까.**

나는 잠깐 기지개를 켜려고(등허리가 아파온다) 카블스킬 쪽의 경치 좋은 곳에 차를 세운다. 폴을 차 안에 남겨둔 채 미풍이 부는 바깥으로 나와 사암 난간까지 걸어가보니, 난간 너머로 홍적세에 형성된

---

* 에머슨의 『자기신뢰』에 나오는 한 구절.

** 에머슨의 『자기신뢰』에 나오는 “여행은 어리석은 자의 천국이다”라는 구절을 언급하는 것. 에머슨은 자기 자신을 신뢰하지 않으면 어디를 가더라도 특별할 게 없다고 강조했다.

듯한 초록빛 계곡이 갈색인 정상 부근을 중심으로 광대하게 펼쳐져 있다. 선의를 품은 초기의 개척자는 아마 내륙의 이 야성적인 제국을 길들이기 전에 두려움에 떨었으리라. 나는 깊게 숨을 들이마시고, 뛰어오르며 머리 위로 손뼉 치기, 다리 뻗기, 발가락 풀기, 손가락 풀기, 목돌리기 등 몸풀기 동작을 땀이 날 때까지 반복한다. 머리 위로는 매가 하늘 높이 날아오르고 제비가 날아다니는가 하면 소형 비행기가 소음을 내며 지나가기도 한다. 저 먼 곳에서는 행글라이더가 잠자리처럼 하늘을 자유롭게 선회한다. 보이지는 않았지만 부근에 민가가 있는지 쾅 문 닫는 소리에 이어 자동차 경적소리, 개 짖는 소리도 들려온다. 한눈에 들어오는 맞은편 언덕은 노란 햇살에 폭 안겨 있고, 그 햇살 사이로 작은 붉은색 트랙터 한 대가 에메랄드빛 들판을 가로질러 전진하다가 우뚝 멈춰 선다. 트랙터에서는 모자를 쓴 작은 사람 형체가 내려와 지금까지 지나온 길을 거슬러 걸어가기 시작한다. 뚜벅뚜벅 천천히 트랙터에서 멀어지던 모자 쓴 이는 어느새 언덕 꼭대기까지 올라갔나 싶더니 조금도 틈을 두지 않고 언덕 너머 미지의 세계로 사라져버린다. 혼자 음미하기에도 충분히 멋진 장면이지만 폴과 이 순간을 함께하지 못했다는 사실이 아쉽기만 하다. 하지만 어쩌랴, 말을 물가로 끌고 갈 수는 있어도 오페라를 시킬 순 없는 것을.

폴이 차 안에 틀어박혀 잡지를 읽는 동안 나는 가만히 서서 주변 풍경을 감상한다. 체조를 하고 나니 등이 많이 풀린 듯하다. 맞은편 언덕을 비추던 햇살이 조금씩 왼쪽으로 이동하며 희미해지기 시작하자 푸른 풀밭도 서서히 어두워진다. 만족스러운 경치를 감상한 덕분에 또렷하게 활기를 되찾은 나는 그만 차로 돌아가기로 마음먹는다.

차로 돌아가는 길에 쓰레기통에 아슬아슬하게 걸려 있는 비닐봉지 하나가 눈에 들어온다. 비닐 안에는 구슬 모양 스티로폼 완충재가 들어 있다. 크리스마스 리스를 사거나 오르비스 낚시 릴을 수리하고 찾아오면 박스를 꽉 채우고 있는 연초록색 완충재 말이다. 오후의 더운 바람이 슬며시 불어오자 초록빛 완충재들이 쓰레기통 주변으로 나뒹군다. 나는 쓰레기통으로 걸어가 비닐봉지를 쓰레기통에 제대로 쑤셔 넣은 다음 흩어진 완충재들을 두 손으로 주워 담는다.

잡지를 보던 폴은 고개를 들어 자동차 주변을 청소하는 나를 물끄러미 쳐다본다. 나 역시 손에 끈끈한 완충재를 가득 담은 채 고개를 돌려 폴을 바라본다. 폴은 이어폰 아래 상처 난 귀를 만지작거리며 눈을 깜박거리더니 손가락을 총 모양으로 만들어 관자놀이로 천천히 가져간다. 그러더니 입으로 '빵' 하는 총 쏘는 소리를 내며 고개를 뒤로 젖혀 죽은 시늉을 한다. 폴은 곧 태연히 원래 자세로 돌아와 다시 잡지를 읽기 시작한다. 무서운 일이다. 누군들 그렇게 느끼지 않을까. 자식을 바라보는 아버지라면 더더욱. 어떻게 보면 지독히 우스운 일이기도 하다. 폴은 그렇게 나쁜 아이가 아니니까.

뭐니뭐니해도 여행의 목적지는 가까운 곳이 최고다.

폴과 내가 오네온타 외곽지역을 통과할 때는 다섯시가 넘었다. 새로 나타난 서스키해너강을 따라 28번 국도에서 북쪽으로 방향을 돌리고 얼마 후 거의 목표 지점에 도착한다. (그 교훈적인 요소와 더불어, 지리는 여기 북동부 지역에서 가장 확고한 장점인 동시에 아직도 깨지지 않은 비밀이라 할 만하다. 즉 당신은 세 시간 내에 파도가 넘실대는 롱

아일랜드 사운드*의 해변에 서서 제이 개츠비**처럼 당신을 운명으로 인도하거나, 어쩌면 운명에서 멀어지게 인도하는 등대 불빛을 바라보다가 역시 단 세 시간 만에 냇티***가 이름을 떨쳤던 여기로 달려와 칵테일을 음미할 수도 있는 것이다. 이 두 곳은 시애틀과 웨이코****만큼이나 판이하다.)

28번 국도를 따라 강 상류 쪽으로는 히코리나무와 단풍나무가 늘어서 있다. 중간중간 아름다운 작은 마을과 농장, 숲, 외따로 떨어진 가정집과 목장도 보인다. 크리스마스트리를 직접 잘라 갈 수 있는 농장과 라즈베리를 수확해 가져갈 수 있는 체험 농장, 사과 과수원도 눈에 들어온다. 사탕단풍나무가 늘어선 언덕에는 허름한 모텔들이 자리하고 있다. 군견훈련소와 건지종 젖소가 풀을 뜯고 있는 목초지, 자갈채취장과 그 근처 나무들을 마구 베어낸 개발지역도 우리를 스쳐지나간다.

여기서는 도시계획국이나 개발계획, 까다로운 건축법, 위생 기준, 인도人道에 관한 법령, 산림법에 구애받을 필요가 없다. 아직 훼손되지 않은 땅에 원하는 대로 여름 별장이나 이동식 주택을 지으면 그만이다. 자체 제조한 마리나라 소스와 제네시 맥주를 무한정 제공하는 저 훌륭한 레스토랑의 아래쪽 도로변이나, 일요일 오전 열시마다 미사가 열리는 밀퍼드의 세인트조지프성당 부근에 말이다. 조지 워싱턴 다리에서 오후내 달리면 올 수 있는 이곳에서는 한마디로 버몬트주의 소박

---

* 대서양과 수많은 강들이 모여 있는 어귀로, 북쪽의 코네티컷주와 남쪽인 뉴욕의 롱아일랜드 사이에 위치한다.

** 『위대한 개츠비』의 주인공.

*** 페니모어 쿠퍼스의 소설 시리즈 '가죽 스타킹 이야기'의 주인공 냇티 범포.

**** 텍사스주의 도시.

함과 허식 없는 업스테이트의 팍팍함이 완벽하게 조화를 이루고 있다. (항간에는 주로 대도시의 폭력조직 단원들이 숨어 지낸다는 얘기도 떠돌지만 나쁜 점이 없는 곳을 찾기란 어려운 법이다.)

이런 생각을 하다보니 어느새 내 마음이 요동치기 시작한다. 미리 구상해온 대로, 독립기념일 자체에 대한 폴의 생각은 어떤지 정식으로 질문을 던져볼까 싶다. 독립기념일은 엉클 샘이나 하렘의 수호자 같은 요란한 의상으로 갈아입고 쇼핑몰 주차장에서 묘기나 선보이며 즐기는 케케묵은 휴일이 아니다. 독립기념일은 다름 아닌 인간의 가능성을 축하하고 기념하는 날이다. 우리가 무엇에 의존하고 있는지(예를 들어 오래전에 죽은 개를 추모하며 짖는 소리를 낸다거나 생각하는 것에 대해 생각한다거나 따끔거리는 페니스를 의식하는 등) 살펴보고, 어떻게 독립적인 삶을 살아야 하는지, 궁극적으로는—공익을 위해—아예 이런 고민조차 하지 않고 살아갈 수 있으려면 어떻게 해야 하는지 고민해보는 날인 것이다.

이것이 나와 유사한 상황에 처한 부모가 아들의 인생 문제를 진지하게 대면할 수 있는 유일한 방법일지 모른다. 천문학에 비유해 말하자면, 이럴 때 부모는 유용한 일반적인 기준을 끌어다 아들의 머리 위에 올려놓는 수밖에 없다. 창공의 별처럼 말이다. 천문학자가 그러듯 아들이 알아서 이를 연결해 관찰하고 제 나름의 시각을 완성하기를 바라면서. 그저 평범하고 일반적인 방식대로 아들의 문제에 간섭하거나 완고하게 굴어서는 큰 효과가 없다. 콘돔을 훔치고 차를 부수고, 경비원과 뒤엉켜 싸우고, (마땅한 이유가 있었는지는 모르겠지만 어쨌든) 계부를 때리고, 죄 없는 새를 괴롭히고 법정에까지 나가게 된 아들을 나무라기만

하는 것, 이런 짓들이 이후 해덤에서 아빠인 나와 함께 살아가는 데, 또 윌리엄스대학교에 '장학생'으로 들어가는 데 어떤 악영향을 미칠지 훈계하는 것 말이다. 오늘 함께 보낸 짧은 시간 동안에도 아들은 귀에 거슬리는 개 짖는 소리를 내고 나 몰래 수상한 미소를 짓는가 하면 지금은 마치 화난 것처럼 입을 꾹 다물고 있다. 어쩌면 나는 마침내 분노가 폭발해 아들을 딥리버에 다시 데려다놓고는 나 자신이 구제불능 실패자라고 자책할지도 모른다. 따지고 보면 아들의 무엇이 잘못됐는지, 아니 정말 잘못된 점이 있기는 한지 나는 확실히 알지 못한다. 또 그 잘못된 점이 그저 다른 무엇을 의미하는 신호에 불과한지, 아니 그 다른 무엇마저도 다른 무엇을 의미하는 신호인 것인지 나는 알지 못한다. 하지만 그게 뭐든 잘못된 점이 있다고 한다면, 그것은 우리가 과거 어느 때 저질렀던 잘못과 크게 다르지 않을 것이다. 이제는 희미한 기억으로만 남아 있는 그런 일들. 그 잘못이란 다음과 같다. 우리는 행복하지 않다, 그러나 행복하지 않은 이유를 알지 못한다, 그래서 더 나아지려 애써봤자 우리 자신을 점점 미치광이 상태로 몰아갈 뿐이다.

폴은 워크맨을 다시 가방에 집어던지고 잡지는 대시보드 위에 올려놓더니(앞유리에 잡지 표지가 비쳐 시야를 방해하는 위치다), 뒷좌석의 스포츠재킷 위로 손을 뻗어 에머슨의 얇은 녹색 장정 책을 가져와 읽기 시작한다. 내가 우편으로 보내준 책을 읽지 않았음이 분명하지만 어쨌든 생각보다 고무적인 일이다.

"아빠, 혹시 차라리 다운증후군이나 아니면 그저 그런 정신질환을 앓는 아이가 내 자식이었으면 하고 바라세요?" 폴이 묻는다. 〈타임〉을 읽듯 에머슨 책을 뒤에서부터 휙휙 넘기면서.

"너랑 클래리사가 지금처럼 자라서 만족하는데? 그렇게 바란 적은 딱히 없어." 몇 시간 전 프렌들리 카페에서 본 다운증후군 아이의 잔상이 가시지 않았기에, 나는 폴이 자신을 어떻게 생각하는지, 또는 어떻게 변하고 있다고 생각하는지 이해할 수 있다. 잔인하리만치 또렷하게.

"그래도 선택하세요." 여전히 페이지를 아무렇게나 넘기며 폴이 말한다. "둘 중 하나를 선택하고 그 이유를 말씀해주세요."

아주 작게 밀퍼드의 공화당 사무소가 보이더니 오른쪽으로 쉐보레 콜베트 명예의 전당이 스쳐지나간다. 폴이 본다면 분명 들어가보자고 떼를 쓸 것이다. 평소 좋아하는 차라고 주장했기 때문이다. 폴이 콜베트 명예의 전당을 발견하지 못한 까닭은 딱 하나다. 바로 에머슨의 책을 보고 있었기 때문이다! (게다가 우리는 곧 숙소에 도착할 것이고 나는 독한 술을 마시고 원주민 장인이 이 지역 재료를 이용해 만들었다는 안락의자에 기대 푹 쉬게 될 것이다.)

"정 택해야 한다면 정신질환을 앓는 아이야." 내가 말한다. "때로는 치료가 가능하거든. 그런데 다운증후군은 아주 어려워."

엄마를 닮은 폴의 회색 눈이 나를 향해 깜박거린다. 뭔가를 알아챈 교활한 사람처럼. 과연 무엇을 알아챈 걸까? "때로는 치료가 가능하다……" 폴이 중얼거린다.

"여전히 마임 연기자가 되고 싶니?" 또 한번 서스키해너강을 만나자 그림처럼 아름다운 옥수수밭과 파란색과 흰색을 칠한 저장고, 수리하려고 모아둔 설상차들이 눈에 들어온다.

"마임 연기자가 되길 원한 적 없어요. 그건 캠프에서 한 농담이었죠. 사실은 만화가가 되길 원해요. 그림은 잘 못 그리지만." 폴은 사마귀가 붙거진 손으로 머리를 긁적이고 코를 훌쩍거리더니 이이이크 소리를 내며 얼굴을 찡그린다. 목구멍 깊숙이서 저도 모르게 나오는 소리 같다. 폴은 바로 앞에 유리라도 있는 것처럼 손바닥을 활짝 펴 제 얼굴 앞에 올린다. 그러고는 잠시 나를 쳐다보다가 다시 얼굴을 찡그리며 소리 없이 입만 움직인다. "도와주세요, 도와주세요"라고 말하는 것 같다. 마임을 끝낸 폴은 곧장 에머슨의 책으로 돌아가 페이지를 훑는다. "이 책에는 무슨 이야기가 들어 있어요?" 우연히 펼친 페이지를 뚫어져라 쳐다보며 폴이 묻는다. "소설이에요?"

"굉장한 책이란다." 하지만 어떻게 설명해야 할지 난감했다. "그건……"

"밑줄이 많네요." 폴이 말한다. "대학 다닐 때 읽으셨던 책인가봐요." (폴은 내가 과거에 어떻게 지냈는지 물어보는 법이 거의 없다. 자기 과거에 부대끼는 소년치고는 태어나기 이전의 삶에 거의 관심이 없다. 나나 제 엄마의 가족사도 결코 신기하게 여기지 않는다. 폴의 잘못만은 아니다.)

"그 책을 읽는 것도 환영이란다."

"환-영이란다. 환영이란다." 폴이 내 말을 흉내내며 말한다. "바로 그랬다는 말입니다, 프랭크." 폴은 또다시 크롱카이트 흉내를 내며 무릎 위에 올려놓은 책을 가만히 쳐다본다. 관심 있는 내용이라도 있는 걸까.

다음 순간 우리는 놀랍게도 어느새 쿠퍼스타운의 남쪽 지역에 와 있다. 공터에 조성한 중고 쾌속정 판매장과 '빅풋*' 트럭이 서 있는 주차

---

* 대형 픽업트럭의 한 종류로, 흔히 경주용으로 쓴다. 매우 큰 바퀴가 특징이다.

장이 우리를 스쳐가고 **여름방학 성경학교** 간판을 내건 새하얀 감리교회, 깔끔하지만 숙박료가 비싸게 매겨진 아담한 40년대식 모텔들이 오른쪽에 줄지어 나타난다. 모텔 주차장은 짐을 가득 실은 승용차와 스테이션왜건으로 벌써부터 만원이다. 마을 경계를 알리는 표지판과 "모두 투표합시다!" 간판도 보이지만 디어슬레이어모텔이나 명예의 전당을 가리키는 표지판은 찾을 수가 없다. 쿠퍼스타운은 외지인이나 유명 인사보다 여기에 사는 지역 주민을 더 중시하는 마을일지도 모르겠다.

"'위대한 사람은,'" 폴이 짐짓 점잔을 빼며 찰턴 헤스턴의 목소리를 흉내내어 책을 읽기 시작한다. "'군중의 한가운데에 있더라도 독립이라는 고독함을 완벽히 즐길 줄 아는 사람이다.' 그렇고 저렇고 그래서 저래서 어쩌고 저쩌고. '더는 의미가 없어진 과거의 관습에 순응하는 데 반대하는 이유는 그것이 당신의 힘을 분산시키기 때문이다. 그로 인해 당신은 시간을 소모하고 자신의 참된 모습을 흐리게 한다.' 꽥, 꽥, 꽥. 나는 위대한 사람이다. 나는 포도밭 일꾼이다. 나는 자몽이다*. 나는 생선튀김이다……"

"일반적으로, 위대해진다는 것은 오해를 받는 거란다." 다른 차들을 주의하며 간판을 찾아 두리번거리면서 내가 말한다. "기억해두면 좋은 말이지. 다른 좋은 부분도 많단다."

"그것 말고도 내가 기억해야 할 것들은 아주 많다고요." 폴이 말한다. "나는 물에 빠져 죽을 것 같아요. 꿀럭, 꿀럭, 꿀럭." 폴은 두 팔을 들어올려 수영하다 물에 빠진 것처럼 허우적대더니 아주 낡아 빽빽해

* '위대한 사람(great man)'과 '포도밭 일꾼(grape man)', '자몽(grapefruit)'의 발음이 유사한 것을 이용한 말장난.

진 문에서나 날 것 같은 이이이크 소리를 내고는 다시 얼굴을 찡그린다.

"그럼 읽기만 해. 시험 같은 건 안 볼 테니까."

"시험. 시험은 정말 날 미치게 해요." 폴은 이렇게 말하더니 느닷없이 방금 펴놓은 페이지를 집어 더러운 손가락으로 쭉 찢어버린다.

"뭐하는 짓이야!" 내가 책을 휙 낚아채는 바람에 반짝이는 초록색 표지에 움푹 자국이 생긴다. "이런 짓을 하다니 너 정말 바보 아니니!" 나는 빼앗은 책을 무릎 사이에 끼워놓았지만 폴은 자기가 찢은 낱장을 손에 들고 있다가 사분의 일로 조심스럽게 접기 시작한다. 방금 전과는 사뭇 다른 태도다.

"기억하는 대신 갖고 있을래요." 폴은 침착하지만 난 그렇지 못하다. 폴은 접어둔 낱장을 바지 주머니에 넣고 창밖을 바라본다. 나는 폴을 노려본다. "난 방금 당신의 책에서 한 페이지를 가져왔소." 폴이 또다시 찰턴 헤스턴의 목소리를 흉내낸다. "그런데 당신은 혹시 자기 자신을 완전한 실패자로 보는 거요?"

"무엇에 실패했다는 말이지?" 나는 화를 낸다. "이 〈뉴요커〉인지 뭔지나 대시보드에서 치워!" 나는 잡지를 집어 뒤쪽으로 던져버린다. 잠시 후 교통량이 많아지고 우리는 곧 좁고 그늘진 거리로 들어선다. 오후 신문들 더미 위에 팔짱을 끼고 나란히 앉아 있는 신문팔이 소년 두 명이 눈에 들어온다. 거리는 분명 무더울 테지만, 차 안에서 바라보니 왠지 바깥공기는 시원하고 촉촉하고 신선할 것만 같다.

"무엇이든요." 폴은 이렇게 대답하더니 마치 내가 못 들을 거라고 생각하는 듯 다시 목 깊은 곳에서 소리를 낸다. 이이이크.

가슴에 분노와 후회(겨우 책 한 장 찢어졌다고?)가 치밀어오르지만 질문을 받았으니 대답해줘야 한다. "네 엄마와 결혼한 것, 아빠 노릇하기. 이 두 가지가 최근 아빠에게 잘 안 풀리는 문제야. 다른 일들은 더할 나위 없이 순조롭지만." 목적지가 가까워지자 나는 아들과 단둘이 차 안에 있고 싶지 않아 살이 쏙 빠질 지경이다. 턱이 뻣뻣해지고 등허리가 다시 아프기 시작한다. 치명적인 가스라도 마셔 질식할 것처럼 속이 메스껍다. 나는 저멀리 떨어진 곳에 있는 무심한 신에게 기원해 본다. 샐리 콜드웰이 지금 우리와 함께 있을 수 있기를. 아니, 샐리는 여기에 남고 폴은 딥리버로 돌아갔으면. 돌아가서 제 공포심을 퍼뜨리며 새를 학대하고 사람들에게 해를 끼친다 하더라도. (사실 '존재의 시기'에는 이런 달갑잖은 감정을 되도록 피하려 들게 된다. 물론 오늘처럼 어쩔 수 없는 경우도 있지만.)

"미스터 토비가 차에 치이지 않았다면 지금 몇 살인지 아세요?"

혹시 재미삼아 찌르레기를 죽이고 다녔는지 폴에게 물어보려던 참이었다. "열세 살. 왜?" 그 와중에도 나는 **디어슬레이어모텔** 간판을 찾으며 이리저리 눈을 돌리고 있다.

"바로 그 생각이 계속 머리에서 맴돌아요. 아무리 떨치려 해도요." 시내 중심에 다다를 때까지 폴은 이 말을 서른 번은 했을 것이다. 시내에 이르니 폴과 비슷하게 입은 아이들이 범죄자들처럼 서성거리고 있다. 아이들은 행인들이 지나가는 가운데에서 어설픈 동작으로 해키 색* 놀이를 하고 있다. 마을에는 창문에 하얀 겉창을 덧댄 벽돌집들이 많고 커다란 적참나무와 히코리나무가 그늘을 드리우고 있어서, 전체적으

* 콩주머니를 땅에 떨어지지 않게 발로 차며 하는 놀이.

로 잘 정돈된 깔끔한 묘지가 떠오른다.

"왜 자꾸 그 일을 곱씹는 거지?" 내가 신경질적으로 묻는다.

"모르겠어요. 그 사건이 안정적으로 돌아가던 모든 걸 망쳐버렸다는 생각이 들어서 그런가봐요."

"그렇지 않아. 안정적이란 건 어디에도 없어. 그러지 말고 그 얘기를 직접 글로 써보는 게 어떻겠니?" 무슨 일인지 순간 어머니에 대해 쓴 글과 혼 아일랜드의 수녀가 떠오르고 (도무지 영문은 모르겠지만) 자식을 더 갖고 싶다는 생각이 들어 기분이 나빠진다.

"그러니까 일기 쓰듯이 말이에요?" 폴이 나를 못 미덥다는 듯이 바라보며 묻는다.

"그래. 일기 쓰듯이."

"캠프에서 해봤어요. 구겨서 화장실 휴지로 쓰고 모닥불에 던져버렸지만요. 그런 용도로는 아주 그만이던걸요."

교차로에 다다랐던 바로 그때, 붉은 벽돌을 재료로 그리스 부흥 양식으로 지어 흡사 우체국처럼 생긴 명예의 전당이 갑자기 등장하는 바람에 나는 재빨리 체스트넛 스트리트와 시내 중심가 방향으로 차를 돌린다. 아무래도 술을 한잔 걸치는 것은 차를 타고 지나가며 명예의 전당을 좀 살펴본 후로 미뤄야겠다.

야구팬 행락객들로 가득찬 중심가를 보고 있자니 소규모 대학을 끼고 있는, 가을 학기를 이수하려고 고향에서 돌아온 학생들로 붐비는 어떤 마을이 연상된다. 거리 양쪽에 늘어선 가게들은 유니폼, 카드, 포스터, 범퍼 스티커 등 야구에 관한 모든 것들을 팔고 있다. 아마 야구 휠캡과 야구 콘돔까지 있을 것이다. 그 밖에도 약국, 옷가게, 꽃가게 두 곳, 술집, 독일식 빵집 등 일반적인 생필품가게와 매물 사진을 액자에 담아 내걸어둔 부동산 사무실이 눈에 띈다.

무신경해 보이기만 했던 딥리버나 고자세였던 리지필드와는 달리, 쿠퍼스타운은 독립기념일 분위기로 충만하다. 독립기념일 분위기가 이 정도는 되어야 하지 않느냐고 과시라도 하듯이 가로등, 전선, 신호등, 심지어 주차시간 자동표시기에까지 독립기념일 축하 메시지가 붙어 있다. 마을 구석구석 나붙은 포스터는 '유명 컨트리 가수'와 함께하는 '대대적인 퍼레이드'가 월요일에 열린다고 알린다. 방문객들은 모두들 이곳에 올 수 있어 기쁘기 그지없다는 표정으로 여기저기를 돌아다닌다. 그런 모습을 보고 있노라면 쿠퍼스타운이야말로 정착해서 살아가기에, 신께 감사드리기에, 풍요로움을 만끽하기에, 가족을 부양하기에, 노년을 보내기에, 또 병들어 죽음을 맞이하기에 일견 아주 이상적인 장소로 보인다. 하지만 사람들 자체의 모습에서, 곳곳에 내걸린 붉디붉은 제라늄 꽃바구니에서, 너무나 눈에 띄는 프랑스풍 푸벨*에서, 단박에 눈길을 잡아끄는 영국풍의 붉은색 이층버스에서, 또 단 한 곳에도 명예의 전당 표지가 없다는 데서, 이 마을의 개척자들이 유지하고자 했던 시민의 이상이 무엇이건 간에, 혹시 쿠퍼스타운이란 마을은 (예를 들어 범죄, 절망, 쓰레기, 유괴 같은 것들처럼) 진짜는 하나도 없이 그저 더없이 살기 좋은 (이상적인 마을의) 모조품으로만, 또는 그때 그때의 필요에 따라 명예의 전당이라든가 그 밖의 다른 유명한 것들을 돋보이게 하는 배경으로만 기능하고 있는 것은 아닐까 하는 의구심이

* poubelle. 프랑스어로 '쓰레기통'.

든다. (그럼에도 여기는 내가 상상했던 바와 딱 맞아떨어지는 곳이다. 아들의 문제가 무엇이든 좋은 훈계를 하기에 여전히 완벽한 무대다. 아들이 바보 멍청이만 아니라면 말이다.)

아치 형태로 벽돌을 쌓아 지은 지극히 평범하게 보이는 명예의 전당 입구 쪽으로 나는 천천히 차를 몬다. 가까이 가보니 성조기가 내걸려 있고 커다란 사탕단풍나무 한 그루가 전면에 버티고 서 있어 우체국 건물과 더욱 비슷해 보인다. 인도를 쳐다보니 일단의 사람들이 시끄러운 소리를 내면서 저녁시간을 이용해 근처 모텔이나 호텔, 캠핑카에서 걸어나와 명예의 전당을 둘러보려는 관광객들을, 내가 보기에는 한껏 방해하는 중이다. 내 눈에는 그렇게 보인다. 이들은 하나같이 현수막이나 간판, 샌드위치맨이 걸치는 광고판을 들고 서 있는데 폴에게 창문을 내리게 한 후 그들의 외침을 들어보니 "슈터, 슈터, 슈터"처럼 들리는 노래를 부르고 있다. (이런 장소에서 피켓을 들고 외치는 것이 무슨 의미가 있는지 심히 이해하기 힘들다.)

"저 바보 같은 놈들은 대체 누굴까요?" 폴이 언짢은 표정으로 내다보다가 또 그 이상한 소리를 낸다. 이이이크.

"나도 너처럼 여기 방금 도착했단다." 내가 말한다.

"후터, 후터, 후터." 폴이 쉰 목소리로 큰 소리를 낸다. "뉴터, 뉴터, 뉴터."

"어쨌든 바로 저 건물이 야구 명예의 전당이야." 솔직히 적이 실망스럽지만 굳이 따지자면 내게는 그럴 만한 자격이 없다. "자, 이제 봤으니 네가 원하면 집으로 돌아가도 된다."

"후터, 후터, 후터." 폴이 말했다. "이이이크, 이이이크."

"이제 여행을 끝내고 싶니? 그럼 오늘 저녁 일찍 뉴욕으로 다시 데려다주마. 예일 클럽에도 갈 수 있을 거야."

"그럴 바에야 차라리 여기서 한참 머물래요." 여전히 차창 밖을 바라보며 폴이 말한다.

"좋아." 나는 폴의 말을 뉴욕에 가지 않겠다는 뜻으로 받아들이기로 한다. 알 수 없는 분노가 치밀어오르지만 아버지 노릇은 평생에 걸쳐 수행해야 하는 영구적인 임무라고 되뇌며 감정을 추스른다.

"그런데 쿠퍼스타운에서 무슨 일이 있었던 거죠? 까먹었네요." 보도에 서성이는 사람들을 바라보며 폴이 묻는다.

"1839년 애브너 더블데이란 사람이 여기서 최초의 야구 경기를 열었다고 하더라. 아무도 믿지는 않지만." 모두 안내서에 나와 있는 내용이다. "여기 오는 사람들의 흥미를 불러일으켜서 야구를 널리 알리려는 일종의 신화라 할 수 있지. 독립선언문과 비슷하다고 보면 돼. 7월 4일에 서명했다고는 해도 실제 서명은 다른 날짜에 했으니까." 이는 물론 친절한 칼 베커 아저씨를 통해 알게 된 사실이다. 어쩌면 말해봤자 시간 낭비에 지나지 않을지 모르지만 나는 말을 계속 이어나간다. "다시 말하면 사람들이 별로 중요하지도 않은 점에 집착해 본질적인 문제를 놓치는 일이 없도록 하기 위해서지. 야구에서 본질적인 문제가 뭔지 나도 잘 모르겠지만 말이다." 깊은 피로감이 다시 엄습한다. 나는 그저 얼른 차를 세우고 차 안에서 깊은 잠에 빠져들고만 싶다. 그러다 잠에서 깨었을 때 누가 나와 함께 있는지 확인하고 싶다.

"그럼 뭐 젠장, 아무것도 아니네요." 폴이 밖을 보며 말한다.

"정확히 말하자면 그렇지 않아. 우리가 사실이라고 생각하는 것 중에서 많은 게 알고 보면 사실이 아니고, 사실인 것들 중에도 전혀 신경 쓸 필요가 없는 게 많거든. 그러니 그런 식으로 말할 필요는 없다. 너의 할일은 그저 스스로 판단하는 힘을 기르는 거야. 인생은 이렇게 그저 그런 교훈들로 가득차 있으니까."

"오, 그렇다면 정말 감사한 일이네요. 감사, 감사, 감사, 감사." 폴이 나를 보며 웃지만 경멸 섞인 웃음이다. 나는 피곤해서 쓰러질 지경이다.

하지만 나는 아직 그냥 넘어가지 않는다. 밀에서 왕겨를 골라내는 법을, 나무가 아니라 숲을 보는 법을 알려줘야 한다. "너를 행복하게 해주지 못하는 상황에 그냥 갇혀 있어선 안 돼." 내가 말한다. "이 아빠는 항상 그걸 잘해내지 못했지. 아주 심했어. 그래도 노력은 했단다."

"나도 노력하고 있어요." 폴의 말투에서 진지함이 느껴진다. 심장이 덜컹할 만큼 놀랍고 기쁘기 그지없다. 평범함. 그저 평범함의 힘이다. 그 밖에 내가 어떤 도움을 줄 수 있단 말인가? "하지만 뭘 해야 할지 정말 모르겠어요."

"어, 네가 노력하고 있다고 했지? 그게 네가 할 수 있는 전부야."

"이이이크." 폴이 조용히 읊조렸다. "후터."

"후터, 그래." 우리는 차를 몰며 계속 앞으로 나아간다.

중심가 아래쪽으로 더 내려가 수령이 이백 년은 넘을 듯한 너도밤나무와 적참나무가 그늘을 드리운 거리로 들어서니 값비싸 보이는 연방주의자 시대 건물과 잘 보존된 그리스 부흥 양식의 집들이 나타난다. 해덤이었다면 180만 달러는 나갈 테지만 매물로는 결코 나오지 않을 주택들이다(해덤이라면 친구끼리 알음알음 거래하지 부동산중개인을 끼지 않을 테니까). 하지만 여기 몇몇 주택의 잔디밭에는 **할인** 팻말이 세워져 있다. 여기에도 신문팔이 소년이 있어서, 그 소년이 석간신문으로 가득찬 자루를 좌우로 흔들며 걸어가자 화려한 붉은 체크무늬 바지에 노란 셔츠 차림으로 청량음료를 들고 잔디밭에 서 있던 한 노인이 소년을 향해 손을 흔든다. 소년은 즉각 신문 한 부를 던지고 노인은 이를 재빨리 집어든다. 소년은 느릿느릿 옆을 지나던 우리를 보고 폴을 자기 친구로 착각했는지 살짝 손을 흔들지만 전혀 모르는 아이라는 걸 깨닫고는 이내 손을 내리며 눈길을 돌려버린다. 하지만 폴은 소년에게 손을 흔들어준다! 어쩌면 폴은, 마치 몽상가처럼, 만약 우리 모두가 해덤에서 살게 되고 그리하여 마땅히 그랬어야 할 삶으로 복귀하게 된다면 자신도 바로 그 소년처럼 변하지 않을까 생각했을지 모른다.

"제 옷차림이 마음에 드세요?" 버튼을 눌러 차창을 닫으며 폴이 묻는다.

"아니, 뭐 썩 맘에 들진 않아." 그늘진 다른 거리로 차를 꺾으며 내가 말한다. 파란색 **병원** 간판이 나타나더니 간호사 복장 여자들과 청진기에 의사 가운을 입은 남자들이 인도를 따라 어딘가로 걸어가는 모습이 보인다. "이 아빠 옷은 괜찮니?"

폴이 심각한 표정으로 나를 바라본다. 치노 바지, 굽 낮은 단화, 노란 양말, 블랙워치 부대*를 연상케 하는 격자무늬 반소매 셔츠. 셔츠는 미네소타주 리치 호수에 있는 마운틴 에어리 아웃피터스 옷가게에서 구입한 꽤 오래된 옷이다. 1963년에 뉴욕 센트럴 노선을 타고 앤아버

* 영국의 육군부대. 부대원 대부분이 스코틀랜드 출신이라 스커트 형태의 전통의상인 킬트를 착용한다.

에서 내릴 때도 바로 이 옷을 입었다. 상표 없는 옷이지만 아직까지도 너무 편하다.

"아뇨." 폴이 말한다.

"하지만 얘야," 여전히 에머슨의 책을 다리 사이에 끼워둔 채로 내가 말한다. "이 일을 잘하려면 고객들이 나를 안타깝게 보도록, 아니 적어도 나보다 우월하다고 느끼도록 입어야 한단다. 아빠는 그에 맞게 아주 잘 입었다고 생각해." 폴은 혐오스럽다는 표정으로 나를 바라본다. 곧 냉소적인 표정으로 바뀔 것이다. 그러나 내가 장난을 치는 건지 아닌지 헷갈리는 듯 아무 말도 하지 않는다. 하지만 방금 내가 한 말은 당연히 진실이다.

나는 차를 몰아 붉은색과 초록색 겉창을 내건 좁은 거리로 들어간다. 역시 멋지긴 하지만 지금까지 봤던 거리보다는 조금 허름하다. 나는 그 길이 디어슬레이어모텔이 위치한 28번가로 가는 길이라 생각한다. 역시 여기도 매물로 내놓은 집들이 많다. 쿠퍼스타운은 원하기만 하면 무슨 집이든 살 수 있는 동네가 아닐까.

"그 문신은 처음 보는데 뭐라고 쓴 거니?"

폴은 내가 볼 수 있도록 즉시 오른쪽 팔목을 내민다. 글이 거꾸로 보이지만 자세히 보니 폴의 부드러운 살에 희미하게 스며든 파란 잉크로 '곤충'이라고 쓰여 있다. "혼자 생각해낸 거니? 아니면 다른 사람이 도와줬니?"

폴이 코를 킁킁거린다. "다음 세기에 우리 인간은 살충제를 이기고 살아남은 곤충들의 노예가 될 거예요. 저는 이 문신을 통해, 환경에 적응하지 못해 곧 종말을 맞을 생물집단에 제가 포함되어 있다는 걸 인정하는 거죠. 새로운 리더가 나를 친구로 대해주길 바라는 마음에서요." 폴은 또다시 코를 킁킁거리고는 더러운 손가락으로 코를 후빈다.

"록 음악 가사에서 따온 거니?" 나는 다른 차량들의 행렬에 합류해 다시 시내로 들어선다. 한 바퀴를 돈 셈이다.

"그냥 상식이죠." 폴이 손에 난 사마귀를 무릎에 문지르며 말한다.

나는 곧 아까 폴과 얘기하느라 놓친 간판 하나를 발견한다. 큰 키에 날렵한 얼굴, 노루 가죽신, 사슴가죽으로 지은 옷에다 손에는 구식 화약총을 들고 멀리 세모 모양 소나무들을 배경으로 호숫가에 서 있는 개척자의 옆모습 그림, 그리고 **전방에 디어슬레이어모텔**이라고 적힌 팻말. 눈물나게 반가운 표지판이다.

"인간이 그것보다는 더 진보할 거라는 생각은 안 드니?" 나는 토요일 오후를 맞아 밀려드는 차량과 사방에 관광객을 풀어놓고 있는 트롤리 버스를 통과해 묵묵히 앞으로 나아간다. 뜻밖에도 옷세고 호수는 얼마 떨어지지 않은 곳에 있다. 숲이 우거지고 노르웨이 풍경을 연상시키는 호숫가가 수킬로미터에 걸쳐 뻗어 있는 옷세고 호수는 지금은 흐릿하게 보이는 북쪽의 애디론닥스* 생태지역과 맞닿아 있다.

"항상 너무 많은 것들이 나를 귀찮게 해요. 그래서 지겨워요."

"폴," 폴의 말을 무시하며 내가 말한다. "여기 전체를 세운 사람들은 만약 케케묵은 의존성을 떨쳐내지 않는다면 이 세상에 내재한 야만성에 무릎을 꿇게 될지 모른다고 생각했단다."

"여기라면 쿠퍼스타운을 말하는 거예요?"

* 올버니 인근에 위치한 호수와 강, 산이 어우러진 관광지역.

"아니. 그런 뜻으로 한 말이 아니야."

"그런데 쿠퍼스타운은 누구 이름을 따서 지은 거죠?" 폴이 반짝이는 호수를 바라보며 묻는다. 마치 곧 뛰어들기라도 할 것처럼.

"제임스 페니모어 쿠퍼." 내가 말했다. "야구하는 인디언들에 대해 썼던 유명한 미국 소설가란다." 폴은 미심쩍다는 표정으로 나를 쳐다본다. 내가 자신에게 피곤해하고 있고 따라서 또 한번 자기를 놀릴지도 모른다는 사실을 아는 것이다. 나는 그런 폴의 얼굴에서—다른 때에도 그랬듯이 아들의 얼굴 위를 지나가는 햇살을 통해—나중에 성인이 됐을 때 폴의 얼굴이 어떻게 변해 있을지 상상할 수 있다. 그 얼굴은 허풍을 떨거나, 근엄하거나, 비꼬거나, 남에게 잘 속아넘어가거나, 점잖을 수는 있지만 그리 행복해 보이지 않을 것 같다는 생각이 든다. 지금의 나와는 다르겠지만 나도 세상 살아가는 법을 잘 몰랐다면 그렇게 되었을 수 있다. "너는 네가 패배자라고 생각하니?" 키 큰 가문비나무가 양쪽으로 늘어서 있는 디어슬레이어모텔의 진입로로 들어서면서 내가 폴에게 묻는다. 그 가문비나무 너머에 오매불망 그리던 디어슬레이어모텔이 있다. 빅토리아양식으로 지은 현관은 오후 햇살이 드리운 그림자에 묻힌 모습이고 내가 꿈에 그리던 커다란 안락의자에는 몇몇 여행객들이 만족스러운 표정으로 앉아 있다. 물론 아직 몇 자리는 남아 있다.

"무엇에 대한 패배자요?" 폴이 말한다. "실패할 만큼 충분한 시간이 없었어요. 전 아직 배우고 있으니까요." 나는 차들이 좀 빠지기를 기다린다. 이제 옷세고 호수가 우리 바로 옆에 있음에도 여전히 바람 한 점 불지 않고 무덥다.

"그러니까 아이로서 실패했냐는 말이야. 사-춘-기에 들어선 아이라고 해야 하나? 지금 네가 어떤 시기에 있다고 생각하든 말이지." 나는 깜박이를 켜고 운전대를 꽉 움켜잡는다.

"그럼요, 프랭크." 폴이 오만한 목소리로 말한다. 무엇에 동의하는 건지도 모르면서 말이다.

"아니, 넌 패배자가 아니야." 내가 말한다. "그러니 네 자신에 대해 생각해볼 수 있는 뭔가를 찾아야만 할 거다, 넌 패배자가 아니니까. 난 너를 사랑한단다. 그리고 젠장, 아빠를 프랭크라고 부르지 마. 내 아들이 나를 프랭크라고 부르지 않았으면 좋겠다. 내가 빌어먹을 계부처럼 느껴진단 말이야. 그럴 바엔 차라리 그냥 웃기는 얘기나 들려줘. 이 아빠는 농담을 좋아하니까. 너도 그런 얘기 잘하잖아."

이어 갑자기 거대한 침묵이 우회전을 위해 기다리던 우리 둘을 휘감는다. 거친 장벽을 넘으려고 이 방법 저 방법을 써보다 다 실패했는데 어찌된 영문인지 어느새 그 장벽을 넘어버린 것만 같다. 폴이 우는 것 같다. 아니, 울기 직전이라는 느낌이 든다. 폴의 눈물을 본 건 아주 오래전이다. 폴은 스스로 눈물을 금지하고 있을 테지만 이번 한 번만은 오랜만에 시도해볼지도 모를 일이다.

그런데 무슨 이유에서인지 실상 뜨겁게 달아오른 것은 바로 내 눈이다(나이 때문인지도 모른다).

"오십오 초 동안 계속 숨을 참을 수 있어요?" 우회전을 하는 내게 폴이 묻는다.

"글쎄, 잘 모르겠다만 아마 가능할걸?"

"해봐요." 폴이 무표정한 얼굴로 나를 똑바로 쳐다보며 말한다. "차부터 세우고요." 속마음은 모르겠지만 잔뜩 기대하는 표정이다.

그렇게 하여 모텔 진입로의 그늘진 곳에서 나는 숨을 참는 실험에 들어간다. 브레이크를 밟은 다음 내가 말한다. "그럼, 시작한다. 재미없기만 해봐. 난 지금 술이 너무 고프니까."

폴이 입을 꽉 다문 채 눈을 감고 나도 따라서 눈을 감는다. 그렇게 우리는 함께 에어컨 바람을 맞으며, 엔진소리와 에어컨의 짤깍대는 소리를 들으며 가만히 앉아 있는다. 일 초, 이 초, 삼 초……

내가 눈을 감을 때 대시보드의 디지털시계는 다섯시 십사분이었고 눈을 떴을 때는 다섯시 십오분을 가리키고 있다. 폴도 눈을 뜬다. 아마도 폴은 신에게 사적인 탄원을 하는 열광적인 신자처럼 마음속으로 조용히 초를 센 듯하다.

"좋아, 오십오 초. 그래, 하고 싶은 말이 뭐지? 서둘러야 해." 나는 브레이크를 밟고 있던 발을 약간 들어올린다. "'이 아빠가 그렇게 오랫동안 숨을 참을 수 있는 줄은 몰랐다.' 이런 말을 듣고 싶었던 거니?"

"오십오 초는 전기의자에서 첫번째 충격이 지속되는 시간이래요. 어떤 잡지에서 읽었어요. 아빠한테는 오십오 초가 긴 것 같아요, 아니면 짧은 것 같아요?" 폴이 묻는다. 호기심에 차 눈을 깜박이면서.

"아주 길던데." 나는 떨떠름하게 대답한다. "그렇게 재미있지는 않은 걸?"

"저도 그래요." 폴은 상처 난 귓가를 손가락으로 어루만지고는 피가 묻어나는지 확인한다. "아빠가 기절해야 재밌는데."

"그랬다면 더 좋았을 뻔했네." 물론 부모들은 밤낮으로 죽음을 생각한다. 자녀들을 한 달에 한 번, 주말에만 볼 수 있는 부모라면 특히. 아이들이 그런 부모의 선례를 따르는 게 그리 놀랄 일은 아니다.

"아빠는 유머감각을 잃으면 모든 걸 잃는 거예요." 폴이 어른 목소리를 흉내내며 말한다.

나는 다시 기어 변속을 하고 솔잎을 밟으며 (내 희망사항이지만) 시원한 축복의 공기로 가득차 있을 디어슬레이어모텔로 향한다. 갑자기 종소리가 들려와 옆뜰로 고개를 돌려보니 종탑과 함께 하얀 가운에 요리사 모자를 쓰고 미소 띤 얼굴로 종을 울리고 있는 젊은 여자가 보인다. 여자가 도착하는 우리를 향해 손을 흔든다. 어느 행복한 한여름의 쿠퍼스타운을 배경으로 여행 영화를 찍고 있기라도 한 것처럼. 나는 상상의 나래 속에 차를 몬다. 다른 모든 이들이 늦게 도착한 우리를 초조하게 기다리고 있고, 우리가 도착해야만 모든 일들이 시작될 것만 같은 기분을 느끼면서.

9

후기 빅토리아 양식으로 개성 있게 지은 디어슬레이어모텔은 기대했던 대로 완벽하다. 널찍한 공간, 가리비 모양 타일을 덮은 노란색 맨사드 지붕*, 방추형 장식으로 꾸민 현관 난간, 소독제 냄새가 나는 길고 어두운 복도, 삐걱거리는 계단, 철제 트윈 침대, 탁자 위 작은 선풍기, 그리고 복도 한쪽 끝에 위치한 욕실 등.

아래층의 넓고 조용한 로비에는 옛 정취가 살아 있는 커버 덮인 소파를 비롯해 여기저기 흠집이 앉은 오래된 킴벌 피아노 한 대, '한 권을 기증하면 한 권을 빌려갈 수 있는' 도서관이 있다. 조명이 어둑어둑한 식당에서는 오후 다섯시 삼십분부터 오후 일곱시 사이에 저녁식사

* 두 개의 경사로 2단을 이룬 지붕의 한 형태.

가 나온다("늦으면 저녁식사는 없습니다!"). 불행하게도 바도 없고, 환영 칵테일도, 카나페도, 텔레비전도 없다. (디어슬레이어모텔을 내가 너무 근사하게 생각했던 모양이다. 하지만 누가 나를 탓할 수 있으랴.) 그럼에도 이곳이 한 남자가 주위의 의심을 사지 않고 십대 소년과 하룻밤을 묵기에 최적의 장소라는 데는 변함이 없다.

폴이 '탐험'을 하러 간 동안 나는 술 한잔 마시지 않고 푹신푹신한 침대에서 몸을 쭉 뻗으며 기지개를 켠다. 그러고는 작은 선풍기가 선사하는 바람 아래서 목과 등, 발가락의 근육을 풀어준 다음 해질녘의 부시맨처럼 잠들 수 있기를 바라며 조용히 눕는다. 이번에도 말도 안 되는 말들을 머릿속에 잇따라 떠올리며 마취 환자처럼 꼼짝도 하지 않는다. 샐리 콜드웰을 떠나는 게 좋을 거야……내가 당신을 너무 흥분시켰나봐, 이 멍청이……포그 앨런, 우울한 얼굴……네 얼굴을 물어주고 말겠어……당신은 아름다운 닥터 지바고였음이 틀림없어, 여기 서스키해너에서는 이방인이지…… 나는 말 그대로 어두운 수면의 터널로 스르르 빠져들었다가 얼마 후 예상보다 일찍 잠에서 깨어나고 만다. 술에 취한 듯 머릿속이 팽팽 돈다. 정신을 차리고 주변을 살펴보니 나는 어둠 속에 혼자 있고 아들은 보이지 않는다.

우두커니 누워 있는 동안 호수에서 불어온 서늘한 바람이 가문비나무와 느릅나무를 한번 휘감아 돌더니 환풍구를 통해 방안으로 밀려들어온다. 근처 어딘가에 해충퇴치기라도 설치되어 있는지 모기 타는 소리가 연달아 들려온다. 천장에 달린 화재경보기는 어둠 속에서 그 빨간 눈을 힐끔거리고 있다.

귀를 기울이니 포크와 접시 소리, 의자 다리에 바닥이 긁히는 소리,

사람들의 웃음소리가 아래층에서 들려온다. 잠시 후에는 내 방문 앞을 지나가는 발소리에 이어 문 닫는 소리, 변기 물 내리는 소리, 파이프를 요동치며 빠져나가는 물소리가 차례로 들린다. 화장실 문이 다시 열렸다가 닫히고 곧바로 발걸음 소리가 쿵쿵 이어지다가 점차 사라져간다.

틀림없이 나도 그랬겠지만 벽 너머에서 누군가가 세상모르고 한결같이 이어지는 숨소리를 내며 코를 골고 있다. 누군가는 아래층에서 〈자벌레〉라는 곡을 피아노로 연주한다. 창문 바로 아래 자갈 깔린 주차장에서도 소리가 들려온다. 차문이 열릴 때 차에서 나는 땡, 땡, 땡 소리에 이어 남녀 한 쌍의 다정한 속삭임이 들린다. "여기는 정말 저렴해, 진짜야." 남자가 속삭이듯 말한다. 어둠 속에 누군가 숨어 있기라도 한 것처럼.

"그래? 그게 어때서?" 여자가 깔깔대며 말한다. "우리 여기서 뭐 할 건데?"

"딴 데선 뭐 했는데?" 남자가 말한다. "낚시하고 골프치고 만찬을 즐기고 아내랑 그짓도 하지. 집에서 하던 것처럼."

"네번째 창문 방이 좋겠어." 여자가 말한다. "집에선 그런 걸 충분히 못하니까." 여자가 다시 깔깔거린다. 이어 트렁크를 쿵 닫는 소리, 자동차 경보기 가동음, 주차장에 깔린 자갈을 바스락거리며 호숫가를 향해 점차 멀어지는 발소리. 저 두 사람은 집 얘기를 하고 있다. 나는 안다. 내일이면 두 사람은 차를 타고 지나가며 차창 밖으로 주택들을 살펴보고, 부동산중개인을 만나고, 매물 목록을 훑어보고, 감을 잡기 위해 집을 한두 채 정도 구경하고, 적당한 '계약금' 액수에 대해 이야기할 것이다. 그러고 나면 몽롱한 상태로 시내 중심가를 빠져나간 뒤 이 모든 일을 다 잊어버릴 것이다. 그러나 항상 거기서 끝나지만은 않는다. 어떤 이들은 막대한 비용을 지불해 집을 구입하고, 가구를 옮기고, 그리고 이 주 안에 완전히 새로운 인생을 시작한다. 그런 후에야 더 나은 인생이 그들을 기다리고 있지 않을까 생각하면서 다시 부동산 매물을 확인하고, 같은 부동산중개인과 의논하고, 운송비를 지불하고, 대부금의 조기상환에 따른 위약금을 부담한다. 이런 방식을 통해, 즉 실수와 보완이라는 과정을 통해 경제는 계속 활성화되는 것이다. 그런 의미에서 부동산 거래란 당신이 꿈에 그리던 집을 찾는 것이 아니라, 이를 처분하는 행위가 된다.

위험 요소라고는 별로 없는 곳이지만 바깥이 어두워진 지금 폴이 낯선 곳에서 뭘 하고 있을지 걱정이 몰려온다. 어쩌면 아까 시내 중심가와 체스트넛 스트리트에서 해키 색 놀이를 하던 아이들과 어울리면서 평생을 함께할 진한 유대관계를 맺고 제 돈으로 코티지 프라이*와 와플, 버거 따위를 대접하고 있을지도 모른다. 딥리버에서는 자기 또래의 친구를 사귀지 못했을 것이다. 모두 나이를 먹을 만큼 먹은 성인들만 있으니까 말이다. 물론 해덤의 상황은 다르다.

"참 안됐어." 삼층으로 올라가는 계단을 밟으며 한 여자가 코맹맹이 목소리로 말한다. "그래서 마크에게 얘기했지." 마크가 아니라 머크처럼 들린다. "딸을 미니애폴리스나 세인트폴로 데려오면 어떻겠냐고. 그럼 우리가 돌봐줄 수 있고 마크도 투석 때문에 이 먼 곳까지 운전해 올 필요가 없지 않겠어? 딸 없이 지내기는 힘들 테고."

* 두껍게 썬 감자를 튀기거나 구운 요리.

"마크는 뭐래?" 또다른 여자가 똑같은 코맹맹이 목소리로 묻는다. 사실 별 관심이 없는 듯 들린다. 복도를 따라 걸어가는 두 사람의 발소리가 점차 멀어진다.

"너도 마크가 어떤지 알잖아. 바보 같은 사람." 열쇠 돌리는 소리, 문 여는 소리. "글쎄, 이렇다 저렇다 통 말이 없다니까." 쾅.

(간만의 호사를 뿌리치지 못하고) 입고 있던 옷 그대로 잠들었던 나는 셔츠를 갈아입고 신발을 신은 다음 등을 앞뒤로 움직여 근육을 풀어준다. 공용욕실로 들어가 볼일을 보고 세수를 한 후 아래층으로 천천히 내려간다. 폴이 어디 있는지 찾아보고 또 저녁식사는 어떻게 할지 둘러볼 생각이다. 하지만 스파게티와 샐러드, 마늘빵, 타피오카 디저트가 나오는 숙소의 저녁식사는 시간이 이미 지나버렸다. 내 방 서랍장 위에 있던 '주간 점수표'에서, 이전 투숙객들은 저녁식사에 아주 높은 점수를 줬다(한 투숙객은 "으으으음"이라고 연필로 적어놓았다).

긴 갈색 카펫이 깔려 있고 오래된 양피지 램프들이 불을 환하게 밝힌 응접실로 가보니 어떤 투숙객은 카드나 퍼즐 게임을 하고 또 어떤 투숙객은 도서관에서 가져온 신문과 책을 읽고 있다. 하지만 거의 말들이 없어 조용하기만 하다. 어디선가 향초가 타고 있는지 시나몬 향이 너무 진하게 났고 차가운 벽난로 위로는 180센티미터쯤 되는 키에 얼굴이 둥글고, 온통 가죽옷으로 차려입은 채 약간 바보 같은 표정을 짓고 있는 남자의 초상화가 걸려 있다. 이 사람이 바로 디어슬레이어*다. 다시 응

* '가죽 스타킹 이야기' 시리즈의 마지막 권 제목으로 '사슴 사냥꾼'이라는 뜻.

접실로 시선을 돌리니 스웨덴 사람처럼 거구에 귀가 길고 손이 두둑한 나이든 남자가 일본인과 은밀하게 대화를 나누고 있다. 나이든 남자에게서 '외과수술'이라는 단어와 '외과수술'을 피할 수만 있다면 어떤 극단적인 선택도 마다하지 않겠다는 말이 간간이 들린다. 그 건너편에는 붉은색과 흰색 물방울무늬 드레스를 입은 말상 얼굴에 남부 억양의 한 중년 여자가 피아노 옆에 앉아 목 보호대를 하고 있는 다른 여자에게 큰 소리로 떠들고 있다. 물방울무늬 드레스 여자는 잠시 후 혹시 자기 말을 듣고 있는 사람은 없는지 살펴보기라도 하는 것처럼 응접실을 둘러본다. 그리 예쁘지 않은 여자와 결혼한 잘생긴 남자를 과연 신뢰할 수 있는가 하는 얘기를 하는 중이다. "나 같으면 내 찬장에다 커다란 자물쇠부터 달 거라고." 큰 소리로 얘기하던 물방울무늬 옷 여자는 마침내 평온한 숙소 풍경을 만족스럽게 바라보고 있던 나를 포착한다(사업을 시작하려는 사람이면 누구나 꿈꿀 광경이다. 방은 모조리 예약되고, 손님들의 신용카드 전표는 모두 금고 깊숙이 감춰두고, 환불이란 있을 수 없으며, 밤 열시면 모두들 잠자리에 드는 그런 이상적인 숙소 말이다). 그녀의 시선이 내게 꽂힌다. 그러더니 긴 치아를 드러내고 천박한 표정을 지으며 손을 흔든다. 마치 보걸루사*나 민터시티**에 있을 때부터 나를 알던 사이라는 듯이. 어쩌면 내게서 (고분고분한 분위기를 풍기는 어깨의 움직임 같은) 남부 사람 기질을 발견했기 때문인지 모른다. "이봐요! 여기요! 이쪽으로 와요, 어서요." 반지를 번쩍이고 팔찌를 흔들며 치아를 한껏 내보이면서 여자가 나를 향해 외친다. 예

---

* 루이지애나주에 있는 도시.

** 미시시피주에 있는 자치구.

의상 손을 흔들어주긴 했지만 피아노 옆에서 머리를 쥐어짜며 앉아 있을 마음은 애당초 없었기에, 조심스럽게 응접실을 빠져나온다. 그리고 전화도 걸 겸 서둘러 계단 아래 복도로 향한다.

우선 샐리와 통화하고 싶고 무엇보다 메시지를 들어야 한다. 마크햄 부부가 정신을 차렸을지도 모르고, 칼이 아무 문제 없다고 메시지를 남겼을지도 모른다. 다행스럽게도 지난 몇 시간 동안 이런 걱정들이 내 마음을 떠나 있었지만, 그사이에 별로 안도감을 느끼지도 못했다.

누군가가(분명 그 나이든 남부 여자겠지) 〈버드랜드의 자장가〉를 느릿느릿 애처롭게 연주한다. 마치 그 층에 있는 모든 사람들을 다 재우려고 작정이라도 한 것 같다.

메시지가 재생되기를 기다리는 동안 나는 '질식사에서 사람을 구하는 다섯 단계'를 설명하는 그림을 구경하기도 하고 펜실베이니아주 서스키해너의 한 극장식 식당에서 발매한 분홍색 티켓 더미를 손가락으로 톡톡 건드리기도 한다. 오늘 날짜 티켓에는 〈애니가 네 총을 가졌어〉라는 뮤지컬 제목이 인쇄되어 있다. 전화기가 놓인 테이블 위에는 각 매체의 찬사가 나열된 뮤지컬 광고 전단도 놓여 있다. "모두가 일류다"(〈빙햄턴 프레스 앤드 선 불러틴〉), "'캣츠'는 비켜라"(〈스크랜턴 타임스〉), "더없이 훌륭한 퍼포먼스"(〈쿠퍼스타운 리퍼블리컨〉). 샐리라면 이렇게 썼을지도 모른다. "죽음의 문턱에 선 내 고객들은 개막 무대를 보고 너무나 즐거워했다. 웃고 울다가 거의 죽을 뻔했으니까"(〈커튼콜 뉴스레터〉).

삐이이이. "안녕하시오, 배스컴 씨, 여긴 그릭스타운이고 난 프레드 쾨펠이오. 지금이 휴일인 건 알지만 내 집에 대해 어서 상의하고 싶어서 말이오. 수수료 문제만 합의된다면 월요일에라도 집을 보여줬으면 합니다……" 딸깍. 동감이다.

삐이이이. "프랭크, 안녕하세요. 저 필리스예요." 잠에서 막 깬 사람처럼 필리스는 잠시 목을 가다듬는다. "이스트 브런즈윅은 정말 악몽이었어요, 완전히. 왜 우리에게 그런 얘기는 전혀 안 해준 거죠? 한 곳만 둘러봤는데도 조는 크게 낙담하고 말았어요. 저러다가 무너져내리지 않을까 걱정이에요. 그래서 테드 훌리한의 집에 대해 다시 생각해보기로 했어요. 저도 마음을 바꿀까 고민하고 있어요. 영원한 건 아무것도 없으니까요. 그 집이 정 마음에 안 들면 팔아버리면 그만 아니겠어요? 어쨌든 조도 제법 마음에 들어했던 집이고요. 교도소 걱정도 극복할 수 있을지 몰라요. 아, 그리고 여긴 공중전화부스예요." 갑자기 필리스의 어조가 달라진다(이건 뭘 의미하는 걸까?). "조는 지금 자고 있어요. 사실 난 래러턴 라마다의 술집에서 술을 한잔하는 중이에요. 힘든 하루였어요, 정말 힘이 쭉 빠지는 하루." 다시 상당히 긴 침묵이 이어진다. 마치 필리스 자신의 처지를 돌아보는 듯이. "당신과 얘기 좀 했으면 좋겠어요. 어, 오늘밤 이 메시지를 들으면 내일 아침에 전화주세요. 그래야 훌리한에게 제안서를 전달할 수 있을 테니까요. 조의 무례한 태도에 대해서는 사과드려요. 쉬운 사람은 아니죠, 나도 알아요." 세번째로 침묵이 이어지고 그동안 이런 말이 들려온다. "아, 알겠습니다." 옆에 있는 누군가에게 말하는 모양이다. 다시 필리스의 목소리가 들린다. "라마다로 전화해줘요. 201-452-6022예요. 내일 늦게 일어날지도 모르겠어요. 다른 집들은 도저히 마음에 안 드네요. 아들과 함께 좋은 여행하시길 바랄게요." 딸깍.

필리스가 술을 마셨다는 사실 외에 내가 놀랄 일은 별로 없다. 이스트 브런즈윅은 황량한 풍경에 저가 시장이며 집들도 틀에 찍어낸 듯 획일적이다. 그곳이 펜스 넥의 대체지로 적당하지 않다는 건 분명하지만 이 사실을 마크햄 부부가 생각보다 빨리 알아차렸다는 점이 다소 놀랍다. 마크햄 부부가 서스키해너에서 뮤지컬 〈애니가 네 총을 가졌어〉를 보며 매콤한 치킨을 먹지 못한 것은 참으로 안타까운 일이다. 그랬다면 필리스도 마음껏 울고 웃으면서 집 뒤편 교도소에 대한 근심을 저멀리 날려버릴 수 있었을 텐데. 물론 훌리한의 집이 이미 팔렸다 해도 그다지 충격적인 소식은 아니다. 좋은 물건은 멍청이들이 머리를 쥐어뜯으며 고민하는 동안 남아 있지 않는 법이니까. 그건 지금처럼 경기가 좋지 않을 때도 마찬가지다.

나는 이른아침에 제안서가 올지도 모른다고 테드에게 알려주려고 즉시 펜스 넥으로 전화를 건다. (실무 처리는 줄리 루키넌에게 맡겨야겠다.) 하지만 신호음만 계속 들릴 뿐 아무도 받지 않는다. 나는 마음속으로 전화번호를 한 자리 한 자리 다시 생각해보며 버튼을 누른 뒤 신호가 서른 번쯤 갈 때까지 가만히 수화기를 붙잡고 있는다. 그렇게 테드가 전화 받기를 기다리면서, 복도에서부터 시작해 낡은 대형 괘종시계와 더블데이 장군 초상화, 열려 있는 방충망 너머 캄캄한 밤에 나무들 사이에서 다이아몬드처럼 반짝이는 또다른 불빛들을 바라본다. 어느 호텔에서 흘러나온 불빛이다. 오늘 오후 내가 미처 보지 못한 호숫가의 맞은편에 자리잡은 곳이다. 호텔의 모든 창문에서 따뜻한 불빛이 새어나오는데다 차들이 쉴새없이 오가고 있어 호텔이 마치 저 먼 바닷가의 멋진 카지노처럼 보인다. 눈을 돌려 모텔의 현관 쪽을 쳐다보니 손님들이 흔들의자에 앉아 저녁 스파게티를 소화시킬 겸 두런두런 오늘 하루를 돌아보며 이야기를 나누는 동안 높다란 의자 등받이들이 이리저리 흔들리고 있다. 어느 집의 아들아이 하나가 '하이니' 마누시* 흉상 앞에서 큰 소리로 외친 아주 재밌는 말부터 시작해 이 모텔만 한 크기의 복사 가게를 개업하는 데 관한 찬반양론, 듀카키스 주지사에 대한 세평에 이르기까지 다양한 이야기가 오간다. 어떤 사람은 민주당 지지자인지 듀카키스를 '빈타운**의 얼간이'라고 부르기도 한다.

하지만 여전히 펜스 넥에서는 아무 반응이 없다. 테드는 울타리 너머 교도소의 독립기념일맞이 오픈하우스 행사에 참가하러 외출했는지도 모르겠다.

나는 이번에는 샐리에게 전화를 건다. 샐리가 전화해달라고 부탁하기도 했고, 폴을 고담시에 데려다주고 난 뒤 우리 애정의 연결고리를 다시 튼튼히 다지고 싶었기 때문이다. 폴을 데려다줄 때까지 갈 길도 멀고 시간도 한참 남은 것 같지만 실은 그렇지 않다. (아이들에 관한 모든 일은 순식간에 벌어진다. 즉 아이들에 관한 한 지금이란 시간은 결코 존재하지 않고, 오직 그다음만 있을 뿐이다. 우리는 아이들에게 어떤 일이 벌어지고 난 후에야 이를 깨닫고 어리둥절해하면서 그런 일이 또 있을 경우 미리 알아챌 수 있기를 하고 되뇔 뿐이다.)

"여보세요-오." 샐리의 목소리는 경쾌하고 활기차다. 햇볕 좋은 날 뜰에서 빨래를 널다 방금 전화를 받은 사람처럼.

---

* 명예의 전당에 등극한 야구선수 헨리 마누시. '하이니'는 그가 독일계 후손이라 붙은 별명이다.

** 보스턴의 별칭.

"여보세요." 이번에는 누군가가 전화를 받았다는 사실에 마음이 놓인다. "또 나야."

"또 나? 아, 그렇군요, 좋은 시간 보내고 있나요, '나' 님? 지금은 좀 기분이 나아졌어? 여기 해변의 밤은 정말이지 근사해. 프랭크, 당신도 여기 와서 기분을 풀 수 있다면 좋을 텐데. 난 지금 음악 들으면서 현관에 있어. 저녁으로는 적색 치커리와 버섯 요리를 먹었지. 퓌메 블랑 와인도 한잔했고. 어디에 있든 당신네 부자도 멋진 시간을 보내고 있으면 좋겠네. 지금은 어디야?"

"쿠퍼스타운이야. 아주 좋은 시간을 보내고 있고. 당신도 여기 있으면 좋을 텐데." 나는 밤의 어둠을 배경으로 현관 난간에서 흔들리고 있을 샐리의 빛나는 긴 다리와 신발을(어쩐지 신발은 황금색일 것만 같다), 한가로운 손에 쥐여 있을 커다란(그리고 여자 술꾼에 어울릴 만한) 와인잔을 상상한다. "누구랑 함께야?" 내가 들어도 목소리에 우려하는 기색이 짙게 배어 있다.

"아니. 아무도 없어. 오늘밤에는 줄서서 날 기다리는 남자들이 없네."

"다행이네."

"그러게." 필리스처럼 목소리를 가다듬으며 샐리가 말한다. "전화해줘서 고마워. 아까 당신 전처 얘기를 해서 미안해. 무례하고 현명치 못했어. 다시는 그러지 않을게."

"난 여전히 당신이 여기에 왔으면 하는데." 사실 진심은 아니다. 진심과 가깝긴 하지만. (어쨌든 샐리가 오지 않으리란 걸 난 안다.)

"글쎄." 샐리의 목소리가 살짝 약해지더니 이내 다시 강해진다. 어둠을 향해 미소라도 짓고 있는 것처럼. "프랭크, 난 당신에 대해 진지하게 생각중이야. 비록 오늘 통화에서 당신이 다른 때 같지 않게 무모하고 이상하다는 생각이 들긴 했지만. 어쩌면 당신으로서는 그럴 수밖에 없지 않았을까 하는 생각도 들어."

"아닐 수도 있고." 내가 말한다. "하지만 그래도 고마운 일이야. 나도 당신을 진지하게 생각하고 있으니까."

"그래?"

"응. 그래. 이런 생각이 들었어. 어젯밤 당신과 나는 교차로에 이르렀고 거기서 잘못된 길로 들어섰다고." 샐리가 있는 맨톨로킹 남부 지역을 떠올리자 해변에서 철썩이는 파도 소리가 들려오는 듯하다. 여기 디어슬레이어모텔의 이 무더운 복도에서 그 파도 소리는 축복이며 갈망의 대상이다. 하지만 사실은 배터리가 약해진 샐리의 무선전화기에서 나는 소리에 불과할 것이다. "그러니 지금까지와는 전혀 다르게 다가가야겠다는 생각이 들었어."

샐리는 전화기를 가까이 댄 채 퓌메 블랑 와인을 한 모금 마시고 말한다. "누군가를 사랑한다는 것에 대한 당신의 견해를 깊이 생각해봤어. 당신이 아주 정직한 사람이라는 생각이 들더라고. 하지만 아주 냉정하기도 하지. 당신은 자신을 냉정하다고 생각하지 않지? 그렇지?"

"나보고 냉정하다고 말한 사람은 아무도 없었어. 다른 결점에 대해서는 아주 많이 들었지만." (그것도 최근에 말이다.) 로비에서 들려오던 〈버드랜드의 자장가〉 연주가 끝나고 이번에는 조금 속도가 빠른 〈행복한 방랑자〉라는 곡으로 바뀐다. 저음 위주의 곡인데 저음이 반음씩 어긋나 있고 금속성 소리가 난다. 누군가가 두 소절 정도에 걸쳐 박수를 치다가 멈춘다. 현관에 있는 어떤 남자는 웃으면서 이렇게 말한다. “난 내가 행복한 방랑자처럼 느껴져.”

“오후 내내 마음이 불편했어.” 샐리가 말한다. “유연함과 애매함에 관해 우리가 했던 말들을 생각해봤어. 이미 말했듯이 당신은 유연하면서도 애매해. 하지만 내가 당신한테 감정이 확실하다면 그게 문제가 될 순 없지 않겠어? 어쩌면 내게 기회가 온 건지도 모르는데 말이야. 아마 지금보다 젊었다면 더 잘 이해했을 텐데. 난 원하기만 하면 내게 일어난 일들을 변화시킬 수 있다고 늘 생각했어. 참, 당신이 내게 조수 어쩌고 했던 것 같은데 맞나? 분명히 조수라는 말을 했는데.”

“당신에게 조수처럼 이끌린다고 했지. 지금도 마찬가지고.” 어쩌면 우리는 지금 이 대화를 통해 유연함과 애매함을 넘어 더욱 전진할 수 있을지 모른다. 그때 누군가가—어떤 여자가—큰 소리로 “발-데-리 이이이, 발데라아” 하고 노래하기 시작한다. 웃으면서 떨리는 목소리다. 그 커다란 눈알을 굴려가며 나를 보고 소리쳤던 물방울무늬 드레스 여자일 것이다.

“조수처럼 이끌린다는 게 무슨 뜻이야?” 샐리가 묻는다.

“말로 표현하기가 어렵네. 굳이 말하자면 강하고 지속적이라는 뜻이야. 그건 확실해. 그러고 보니 싫어하는 것보다 좋아하는 것을 말하기가 더 어려운 것 같아.”

“글쎄.” 샐리가 슬픔에 잠긴 듯 말한다. “어젯밤 난 당신을 향해 끌려가는 조수를 타고 있다고 생각했어. 하지만 현실은 달랐지. 그래서 정말 잘 모르겠어. 지금도 계속 이 생각을 하고 있어.”

“당신을 내게로 끌어오는 조수라면 나쁜 게 아니잖아, 안 그래?”

"모르겠어. 하지만 그것 때문에 신경이 예민해졌어. 그리고 난 이런 상황에 익숙하지 않아. 천성에 안 맞으니까. 그래서 레이크우드로 차를 몰고 가서 〈죽은 자들〉이란 뮤지컬을 보고 왔지. 뮤지컬을 본 후에는 조니 마타사 레스토랑으로 가서 혼자 적색 치커리와 버섯 요리를 먹었어. 당신과 처음 만났던 그 레스토랑에서."

"기분은 좀 나아졌어?" 내가 〈애니가 네 총을 가졌어〉 티켓을 손가락으로 만지작거리며 묻는다. 문득 〈죽은 자들〉의 어느 등장인물이 혹시 나를 연상시킨 것은 아닌지 궁금해진다.

"뭐, 아주 나아진 건 아니고. 그 조수가 당신에게로 향하고 있는지 아니면 멀어지고 있는지 여전히 잘 모르겠네. 딜레마야."

"사랑해." 내 말에 나 자신도 깜짝 놀란다. 또다른 본성이 나를 휩쓸어 저 깊고 어두운 물속으로 데려가버린다. 내가 방금 한 말은 거짓이 아니고 거짓으로 느껴지지도 않지만 바로 지금 그 말을 할 필요는 없었다(그렇다고 했던 말을 무효로 돌리는 것은 바보 같은 놈들이나 하는 짓이다).

"잠깐만." 당연히 샐리는 반문한다. "뭐라고? 뭐라고 했어?"

"들은 그대로야." 〈행복한 방랑자〉 연주 소리가 더 커진다. 건반을 부술 듯한 기세다. 수술 얘기를 하던 일본인은 미소를 지으며 응접실에서 빠져나오지만 복도로 나오자마자 미소가 싹 가신다. 나와 눈이 마주친 일본인은 피아노 연주는 자신의 책임이지만 이젠 멈출 수 없게 됐다는 듯이 고개를 젓고는 계단 쪽으로 걸어간다. 폴과 나는 우리 방이 삼층에 있다는 사실을 다행으로 여기지 않을 수 없다.

"그게 무슨 뜻이야, 프랭크?"

"그냥 그 말을 당신에게 하고 싶다는 걸 깨달았어. 그래서 그렇게 말했고. 내가 사랑한다는 말의 뜻을 완전히 다 알진 못하지만," ―조심스럽게 말하자면― "결코 아무 의미도 없는 말이 아니라는 건 알아."

"아니, 상상 속의 누군가를 만들어 가까운 곳에 두고 싶다는 식으로 말했었잖아. 또 지금이란 시기는 나중이 되면 어쩌면 기억조차 못할 그런 인생의 시기에 속할지도 모른다고 하지 않았어?"

"아마 그 시기는 끝났을 거야. 아니면 바뀌는 중이든가." 이렇게 대답하는 동안 초조함과 답답함이 몰려온다. "어쨌든 난 당신을 상상 속의 사람으로 대하지 않을 거니까. 당연한 말이지만 그건 가능하지도 않고. 이 얘긴 아까 통화할 때도 했었지." 순간 갑자기 궁금증이 인다. 만약 반대로 사랑하지 않는다고 말한다면? 그럼 상황은 어떻게 변할까? 그것이 내 나이에 걸맞은 인생의 행보인가? 빛으로 나오는 게 아니라 어둠 속으로 발을 헛디디는 게? 혹시 '사랑하지 않는다'는 말을 의식적으로 피하다가 누군가를 사랑하게 된 적이 있는가? 당신 자신의 의지나 현실에 상관없이 끌려다닌 적이 있는가? 그렇다면 좋지 않은 일이다.

침묵이 이어진다. 아마 샐리는 생각에 잠겨 있을 것이다. 나는 그녀에게 나를 사랑하는지 묻고 싶어진다. 왜냐하면 샐리는 같은 말로 다른 것을 의미할 수도 있기 때문이며 그렇다면 괜찮은 일이 될 것이다. 그 차이점에 대해 서로 깊은 얘기를 나눌 수 있을 테니까. 하지만 난 묻지 않는다.

〈행복한 방랑자〉 연주는 마침내 끝에 다다랐고 이제 응접실을 휘감고 있는 것은 완벽하고도 안도에 찬 침묵뿐이다. 복도를 걸어가는 일본인의 발소리가 삐걱삐걱 들리더니 곧 찰칵 문 잠그는 소리가 난다. 부엌에서는 그릇 닦는 소리가 들려온다. 어두운 현관에 놓인 커다란 흔들의자는 여전히 흔들리고 있다. 의자를 차지하고 앉은 사람들은 틀림없이 건너편 고급 호텔을 우울하게 바라보고 있을 것이다. 자신들이 투숙하기에는 너무 호사스러운데다 그만한 값어치는 못할 거라고 자위하면서.

"정말 이상해." 사랑 말고 다른 화제를 꺼내려는 것처럼 샐리가 목을 가다듬으며 말한다. 그것도 괜찮다. "아까 당신과 통화하고 나서 〈죽은 자들〉을 보러 가기 전에 잠깐 해변을 거닐었어. 월리의 커프스단추를 두고 당신이 질문을 해서 그랬는지 그 단추가 내내 마음에 걸렸어. 그래서 집으로 돌아와 레이크 포레스트에 있는 월리의 어머니에게 전화를 걸었어. 그이가 어디 있는지 물어봤지. 알면서도 얘기해주지 않은 것 같다는 생각이 문득 들었거든. 뭐니뭐니해도 그게 가장 큰 비밀 같았어. 누군가에게 큰 비밀이 있을 것 같다는 생각은 지금껏 한 번도 해본 적이 없는데 말이지." (그게 바로 샐리가 앤과 다른 점이다.)

"월리의 어머니는 뭐라셔?" 흥미로운 사안이다. 월리: 그 이후.

"월리가 어디 있는지 역시 모르시더라고. 가엾게도 전화를 받다가 울음을 터뜨리셨지. 정말 끔찍했어. 내가 지독한 짓을 한 거야. 죄송하다고 말씀드렸지만 나를 용서하지 않으시리란 걸 잘 알아. 내가 그 입장이라면 용서하지 않을 테니까. 말했는지 모르지만 난 가끔 아주 냉정하게 굴기도 해."

"그랬더니 기분은 좀 나아졌어?"

"아니. 그저 잊는 수밖에 없겠지. 반대로 당신은 원치 않을 때라도 여전히 전처를 볼 수 있지? 어느 쪽이 더 나은지 잘 모르겠어."

"그게 바로 사람들이 나무에 하트를 새기는 이유지." 바보 같은 말을 해버린 것 같다. 아주 잠깐이나마 다가왔던 기회를 놓쳐버린 듯 우울한 감정에 사로잡힌다. 문득 앤이 실체가 있고 그리 멀리 떨어져 있지 않기 때문에 더더욱 실체가 없고 멀리 있는 것처럼 느껴진다.

"내가 들어도 멍청하게 느껴지는 말을 했네." 샐리가 나무 운운한 내 말에는 신경도 쓰지 않고 말한다. 와인이라도 한 모금 마셨는지 와인잔이 수화기에 가볍게 부딪히는 소리가 난다. "뭔지 몰라도 하여간 어떤 초기 증상을 겪고 있나봐. 세상에 크게 기여하지 못하는 데 대한 자기연민 같은 거 말이야."

"전혀 그렇지 않아." 내가 말한다. "당신은 죽어가는 사람들을 돕고 행복하게 해주잖아. 그러니 아주 크게 기여하고 있는 셈이지. 나보다야 훨씬 더."

"남자와 달리 여자들은 보통 중년의 위기를 안 겪는 건가?" 샐리가 말한다. "하지만 혼자인 여자들은 좀 다르겠지."

"나를 사랑해?" 내가 보채듯 묻는다.

"그런 걸 좋아하긴 해?"

"그렇고말고. 그럼 너무 좋을 거라고 생각하는데."

"내가 너무 미지근하다고 생각하지 않아? 난 아주 미지근한 여자야."

"아니! 그렇게 생각하지 않아. 당신은 정말 대단한 여자야." 나는 왠지 몰라도 수화기를 귀에 바싹 붙이고 있다.

"내 생각에 난 미지근한 여자 같아."

“나에 대한 당신의 감정이 미지근한지도 모르지.” 그렇지 않기를 바란다. 나는 다시 극장식 식당의 분홍색 티켓 더미로 시선을 내린다. 날짜를 보니 1987년 7월 2일, 정확히 일 년 전이다. “공짜인 게 좋아봐야 얼마나 좋겠는가?”—프랭크 배스컴.

“알고 싶은 게 하나 있어.” 하나가 아닐 것이다.

“뭐든 말해줄게. 아무것도 숨기지 않고 모든 진실을 말이지.”

“왜 당신 또래 여자들에게 매력을 느끼는 거야?” 샐리의 질문은 결국 버몬트주 여행 당시, 그 우울한 가을에 나눴던 대화로 되돌아감을 의미한다. 단풍을 구경하고, 지나치게 익힌 크라운 로스트*를 먹고, 꼼짝 않는 관광버스 틈바구니에 끼어 시간을 죽이고 결국에는 완전히 망할 침묵 속에 집으로 돌아오고 말았던 그 여행. 나는 버몬트로 올라가던 길에 여행에 나서 들뜬 기분으로 아무 생각 없이 이렇게 툭 말해버렸다. 젊은 여자(내가 누구를 염두에 두고 말했는지 잘 기억나지 않지만 어쨌든 20대 중반에 그리 똑똑하지 못한 여자였다)들은 항상 내 기운을 북돋워주고 위로하려 들었지만 결국에는 질려버리기 일쑤였다고, 난 위로가 필요 없었고 혼자서도 충분히 쾌활하게 지낼 수 있었기 때문이라고 말이다. 타코닉 고속도로를 지나가던 와중에도 나는 성인이라고 할 수 있느냐 없느냐의 기준은 사랑하는 이의 치어리더가 되려는 시도를 그만두고 (사랑한다고 생각하는) 그를(혹은 그녀를) 그저 있는 그대로 받아들일 수 있느냐 없느냐에 달려 있다고까지 말했다. 자기 때문에 일부러 지어낸 말이라고 생각했는지 아니면 관심이 없었

* 새끼양이나 송아지의 갈비로 만든 요리.

는지 샐리는 그때 아무 대답도 하지 않았다. (돌이켜보니 어쩌면 나는 이미 그때 그들을 사랑하기 위해 상상 속의 사람들을 만들려는 것을 경계해 그런 말을 했는지도 모르겠다.)

"글쎄." 자칫 어리석은 대답을 했다가 모든 걸 한번에 날려버릴 수 있다는 걸 잘 안다. "젊은 여자들은 언제나 모든 것이 성공하길 바랐고 그에 따라 사랑도 변했기 때문이지. 하지만 성공하지 못하는 일도 있기 마련이야. 그리고 비록 성공하지 못한다 해도 사랑은 가능한 법이고."

다시 침묵이 깃든다. 오직 해변의 자갈을 부드럽게 어루만지는 파도 소리만 들려오는 듯하다.

샐리가 입을 뗀다. "지난가을에 당신이 했던 말과는 다르네."

"하지만 거의 비슷해." 내가 말한다. "그때나 지금이나 내 말의 취지는 똑같아. 그리고 걱정할 게 뭐야? 당신은 내 또래데. 그리고 내가 다른 누구를 사랑하고 있는 것도 아니고." (전처는 예외다. 지금 우리가 나누고 있는 대화와도 상관이 없다.)

"당신이 나를 원래의 나와 다른 사람으로 머릿속에 상상하는 건 아닌가 걱정돼. 당신은 한 사람에게 어울리는 짝은 이 세상에 단 한 명뿐이라고 생각하는 것 같고 그래서 계속 그런 여자를 꿈꾸는 것 같아. 내가 더 나아지기 위해 노력하지 않겠다는 뜻이 아니야, 다만 나만의 특별한 점도 존중해줘야 한다고 생각할 뿐이지."

"머릿속에 누구를 상상한다는 건 이젠 아예 없는 일로 쳐야겠어." 자책감을 느끼며 내가 말한다. 애초에 그런 말을 했다는 게 너무 미안하다. "난 한 사람에게 어울리는 짝은 하나밖에 없다고 생각하지 않아. 적어도 아니길 바라고. 난 별로 잘해오지 못했으니까."

"여기서는 아직도 폭죽놀이를 하고 있어." 샐리가 몽롱한 목소리로 말한다. "아주 멋져. 오늘 내가 너무 민감한가봐. 당신 전화가 걸려왔을 때만 해도 기분이 좋았는데."

"난 여전히 기분이 좋아." 그때 부서질 듯 피아노를 뚱땅대던 물방울무늬 옷 여자가 갑자기 걸어나와서는 수화기를 들고 복도 벽에 기대 있던 내 쪽을 곧장 내려다본다. 목 보호대를 하고 있던 통통한 여자도 함께다. 아마 그 여자가 "발데리, 발데라" 하고 노래한 게 틀림없다. 두 사람은 미간을 찌푸리며 나를 뚫어져라 쳐다본다. 내가 이곳에 있을 줄 미리 짐작했다는 듯이, 천사처럼 착한 아내를 속이고 누군가와 통화하고 있는 게 아니냐는 듯이. "샐리, 난 지금 공중전화를 쓰고 있어. 어쨌든 난 한결 기분이 나아졌어. 지금 당장이라도 보고 싶지만 안 되면 내일이라도 꼭 보고 싶어."

"어디서?" 예민한 어투로 샐리가 묻는다.

"어디서든. 말만 해. 세스너 전세 비행기를 타고라도 날아갈 테니." 두 여자는 떠나지 않고 계속 서 있다. 뻔뻔스럽게도 나의 통화 내용을 다 들을 작정인 모양이다.

"여전히 뉴욕에서 폴을 기차에 태워보낼 생각이야?"

"그래, 여섯시까지." 지금 폴은 어디에 있을까.

"그럼 내가 기차를 타고 뉴욕으로 갈게. 그렇게 해. 당신과 7월 4일을 함께 보내고 싶어."

"알지 모르겠지만 독립기념일은 종교와 무관한 휴일 중에서 내가 제일 좋아하는 휴일이야." 조심스럽게 내 의견에 동조해주는 샐리가 무척 고맙다. 실제보다 그러게 보이는 건지는 몰라도. (샐리가 오기로 했으니 통화한 십 분 동안 내가 약속하고 맹세한 것들을 표로 정리해 기억해둬야겠다.) "아직 내 질문에 대답하지 않았잖아."

"아," 샐리가 코를 훌쩍인다. "정말이지 당신은 금방이라도 떠나버릴 것 같은 느낌이 드는 사람이야. 그런 사람에게 내가 얼마나 오랫동안 좋은 연인이나 아내가 될 수 있을까. 게다가 난 이미 한 번 남편을 떠나보낸 적이 있잖아?"

"괜찮아." 하지만 아무리 그래도 난 월리보다는 나을 것이다! 월리는 젠장, 장장 이십 년 동안이나 행방을 알 수 없지 않나!

"괜찮다고? 내가 그렇게 좋은 연인이나 아내가 되지 않아도 괜찮단 말이야?" 이 새로운 생각을 고려해보느라 샐리는 잠시 침묵한다. "신경을 안 쓴다는 거야, 아니면 어떻게 행동해야 한다고 내게 아무런 부담을 주지 않겠다는 말이야?"

"신경 안 쓴다는 말이 아니야." 내가 말한다. "그저 당신한테서 어떤 좋은 말이라도 들을 수 있다면 그걸로 기쁠 뿐이지."

"말하는 방식이 다는 아니야." 샐리가 사무적인 어조로 말한다. "내가 뭐라고 말해야 할지도 모르겠고. 같은 걸 가리키더라도 당신이 생각하는 거랑 내가 생각하는 게 다른 것 같아." (예상했던 일이다.)

"그것도 괜찮아. 당신이 나를 사랑하지 않는다고 확신하지 못하는 한 말이지. 어떤 시에서 그러더군. 완벽한 사랑이란 사랑에 빠져 있지 않다는 걸 모르는 거라고. 아마 이 경우가 그럴 거야."

"이런," 슬픈 어조로 샐리가 말한다. "너무 복잡해, 프랭크. 어젯밤과 별로 다르지 않아. 착잡해지네."

"어젯밤과는 달라. 내일이면 만나게 될 테니까. 내일 저녁 일곱시에 로키 카를로 레스토랑에서 보자고. 거기서 우리 새롭게 시작하는 거야."

"어," 샐리가 입을 뗀다. "사랑을 하기 위한 거래인가? 그런 거야?"

"그렇지 않아. 하지만 좋은 거래임은 분명해. 또 변화는 언제든 있을 수 있는 것 아니겠어?" 샐리의 웃음소리가 들린다. 나도 따라서 웃으려 했지만 웃음이 나오지 않아 거짓으로 웃음소리를 내야만 한다.

"알았어, 알았어." 그리 밝다고 할 수 없는 목소리로 샐리가 말한다. "내일 봐."

"분명 그럴 거야." 내가 쾌활하게 대답한다. 통화는 끝난다. 하지만 샐리가 전화를 끊은 후에도 나는 두 여자를 의식해 응답 없는 수화기에 대고 이렇게 말한다. "넌 정말 구제불능이야, 알아? 노동절이 오기 전에 널 죽여버리고 말겠어, 신께 맹세하지!" 이어 나를 엿보며 꼼짝도 않고 있던 두 여자를 보며 험악하게 인상을 팍 쓴다. "지옥에서나 보자!" 내가 수화기를 쾅 내려놓자 두 여자는 즉시 몸을 돌려 자신들의 이층 방으로 황급히 걸어간다.

혹시 폴이 있을까 싶어 현관 쪽을 내다보지만 보이지 않는다. 카드게임을 하던 사람들은 다 돌아갔고 그나마 남은 한 명도 잠들어 있지만 그래도 흔들의자는 여전히 앞뒤로 왔다갔다하고 있다. 나는 주변을 살펴보려고 냄새를 좇아 식당으로 몸을 돌린다. 식당에는 아직 불이 켜져 있다. 커다란 식탁은 싹 치워져 있긴 했지만 기름기 묻은 행주로 닦아서인지 둔탁한 광택이 돈다. 아까 폴과 함께 모텔에 도착했을 때 열려 있던 주방의 뒷문 틈으로 식사 종을 울리는 젊은 여자를 봤다. 요리사 모자를 쓰고 있던 여자는 들어오는 폴과 나를 향해 손을 흔들어 주었다. 바로 그녀가 지금 희미한 조명 아래 긴 철제 식탁에 앉아 담배를 피우며 잡지처럼 보이는 책을 뒤적이고 있다. 식탁에 놓인 제니 맥주캔과 요리사 모자로 보아 모든 일을 끝낸 후 그 수고에 대한 보상으로 사적인 시간을 즐기고 있는 게 분명하다. 하지만 지금 나는 따끈하게 데운 스파게티 한 접시에 차가워도 괜찮으니 마늘빵 한 조각을 곁들이고 맥주를 한잔할 수만 있다면 더 바랄 게 없겠다. 여기서 그냥 서서 먹어도 상관없고 뒤쪽 계단을 통해 다른 손님들 몰래 내 방으로 음식 접시를 가져가도 좋다. (하지만 요리사가 "그러면 다들 늦게 식사하고 싶어할 테고 결국 우린 크리스마스 때까지 언제든 음식을 내놓을 수 있도록 준비해야만 합니다. 식사시간을 명확히 정해놓지 않았기 때문이죠"라며 거부한다 해도 나로선 할말이 없을 터이다.)

"안녕하세요." 주방 문 너머로 내가 인사를 건넨다. 내 목소리가 생각보다 더 온순하게 들린다.

여전히 하얀색 요리사 유니폼 윗옷과 헐렁한 바지에 붉은 손수건을 목에 매고 있는 젊은 여자는 미심쩍은 듯 달갑지 않은 표정으로 나를 돌아본다. 윈스턴 담배와 그 옆에 놓인 둥그런 주석 재떨이가 눈에 들어온다. 나를 돌아본 여자는 재떨이 가장자리에 담뱃재를 톡톡 떨어낸다.

"무슨 일이시죠?" 요리사는 나를 쳐다보지도 않고 말한다. 나는 주방 문틀로 조금 더 다가선다. 사실 나로서는 이런저런 특별대우를 싫어하는 편이다. 저녁을 늦게 먹어야 한다거나, 특별히 말하지 않아도 세탁물을 바로바로 돌려받아야 한다거나, 글을 쓰기 위해 언제든 펜을 제공받아야 한다거나, 당장 버펄로까지 차를 몰고 가야 하는데 앞면 왼쪽 타이어가 고르게 닳아 있지 않으니 속히 타이어를 교체해줘야 한다거나 등등. 줄을 서서 차례를 기다렸다 일반적인 대우를 받는 쪽이 훨씬 낫다. 하지만 밤 열시가 넘은 지금, 하루종일 아들과 티격태격하다 지쳐버린 나는 다른 사람들과 마찬가지로 기꺼이 나의 이 규칙을 깰 준비가 되어 있다.

"혹시 저녁식사에 관해 무슨 팁이라도 얻을 수 있을까 싶어서요." 나는 내가 뭘 원하는지 당신도 잘 알고 있지 않느냐는 표정으로 여자를 쳐다본다. 이어 피곤에 지친 내 눈은 주방을 점검하기 시작한다. 대형 냉장고, 검정색 8구 가스렌지, 문이 열려 있는 은색 식기세척기, 물한 방울도 찾아볼 수 없는 커다란 싱크대 네 개, 부엌 뒷벽에 마치 무기처럼 매달려 있는 그릇, 프라이팬, 냄비, 거품기, 주걱 등 각종 주방용품들. 하지만 국자가 꽂혀 있는 따뜻한 스파게티 냄비는 눈을 씻고 찾아도 없다. 음식과 관련된 것은 아무것도 없다.

"터니클리프의 주방은 아홉시에 문을 내려요." 여자 요리사가 자기 손목을 힐끗 쳐다본 후 말한다. 내게 눈길도 주지 않고 그저 고개만 저으면서. "한 시간 늦으셨네요. 안 좋은 소식을 전해드려 죄송합니다."

여자는 생각보다 더 사무적이다. 곱슬머리 금발, 보이지 않는 곳은 부스럼으로 얼룩져 있을 창백한 피부, 작지만 두툼한 손목과 목, 그리고 요리사 복장 안에 아무렇게나 방치되어 있을 가슴. 추측건대 나이는 스물아홉 정도이고 늦은 밤에야 귀가할 수 있는 집에는 아이가 하나 있을 것이다. 출퇴근할 때는 아마도 할리 데이비슨을 이용할 것이다. (분명 모텔 주인의 애인이겠지.) 어떤 제안을 해도 쉽게 넘어오지는 않을 것 같다.)

"어떻게 방법이 없을까요?" 이 말을 기다렸다는 듯 배에서 요란하게 꾸르륵 소리가 난다.

여자 요리사는 윈스턴 담배를 한 모금 빤 다음 고개를 약간 옆으로 돌리며 연기를 내뿜는다. 이에 여자가 읽고 있던 잡지 제목이 살짝 드러났다. 〈끝내주는 전쟁 같은 섹스에 도전하세요〉(우편 주문하면 구독할 수 있는 그런 잡지다). 물론 내가 참견할 일은 아니지만 나는 여자의 손가락에 결혼반지가 없다는 사실도 눈치챈다. "오네온타에 가면 자정까지 영업하는 중국 음식점이 있어요. 계란탕이 먹을 만하죠." 여자가 입을 반쯤 가리고 하품을 하면서 말한다.

"오네온타라면 꽤 멀군요." 내가 바보처럼 웃으며 말한다. 순간 테드 훌리한의 집을 생각나게 하는, 오래 묵은 퀴퀴한 음식냄새와 구운 고기 냄새가 코에 느껴진다. 물론 나는 계란탕을 싫어할 뿐 아니라 실제로 그런 음식을 좋아하는 사람도 본 적이 없다. 그리고 계속 그런 입장을 견지할 것이다.

"한 5킬로미터쯤 돼요." 요리사는 사진이 실린 다른 페이지를 펼쳐 놨지만 어떤 사진인지 잘 보이지 않는다.

"그럼 마을에는 문 연 데가 없나보죠?" 자신 없게 말하고 있다는 건 나도 안다.

"술집 정도? 아닌 척해도 여기는 그저 시골 촌구석일 뿐이죠. 뭐 흔한 얘기지만." 여자는 무심하게 책장을 뒤적이더니 뭔가를 좀더 들여다보려고 고개를 숙인다. 아마 '후배위 전략'이나, 새롭게 개발된 삽입 기술이겠지. 아니면 스웨덴식 '기구' 설명일 것이다. 예전에는 미처 알지 못했던 새로운 신체 부위를 자극할 수 있는, 그래서 독자들에게 보다 멋진 삶을 선사해줄 수 있는 그런 기구. (나는 오랜 세월 동안 진부하기 짝이 없는 구식 스타일로 섹스를 해왔다는 사실을 어렴풋이 깨닫는다. 문득 내가 여기서 음식 한입 달라고 구걸하는 동안 폴이 혹시 이 안전한 쿠퍼스타운을 벗어난 어느 곳에서 여자아이와 이상한 짓에 몰두해 있는 건 아닌지 궁금해진다.)

"이봐요," 내가 말한다. "혹시 남은 스파게티가 있다면 조금 얻을 수 있을까요? 지금 배가 몹시 고파서요. 찬 음식이라도 환영이에요. 금방 준비만 된다면 다른 음식도 상관없고요. 타피오카나 샌드위치 같은 거 말입니다." 좀더 절박한 모습을 보여주려고 나는 안쪽으로 한 걸음 더 다가선다.

요리사는 곱슬머리를 흔들면서 손에 쥔 캔 맥주를 식탁에 쿵 내려놨지만 시선은 여전히 잡지에 고정돼 있다. "제레미가 냉장고에 커다란 자물쇠를 달아놨으니 샌드위치를 먹으러 내려와봤자 아무 소용 없어요. 그런 손님들이 종종 있죠. 특히 일본인들이 그래요. 그 사람들은 늘 굶주려 있나봐요. 전에 냉장고를 열어 손님들에게 곧잘 음식을 내줬더니 주인이 자물쇠 번호를 바꿔버리더군요."

조명을 받아 희미하게 빛나는 트라울슨 냉장고를 쳐다보니 아닌 게 아니라 지렛대를 이용해 억지로 열어볼 엄두조차 나지 않을 만큼 크고 튼튼한 자물쇠가 납땜이 된 걸쇠와 손잡이 위에 달려 있다.

마침 요리사가 열중하고 있던 기사 내용이 눈에 들어온다. 한 쪽이 총 네 칸으로 구분된 만화로, 배경인 (전형적인 부부의) 침실의 세부는 전혀 성적이지 않은 황록색이고, 벌거벗은 남녀 한 쌍(기혼 부부를 대표하는 듯하다)이 투명하고 전혀 외설적이지 않은 파스텔톤으로 그려져 있다. 주제는 '배후 체위'다. 첫번째 칸에는 남녀 모두 무릎을 꿇고 있다. 두번째 칸에는 남자가 서 있고 시트를 반쯤 걸친 여자가 남자에게 완전히 '헌신'하고 있다. 세번째 칸에서는 남녀 모두 서 있다. 아쉽게도 네번째 칸의 그림은 보이지 않는다.

"여기서 새로운 요리법이라도 찾고 있는 건가요?" 요리사를 내려다보며 내가 묻는다.

여자는 목을 한 번 돌려 위로 치켜들고는 못마땅한 듯 입을 꾹 다물고 나를 쳐다본다. 마치 이렇게 말하는 것만 같다. "당신 일에나 신경 쓰시지. 안 그러면 나도 가만있지 않을 거야." 그 표정을 보자, 여자에게 호감이 인다. 여자가 냉장고를 열어 두툼한 샌드위치를 만들어주지 않는다 해도 말이다. 이렇게 저녁 생각은 접어야 하나보다 싶다. 물론 그 여자가 자물쇠 번호를 모를 리는 없다. 장담할 수 있다.

"샌드위치 때문에 오신 거 아니었나요?" 여자는 그렇게 말하더니 우리 둘과 닮은, 파스텔톤으로 재현해놓은 이상적인 부부생활에 관한 만화로 고개를 돌린다. "이 만화 속 여자가 무슨 말을 하고 있다고 생각하세요?" 요리사는 손톱 끝에 마른 밀가루가 묻은 짧은 손가락으로 첫번째 그림을 가리키며 묻는다. 만화 속 여자는 퍼뜩 좋은 생각이라도 떠올랐다는 듯 자기한테 매료된 남자를 뒤돌아보고 있다. "'똑, 똑, 거기 누구 있어요?'일까요?" 요리사가 묻는다. "'혹시 차고 쪽에서 무슨 소리가 나지 않았나요?' 그것도 아니면 '이제 장부를 결산해봐도 될까요?'" 여자 요리사는 볼 안에서 혀를 재빨리 돌려 말하면서 만화 속 장면이 외설스럽다는 듯 얼굴 가득 혐오를 드러낸다.

"샌드위치에 대해 말하고 있는지도 모르죠." 나는 평소엔 거의 의식하지 않는 내 하반신의 물건이 살짝 위치를 달리하는 것을 느끼며 말한다.

"네, 그럴 수도 있겠네요." 요리사는 다시 담배 연기를 뿜으며 몸을 뒤로 젖힌다. "어쩌면 이렇게 말하고 있는지도 몰라요. '당신 안 까먹고 버터헤드 양상추로 샀어? 또 전에 먹던 아이스버그 양상추를 산 건 아니지?'"

"이름이 어떻게 되죠?" 내가 말한다. (생각해보니 나와 샐리의 대화는 너무 진지하고 건전해서 재미는 별로 없었던 것 같다.)

"씨, 에이치, 에이, 알. 샤르예요." 여자 요리사는 이렇게 말하더니 맥주캔을 들어 한 모금 마신다. "샤르레인의 약칭이죠, 샬럿이나 샤메인의 약칭이 아니고. 그건 언니들 이름이에요."

"당신 아버님 성함은 분명 찰스겠군요."

"우리 아빠를 알아요?" 샤르가 말한다. "몸집은 크고 시끄러운데 뇌는 콩알만한 아저씨를?"

"설마요." 만화 주인공들의 다음 자세가 궁금했던 나는 샤르가 어서 페이지를 넘겨주길 기다린다.

"재미있네요." 샤르가 윈스턴 담배를 물자 얼굴로 올라간 연기 때문에 그녀의 눈이 가늘어진다. 그리고 요리사복의 넓은 소매를 걷어올리자 그녀의 연약한 팔꿈치가 드러난다. 자세히 보니 샤르는 그리 억센 인상이 아니다. 복장 때문에 야무지고 강하게 보일 뿐이다. 아무래도 요리사 복장은 어울리지 않아 보인다.

"요리사가 되려면 뭘 해야 하죠?" 어둠 속에서 샌드위치를 뒤지거나 아들을 찾느라 고생하느니, 잠깐이나마 이렇게 불 켜진 부엌에서 여자와 얘기할 수 있게 되어 기분이 좋아진다.

"오, 우선 하버드대학에서 박사학위를 받았죠. 전공이 뭐였더라…… 아, 캔 따기예요. 박사학위를 취득한 후에는 달걀과 버터 바른 토스트에 대해 연구했고요. 아마 MIT에서 연구했을걸요."

"영문학보다 더 어려웠겠군요."

"그렇게 생각할 수도 있죠." 샤르는 페이지를 한 장 넘겼고 네번째 칸의 만화 그림이 마침내 눈에 들어온다. 만화 주인공들은 바로 펠라티오 자세를 하고 있다. 적나라하지만 고급스러운 느낌이 나는 그 그림은 누구나 알고 싶어하는 모든 자세를 상세히 보여준다. 가만 보니 여자 주인공의 머리 모양도 머리를 뒤로 묶은 간편한 포니테일로 바뀌어 있다. "오, 이런." 샤르가 중얼거린다.

"정기 구독하는 잡지인가요?" 내가 장난스럽게 묻는다. 위장 깊은 곳에서 또 꼬르륵 소리가 난다.

"손님들이 식사 후 놓고 간 잡지예요." 샤르는 펠라티오 장면을 오랫동안 쳐다본다. "의자에 놓여 있더군요. 내일 누가 이 책을 찾을지 궁금하네요. 아마 내 책이 되지 않을까 싶기도 하지만."

나는 부엌에 불이 꺼진 후 잡지를 가지러 허둥지둥 내려오는 물방울무늬 옷 여자를 상상한다.

"이봐요." (스파게티 한 접시를 얻는 것 외에) 하고 싶은 건 뭐든 할 수 있다는 걸 갑자기 깨닫고 내가 말한다. "문을 연 술집 중 한 곳으로 안내해주면 맥주를 사겠습니다. 내가 술과 샌드위치를 먹는 동안에 말이죠. 아, 깜박했네요. 내 이름은 프랭크 배스컴이에요." 나는 미소를 지어 보인다. 악수라도 해야 할까?

"아, 깜빡하셨다고요." 샤르는 놀리듯 내 말을 따라하더니 뒤표지를 위쪽으로 하여 잡지를 덮는다. 뒤표지에는 남자의 그것과 아주 비슷한, 하지만 약간 흐릿하게 찍힌 두툼한 분홍색 딜도가 광고로 실려 있다. 딜도 끝부분에는 누군가 장난으로 그려넣은 '스마일' 그림이 있다. "이런, 안-녕." 샤르는 분홍색의 딜도를 보고 씩 웃더니 또 이렇게 중얼거린다. "우린 즐겁지 않은가보지?" 딜도 사진에는 이런 설명이 달려 있다. "미스터 표준 쾌감 세트." 딜도가 결혼의 표준적인 현실과 무슨 상관이 있는지는 알 수 없지만. 대다수 사람들은 말 그대로 표준적인 상황에서는 '미스터 쾌감' 같은 도구를 사용하지 않는다. 실제로 '그'는 살짝 흥분했던 내 상태에 별로 좋은 영향을 주지 못했고, 나는 이상하게도 우울한 기분이 들었다.

"퇴근하는 길에 터니클리프 술집을 알려드리죠." 샤르는 그렇게 대답하면서 '미스터 쾌감'은 더 볼 필요도 없다는 듯 잡지를 매끄러운 식탁 저멀리 밀어낸다. 이어 의자를 뒤로 밀어낸 후에야 비로소 나를 정면으로 쳐다보며 이렇게 말한다. "술집은 집으로 가는 길 중간쯤에 있어요. 우린 거기서 헤어지면 되겠네요."

"좋습니다. 고마워요." 내가 말한다. "덕분에 오늘밤을 별 탈 없이 지낼 수 있겠군요."

하지만 샤르는 의자를 뒤로 밀어낸 후에도 자리에 그대로 앉아 눈을 지그시 감고 있다가 최면에서 깨어나듯 눈을 탁 뜬다. 그러고는 머리를 몇 번 돌려 목 근육을 풀면서 온종일 요리하면서 쌓였을 피로를 달랜다. "프랭크라고 하셨죠? 무슨 일을 하세요?" 샤르는 의자에 앉은 채 일어날 생각을 하지 않는다. 나에 관한 정보가 더 필요하다고 말하는 것처럼.

"부동산 일을 합니다."

"어디서요?" 무언가를 생각하는 표정으로 샤르는 윈스턴 담뱃갑을 손가락으로 톡톡 건드린다.

"뉴저지주 해덤입니다. 여기서 차로 네 시간 정도 걸리죠."

"한 번도 못 들어본 곳이네요."

"잘 숨겨진 비밀 같은 동네니까요."

"백만장자 클럽 회원이라도 되나요? 그럼 놀란 표정이라도 지어드리죠." 샤르가 눈썹을 추켜세우며 말한다.

"정말 그렇다면 나부터 놀라야겠군요." (물론 해덤에서는 밸런타인데이 전에 백만장자 클럽에 가입하지 않으면 부활절 전에 사업이 망하게 될 것이다.)

"난 월세살이가 더 나아요." 방금 저멀리 밀쳐버린 잡지를 멍하니 바라보며 샤르가 말한다. '미스터 쾌감' 위에 그려진 스마일은 여전히 우리를 향해 미소 짓고 있다. "사실 콘도에 들어가고 싶은데 자동찻값이 예전 집값만큼이나 비싸요. (할리 데이비슨이 아니다.) 아직도 할부금을 내고 있죠."

"요즘에는," 쾌활한 목소리로 내가 말한다. "구매가의 절반 가격에 집을 빌릴 수 있어 돈을 절약할 수 있습니다." (스물여덟이 되었건 서른셋이 되었건 그녀 나이에는 은행을 털거나 부자 은행가와 결혼하지 않는 한 앞으로 오랫동안 그렇게 지내야 한다고 말해준들 무슨 소용이겠는가.)

"글쎄요." 갑자기 무언가에(어떤 아이디어나 기억, 잘 모르는 타인에게 신세 한탄을 하지 말아야겠다는 결심 등) 자극이라도 받았는지 샤르는 이렇게 말한다. "아무래도 돈 많은 남자를 찾아봐야겠네요." 샤르는 주먹 쥔 손으로 식탁을 쿵쿵 친 후 담뱃갑을 들고 의자에서 일어선다. (아주 큰 키는 아니다.) "잠깐 기다려요. 이 필스버리* 마스코트 같은 옷 좀 벗고요." 샤르는 주방에서 조금 떨어진 작은 문 하나로 천천히 걸어간다. 문을 열고 스위치를 켜자 작은 형광등 불빛에 욕실이 나타난다. "조금 있다 현관에서 봐요."

"알겠어요." 곧 탁 하는 소리와 함께 욕실 문이 잠긴다.

나는 방충망 사이로 불어오는 서늘한 바람을 맞으며 로비에서 샤르를 기다린다. 귀가 유난히 큰 아까 그 스웨덴 사람이 내가 썼던 전화기 앞에서 몸을 웅크린 채 통화중이다. 상대방 목소리를 더 잘 들으려고 크고 거친 손가락으로 반대쪽 귀를 막고 있다. "이런 개자식, 너 혼자 착하고 잘났냐?" 스웨덴 사람이 말한다. "먼저 그 대답부터 해. 오늘 밤엔 이걸 분명히 해야겠어."

방충망을 통해 현관 바깥을 쳐다보니 모두 자러 갔는지 의자는 전부 텅 비어 있다. 아침 일찍부터 명예의 전당을 급습할 계획이라도 세운 걸까?

깎은 지 얼마 안 된 잔디 냄새가 진동하는 가운데 어느 남성 4인조 아카펠라 그룹의 곡이 먼 듯 가까운 듯 어둠 속에서 들려온다. 가사는 이렇다. "미셸, 나의 숙녀여. 이 말처럼 당신에게 잘 어울리는 말은 없지. 정말

* 요리사 옷차림을 한 소년이 마스코트인 식품회사.

잘 어울리는 말이에요."* 잠시 후 밝은색 여름옷을 입고 서로 어깨에 팔을 걸친 채 가문비나무와 느릅나무 사이로 발걸음을 맞춰 걸어오는 남녀 한 쌍이 보인다. (확신하건대) 호숫가의 참나무로 지은 어느 오베르주**에서 멋진 다섯 코스 저녁을 먹고 돌아오는 길일 것이다. 물론 그 식당의 문은 지금 자물쇠로 굳게 잠겨 있겠지. 두 사람의 웃음소리에 나는 불현듯 깨닫는다. 바로 지금이 밤의 기쁨을 느끼기에 가장 좋은 때라는 것을, 하루종일 고대하던 곳에 도착해 여름의 정점인 독립기념일을 소중한 사람과 함께 행복하게 보내고 있다는 사실에 놀라고 있을 때라는 것을. 독립기념일이 지나면 이제 우리의 관심사는 여름에서 가을로, 더욱 빠른 변화로, 더욱 짧아진 낮으로, 이제는 뭔가를 이뤄야만 한다는 강박관념으로 옮겨가며 이는 봄이 올 때까지 지속된다. 그러니 흥에 겨운 저 한 쌍이야말로 지금의 좋은 때를 누구보다 만끽하고 있는 게 아니고 무엇이겠는가.

어느새 두 사람은 모텔 창문에서 흘러나온 불빛에 자세히 드러나 보일 만큼 가까워진다. 남자는 하얀 구두를 신고 리넨 바지에 특파원처럼 노란 재킷을 걸쳤고, 여자는 얇은 파스텔톤 녹색 치마에 분홍색 블라우스 차림이다. 나는 그들이 발음하는 단조로운 오하이오식 모음을 듣고 나서야 내가 졸고 있을 때 주차장에 차를 몰고 왔던, 그 부동산에 관심이 많은 커플임을 알아챘다. 이제 그들은 방으로 돌아가 해야 할 일에 관심이 많은 듯하다.

"너무 많이 먹었어." 남자가 말한다. "그 케이준 파스타는 주문하지

---

* 비틀스의 곡 〈미셸〉의 가사.

** auberge. 프랑스어로 '시골풍 식당'.

말걸. 잠이나 잘 수 있을까 몰라." "그건 걱정 안 해도 돼." 여자가 말한다. "잠은 집에 가서 자도 되잖아? 당신을 위해 특별한 계획을 준비해놨단 말이야."

"당신 정말 최고야." 하지만 남자는 그리 큰 기대를 하는 표정은 아니다.

"두말 하면 잔소리지." 여자는 이렇게 대꾸하더니 웃음을 터뜨린다. "하."

그 커플이 지나갈 때 방해가 되고 싶지 않다. 이 밤에 그들이 뿜어내는 성적인 분위기가 갑자기 심상치 않게 느껴졌기 때문이다. 이제 너희들이 무엇을 할지 잘 안다는 미소를 흘리며 방충망 뒤에 서 있고 싶지도 않다. 그래서 그들의 발소리가 계단에서 울릴 즈음 나는 나만의 '데이트'를 기다리며 로비 뒤쪽으로 멀찌감치 물러난다.

여전히 부드러운 시나몬 향이 진동하고 불그스름한 전등 두 개만이 가구가 촘촘히 들어찬 넓고 따뜻한 응접실을 밝히고 있다. 나와 마주치지 않고 현관을 통과한 오하이오주 출신 커플은 계단을 따라 위층 복도로 올라가면서 목소리를 낮추어 밀어를 속삭이더니 열쇠로 방문을 열고 들어갈 무렵에는 아무 소리도 내지 않는다.

응접실 뒤쪽으로 이동한 나는 줄지어 늘어선 참나무 책장들, 쓰지 않는 커피 테이블과 간이 테이블 세트, 커버를 씌운 소파, 다리 부분이 흔들거리는 발 받침대, 큰 선박에서나 쓸 법한 황동 램프 등을 찬찬히 살펴본다. 하나같이 코틀랜드-빙햄턴-오네온타 삼각지대 어딘가에 있는 고물상이나 벼룩시장에서 구입한 물건들로 보인다. 향초가 이미 꺼진 응접실은 어두웠고, 벽에 걸린 그림에는 짙은 그림자가 내려앉았다. 냇티 범포의 초상화를 비롯해 1920년대에 제작해 누렇게 변한, '옷세고 호수와 그 주변의 지형도', 구레나룻을 기른 '건국의 아버지들' 초상화—분명 대통령 후보자처럼 차려입은 상점 주인을 보고 그렸겠지—가 벽에 걸려 있고, 더 높은 곳에는 방랑하는 영혼들을 위한 훌륭한 충고가 적혀 있다. "비밀이란 새어나가기는 쉬워도 수습하기는 힘들다."

테이블 위에 놓인 책들을 손가락으로 훑으며 둘러보니 낯선 지역에 뿌리를 내리기 위해 휴가 나온 손님들(예를 들면 아까 그 오하이오주 출신 커플)이 좋아할 만한 '부동산 매물집'도 있다. 몇 페이지를 들춰보자 오늘 오후 폴과 함께 자동차를 타고 지나쳤던 근사한 연방주의 시대 주택들의 가격이 나와 있는데, 53만 달러 정도로, 해덤과 비교해볼 때 놀랄 만큼 저렴하다(뭔가 잘못된 게 분명하다). 뒤쪽 창문 곁에 있는 서재용 긴 책상 위에는 〈피플〉, 〈아메리칸 헤리티지〉, 〈내셔널 지오그래픽〉 등 오래된 잡지가 놓여 있고, 책장을 살펴보니 튼튼하게 장정해 나온 『뉴욕의 역사』 〈옷세고 타임스〉 〈수집품 백과사전〉 〈미국의 애완용 새〉 〈메카닉스 일러스트레이티드〉, 서로 다른 세 가지 판본으로 나온 존 허시의 『히로시마』, 족히 2미터는 될 듯한 페니모어 쿠퍼 전집, 『자주 인용되는 좋은 시 모음』 『세계의 철도』 두 권이 있고, 놀랍게도 앤의 집에서 봤던 『전통적인 골프 홀』도 한 권 있다. 하트퍼드에서 발행한 최근 신문들도 놓여 있다. 아마 그 지역 소식이 궁금한 사람들이 하트퍼드에서 가져다놓은 듯하다. 잠시 후 나는 너무 깜짝 놀라 어안이 벙벙해지고 만다. 장르 구별 없이 아무렇게나 꽂혀 있는 책들 중에 내가 썼던 단편소설집 『우울한 가을』이 한 권 자리잡고 있었기 때문이다. 초판의 커버가 그대로 덮여 있고 표지에는 1968년 당시의 작자를 그려놓은 그림이 인쇄돼 있다. 짧게 깎은 머리에 옷깃이 벌어진 하얀 셔츠와 청바지를 입은, 웃다가 만 듯 애매한 미소를 짓고 있는, 성격이 섬세해 보이는 젊은 남자. 젊은 남자는 시골 주유소의 먼지 나는 주차장에 홀로 서 있다. 어깨 너머로는 (아마도 남자의 소유로 짐작되는) 초록색 픽업트럭이 보인다. 많은 것들을 암시하는 그림이다.

늘 그래왔듯 나는 표지를 보고 움찔할 수밖에 없다. 시간에 쫓기던 표지 디자이너가 책에 실린 내 사진을 보고 표지에 내 얼굴을 그려넣었기 때문이다. 그래서 나는 내 첫번째이자 유일한 문학적 성과물의 겉면을 볼 때마다 당황한 표정으로 하염없이 뭔가를 뚫어져라 쳐다보는 젊은 시절의 나와 마주쳐야 한다.

그럼에도 나는 예기치 못한 전율에 휩싸인 채 불그스름한 전등 아래로 책을 가져간다. 처분하고 남은 책들이 박스에 담겨 해덤에 배송되었을 때 나는 그 박스를 호빙 로드에 있는 내 집 다락방에 처박아두고 한 번도 열어보지 않았다. 더이상 몸에 맞지 않은 옷처럼 전혀 관심이 가지 않았기 때문이다.

하지만 여기서 발견한 이 책, 이 녀석만은 특별히 관심이 간다. 어쨌든 거의 절판 상태이긴 하지만 공식적으로는 아직 '유통중'인데다 내가 뜻한 바를 이루려고 여전히 고군분투하고 있기 때문이다. 내가 뜻한 바란 무엇이던가? 모호함을 급습하는 것이자 우리 안의 얼어붙은 바다를 깨는 도끼가 되는 것이며 불확실한 감정의 총체적 혼란에 대한 믿음을 만족시키는 것이기도 했다.*(그때나 지금이나 이 야심만만한

* "모호함을 급습하는 것"과 "불확실한 감정의 총체적인 혼란"은 T. S. 엘리엇의 장시 「네 개의 사중주」 중 '이스트코커' 편에 나오는 내용이고, "우리 안의 얼어붙은 바다를 깨

목적에 잘못된 점은 하나도 없다.)

표지에는 미세한 먼지막이 그대로 쌓여 있다. 카드 게임을 하던 누구도 오늘밤 자러 가기 전에 이 책을 집어들지 않은 게 분명하다. 책을 펼치자 마른 잎이 바스락거릴 때와 비슷한 소리가 난다. 앞쪽 페이지들은 약간 누런데다 물 묻은 흔적까지 있지만 중간 페이지들은 원래의 유백색을 간직하고 있고 또 아주 부드러워 건드린 흔적이 전혀 보이지 않는다. 마지막으로 나는 저자의 흑백사진을 본다. 당시 내 여자친구였던 데일 매키버가 찍은 사진이다. 얇은 입술에 머금고 있는 저 무모한 자신감, 익살을 부리며 맥주잔을 들고 담배를(!) 피우는 모습. 햇살이 비치는 (멕시코 스타일의) 텅 빈 술집과 테이블들을 배경으로 카메라를 똑바로 쳐다보는 한 젊은이. 그는 이렇게 말하는 듯하다. "그래, 자만심에 찬 애송이가 신이 의도했던 길을 완수할 때까지 당신은 이 거친 세상을 살아가야 해. 당신이 신의 의도를 알려고 든다면 버텨내지 못할 테지만." 나는 물론 버텨내지 못했다. 그리고 사실상 훨씬 편한 애송이의 길을, 훨씬 덜 거친 세상을 택했다.

앞 뒤로 내 책의 표지 양면을 장식한 나 자신을 보면서 우울하다는 생각은 들지 않는다. 대부분의 인생이 결국에 가닿게 될 텅빈 공허감도 그리 역겹지 않다. 1970년 한동안 껄끄러운 후회가 나를 덮쳤고, 나는 폴의 문제에 대처할 때처럼 그저 이 문제를 생략해버렸기 때문이다. 다시 말해 나는 그동안 폴에게 불운과 무능한 부모 때문에 강탈당하고 만 어린 시절에서 악몽과 공포를 그저 생략해버리라고 요구해왔

는 도끼"라는 표현은 카프카의 인용이다.

던 것이다. 잊어라, 잊어라, 잊어라.

길을 잃고 헤매는 내 책을 우연히 목격한 것은 이번이 처음이 아니다. 교회 주관 책 판매 행사에서, 뉴욕의 길거리 서점에서, 중서부 어느 도시의 야드 세일*에서 본 적이 있다. 한번은 깜박 졸다가 문 닫는 시간이 지나 어둠 속을 더듬어 빠져나오던 해덤공립도서관 뒤편 공터에서 쓰레기통 맨 위에 올려진 채 비를 흠뻑 맞고 있는 걸 본 적도 있다. 우울한 일이지만 자살한 친구의 집에서도 내 책이 발견되었다. 물론 친구가 자살한 이유 중 하나가 내 책이라고 생각하지는 않지만 말이다. 이처럼 일단 출간된 책은 결코 저자 곁에서 멀리 떠나가지 않는다.

내 책의 절대적인 가치와는 전혀 상관없이, 나는 샤르가 오자마자 내 책을 건네주며 이렇게 말하고 싶다. "냇티 범포 초상화 아래에 있는 페니모어 쿠퍼의 책들 사이에서 이걸 찾아냈죠. 이 책을 누가 썼다고 생각합니까?" (표지의 젊은이와 닮은 나의 외모가 단서가 될 것이다.) 책을 이용해 샤르에게서 호의적인 반응을 끌어내려는 건 아니다. 내 책을 우연히 발견하는 순간 작가라면 갈망하기 마련인 최고의 흥분에 빠져버렸기 때문이다. 나도 모르는 누군가가 저 먼 이국 터키의 버스 안에서 내 책을 탐독하고 있다면? 방송 프로그램 〈언론과의 대담〉을 보다가 사회자 뒤쪽 서가에서 『국부론』 『대지의 거인』 같은 책들과 나란히 꽂힌 내 책을 보게 된다면? 케네디 행정부 출신인 한 고위 인사가 추천한 '알려지지 않은 미국문학의 수작' 목록에 내 책이 오른다면? (물론 아직 이런 행운은 잡지 못했다.)

---

* 개인들이 사용하던 물건을 자기집 마당에 늘어놓고 파는 것.

나는 먼지를 후 불어내고 책 커버를 벗겨 붉은 장정을 드러낸 다음 다시 앞장으로 페이지를 넘겨 목차를 살펴본다. 진지하기 그지없는 말들만 모아놓은 소제목 열두 개가 눈에 들어온다. '죽어버린 이를 위한 말' '낙타의 코' '비문碑文' '밤의 날개' '해변에서의 기다림'…… 책 제목까지 포함해 소제목들을 쭉 살펴보니 저자의 의도가 고스란히 보인다. 이 책을 토대로 멋진 장편소설까지 써내고서 성공한 문학가로 도약할 '기회'를 노리는 것이다.

책에 손을 댄 흔적은 전혀 보이지 않는다(물자국만 있을 뿐이다). '부모님께'(그럼 누구에게 바치겠는가?)라는 헌사를 들추었다가 표제지로 다시 돌아가자 금방 알아볼 수 있도록 굵은 글씨체로 "프랭크 배스컴" "우울한 가을" "1969년"이라고 쓰여 있다. 출판된 책을 보며 느꼈던 당시 기분이 고스란히 전해져온다. 하지만 동시에 누군가 갈겨쓴 파란 글씨도 보인다. "에스더에게, 당신과 함께했던 진정으로 우울했던 가을을 추억하면서. 사랑하오, 드웨인. 1970년 여름." 또 누군가가 그 글씨 위에 끈적끈적한 립스틱으로 엑스 표시를 하고는 아래에 이렇게 적었다. "드웨인. 그것은 고통과 저주, 그리고 내 인생 최대 실수야. 당신과 당신의 싸구려 술수에 경멸을 보내며, 에스더. 1972년 겨울." 에스더의 서명 아래쪽은 온통 붉은 립스틱으로 도배되어 있고 화살표 바로 옆에는 역시 립스틱으로 이렇게 적혀 있다. "빌어먹을!" 내가 기대했던 바와 너무나 다른 메시지다.

굽이치는 운명 속에서 연기처럼 사라져간, 드웨인과 에스더의 뜨거운 사랑. 가여운 그들의 사랑에 가벼운 현기증이 인다. 나는 얄궂게 어그러지고 만 둘의 사랑에 씁쓸해하거나 심란해하거나 이를 비웃지 않는다. 내게 찾아든 것은 바로, 전혀 예상치 못하게도, 가슴이 뻥 뚫린 듯 뼈에 사무치는 공허다. 이 분 전까지만 해도 이런 기분에 빠지게 될 줄은 꿈에도 몰랐다.

앤, 결혼생활의 종말, 그리고 앤과 내가 관련된 모든 일들이 느닷없이 치명적인 독처럼 콧속으로 기어들어온다. 상심에 빠져 암울하게 지낸 지난 칠 년 세월 동안에도, 재결합에 대한 희망이 주기적으로 발동해 그 후유증에 시달릴 때도, 이런 느낌을 받은 적은 결코 없었다. 그리하여 내 본능은 피를 흘리는 키클롭스처럼 소리를 지르는 대신 책을 덮어 옆으로 던져버린다. 휙 날아간 책은 갈색 벽에 탁 부딪히더니 플로리다주 모양 석고 모형 겉면에 살짝 맞고는 먼지 쌓인 바닥에 털썩 떨어진다. (책의 운명은 읽히고 소장되는 것 말고도 이렇게 다양하다.)

아주 오래전과 바로 지금 이 순간 사이의 간극(그게 아니면 뭘까?)이 무엇일까 생각해보다가 분명히 깨닫는다. 이제 모든 것이 끝났고 엉망진창이 됐다는 것을. 마치 앤이 그 앤이 아니었고 내가 그 나가 아니었으며 지금 이 서재에서의 이상한 순간으로 나를 이끌 인생을 둘이서 함께 시작한 적도 없는 것만 같다(실제로는 그렇지 않았지만). 희박한 가능성을 뚫고 이런 일이 생겼다기보다는, 모든 가능성이 바로 이렇게 될 것을 가리키고 있었다고 보는 게 맞다. 이렇게 외롭고 활력 없는 곳에서 드웨인과 그 불같이 비통해하는 에스더처럼 될 운명이었다. 사랑에 관한 한 그들은 앤과 나의 쌍둥이다. 그들처럼 우리의 사랑도 쉿 꺼져버렸다. (갑자기 눈에서 눈물이 솟구치지 않았다면 나는 내 패배를 덤덤하게 맞을 수 있었을 것이다. 어차피 나라는 사람은, 소중히 간직해온 기억이라도 소용이 없다면 희망찬 미래를 위해 버려야 한다고 조언하는 사람이니까.)

나는 손목으로 볼을 훔치고 셔츠 앞자락으로 가득 차오른 눈물을 찍어낸다. 누군가 다가오는 소리가 들려 집어던졌던 내 책을 황급히 들어올려 커버를 다시 씌우고 구겨진 페이지를 다시 편 뒤 원래 자리에 꽂아놓는다. 이제 내 책은 지금 이 자리에서 어쩌면 이십 년 넘게 머물러야 할지도 모른다. 그제야 나타난 샤르가 눈물로 가득찬 이민자처럼 서 있는 나를 보고는 다가온다. 혹시 내가 콘도를 사줄지도 모르는 부자일지 모른다고 생각했는지. 지금 막 뿌린 사과향 향수 냄새가 담배 냄새와 동시에 풍겨온다.

그런데 샤르는 십 분 전의 그 여자가 아니었다. 꽉 죄는 청바지에 붉은색 카우보이 부츠, 콘차 벨트*, 운동선수처럼 건장하고 둥근 어깨와 아까 상상해본(하지만 이제 훨씬 분명하게 보이는) 가슴 굴곡을 그대로 드러내는 검은색 탱크톱. 가만 보니 눈에는 '뭔가'를 발랐고 신경써서 매만진 듯 머리도 곱슬거린다. 볼에는 장미처럼 붉은빛이 감돌고 입술에도 반짝거리고 매끄러운 걸 발라 조금 전 그 요리사 모습은 겨우 알아볼 수 있을 정도다. 그러나 나에게는 펑퍼짐한 흰색 요리사 복장으로 몸을 거의 다 가리고 있을 때보다 덜 매력적으로 보인다.

감정 상태로 보면 나 역시 십 분 전 '그곳'에 있지 않았고 또 나는 젖꼭지가 도드라질 만큼 그렇게 꽉 죄는 옷을 입은 여자에게 편안함을 느끼는 사람도 아니다. 더구나 나는 '모텔에서 샤르와 함께 온 또 한 명의 남자'로 오해받으며 터니클리프 술집—가보진 않았지만 어떤 곳

* 금속제 고리를 이어 붙여 만든 벨트.

일지 뻔하다—에서 멍청이로 취급받을 생각이 어느새 싹 사라진다.

"자, 미스터 쾌감씨. 외출할 준비 되셨나요? 아니면 계속 책을 읽고 계실 건가요?" 그녀가 새로 그린 눈썹이 위아래로 빠르게 움직이며 엷은 갈색 눈동자로 나를 장난스럽게 바라본다. "눈이 왜 그래요? 여기서 울고 있었던 거예요? 네?"

"책을 보다가 먼지가 눈에 들어갔어요." 내가 장난스럽게 대답한다.

"저기 있는 책을 누가 읽을 거라고는 생각도 못해봤어요. 그저 분위기를 좀더 아늑하게 만드는 용도라고만 생각했죠." 샤르가 시큰둥하게 책장을 둘러보며 말한다. "올버니의 한 재활용품 업자에게서 제레미가 대거 사들인 책들이에요." 시나몬 향 때문인지 샤르가 코를 킁킁거린다. "퓨, 퓨우." 샤르가 계속 말한다. "여기에서는 크리스마스의 양로원 같은 냄새가 나요. 갑자기 블랙 벨벳*을 마시고 싶어지네요." 샤르가 내게 도전적인 미소를 보낸다. 차차 우리에게 일어날 일을 암시하는 미소이기도 하다.

"거 참 맛있겠군요!" 내가 대꾸한다. 그러나 그 순간 나는, 이름도 모르고 얼굴도 모르는 낯선 이들이 크리스털 샹들리에 불빛 아래서 즐겁게 저녁을 보내는 소리를 어렴풋하게 들으며 질척한 호숫가를 홀로 거닐고 싶다는 생각을 한다. 어려운 부탁은 아닐 것이다.

하지만 혼자 산책이나 술 한잔을 즐기고 싶다는 가벼운 이유로 샤르와 동행하기를 거부하는 것은 설득력이 없다. 더구나 먼저 제안을 한 사람은 나 아니던가. 여기서 약속을 취소하면 나라는 사람은 겁 많고

---

* 흑맥주와 샴페인을 섞은 칵테일.

숫기가 없어서 한 발짝을 떼고 나면 세 발짝 뒤로 물러서는 울보나 겁쟁이라고 선언하는 것과 다를 바 없다.

"이러다 샤르레인의 집에서 달걀 프라이 샌드위치라도 만들어줘야겠는데요? 그렇게 배고파하니 말이에요." 샤르는 이제 현관 바깥으로 향한다. 딱 달라붙는 청바지가 드러낸 샤르의 엉덩이는 로데오 카우보이처럼 단단해 보이고 허벅지 역시 튼튼하고 억세 보인다.

"아무리 생각해도 아들을 찾아봐야 할 것 같아요." 샤르를 뒤따라 걸어가면서 내가 낮게, 하지만 그녀가 충분히 들을 수 있게 중얼거린다. 나무들 사이로 마을의 불빛이 반짝거린다.

"네?" 고개를 돌린 샤르가 내 얼굴을 똑바로 쳐다보며 묻는다. 우리는 어둠이 깔린 현관에 멈춰 선다.

"아들 폴과 함께 여기에 왔어요." 내가 말한다. "내일 아침에 명예의 전당에 갈 계획이죠."

"부인을 남겨두고 아들하고만 온 건가요?" 또 볼 안에서 혀를 굴리며 샤르가 말한다. 아마 경고 신호를 받은 느낌일 것이다.

"어떤 의미에서는 그렇죠. 하지만 난 이제 혼인 관계에 있지 않답니다."

"그럼 누구와 결혼한 상태인가요?"

"아무와도 아니죠."

"그럼 아들은 어디로 갔는데요?" 샤르가 어두운 잔디밭으로 눈을 돌리며 묻는다. 폴이 그곳에 있기라도 한 것처럼. 그러더니 아무렇지도 않은 표정으로 탱크톱 끈을 만지작거린다. 사과 향수 냄새가 풍겨온다. 하지만 외면해야만 한다.

"나도 모르겠어요." 크게 걱정하지는 않는다는 기색으로 내가 말한다. "여기에 도착한 직후에 어딘가로 가버렸죠. 내가 잠깐 낮잠 자는 사이에."

"그때가 언제였는데요?"

"아마 다섯시 삼십분에서 여섯시 십오분 사이였을 거예요. 하지만 곧 돌아오리라 믿어요." 이제 나는 모든 것에 흥미가 떨어지고 만다. 산책도, 터니클리프 술집도, 술도, 외프 아 라 샤르레인*도. 이런 현상은 내가 이해하는, 심지어 동정심까지 느껴지는 인간의 미스터리 중 하나다. "여기 남아 있어야 할 것 같아요. 그래야 아들이 나를 찾을 수 있을 테니까." 나는 샤르에게 비겁한 미소를 지어 보인다.

저 먼 도로에서 어느 자동차가 조용한 거리에 시끄러운 록 음악을 쏟으며 멀어져간다. 차창을 열어놓았거나 아니면 차창 윗부분이라도 살짝 내려놓은 게 분명하다. 노래 가사는 이렇다. "물속으로 들어가, 깊이 들어가, 그리고 모든 것을 받아들여." 어쩌면 폴이 저 차에 타고 있을지 모른다. 그래서 어느 날 나는 우유갑이나 식료품점의 게시판에서만 폴을 만나게 될지 모른다. '폴 배스컴, 1973년 2월 8일생. 1988년 7월 2일 명예의 전당 근처에서 실종.' 바람직한 상상은 아니다.

"그럼 좋을 대로 하세요." 샤르가 말한다. 나는 벌써 다른 뭔가를 생각하고 있다. "난 이만 가봐야겠어요." 샤르는 이미 계단을 걸어내려가는 중이다. 내 말에 당황스러워하는 한편 보기보다 내가 귀찮은 사람이라고 결론 내렸겠지.

---

* œufs à la charlane. 프랑스어로 '샤르레인의 달걀'.

"아이가 있어요?" 뭐라도 말해보려고 내가 묻는다.

"아, 그럼요." 반쯤 등을 돌린 샤르가 대답한다.

"지금 집에 있어요? 아들? 딸? 아니면 여러 명?"

"아들인데 지금은 야생에서 살아남는 법을 배우고 있죠."

그때 위층 어딘가에서 희미하게 어떤 여자의 외마디 신음소리가 들린다. 샤르는 입가에 미소를 머금고 위를 올려다보며 두리번거린다. "누군가 벌써 폭죽을 터뜨리고 있군요."

"야생에서 살아남는 법을 배우다니 그게 무슨 뜻이죠?" 내가 묻는다. 위층의 오하이오 커플은 생각하지 않으려 애쓰면서. 이제 샤르와 나는 친숙함의 단계에서 서서히 내려오고 있다. 일 분 후면 그녀와 나는 다시 서로 모르는 사이로 돌아갈 것이다.

샤르가 한숨을 내쉰다. "자기 아빠와 함께 있어요. 남편은 지금 몬태나주에서 텐트인지 동굴 비슷한 곳인지에서 살고 있죠. 모르겠어요. 서로를 이기고 생존하는 법을 배우고 있으려나요."

"난 당신이 훌륭한 엄마라고 확신해요." 나는 엉뚱한 말을 내뱉고 만다.

샤르는 비꼬는 투로 대답한다. "뭐, 하긴 내가 동양에서 말하는 그런 자기희생적인 엄마랑 비슷하긴 하죠." 샤르는 작은 코를 들어 가문비나무 냄새가 밴 따뜻한 공기를 한껏 들이마신다. "라일락 향기가 나네요. 하지만 라일락 철이라고 하기엔 너무 늦었죠. 누군가가 향수로 뿌린 게 분명해요." 그러더니 샤르는 갑자기 눈을 흘긴다. 내가 자신에게서 멀리, 아주 멀리 떠나가고 있지 않느냐고 말하는 듯이(사실 그렇다). 친근하면서도 연민에 찬 눈길이다. 불현듯 그녀에게 다가가 힘껏

안아주고 싶은 충동이 인다. 그랬다가는 문제만 복잡해질 게 뻔하지만. "아들을 찾게 될 거예요." 샤르가 말한다. "아니면 아들이 당신을 찾든가, 어쨌든."

"그럴 거요." 나는 가만히 선 채로 대답한다. "고마워요."

"네." 샤르는 뭔가가 마음에 걸리는 듯 덧붙여 말한다. "아이들은 대개 오랫동안 돌아다니지 않아요. 그렇게 오랫동안은. 정말이에요." 샤르는 나무들을 향해 홀로 걸어갔고 내가 소리 내어 작별인사를 할 즈음엔 어느새 시야에서 거의 사라지고 없다.

"트레 아뮈장*" 사방에 어둠이 깔린 무더운 여름밤 공기를 뚫고 낯익은 목소리가 들려온다. "트레, 트레 아뮈장. 가장 중요한 성적 기관은 두 귀 사이에 있어. 이이이크, 이이이크, 이이이크. 그걸 잘 써봐."

현관 부근에 늘어선 흔들의자 중 가장 끝에 있는 의자에 폴이 앉아 있다. 무릎을 끌어올려 웅크린 자세로 앉아 있어서 내가 쉽게 알아채지 못했던 것이다. 아들의 더 록 티셔츠가 주변 불빛을 희미하게 반사하고 있다. 폴은 조금 전 나와 샤르의 쉽지 않았던 작별인사를 듣고 과연 내가 저녁을 먹으러 밖으로 나갈지 궁금해했을 것이다.

"괜찮니?" 폴에게 다가간 내가 묻는다. 등뼈가 만져지는 부드러운 아들의 등에, 아버지다운 애정을 담아 손바닥을 대고 살짝 밀면서.

"네, 아빠는요?"

"조금 전 네가 말한 게 렉션 박사의 분석적 소견이냐?" 기쁨과 안도

* Très amusant. 프랑스어로 '정말 웃겨'.

감이 밀려온다. 폴이 자동차를 타고 시끄러운 음악을 울리며 시카고나 샌프란시스코의 베이 에리어로 끌려가지 않았으니까. 위험한 상황에 처하지도 않았고, 더 끔찍하게는 피를 뚝뚝 흘리며 쿠퍼스타운의 응급실에 실려가 아무것도 기억해내지 못한 채 의사를 기다려야 하는 신세가 되지도 않았으니까. (만약 폴을 내 집에 데려가고 싶다면 폴에게 좀 더 신경써야 할 것이다.)

"그분이 제 새엄마인가요?"

"그렇게 될 뻔했지. 뭐라도 좀 먹었니?"

"가짜 칵테일, 가짜 거북수프, 가짜 애플파이를 먹었죠. 날 놀리지 마요."* 폴이 어릴 때부터 비슷한 상황에서 늘 써먹던 대답이다. 지금 폴의 얼굴을 자세히 들여다보면 분명 씩 웃고 있을 테지. 그러나 폴은 매우 침착해 보인다. 어쩌면 지금 나는 아들과 점점 깊은 대화를 나누고 있는 건지도 모른다(이야말로 모든 부모가 바라는 바 아니겠는가).

"엄마한테 여기에 잘 도착했다고 전화할래?"

"아뇨." 사방이 어두웠지만 폴은 작은 해키 색 공을 위로 던졌다가 받기를 계속한다. 유별난 행동은 아니지만, 폴이 겉보기만큼 그리 침착한 상태가 아니라는 뜻이다. 나는 해키 색을 싫어한다. 그런 놀이는 올해 봄에 일을 마치고 귀가하는 나를 구타해 발을 삐게 했던 그 얼간이 같은 비행청소년들이나 하는 짓이라는 게 내 생각이다. 어쨌든 그

* 각각 mocktail(무알코올 칵테일), mock turtle soup(바다거북 대신 송아지 머리 고기를 써서 비슷한 맛을 낸 수프), mock apple pie(크래커에 시럽 등을 발라 애플파이와 비슷한 맛이 나게 한 파이). mock이 '가짜'라는 뜻 외에도 '놀리다'라는 뜻이 있는 것을 이용한 말장난.

공을 보니 낮에 본 여기 마을 소년들과 폴이 어울려 놀았다는 걸 알 수 있다.

"그건 어디서 얻었니?"

"샀어요." 폴은 여전히 고개를 돌리지 않고 말한다. "여기 동네 가게에서요." 폴에게 그 가엾은 찌르레기를 죽였는지 묻고 싶지만 지금 분위기에는 어울리지 않는 너무 딱딱한 주제인 것 같다. 더구나 아들에게 그런 혐의를 두는 게 우스꽝스럽기도 하다. "묻고 싶은 게 있어요." 폴이 좀더 적극적인 목소리로 말한다. 혹시 지난 네 시간 동안 어느 어두침침한 식당에 앉아 에머슨에 대해 생각해보다가, 혹은 해키 색 공을 만지작거리다가 고민에 빠졌을지도 모른다. 자연은 스스로 생존할 수 없는 피조물을 정말로 가차없이 내쳐버리는지, 이 나라와 이 시대가 요구하는 인간상은 오직 참된 사람 단 하나뿐인 것인지에 대해. 물론 폴만이 아니라 누구든 숙고해볼 만한 문제다.

"그래? 말해봐." 무슨 일인지 너무 궁금했지만 티를 내지 않으려고 애쓰면서 나 역시 적극적으로 답한다. 잔디 너머로 자극적인 냄새가 밀려들지만 라일락 향기가 아니라 자동차 매연 냄새다. 보이지 않는 어느 가문비나무 가지에서 부엉이 울음소리가 들려온다. 우우, 우우, 우우.

"아주 어렸을 때 일인데 생각나세요?" 폴이 심각한 표정으로 묻는다. "제가 상상의 친구를 만들어냈잖아요. 그 상상의 친구들에게 말을 걸었고 그 친구들도 저한테 뭐라고 말을 했죠. 그 놀이에 아주 몰두했었어요." 폴이 날카롭게 정면을 응시하며 말한다.

"응, 기억나. 요즘도 그러니?" 에머슨에 관한 얘기가 아니다.

내 얼굴을 보려고 그러는지 폴이 고개를 내 쪽으로 돌린다. "아뇨.

하지만 제가 그럴 때마다 이상하다고 생각하지 않으셨어요? 화가 나거나, 진절머리가 나거나, 역겹진 않으셨어요?"

"그렇지 않았어. 왜?" 나는 이제야 폴의 눈을 볼 수 있다. 내게 거짓말 아니냐고 묻는 듯한 눈빛이다.

"거짓말을 하고 계시네요. 하지만 괜찮아요."

"좀 이상하다고 생각은 했지." 내가 말한다. "하지만 그뿐이었어." 거짓말쟁이로 취급받기는 싫다. 그리고 진실에 있어 변명할 필요는 없다.

"왜 그런 생각이 드셨어요?" 화가 난 눈치는 아니다.

"모르겠는데. 깊이 생각해본 적이 한 번도 없어서."

"그럼 생각해보세요. 전 알아야겠어요. 머릿속에서 떠나질 않는다고요." 폴은 자세를 고쳐 잡고 건너편의 멋진 호텔에서 흘러나오는, 이제는 좀 약해진 따뜻하고 노란 불빛을 물끄러미 바라본다. 분명 내 대답에 귀를 기울이고 있으리라. 여위어가는 달이 호수 위를 부드럽고 환하게 비추고 있고 그 위로 무수히 많은 여름 별들이 반짝인다. 폴이 목을 울려 나지막하게 이이이크 하고 소리를 냈다. 초조함을 이겨내는 폴만의 방법이리라. 이이이크 소리가 조용하게 죽 이어진다.

"좀 불편하다고 느꼈을 뿐이야." 내가 거북해하며 말한다. "결국에는 마음의 상처로 남을 일에 네가 너무 몰두한다고 생각했지." (폴이 순수했기 때문이다. 그렇지 않은가? 비록 순수하다는 말이 지금 분위기에 어울린다고 할 순 없지만.) "난 네가 그 상상의 친구들에게 배신당하지 않길 바랐어. 하지만 내 생각이 짧았던 것 같구나. 미안해. 이 아빠가 잘못 생각한 모양이다. 어쩌면 그 상상의 친구들을 질투했었을 수도 있고. 미안하다."

폴의 숨소리가 가까이 들려오고 어디선가 불어온 한줄기 바람이 가슴에 파문은 폴의 무릎을 파고든다. 약간 마음이 놓이기는 하지만, 부끄럽기도 하다. 내가 몰두하는 문제보다 폴이 몰두하는 문제를 중요하지 않게 여긴다는 느낌을 준 것 같았으니까. 우리가 이런 대화를 나누게 될 줄 누가 알았을까.

"괜찮아요." 폴이 말한다. 나에 대해 아주, 아주 잘 알고 있다는 듯한 얼굴이다.

"왜 갑자기 그 생각을 했지?" 내가 폴의 의자에 손을 얹으며 묻는다. 폴은 여전히 내게 등을 돌리고 있다.

"그냥 기억이 났어요. 난 그 놀이를 좋아했지만 아빠는 나쁜 일이라고 생각하지 않았을까 하고요. 아빠는 정말 제가 아무 문제 없다고 생각하세요?" 폴은 지금 자기 감정을 완전히 통제한 상태에서 대화하고 있다. 본인은 깨닫지 못하고 있겠지만. 아들은 바로 이 순간만큼은 성인이나 다름없는 것이다.

"그래. 특별히 문제될 건 없다고 봐."

"1등급부터 5등급까지 점수를 매긴다면 어때요? 5등급을 가망 없는 상태라 보고요."

"아," 내가 말했다. "1등급? 아니면 1.5등급? 어쨌든 이 아빠보다는 낫지. 네 동생만큼은 아니지만."

"제가 너무 얄팍하다고 생각하세요?"

"얄팍한 게 뭐지?" 폴이 어디를 돌아다니며 이런 질문을 생각해냈을지 궁금해진다.

"이따금 이상한 소리를 낸다든가 하잖아요. 다른 것도 그렇고."

"그런 건 크게 중요한 문제가 아냐."

"이런 질문을 해서 좀 그렇지만 만약 미스터 토비가 살아 있다면 지금 몇 살이 됐을지 아세요?"

"열세 살." 내가 대답한다. "같은 질문을 아까도 하지 않았니?"

"지금까지 살아 있을 수도 있었는데." 폴은 의자를 천천히 앞뒤로 움직인다. 미스터 토비가 제 수명대로 살았다면 자기 인생이 더 나아질 수도 있었다고 생각하는 모양이다. 나는 흔들리는 의자를 꽉 붙든다. "다시 생각중이라는 걸 생각하고 있어요." 혼잣말을 하듯 폴이 중얼거린다. "그동안 모든 일들이 잘 안 풀렸어요. 아주 오랫동안."

"법원 출두 때문에 많이 걱정되니?" 내가 흔들의자 등에 손가락을 끼워 단단히 붙잡은 채 묻는다.

"아뇨, 그건 특별히 문제될 건 없다고 봐요." 폴이 내 말을 흉내내며 대답한다. "그 문제로 제게 해주실 좋은 충고라도 있나요?"

"네 나이에 비해 너무 비판적이면 안 돼. 그뿐이다. 현명한 바보가 되지 마. 그저 네 장점을 자연스럽게 드러내면 돼. 그럼 아무 문제 없을 거야." 폴의 어깨를 어루만지며 나는 다시 부끄러움을 느낀다. 이번에는 여태껏 폴을 사랑스럽게 어루만져준 적이 없었다는 사실에 대한 부끄러움이다.

"법원에 오실 거예요?"

"아니, 네 엄마가 갈 거다."

"엄마한테 남자친구가 생긴 것 같아요."

"아빠는 관심 없어."

"관심을 가지는 게 좋을걸요." 그야말로 무표정한 얼굴로 폴이 대꾸했다.

“넌 아직 모르는 게 많아. 그런데 네가 모든 것을 기억하고 또 생각 중이라는 것을 생각하는 이유가 뭐라고 생각하니?”

“모르겠어요.” 폴은 우리의 모텔 앞길을 따라 커브를 그리며 지나가는 자동차의 불빛을 물끄러미 쳐다본다. “그런 것들이 내내 머리에서 떠나지 않을 뿐이에요.”

“그게 너한테 중요하게 생각되니?”

“무엇에 비해 더 중요하다는 거죠?”

“그야 모르지. 그 대신 할 수 있는 다른 일들보다 더 중요하게 여기느냐는 뜻이야.” 토론 클럽이나 청소년 안전구조원 자격증, 현시점에서 할 수 있는 일이라면 그게 뭐든.

“평생 이렇게 지내기는 싫어요. 그건 정말이지 끔찍한 일이 될 거예요.” 폴은 이를 딱딱 부딪치더니 이 가는 소리를 낸다. “한동안 생각이 사라지기도 해요. 아까 농구 명예의 전당에서처럼요. 그러다 결국 다시 찾아오지만요.”

우리는 다시 침묵에 빠진다. 아빠들은 아들과 처음으로 성인 대 성인으로 하는 대화에서, 아들에게 유익한 것이 무엇인지 자신이 잘 모를뿐더러 그저 아들에게 나쁜 것이 무엇인지만 따지는, 시대에 뒤떨어진 지식만 갖고 있음을 깨닫게 된다. 나는 뭐라고 말해야 좋을지 모르겠다.

그때 나무들 사이로 갈색과 흰색 털이 섞인 제법 커다란 스프링어 스패니얼 한 마리가 우리를 향해 성큼성큼 걸어온다. 입에는 노란 원반을 물었고 목에는 방울 달린 목줄을 매고 있는데 뛰어왔는지 숨소리가 거칠다. 개의 뒤편 어딘가에서 개와 함께 쌀쌀한 어둠 속으로 산책을 나온 듯한 남자의 시끄러운 목소리가 들려온다. "키스터! 여기야, 키스터." 남자가 외친다. "어서 와, 키스터. 원반 가져와야지! 키스터! 여기라고, 키스터!" 주인이 자기 이름을 부르며 돌아다니고 있지만 키스터는 현관의 어둠 속에서 우리를 발견하자 원반을 꽉 문 채 킁킁대며 냄새를 맡으려 든다.

"키스터, 어서 와!" 폴이 말한다. "이이이크, 이이이크."

"키스터, 멋지구나." 내가 말한다. 키스터는 내 말이 마음에 드는 모양이다.

"아까 저 개랑 딱 마주쳤을 때 정말 당황했어요, 그러니까 저, 저……"

"키스터 말이지?" 내가 폴 대신 말하는 순간 키스터가 우리를 빤히 쳐다본다. 낯선 사람들이 제 이름을 아는 게 의아하다는 듯이. "아빠 생각에는," 내가 말한다. "넌 너무 많은 걸 통제하려고 애쓰는 것 같아. 그게 너를 자꾸 붙잡고 있는 거야. 네가 좋아하는 것 가까이에 머물려고 애쓰는 것 같은데, 그러지 말고 계속 앞으로 나아가야 해. 무섭고 힘들다 해도."

"그렇겠죠." 폴이 고개를 돌려 나를 쳐다보더니 말한다. "내 나이에 비해 너무 비판적이지 말라고 하셨는데 그럼 어떻게 해야 하죠? 그게 정말 좋을 거라고 생각하세요?"

"반드시 그런 건 아니란다." 내가 말했다. "하지만 한 가지 예를 들어주지. 만약 바닥은 대리석이고 벽은 참나무로 장식한 레스토랑에 갔을 때 넌 그것들이 진짜인지 아닌지 궁금해하지 않아야 해. 자리에 앉아 비프스테이크를 주문하며 행복해하면 그만이지. 먹어보니 요리가 마음에 들지 않는다거나 그 레스토랑을 고른 게 실수였다고 생각되면 다음부터는 안 가면 돼. 이해가 가니?"

"아뇨." 폴이 자신 있게 고개를 젓는다. "아마 그 식당 생각을 멈출 수 없을 거예요. 때로는 그것도 그리 나쁜 일은 아니죠. 키스터." 어리둥절해하는 키스터에게 폴이 명령조로 말을 건넨다. "생각해! 생각해! 네 이름이 뭔지 떠올려보란 말이야."

"언젠가 저절로 이해가 될 거야." 내가 말한다. "모든 걸 올바르게 만들어놓으려고 덤빌 필요는 없단다. 그게 다야. 때로는 긴장을 풀 줄도 알아야 해." 노란 불빛이 흘러나오던 건너편 호텔의 창문 중에서 두 곳의 불이 꺼졌다. 부엉이가 계속 울어댄다. 우우, 우우. 키스터를 발견한 모양이다. 키스터는 노란 원반을 입에 문 채 계속 서 있다. 멍청하게도 우리가, 사람들이 항상 그러듯이, 원반던지기에 관심을 가져주길 바라면서.

"아빠가 서커스단에서 줄을 타는 사람이라면 아빠가 보여줄 수 있는 최고의 묘기는 뭘까요?" 폴이 나를 조롱하듯 쳐다보며 묻는다.

"모르겠구나. 눈감고 줄타기? 옷 벗고 줄타기?"

"떨어지는 거예요." 폴이 엄숙하게 말한다.

"그건 묘기가 아냐." 내가 말한다. "완전한 실패지."

"그렇겠죠. 하지만 떨어지는 이유는 더는 좁은 줄 위에 똑바로 서 있고 싶지 않기 때문이에요. 너무 지루하거든요. 게다가 줄 타는 사람이 떨어지거나 튀어오르리라고는 아무도 생각조차 못해요. 그러니까 떨어지는 게 최고 묘기가 되는 거예요."

"그런 얘기는 누가 해줬지?" 우리의 반응에 실망한 키스터는 결국 숲속으로 몸을 돌리고 만다. 어둠 속에서 점점 작아지던 키스터는 잠시 후 우리 시야에서 완전히 사라진다.

"클래리사요. 클래리사는 나보다 상태가 더 심각해요. 아빠가 본 적이 없어서 그렇지. 아주 약삭빠른 애라 안 그런 척할 뿐이라고요."

"누가 그런 말을 하든?" 나는 폴의 말이 전혀 진실이 아니라고 확신한다. 클래리사는 겉과 속이 다른 아이가 아니다. 다른 정상적인 여자애들처럼 부모의 등뒤에서 가운뎃손가락을 내미는 그런 아이란 말이다.

"루 지레스 의사 선생님이 그랬어요." 폴이 내가 붙잡고 있던 의자에서 벌떡 일어서며 말한다. "오늘 면담은 여기까지예요, 의사 선생님." 폴은 현관문을 향해 걸음을 뗀다. 신발이 현관 바닥에 마찰을 일으켜 시끄러운 소리가 난다. 폴의 몸에서 나는 악취가 다시 코로 밀려들어온다. 거리를 쏘다녀서 그럴 것이다. "폭죽놀이를 했으면 좋겠어요."

"트렁크에 로켓 모양 폭죽과 막대 폭죽이 있단다. 그리고 이건 면담이 아니지. 우리 사이에는 안 맞는 말이야. 그냥 아버지와 아들이 진지하게 대화한 거지."

"내가 이렇게 말하면 사람들이 다 놀라던데요." 폴이 방충망 문을 열고 안으로 들어가며 말한다. "차오."

"널 사랑한단다." 폴은 점차 멀어져가지만 아주 먼 훗날 폴이 이렇게 회상할 수 있으려면 내가 방금 한 말은 꼭 다시 들어야 한다. "어느 날 누군가 내게 사랑한다고 말했다. 정말 바로 그 순간부터 어떤 것도 실제보다 그리 나쁘게 생각되지 않았다."

10

"제리, 사실 전 이제 저한테 무슨 일이 생길지 그리 신경쓰지 않는답니다. 우리는 대개 올바르게 살아야 한다는 생각에 걱정하고 또 걱정하죠. 우리가 했던 말이나 행동을 모조리 후회하면서요. 우리를 방해하려 드는 것들이 있으면 어떻게든 막아보려고 애씁니다. 하지만 그게 바로 잘못이에요. 결국 통제 불가능한 것들이 무수히 많다는 점을 직시해야만 합니다. 그렇지 않습니까?"

"맞습니다! 감사합니다! 지금까지 사니아*에 사는 밥이었습니다. 다음 청취자를 모시도록 하죠. 지금 여러분은 〈블루스 토크〉를 듣고 계십니다. 자, 연결됐네요. 이번엔 오샤와에서 전화주셨습니다!"

* 캐나다 온타리오주의 도시.

"안녕하세요, 제리. 저는 스탠……"

창밖을 보니 내 또래로 보이는 키 큰 남자가 커다란 샤모아 가죽을 펼쳐들고서 빨갛고 하얀 위스콘신주 번호판을 단 빨간색 구형 머스탱 자동차를 한창 닦는 중이다. 금발에 윗옷을 벗고 구릿빛 피부를 그대로 드러낸 남자는 무릎까지 오는 녹색 가죽 멜빵바지 차림이다. 남자의 크고 요란한 자동차 라디오 소리가 나를 깨운 것이다. 창밖으로 파릇파릇한 아침햇살과 나뭇잎이 만든 그늘이 주차장을 비롯해 모텔 뒤쪽에 있는 집들의 잔디밭 곳곳을 수놓고 있다. 오늘은 일요일이다. 가죽 바지 남자는 내일 열릴 '클래식 자동차 퍼레이드'를 준비하느라 때빼고 광내며 차를 닦고 있다. 그런데 남자 옆을 보니 아내로 보이는, 크뇌델*처럼 통통한 여자가 다른 곳도 아닌 내 자동차 펜더 위에 앉아 있는 게 아닌가. 짧은 갈색 다리에 햇볕을 쪼이며 미소를 머금은 채 말이다. 그뿐만이 아니다. 그들은 내 자동차 범퍼에 붉은색 바닥 매트까지 걸어놓고 말리는 중이다.

다른 미국인들—예를 들면 조 마크햄—이라면 그 광경에 버럭 소리를 질렀을지도 모르겠다. "빌어먹을 자식들아, 당장 그 매트 내 차에서 못 치워!" 하지만 그렇게 하면 오전 시간을 망치고 말 것이며 또 (내 아들을 포함해) 세상을 너무 일찍 깨워버리는 셈이 될 것이다. 사니아에 사는 밥도 이 사실을 잘 알고 있듯이 말이다.

여덟시 즈음 나는 이미 면도와 샤워를 마친 상태다. 작은 창이 딸린, 나무판자로 만든 샤워부스에서는 앞서 씻고 간 사람들 때문에 덥고 끈

* 독일식 만두 요리.

적끈적한데다 불쾌한 냄새까지 풍겼다(샤워하러 오가는 중에 목 보호대를 한 여자와 마주치기도 했다).

방에 돌아오니 폴은 이불을 뒤집어쓴 채 몸을 잔뜩 웅크리고 누워 있다. 나는 전부터 써온 기상신호로 폴을 깨우기 시작한다. "시간은 흐른다…… 갈 길은 멀다…… 나는 굶어죽을 지경이다…… 어서 샤워장으로 뛰어들어라." 어제 입실할 때 체크아웃도 미리 해놨으니 우리는 밥을 먹고 떠나기만 하면 된다.

벌써 울리기 시작한 교회 종소리를 들으며 아래층으로 내려오자 조용하지만 분주하게 식사하는 소리가 들린다. 식당 안 사람들은 행선지가 야구 명예의 전당으로 같다는 점만 제외하면 서로에게 낯선 사람들이다.

나는 어서 테드 훌리한에게 전화를 걸어(어젯밤에 전화했어야 했는데 깜박하고 말았다) 기적 같은 사실을 알려주고 싶어 조바심이 난다. 마크햄 부부가 마침내 항복했다, 내 전략이 결실을 맺었다, 공은 이미 우리에게 넘어왔다 같은 사실 말이다. 신호가 가는 동안 '질식사에서 사람을 구하는 다섯 단계' 그림을 쳐다보던 나는 이런 사실을 깨닫는다. 내가 하는 부동산 일은 사람이 질식했을 때 하는 일과 그리 다르지 않다. 마크햄 부부, 거래 중간에 끼어든 바이 앤드 라지 부동산, 테드, 나, 은행, 준공검사 책임자…… 우리는 일단 우리에게 반드시 필요하고 또 핵심적인 요소라고 판단하면 사람의 목을 졸라서라도 이를 뱉어내게 하려 든다. 그게 남이 반쯤 씹다 넘긴 소화도 안 되는 연골이라 하더라도. 상대의 목을 조르는 것보다 더 고차원적인 수단을 쓰거나 일정한 원칙에 입각해 일을 처리하는 편이 당연히 더 낫지만 말이다.

그런 후에 과연 일이 순조롭게 풀려가는지 확인……

"여보세요?"

"테드? 좋은 소식이 있습니다!" 수화기에 대고 큰 소리로 외치는 내가 이상해 보였는지, 식당에 있던 사람들이 말소리를 낮춘다.

"여기도 좋은 소식이 있소." 테드가 말한다.

"그래요? 먼저 말씀하시죠." 나는 즉시 경계 태세에 돌입한다.

"집을 팔았소. 뉴이집트*에 있는 어떤 부동산 회사에서 연락이 왔지. 이름이 보헤미아 부동산인가 그렇소. 부동산 매물 리스트를 보고 연락했더군. 그 회사에 근무하는 여자가 어젯밤 여덟시경에 한국인 가족을 데리고 여기로 왔다오. 두 시간 후인 열시에 제안서를 받았고." 열시라면 아들이 진정 절망적인 상태인지를 놓고 폴과 한창 입씨름을 하고 있었을 때다. "어제 아홉시경에 당신한테 전화를 걸어 메시지를 남기긴 했소. 하지만 그들의 제안을 거절할 수가 없었소. 글쎄, 그 늦은 시간에 야간 금고를 이용해서 신탁계정에 돈을 입금시켰더라고."

"얼마나요?" 얼굴을 찌푸리며 내가 묻는다. 한기와 함께 배에 통증이 느껴지기 시작한다.

"얼마나?"

"그 한국 사람들이 얼마를 지불했느냐고요."

"전부 다!" 쾌활한 목소리로 테드가 말한다. "정말이오. 15만 5천 달러. 거기에 내가 부동산 중개 수수료도 깎았소. 보헤미아 부동산 직원은 별로 한 게 없으니까. 분명 당신이 더 애를 썼지. 그러니 당신 회사

* 뉴저지주에 있는 마을.

가 수수료의 절반을 갖게 될 거요."

"테드, 제 고객은 지금 거주할 집이 없습니다." 내 목소리가 아주 날카로워진다. 테드를 내 손으로 목 졸라 죽이고 싶다. "우리 회사에 배타적인 권리가 있다고 어제도 말씀드리지 않았나요? 미리 제게 말씀을 주시기라도 했으면 저도 그에 상응하는 제안을 할 수 있었지 않겠습니까? 안 그래도 이제 막 마크햄 부부한테서 제안서를 받았다고요." 어쨌든 거의 받은 셈이지 않은가 말이다. "15만 5천 달러 전액을 지불했다고 하셨나요?"

"그렇소." 테드가 약간 겁먹은 목소리로 대답한다. "만약 당신이 16만 달러를 제시한다면 그 한국인들한테는 내가 깜박했다고 말해주겠소. 하지만 보헤미아 부동산과는 따로 얘기해야 할 거요. 그쪽 직원 이름은 에벌린인가 그래요. 수완이 좋더군."

"저기 말이죠, 테드 씨. 우리 회사가 계약위반 혐의로 고소를 할지도 모릅니다." 침착하게 말했지만 난 침착한 상태가 아니다. "그럼 테드 씨 집은 이 년 정도 매매 정지 상태에 묶일지도 몰라요. 그동안 집값은 떨어질 거고 당신은 집에서 요양이나 하셔야겠죠." 물론 순 거짓말이다. 우리 회사는 고객을 고소한 적이 한 번도 없다. 그건 사업을 그만두려고 자살하는 거나 마찬가지다. 그냥 수수료로 3퍼센트를 차지한 후(이 수수료의 절반, 즉 정확히 2325달러가 내 몫이 된다), 나중에 뉴저지부동산협회에 이번에 끼어든 부동산 회사에 대한 유감만 표명하고 잊으면 그만이다.

"뭐, 자네로선 자네가 해야 할 일을 해야겠지." 테드가 말했다. 테드는 지금 분명 니트 조끼에 치노 바지를 입고 창가에 서서 퍼걸러, 루아

루식 램프, 대나무 장막 등 규칙을 크게 위반한 자신의 집을 바라보고 있을 것이다. 어젯밤에 왔다는 그 한국인들이 집 뒤쪽까지 둘러봤을지 궁금해진다. 하긴 교도소를 밝힌 불빛을 보고 더 안전하다고 느꼈을 수도 있다. 그들이 바보는 아닐 테니까.

"테드, 뭐라고 말해야 할지 모르겠군요." 식당에서 밥을 먹던 사람들이 다시 소란스러워지기 시작한다. 사람들은 그릇을 덜그럭거리며 팬케이크를 썰어 입에 한가득 집어넣고는 이곳과 로체스터 사이 구간에서 진행되는 도로 공사가 폴스까지 가는 시간을 얼마나 단축시켜줄지 떠들고 있다. 갑자기 한기가 사라지고 사우나에 들어온 것처럼 더워진다.

"프랭크, 고소하는 대신 그냥 날 위해 좋은 일을 했다고 여기면 안 되겠소? 난 아마 일 년도 안 돼 죽을 거요. 그러니 내 집을 파는 건 좋은 일이지. 난 이제 아들과 함께 살 수 있소."

"전 정말 테드 씨를 위해 그 집을 팔고 싶었습니다." 예상치 못한 죽음에 대한 생각에 머리가 약간 어지러워진다. "이제야 어렵사리 정리를 했는데……" 내가 힘없이 말한다.

"다른 집을 찾을 수도 있지 않겠소? 그 부부가 이 집에 푹 빠진 것 같지도 않았고."

손가락 끝으로 일 년 묵은 〈애니가 네 총을 가졌어〉 티켓을 꾹 눌러본다. 티켓더미 밑에 어제 봤던 잡지 〈끝내주는 전쟁 같은 섹스에 도전하세요〉가 보인다. 누군가 몰래 숨겨놓은 모양이다. 스마일이 그려진 '미스터 쾌감'이 내게 인사를 건네고 있다. "아닙니다. 그 집을 많이 좋아했어요." 카우보이모자를 쓴 베티 허턴*을 떠올리며 내가 말한다.

"처음엔 신중했지만 지금은 확신에 차 있죠. 그나저나 어제 왔다는 한국인들이 믿을 만한 사람들이어야 할 텐데요."

"아주 만족한 눈치더군. 다른 부대 조항도 일절 달지 않았고." 테드가 말한다. "다른 고객이 내 집에 관심을 보인다는 사실도 알고 있으니 말썽을 피우진 않을 거요. 돈을 내다버리는 사람들은 아니거든. 포트 딕스 부근에 농장 하나를 가지고 있는데 좀더 나은 곳으로 이사하고 싶다고 했소." 테드는 일이 잘 풀렸으니 신나게 떠들고 싶겠지만 나에 대한 예의 때문에 그러지는 않고 있다.

"테드, 전 정말 실망했습니다. 그 밖에 달리 드릴 말씀이 없네요." 그 와중에도 나는 누구나 납득할 수 있을 만한 대책을 쥐어짜내고 있다. 이마에서 땀이 솟기 시작한다. 거래 실패의 책임은 내게 있다. 어쨌든 표준적인 부동산 거래 관행을 지키지 못했기 때문이다(하지만 표준이라 칭할 만한 어떤 관행이 내게 있기나 했는지 모르겠다).

"이번 가을 선거에서 누구한테 투표할 생각이오?" 테드가 묻는다. "부동산 업계 사람들은 경제가 최우선이겠지? 안 그렇소?" 보헤미아 부동산의 컴퓨터 천재가 혹시 우리 사무실 컴퓨터를 해킹한 것이 아닐까 하는 생각이 든다. 아니면 새로 들어온 줄리 루키넌이 이중 플레이를 했거나. 나는 줄리에게 후줄근한 동유럽인처럼 보이는 남자친구가 있었는지 떠올려보려고 애써본다. 하지만 이번 사태를 불러온 장본인은 아마도 집을 보러 온 모든 사람들에게 배타적 권리를 주겠다고 떠들었을 테드다. (하긴 자유국가에서 그게 그리 놀랄 일이겠는가? 게다

---

* 뮤지컬 영화 〈애니가 네 총을 가졌어〉에 출연한 미국 배우.

가 여긴 자유방임주의 국가다. 이웃을 초대해 브런치로 할머니 고기를 내놓는들 무슨 상관이겠는가.) "듀카키스건 부시건 예산을 공표하진 않을 거요. 혹시 기분 나빠할 사람이 있을지도 모르니. 그렇다 해도 차라리 날 잡아먹을 참이라고 솔직히 말해주면 좋으련만. 그럼 긴장이라도 안 할 테니까 말이오." 이제 테드에게 별명을 붙여줘야 할까보다. 최고의 부동산 판매업자라고 말이다. "그나저나 내 집에 세워둔 매물 팻말은 어떻게 할 참이오? 내가 치우면 되겠소?"

"사람을 보내겠습니다." 내가 맥빠진 목소리로 대답한다.

그때 갑자기 펜스 넥과 이어진 전화선에 무슨 문제라도 생겼는지 종이가 부스럭거리는 듯 잡음이 크게 들려와 계속 지껄이고 있는 테드의 말을 알아들을 수가 없다. 잡음 사이로 들리는 테드의 말은 세기말이 다가오니 꺼림칙하다고 토로하는 것 같기도 하고 뭔가 다른 얘기를 하는 것 같기도 하다.

"테드, 지금 말이 잘 안 들려요." 불쾌한 냄새가 밴 수화기에 대고 내가 큰 소리로 외친다. 찡그린 내 눈으로, 그림 속 사람이 눈에 들어온다. 그 사람은 제 손을 목에 대고 목이 졸린다고 알리려 애쓰고 있는데, 풍선처럼 부풀어오른 얼굴에는 절망감이 가득하다. 갑자기 잡음이 멎고 테드의 목소리가 선명히 들려온다. 테드는 부시와 듀카키스는 자기 궁둥이가 걸린 일이라 해도 재밌는 농담 하나 제대로 못할 거라고 말하더니 자기 말이 웃겨서 한참 껄껄댄다. "그럼, 이만 끊을게요." 하지만 테드는 내 작별인사를 듣지 못한 게 틀림없다.

"어디선가 부시가 그리스도를 개인적인 구세주로 받아들였다고 쓴 글을 읽었지. 차라리 그게 재밌는 농담……" 테드가 더 큰 소리로 떠들기 시작한다.

나는 수화기를 조용히 내려놓는다. 이제 더이상 그와 나눠야 할 말은 없으니까. 그 사실에 나는 감사하기까지 하다.

당연히 마크햄 부부에게 즉시 전화를 걸어 이 소식을 알리는 게 내 의무지만 두 사람은 래러턴 라마다에 없다. (틀림없이 자신들이 올바른 결정을 내렸다고 곱씹으면서 브런치 뷔페를 즐기고 있을 것이다. 하지만 너무 늦은 결정이었다.) 스물다섯 번이나 신호가 갔지만 대답이 없다. 메시지를 남기려고 하자 기다리라는 안내 멘트가 나오더니 나를 우울한 '기다림'의 연옥에 빠뜨렸다가 엉뚱하게도 어느 FM 라디오방송에서 내보내는 〈정글 플루트〉라는 곡이 한참 흘러나온다. 일 분 가까이 기다리는 동안 손에 땀이 흥건해진다. 어차피 당장 손쓸 수 없는 일인 것 같아 결국 단념하고, 나중에 다시 전화하기로 마음먹는다.

통화해야 할 사람은 또 있다. 우선 매클라우드 부부에게 위협적인 '업무상' 전화를 걸어야 한다. 아무리 지금 사정이 어렵다 해도 특별한 설명도 없이 빈정거리며 월세를 지체중인 이 부부에게 말이다. 줄리 루키넌에게는 '누군가'가 우리에게서 테드를 빼어갔다고 전해야 한다. 경황은 없지만 샐리에게도 전화를 걸어 모든 감정을 재확인하고 아무리 혼란스럽더라도 머릿속에 떠오르는 아무 말이라도 해야 한다. 하지만 어떤 전화도 내키지 않아서 망설인다. 하나같이 이 무더운 아침에 해치우기엔 너무나 골치 아픈 일인데다, 잘해봤자 별 보람도 없을 것 같아서다.

전화는 포기하고 폴이나 깨우러 가려고 몸을 돌리려던 바로 그때,

문득 고담시에 있는 캐서린 플래어티에게 전화하고 싶어진다. 얼굴이 달아오르고 숨이 막힐 만큼 걷잡을 수 없는 충동이다. 나는 이런 생각을 수도 없이 하곤 했다. 캐서린이 동 페리뇽 한 병을 들고 내 집에 나타나 체온을 재는 등 이리저리 내 상태나 건강을 살펴준다면, 우리가 마지막으로 헤어진 후 내가 진정 어떻게 살아왔는지 사연을 들어준다면 얼마나 반가울까(그리고 흡족할까) 하고. 나를 본 캐서린은 이렇게 말할 것이다. 그녀도 나를 항상 생각했다고, 과거에 이랬으니 현재는 이렇지 않을까 가정했다고. 그래서 결국 나를 쫓기로 결심하고 미시간 대학교 동문회를 수소문한 끝에 이렇게 예고도 없이, 하지만 그렇다고 불청객 취급을 받지는 않으리라는 '희망을 안고' 찾아왔노라고. (내 원고의 초안에서 우리는 그저 대화만 나누는 것으로 돼 있다.)

이틀 전 샐리의 집 내 방에 누워 생각에 잠겼을 때처럼, 이 세상의 모든 좋은 일들이 원래부터 그랬던 양 당연히 내게 일어난다고 생각하는 것만큼 흡족한 일도 거의 없다. 이것이 바로 가여운 조 마크햄이 보이시에 산다는 '친구'에게 바랐던 바다. 그 여자가 조에 비해 너무 똑똑한 게 탈이긴 했지만.

다행히 나는 캐서린의 목소리를 마지막으로 들었던 때부터 그녀의 전화번호를 기억하고 있었다. 앤이 찰리와 결혼해 아이들을 딥리버로 데려가겠다고 통보했던 사 년 전이었다. 이후 나는 방황을 거듭하다 마침내 부동산 일에 뛰어들었다. (당시 나는 그저 캐서린의 음성메시지만 들었을 뿐이다. 절박한 심정이었던 나는 '도와줘, 도와줘, 도와줘!' 하고 외치는 것 말고는 캐서린에게 달리 뭐라고 메시지를 남겨야 할지 생각나지 않았다. 그래서 메시지를 남기지 않고 그냥 전화를 끊어버렸다.)

무의식중에 내 손은 벌써 익숙한 지역번호 212와 익숙한 전화번호를 누르고 있다. 낯설고 두려운 감정 속에 낮은 자긍심에 시달리며 한때 스포츠 기자로 일했던 뉴욕. 인생이 삐거덕거리기 시작하며 처음으로 파열음을 낸 것도 그곳이었다. (이제 뉴욕은 해덤의 클리블랜드만큼이나 친숙하게 느껴진다. 이야말로 부동산을 사고파는 일이 안겨다주는 부가 혜택이 아니고 무엇이랴.)

식당에서는 생기 없는 웃음소리와 식사 소음이 서로 뒤섞여 커졌다 작아졌다 한다. 나는 212번으로 연결되는 동안 캐서린을 떠올린다. 황금빛 머리칼에 피부도 황금빛인 캐서린. 아마도 이제 어엿한 의학박사로 아인슈타인대학교나 코넬대학교의 아주 경쟁이 심한 전문분야에서 무언가를 하고 있을 것이다. (내 희망일 뿐이지만) 잠시 시간을 내어 인신공격적이며 전후 사정도 고려하지 않은 무료 전화 '치료'를 선뜻 해줄지도 모른다. (사실 나는 여기서 반전을 기대하고 있다. 캐서린의 목소리를 듣고 내가 잃어버린 자부심을 즉각 회복할 뿐만 아니라, 가능하다면, 뼛속까지 냉정한 앞선 세대에 의해 깨지는 것에 착수하거나 맞서는 게 낫다고 생각하게 되면 좋겠다.)

신호음이 계속 울리고 다시 신호음, 이어 찰칵, 통명스러운 기계음, 다시 찰칵. 느낌이 별로다. 마침내 목소리가 흘러나온다. 잘난 체하는 젊은 남자의 목소리, 음성메시지 녹음을 장난칠 기회로밖에 여기지 않는 고약한 놈의 목소리다. 그저 전화를 걸었다는 이유로, 나 같은 무고한 사람들에게 자기가 얼마나 바보 같은 놈인지 과시하는 것이다. "안녕하세요. 캐서린과 스티브의 집입니다. 우린 지금 부재중입니다. 정말이에요. 맹세할 수 있어요. 지금 침대에 누워 얼굴을 찌푸리거나 웃고 있지 않다고요. 캐서린은 아마 사람 목숨을 구하느라 병원에 있을 겁니다. 저는 번햄 앤드 쿨헤인에서 파이를 자르면서 내가 먹을 조각을 더 크게 자르고 있을지도 모르죠. 참을성을 발휘해 메시지를 남겨주세요. 시간이 나면 둘 중 아무나 전화드릴 겁니다. 그런데 웬만하면 캐서린이 전화할 거예요, 전 음성메시지를 귀찮아하거든요. 다음에 뵙죠, 안녕히 계세요. 아, 신호가 울리면 녹음해주세요."

삐이이이이이이이이이이이익, 찰칵, 아주 시의적절한 메시지를 남길 기회가 드디어 찾아온다. "여보세요, 캐서린?" 활기찬 목소리로 내가 말한다. "프랭크야." (나는 목소리를 약간 낮춘다.) "어, 프랭크 배스컴. 특별한 일이 있어서 전화한 건 아냐, 정말이야. 어, 내일이면 독립기념일이군. 여기는 쿠퍼스타운인데 갑자기 생각이 나서 전화했어." 시계를 보니 오전 여덟시다. "병원에서 일한다니 기뻐. 좋은 징조야. 나도 아주 잘 지내. 지금 아들과 같이 있는데 이름은 폴이야. 당신은 아마 모를 거야." 테이프가 돌아가는 동안 나는 한참 입을 다물고 있다가 이렇게 말한다. "할 얘기는 거의 다 했어. 그건 그렇고 스티브라는 친구한테 엿이나 먹으라고 전해줘. 언제 시간이 되면 흠씬 두들겨패주고 싶군그래. 그럼 안녕." 찰칵. 수화기를 든 손에 땀이 흥건하다. 나는 잠시 그대로 서 있는다. 내가 무슨 짓을 했는지를 생각하면서, 그 행동이 내게 어떤 느낌으로 다가왔는지, 혹시 바보 같고 품위 없는 경솔한 행동을 하진 않았는지 따져보면서. 내 결론은 이렇다. 기분이 좋다. 훨씬 좋다. 말할 수 없이 말이다. 멍청한 짓들 중에도 해볼 만한 가치가 있는 것들이 있다.

나는 방으로 올라간다. 짐을 꾸리고, 폴을 깨우고, 또 엄청난 하루를 시작해야 한다. 왜냐하면 어젯밤의 불안한 화해 덕분에 오늘 나의 중요한 일정으로 (마크햄 부부 문제는 제외하고) 샐리와의 약속이 추가되었고 어쨌든 임박한 그 약속 장소인 로키 카를로 레스토랑은 여기서 아주 먼 곳에 있으니까 말이다.

계단을 다 올라가자 폴이 나타난다. 목에 이어폰을 걸고 손에는 패러마운트 가방을 들었다. 자세도 껄렁하고 머리는 젖어 있었지만 새옷으로 갈아입고 나왔다. 헐렁한 고동색 새 바지에 오렌지색 새 양말을 신고, 흰 색으로 클러지(록 그룹 이름일 것이다)라고 적힌 새 검정 티셔츠를 입고 있다. 폴은 계단을 올라오는 나를 힐끗 쳐다보더니 아는 체하기 창피하다는 듯 통통한 뺨 위로 냉담한 표정을 지어 보인다. "아빠 같은 훌륭하신 분이 여긴 어쩐 일이세요?" 폴은 이렇게 말하더니 조그맣게 꿀꿀 소리를 내면서 계단을 내려간다.

나는 혹시 폴의 이불이 젖어 있지 않은지 확인한 다음(아무 일도 없었다) 오 분 만에 짐을 꾸려 가방과 올림푸스 카메라를 들고 계단을 내려간다. 아침을 먹으려 했지만 넓은 식당은 굼뜬 투숙객들로 여전히 만원이다. 폴은 그 사람들을 한심하다는 듯 바라보며 복도에 서 있다. 샤르레인이 딱 붙는 티셔츠와 어젯밤의 그 물 빠진 청바지를 입고서, 팬케이크와 베이컨, 갓 만든 따끈따끈한 스크램블드에그 접시를 정신없이 나르는 중이다. 나를 봤지만 못 알아보는 것 같다. (괜히 여기서 샤르레인의 적의에 찬 음식을 기다리느니) 차라리 차를 몰고 거리로 나가서 아홉시에 명예의 전당이 문을 열기 전에 아무 식당에나 들어가 아침을 먹는 편이 낫겠다 싶다. 다시 말해 이제 그만 디어슬레이어를 역사 속으로 가라앉게 해주자.

술을 파는 바가 없다는 것만 제외하면 나쁘지 않은 곳이었다. 바로 여기에서, 앤과 나 사이의 끝이 안 보이던 문제를 정리했고, 샤르레인과의 불장난을 피했고, 샐리 콜드웰과의 관계를 본궤도에 올려놓지 않았던가. 그리고 생각해보면 사실 폴과 나는 서로에 대한 신뢰를 약간이나마 쌓는 데 성공했고, 그런 신뢰를 얻기 위해 내가 준비해둔 몇 가지 중요한 조언도 폴에게 들려줄 수 있었다. 결코 무시할 수 없는 성과다. 다시 말해 운만 좀 따라준다면 이 디어슬레이어모텔은 다음 세기 초에 폴이 홀로, 혹은 아내나 여자친구나 아들과 함께 다시 찾아올 만한 신성한 장소가 될 수도 있다. 폴은 자신의 문제아 아들을 데려와 이렇게 말할 수도 있다. 돌아가신 네 할아버지와 함께 이곳에 들렀었다고, 이곳에서 인생을 완전히 바꿔놓은 매우 중요한 지혜를 얻었노라고. 그 지혜가 정확히 무엇인지는 모른다 해도.

폴과 나는 음식 그릇들을 멍하니 바라본다. 커피와 구운 소시지, 해시브라운, 시럽을 바른 롤빵, 팬케이크 시럽, 스크래플*, 달걀 요리 등등이 담겨 있다. 우적우적 아침을 먹던 사람들 중 몇몇이(모두 처음 보는 사람들이다) 문가에 서 있는 우리를 쏘아본다. 경계심을 담은 눈들이 이렇게 말하는 듯하다. "이봐, 서두를 필요가 어디 있어." "우린 이미 돈을 다 지불했다고." "우린 느긋이 먹을 권리가 있어." "휴가를 제대로 즐겨야지." "너희들 차례를 기다리라고." "전화기에 대고 소리치던 그 녀석 아냐?" "저 셔츠에 적힌 글러지는 대체 뭐지?" "왠지 고약

* 돼지고기와 옥수숫가루, 밀가루 등을 섞어 납작한 네모꼴로 튀긴 음식.

한 냄새가 나는걸."

그때, 포동포동한 어깨에 가방을 메고 있던 폴이 갑자기 두 손을 들어올려 쫙 펼치더니 보이지 않는 가상의 벽을 손바닥으로 더듬기 시작한다. 여기에서 저기로, 위에서 아래로, 이쪽에서 저쪽으로. 폴은 공포에 질린 사람처럼 얼굴을 찡그리고 말한다. "도와줘요, 도와줘요. 난 죽고 싶지 않아요."

"우리가 앉을 자리는 없는 것 같구나."

"제발 절 죽게 내버려두지 말아요." 폴은 나한테만 들리는 낮은 목소리로 계속 말한다. "제발 액시드*에 알약을 넣지 말아주세요. 교도소장님, 제발요." 얼마나 귀엽고 재치 있는 아이인가. 폴은 가장 필요로 할 때에 충실한 친구가 되어준다.

폴은 양손을 볼에 착 붙인 채 죽어가는 사람처럼 공허하고 두려운 표정으로 깜짝 놀랐다는 듯 나를 돌아본다. 이제 식당에 있던 사람들은 감히 폴을 쳐다볼 생각은 하지도 못하고 죄수들처럼 다시 밥 먹는 데만 열중한다. 폴은 얕은 우물 바닥에서 들려오는 듯한 이이이크 소리를 내더니 이렇게 말한다. "알리아스 시벨리우스."

"그게 무슨 말이니?" 나는 나가려고 가방을 챙기면서 묻는다.

"어떤 농담을 근사하게 끝낼 한 방이에요. 그런데 무슨 농담에 어울릴지 생각이 잘 안나요. 엄마가 남자친구가 생기더니 제 밥에 비소를 탔나봐요. 그래서 아이큐가 떨어지고 있어요."

"내가 엄마와 이야기해보마." 아무도 쳐다보지 않는 가운데 우리는

---

* 환각제의 일종인 LSD의 속칭.

밝은 아침햇살을 받으며 발걸음도 가볍게 명예의 전당으로 향한다.

아침 예배를 알리는 교회 종소리가 마을 전체에 울려퍼진다. 거리마다 양쪽 보도를 따라 산뜻하게 차려입은 백인 가족이 서너 명씩, 많게는 여섯 명씩 나란히 걸어가고 있다. 제2감리교회에 가는 사람들은 이쪽으로, 조합교회에 가는 사람들은 저쪽으로, 또 성공회교회나 제1장로교회에 가는 사람들은 길 건너로, 발걸음을 재촉한다. 그보다 좀더 평범한 옷차림을 한 사람들—깨끗하지만 다림질은 하지 않은 카키색 작업복 바지와 폴로셔츠를 입은 남자들, 스타킹이나 스카프 없이 붉은색 랩원피스만 입은 여자들—은 일을 시작하거나, 골프를 치거나, 다른 곳으로 이동하기 전에 옷세고 호수의 성모마리아상 앞에서 간략하고 숨가쁘게 은총을 비는 기도를 올리기 위해 서둘러 차를 몬다.

반면 폴과 나는 신앙심도 없고 경건한 마음도 없이 여름 옷에 카메라를 어깨에 멘 채 야구 기념관 쪽으로 분명하지만 살짝 부끄러운 발걸음을 옮기는(명예의 전당에 가는 게 수치스러운 일이라도 되는 것처럼) 아버지와 아들, 아버지와 딸 무리에 가깝다. 우리 곁을 스쳐간 많은 차들 중에는 '연로한 사람들'을 태우고 시내의 다른 명소로 향하는 트롤리 버스들도 있다. 그 노인들에게 더 친숙하고 살기 좋았던 시절의 물건들을 전시해놓고 시연해주는 페니모어 하우스와 농부박물관으로 가는 것이다. 모든 가게의 문이 활짝 열려 있고 아이스크림이 사람들을 유혹하고 음악이 울려퍼지고 호수에 물이 그득한 이곳에서는 뜨내기라 할지라도 원하는 게 무엇이든 일부라도 얻을 수 있을 것 같다.

모텔 뒤쪽에 차를 세워둔 우리는 어림짐작으로 보트 정박지까지 내려간 다음 커다란 창문이 달린 연한 파랑색의 조그만 식당 워터스 에지로 들어가 칸막이가 있는 자리에 앉는다. 찰리의 스튜디오처럼 호수 위에 지은 건물이고, 목재보존재를 바른 말뚝만이 건물 아래를 받치고 있다. 내부는 너무나 서늘해서 치즈 감자튀김과 덴버식 오믈렛의 향기마저 낡은 냉장고 냄새처럼 눅눅하게 느껴진다. 호수의 풍광은 그림처럼 아름다웠지만, 모텔에 이미 돈까지 지불한 마당에 참을성 있게 기다렸다 아침을 먹고 나오는 편이 낫지 않았을까 하는 후회가 든다.

잠깐 동안 편안한 분위기의 푸른색 주택들이 늘어선 호숫가 뒤편 거리를 걸으며 여행이 주는 최상의 쾌활한 기분을 느꼈는지 폴은 붉은 칸막이 자리에 앉자마자 쿠퍼스타운에 살면 어떨까에 관한 이런저런 이야기를 재잘대기 시작했다.

폴은 캔에 든 휘핑크림과 냉동 딸기를 곁들인 디럭스 벨기에 와플을 열심히 먹으면서 여기로 이사오게 되면 자기는 무조건 '대규모 신문배달' 사업에 투자하겠다고 선언한다(폴이 말하길 딥리버에서는 '이탈리아계 정비공'들이 신문배달을 독점해 백인 아이들이 끼어들지 못하도록 괴롭힌다는 것이다). 그러더니 지금까지의 빈정대던 태도를 싹 감추고 와플을 먹는 동안 잿빛 눈동자를 반짝이며, 머리에 완전히 새길 때까지 명예의 전당을 일주일에 한 번은 찾아오겠다고—"그러지 않으면 여기에 살 이유가 없잖아요?"—말한다. 폴은 '경건한 일요일 아침마다' 이 워터스 에지 식당에서 밥을 먹을 것이며 부근의 또다른 명소인 '카디프의 거인'과 농부박물관에 대해서도 모조리 알아내겠다고 한다. 박물관 가이드로 일하면서 야구나 축구를 즐길 수도 있지 않겠느냐고도 말한다. 나는 청둥오리들이 팝콘을 얻어먹으려고 보트 관광객 주변을 서성이는 걸 바라보며, 빠르게 굳어가는 '홈런 세트' 메뉴를 먹다가 폴이 내뱉은 말에 화들짝 놀란다. 폴이 이번 사건으로 보호관찰 처분이라도 받게 되면 시간이 많아질 테니 에머슨이 쓴 책을 다 읽겠노라고 했기 때문이다. 폴은 워크맨을 목에 건 채, 거의 녹아버린 휘핑크림을 와플에 빈틈없이 바르며 계속 말한다. 자신이 '애매한 난독증'이긴 하지만(나는 전혀 몰랐던 새로운 사실이다), 사실 또래 아이들보다 더 많은 것을 알 수 있다고 털어놓는다. 그 난독증 때문에 주변에서 일어나는 일들을 건성으로 '처리'하는 대신 오히려 '어떤 주제'를 곰곰이 생각해볼(아니면 아예 무시해버릴) 기회를 더 많이 갖게 됐기 때문이라는 것이다. 이해하기 어려운 〈뉴요커〉—폴은 "백인놈의 변소에서 싸볐다"고 했다—를 읽는 이유도 이 때문이며, 그렇게 곰곰이 생각해보니 아빠는 '재미없는' 부동산 일을 그만두고 마찬가지로 재미없는 뉴저지주를 떠나 '여기와 비슷한 어떤 곳'으로 이사한 후 그곳에서 가구 수리공이나 바텐더 등 손을 움직여 일하는 스트레스가 적은 직업을 찾고 '다시 글을 쓰는 건 어떨까' 생각하게 됐다고 말한다. (폴은 한때나마 내가 작가였다는 사실을 늘 존중했고, 자기 방에 내가 서명해서 준 『우울한 가을』을 잘 간직하고 있다.)

아들의 말을 들으며 내가 흥분했다는 것은 두말할 나위가 없다. 아이는 제멋대로 행동하는 것 같았지만, 마트 경비원까지 포함해 어디에 있는 누구에게든 나쁘게 대할 의도는 없었던 것이다. 명예의 전당에 발을 디디기도 전에 쿠퍼스타운은 아들이 그렇게도 원하는 생활, 즉 스트레스 받을 일이 전혀 없는 아늑하고 목가적인 삶을 보여줌으로써 아들의 마음을 빼앗았다. (지금 이 순간만큼은 아들을 사로잡고 있던 나쁜 기억들이 일시에 사라지고 행복의 합일 상태에 접어든 것 같다.) 하지만 쿠퍼스타운이 선사한 이런 일시적인 인상이 혹시 아들의 인생에서 가장 행복한 순간이 되지 못하는 건 아닌지, 시간이 조금만 흐르고 나면 지금의 세세한 기억은 잊어버리고 흐릿한 잔상만 남진 않을지에 대한 걱정을 떨쳐낼 수는 없다. 아들은 오히려 불안이나 편견을 더 키우게 될지도 모른다. 오늘 같은 아늑함을 다시는 불러낼 수 없을뿐더러 완전히 잊어버리는 것도, 그것들이 다 어디로 가버렸는지 더는 궁금해하지 않는 것도 불가능할 테니까. 폴이 어린 시절에 보이지 않는 상상 속 존재에게 말을 걸 때 나는 바로 이 점을 우려했고 이처럼 걱정하는 마음을 통해 아들의 앞날을 보호할 수 있으리라 믿었다. 하지만 이제 나는 잘 안다. 그 무엇도 그 모습 그대로 오랫동안 지속되지는 않으며, 재차 강조컨대, 거짓된 행복감 따위는 결코 존재하지 않는다. 이것이 어린아이들뿐 아니라 나이든 사람에게도 진실이라는 사실을 일찌감치 깨달았어야 했다.

이제 올림푸스 카메라를 꺼내 아들이 행복을 만끽하고 있는 이 순간을 사진으로 남겨야 한다. 하지만 지금 아이를 사로잡은 마법이 깨질까봐 두렵다. 곧 아들은 인생을 되돌아보면서 우리와 마찬가지로 이런 결론을 내릴 것이다. 과거에 더 행복했던 적이 있긴 있었다고. 하지만 정확히 어떤 느낌이었는지 기억나지 않는다고.

"그렇지만 말이야," 나도 아들과 같은 마법에 사로잡히기를 바라면서 내가 말한다. 폴은 열심히 와플을 먹고, 신나게 상상의 나래를 펼치며, 턱 근육이 자기 어금니에 딱 맞는 위치를 찾느라 열심히 헤매고 있다. 그동안 나는 아들의 둥근 정수리를 가만히 쳐다본다. (사랑하지 않을 수 없을 만큼 섬세하고 매력적인 두피다.) "아빠는 부동산 일을 정말 좋아해. 그 일은 진보적인 동시에 보수적이기도 하거든. 그 둘의 결합은 내가 늘 그리던 이상이었단다."

하지만 폴은 나를 쳐다보지 않는다. 기름때 묻은 티셔츠를 입고 지저분한 선원 모자를 쓴 빼빼 마르고 나이든 그릴 전문 요리사만이 소금과 후추가 놓인 카운터 의자 뒤편에서 우리를 힐끔거릴 뿐이다. 폴과 내가 부모의 이혼이라든가 사립학교 전학, 학업 부진, 아니면 마약 같이 부자간에 할 법한 논쟁을 벌이는 줄 알고 귀기울이는 모양이다(하지만 중년 아빠의 직업 선택 문제를 논하리라고는 미처 생각지 못했을 것이다). 나는 우리를 훔쳐보는 요리사에게 험악하게 인상을 써 보인다. 요리사는 황급히 고개를 돌리더니 빼드렁니 난 입에서 담배를 빼낸 후 다시 그릴에 신경쓰기 시작한다.

우리를 빼면 손님은 세 명밖에 없다. 창가에 앉아 커피를 마시며 말없이 호수만 쳐다보는 남녀, 저쪽 한구석에서 녹색 바지와 녹색 나일론 셔츠를 입고 불법 포커 기계로 한창 카드 게임에 열중하고 있는 대머리 남자. 기계가 이따금 요란한 소리를 내며 남자의 승리를 알린다.

내가 부동산업의 지주로서 부동산 일에 따르는 진보주의와 보수주의 간의 미묘한 균형에 대해 말했건만 폴은 내 말을 가볍게 무시하며 딴소리를 한다. "어제 제가 줄타기 곡예사에 대해 얘기했잖아요? 줄에서 떨어지는 게 최고의 묘기라고요. 그건 그냥 농담이었어요." 폴은 사분의 삼 정도 먹어치운 와플 위로 고개를 들고는 가늘게 뜬 눈으로 긴 속눈썹을 빠르게 깜박이며 나를 쳐다본다. 폴은 그 어떤 아이보다 똑똑하다.

"응, 알고 있어." 물론 거짓말이다. 다시 폴에게 시선을 고정하며 내가 말한다. "하지만 진지하게 경청했지. 그 말을 듣고 급작스럽게 변화하는 것이 진정한 자기결정과 별 상관이 없다는 사실을 너도 잘 알고 있구나 하고 확신했어. 내가 너한테 원하는 게 바로 그런 자기결정이란다. 그건 아주 자연스러운 일이야. 그리 복잡한 게 아니니까 말이다." 나는 어색한 미소를 지어 보인다.

"어느 대학에 갈지 결심했어요." 폴은 남은 메이플 시럽을 손가락에 찍어 와플에다 둥근 원을 그리며 골고루 바르고는 손가락에 묻은 시럽을 쪽쪽 빨아댄다.

"나는 아주 음흉한 사람이다." 내가 말한다. 그러자 폴이 나에게 장난스러운 눈빛을 보낸다. 그 말은 잃어버린 어린 시절 내내 우리가 써먹던 농담 중 하나다. 화강암이라고 생각해. 삶의 새로운 목줄. 쥐가 있는 곳에 원숭이를 넣어라.* 폴도 나처럼 문자 그대로의 의미와 상상 속 의미 사이의 갈라진 틈에 끌리는 것이다.

"캘리포니아주에 어떤 대학이 있는데요, 목장에서 일하면서 소에 낙인을 찍기도 하고 밧줄을 던져서 말을 잡는 법을 배우기도 한대요."

"괜찮을 것 같네." 나는 분위기를 깨지 않기 위해 고개를 끄덕이며 맞장구친다.

---

* 모두 발음이 비슷한 표현을 이용한 말 장난. '나는 아주 음흉한 사람이다(I am all leers)'는 'I am all liars(나는 거짓말쟁이다)', '화강암이라고 생각해(Take it for granite)'는 'Take it for grant(당연히 여기다)', '삶의 새로운 목줄(A new leash on life)'은 'A new lease on life(삶을 새롭게 시작할 기회)', '쥐가 있는 곳에 원숭이를 넣어라(Put your monkey where your mouse is)'는 '말만 하지 말고 행동으로 보여라(Put your money where your mouth is)'에 각각 해당한다.

"맞아요." 젊은 게리 쿠퍼*가 말한다.

"그런데 카이유스**를 타면서 천체물리학 같은 학문을 공부할 수 있겠니?"

"카이유스가 뭔데요?" 만화가가 되겠다던 말은 잊어버린 듯하다. "아빠, 우리 낚시하러 안 가요?" 폴이 시선을 휙 돌리며 묻는다. 폴은 보트 정박지에서 시작해 저멀리 흐릿하게 보이는 산까지 닿아 있는 호숫가를 바라보고 있다. 정박지 끄트머리에는 검은색 수영복에 오렌지색 구명조끼를 입은 한 소녀가 짧은 수상스키를 두 발에 꽉 고정시킨 자세로 앉아 있다. 소녀로부터 15미터쯤 떨어진 곳에 친구로 보이는 두 남자아이와 한 여자아이가 매끈한 쾌속정에서 대기중이다. 보트에서 모터 돌아가는 소리가 난다. 보트에 탄 아이들은 수상스키를 착용한 소녀를 바라보고 있다가 소녀가 갑자기 두 손을 들어 신호를 보내자 즉시 보트에 시동을 건다. 시동소리가 식당 창문을 뚫고 선명히 들려올 만큼 요란스럽다. 굉음이 잠잠해지는가 싶더니 보트가 갑자기 요동을 친다. 보트는 잠깐 멈칫하다가 어느새 앞쪽은 위로 들리고 뒤쪽은 물거품에 휩싸인 채 거의 날아갈 듯 솟구쳐올라 소녀와 연결된 두꺼운 로프를 거세게 잡아당긴다. 소녀는 줄에 이끌려 순식간에 물위로 올라서고 이어 저멀리 푸른 언덕을 향해 믿기지 않는 속도로 맹렬히 내달려 무색의 한 점이 된다. "저러다 충돌하겠어요!" 유심히 지켜보고 있던 폴이 말한다. 폴은 분명 코네티컷주에서도 수상스키 타는 광경을 흔히 봤을 텐데, 마치 처음 본다는 표정을 짓고 있다.

---

* 미국 배우.

** 아메리카 원주민 카이유스족이 타던 조랑말.

"낚시는 힘들 것 같구나." 내키지 않지만 나는 솔직하게 말한다. "시간이 별로 없어. 내가 큰 착각을 했나보다. 우리가 영원히 같이 있을 거라고 말이다. 오하이오주 캔턴이나 텍사스주 비턴에도 가기 힘들겠어." 그러든 말든 폴에게는 그리 중요한 문제가 아닐 수도 있지만, 나는 슬며시 궁금해진다. 폴이 나중에 내 보호자가 될 나이에 이르면 지금의 나보다 더 돌보는 일을 잘 해낼까. 앤에게 정말 새 남자친구가 생겼는지, 그렇다면 어디에서 그 사람을 만나는지, 만날 때 무슨 옷을 입는지, 내가 앤에게 그랬던 것처럼 찰리에게 거짓말을 하는지도 궁금하다. (그녀는 아마 그럴 것이다.) 진실만을 말한다는 찰리에게 말이다.

"앞으로 몇 번이나 결혼하게 될 것 같으세요?" 폴이 묻는다. 나와 눈을 맞추고 얘기하기가 꺼려지는 문제—폴이 신경쓰는 문제이기도 하다—인지 스키 타는 소녀에게서 시선을 떼지 않은 채로. 폴은 고개를 돌려 식당 뒤쪽에 걸려 있는 커다란 사진을 쳐다본다. 콜라와 이상하리만치 붉은 빛이 도는 수프를 뒤에 두고 하얀 접시 위에 햄버거를 올려놓은 사진이다. 사진에 끈끈한 기름이 묻어 있어 운나쁜 파리가 잘못 착륙했다가는 결코 빠져나오지 못할 듯싶다. 그런데 내가 기억하기로 폴은 이틀 전에도 비슷한 질문을 했다.

"오, 모르겠네." 내가 말한다. "글쎄다, 죽기 전까지 한 여덟 번이나 아홉 번 정도?" 나는 폴이 시야 정중앙에 들어오도록 눈을 감았다가 천천히 다시 뜬다. "대체 뭐가 걱정이니? 혹시 내게 소개시켜주고 싶은 나이 먹은 스트리퍼라도 오네온타에 모셔놓은 거야?" 물론 폴은 샐리의 존재를 알고 있다. 전에 한번 만난 적이 있다. 하지만 폴은 샐리에 대해서는 당연히 그래야 한다는 듯 계속 침묵을 지켜왔다.

"아무것도 아니에요." 폴이 들릴 듯 말 듯 작은 목소리로 대답한다. 폴의 순진한 표정만 보면 나의 근심(즉 자녀가 어린 시절을 잃어버리는 게 아닐까 하는 이 세상 모든 평범한 부모들의 걱정)은 쓸데없다고 해도 좋을 것 같다. 하지만 폴의 성격적 결함과 비행에 두려움을 느끼는 앤의 모습이 내게 경각심을 일깨웠다. 폴이 보트 사고를 당하거나, 교차로에서 차에 치이거나, 다른 아이에게 두들겨맞아 그 부드러운 이마가 찢어질지도 모를 일이다. 전문가라면 어젯밤 내가 아무런 안전대책도 없이 폴이 시내를 돌아다니도록 방치했다는 사실에 눈살을 찌푸릴 게 분명하다. 심하게 말하자면 학대 행위로 간주될 수도 있다.

폴은 워터스 에지 식당의 낡은 칸막이들을 붙여놓은 접착테이프를 뜯으면서 말한다. "여기서 하루 더 자고 싶어요."

"글쎄, 아무래도 나중에 다시 와야 할 것 같은데?" 나는 재빨리 카메라를 끄집어낸다. "네가 여기에 왔다는 증거로 사진을 남겨줄게." 폴은 혹시 누가 지켜보고 있지는 않은지 뒤를 돌아다본다. 커피를 마시던 남녀는 이제 식당에서 나가 보트 정박지로 걸어가고 있고 포커 게임을 하던 남자는 여전히 등을 푹 수그린 채 기계에 처박혀 있다. 요리사는 자기가 먹을 아침식사를 만드느라 여념이 없다. 폴은 다시 카메라 쪽으로 고개를 돌리더니 나를 바라본다. 무언가 더 있어야 할 것 같다는 표정, 사진에 무언가 더 들어가야 할 것 같다는 표정이다. 그게 나일지도 모르겠지만, 그건 불가능하다. 사진에는 오직 폴 혼자뿐이다.

"아주 웃긴 농담이나 하나 해주렴." 올림푸스 카메라 뒤에서 내가 말한다. 폴의 작고 앳된 얼굴이 렌즈 가득 들어온다.

"혹시 저 뒤에 있는 햄버거 사진도 나오나요?" 폴이 딱딱하게 굳은 얼굴로 묻는다.

"응." 내가 대답한다. "햄버거도 나온단다." 실제로도 햄버거가 보인다.

폴이 "그게 가장 걱정됐어요" 하고 말하며 환하고 멋진 미소를 내게 지어 보인다.

내가 앞으로 그애를 영원히 간직하게 될 사진이다.

우리를 환영하듯 따스하게 내리쬐는 오전 햇살을 받으며 우리는 언덕길을 나란히 걷기 시작한다. 마침내 명예의 전당을 향해 출발한 것이다. 지금은 오전 아홉시 삼십분, 사실 시간을 좀 허비했다. 그런데 명예의 전당에서 반 블록 떨어진 햇살 좋은 시내 중심가로 들어서니, 명예의 전당 건물—붉은 벽돌과 그리스식 페디먼트*, 삼엽형 비슷한 무늬로 꾸민 박공벽 때문인지 명예의 전당이 독실한 웨슬리 교도들의 꿈이 담긴 건설자금으로 지은 예배당처럼 보이기도 한다—앞에서 또 무언가 잘못된 듯 보인다. 어제와 마찬가지로 한 무리의 남녀 어른, 소년 소녀가 인도 주변에서 둥근 원형 대열로 행진을 하고 있다. 온갖 펼침막과 광고판을 치켜든 이들은 일제히 구호를 내지른다. 우리가 서 있는 곳—각종 깃발이 나부끼는 어느 독일식 빵집—에서는 "슈터, 슈터, 슈터"처럼 들린다. 행진 대열이 조금씩 불어나고 구경꾼들—아버지와 아들, 대가족, 노인들, 성모상 앞에서 열린 다미안 신부 추모 미사를 듣고 나온 주일 신도들—까지 가세해 거리로 쏟아져나오고 자동

* 고대 그리스식 건축에서 건물 입구 위의 삼각형 부분.

차들이 점점 속도를 늦추는 바람에 폴과 내가 들어가려는 건물의 입구도 혼잡하기 그지없다.

"대체 이 말도 안 되는 짓거리는 또 뭐죠?" 폴이 구호를 외치는 사람들을 보며 얼굴을 찡그리고 말한다. 시끄러운 시위대는 이제 서로 반대 방향으로 도는 원형 대열 두 개로 나뉘어 건물 주위를 계속 맴돌고 있다. 명예의 전당 입구로 들어가기가 사실상 불가능하다.

"아마 꼭 명예의 전당 앞에서 시위해야 할 이유가 있나보지." 나는 시위대와, (여기서) 잘 보이진 않지만 그들이 높이 치켜든 펼침막을 바라보며 말한다. 목청 높은 시위대와 점점 가까워지자 구호를 외치는 소리도 더욱 크게 들린다. 시위대를 보고 있자니 문득 앤아버에서 보낸 대학 시절 추억이 떠오른다(하지만 당시 난 시위에 참여하지 않았다. 해군 학군단 장학금이 수여되는 더들리 두라이트 클럽 회원이었기에 몸을 사렸다). 설령 저들이 소리 높여 외치는 문제가 대단한 사안은 아닐지라도 오늘날 이 번영의 시대에도 이 땅에 조정 가능한 불만과 불화의 정신이 살아 있다는 것은 바람직한 현상인 듯하다.

하지만 자신의 불화만 겪어본 폴은 다른 사람들의 불화와 마주하자 뭐라고 말해야 좋을지 모르는 듯하다. "이제 어떡하죠? 그냥 기다려요?" 폴이 잔소리를 하는 늙은이처럼 팔짱을 끼며 말한다. 명예의 전당에 들어가려고 방금 도착한 사람들도 걸음을 멈추고 시위대를 구경하는 무리에 합류한다. 중심가 건너편을 보니 쿠퍼스타운 지역 경찰관 몇 명이 서성거리는 게 보인다. 뚱뚱한 남자 경찰관 둘과 파란색 셔츠를 입은 여자 경찰관 둘이다. 경찰들은 그 모든 광경이 즐겁다는 듯 엄지손가락을 바지춤에 찔러넣고 서서 이따금 손가락으로 어딘가를 가리키며 키득키득 웃어댄다.

"아빠 경험으로 보면 시위는 그리 오래 지속되지 않는단다."

폴은 아무 말도 하지 않고 얼굴을 찡그리더니 손을 입으로 가져가서 앞니로 사마귀를 조심스럽지만 예리하게 물어뜯는다. 시위 때문에 불안해진 모양이다. 조금 전의 어린아이처럼 천진난만한 태도는 이제 온데간데없다. "돌아서 들어가면 안 돼요?" 물어뜯은 살점과 피를 핥으며 폴이 묻는다.

하지만 주변을 살펴보니 명예의 전당으로 들어가는 사람도, 시도라도 하는 사람도 없다. 구경꾼들은 시위대와 이야기를 나누거나 사진을 찍는 등 오히려 즐거워하는 기색이다. 심각한 분위기라곤 전혀 찾아볼 수 없다. "시위라는 게 원래 우리를 잠깐 불편하게 하는 거니까. 조금만 기다리면 안으로 들어가게 해줄 거야. 자기들이 할 말만 끝내고 나면 말이야."

"경찰이 다 체포해야 한다고 생각해요." 폴은 얼굴을 찡그리며 이렇게 말하고는 또 목으로 낮지만 분명히 들리도록 이이이크 소리를 낸다. (폴은 건전한 사람보다 찰리와 더 많은 시간을 보낸 게 틀림없다. 찰리는 인권에 대해서라면 불도저식 강경책을 선호하기 때문이다. 찰리는 어느 눈먼 걸인이 대학 클럽의 회전문 안에서 간질 발작을 일으켜 괴로워하고 있어도 어떻게 하면 곧 벌어질 육십 세 이상 테니스 경기의 패자부활전에서 이길 수 있을지나 고민할 위인이다.) 나는 이 나라의 초창기 모습을 그리 어렵지 않게 훌륭히 유추해낼 수 있다. 정당한 불만 제기는 무시되고 위기가 이어졌으며 아무리 외쳐도 큰 반향을 얻지 못하던 시절이었을 것이다. 그러나 나는 존경을 담아 시위대를 바라본다. 무엇에 대한 시위인지도 모르면서. 폴과 나는 아직 시간이 충분하다.

"일단 좀 걷자꾸나." 나는 다정한 아빠들이 으레 그러듯 폴의 어깨에 손을 얹고 붐비는 중심가를 벗어나 쿠퍼스타운 소방서를 향해 걸어간다. 소방서와 연결된 진입도로에는 노란색 소방차들이 아침햇살에 반짝반짝 빛을 내며 늘어서 있고 소방관들과 구급대원들은 대기실에서 〈윔블던에서의 아침〉을 시청하며 빈둥거린다. 교회 차량들과 노인 관광객을 태운 트롤리 버스들이 시끄러운 소리를 내며 점점 더 몰려든다. 몇몇 운전자들은 대체 무슨 일이 일어났나 싶어, 초조한 얼굴로 운전대 쪽으로 몸을 기울여 창문에 머리를 바짝 갖다대기도 한다. 폴은 뜻하지 않은 이 정체와 혼란스러운 상황에 여전히 짜증이 난다는 표정이다. 혹시 폴과 다투게 될까봐 걱정도 되고 해서, 이 혼잡한 곳에서 빠져나가기로 한다. 사람이 많지 않은 인도로 올라간 우리는 각종 스포츠 용품과 야구 카드를 파는 상점들, 이른 시간에 가게 문을 열고 1940년대 이후의 모든 월드 시리즈 경기를 보여주고 있는 술집, 극장, 어제 차에서 본, 매물을 멋지게 찍어 창문에 걸어놓은 부동산 사무실 등을 지나친다. 어디로 향하고 있는지는 나도 모른다. 그런데 길을 건너려는 우리의 왼편으로 좁은 골목 하나가 나타난다. 그 골목을 따라 들어가자, 비좁았던 길이 갈수록 넓어지더니 햇살이 비치는 널따란 곳으로 이어진다. 그리고 소규모지만 신성한 분위기의 진초록빛 야구장, 즉 더블데이 필드가 아침나절의 햇살을 받으며 자리하고 있다. 시합을 구경하기에도 직접 야구를 해보기에도 (또 성질을 부리는 아들을 달래기에도) 그야말로 최적의 장소다. 우리가 도착하자마자 증기 오르간이 〈나를 야구장으로 데려가줘요〉를 연주하기 시작한다. 어디선가 우리를 지켜보고 있었다는 듯이.

"뭐하는 곳이죠? 어린이 리그 야구장이에요?" 폴이 묻는다. 명예의 전당에 단번에 들어가지 못해 불만스러운 얼굴이다. 조금만 있으면 명예의 전당에 들어가 전시관을 순회하고 부속 건물들을 돌아다니고 루 게릭을 기념하는 자동차 번호판 장식품을 구경하고, '세이 헤이 키즈'가 쓰던 글러브와 테드 윌리엄스*의 스트라이크 존 그림을 살펴보고, 아랍에미리트에서 발행한 야구 우표를 찬찬히 들여다보고, 버드와 루의 코미디 '누가 1루수지?**'를 (또) 보고 낄낄대며 명예의 전당의 매력에 흠뻑 빠져들게 될 텐데 말이다. 스프링필드에서도 이렇게 구경하며 돌아다니긴 했지만 이번에는 훨씬, 훨씬 더 재미있을 것이다.

"여긴 더블데이 필드야." 내가 감탄하며 말한다. "너한테 보내준 안내책자에 다 설명되어 있어. 8월에 새로운 선수가 명예의 전당에 입성하면 여기서 경기가 열리지." 다음달에 누가 명예의 전당에 오를지 궁금하지만 베이브 루스 말고는 야구와 관련된 어떤 이름도 생각나지 않는다. "관람객을 약 만 명 수용할 수 있단다. 1939년에 공공사업계획국에서 지었지. 경제가 어려워 정부에서 일자리를 만들려고 벌인 사업이었어. 요즘에도 시행하면 좋을 텐데."

하지만 폴은 관람석 바로 옆에 있는 야구 연습장 세 곳을 빤히 쳐다보고 있다. 그중 한 연습장에서 배트가 공을 맞힐 때마다 콜라 병이 터지는 것처럼 펑 소리가 난다. 한 흑인 아이가 조 모건 선수와 비슷한 자

---

* 루 게릭, '세이 헤이 키즈', 테드 윌리엄스는 각각 1939년, 1979년, 1966년에 명예의 전당에 입성한 미국 프로야구 선수. '세이 헤이 키즈'는 윌리 메이스의 별명이다.

** Who's on First. 코미디언 듀오 버드 애벗과 루 코스텔로의 유명한 말장난 대사.

세로 계속 공을 쳐내고 있었던 것이다. 세 연습장 중 아마 공이 가장 '빠른' 곳에서 치고 있는 듯하다. 그 광경에 나는, 분명 폴도 그러겠지만, 농구 명예의 전당에서 만난 미스터 뉴햄프셔주 농구가 떠오른다. 어쩌면 다른 마을에서도, 다른 종목으로 여전히 아이들을 압도하고 있을 그 아이. 혹시 미스터 뉴햄프셔주 농구도 우리처럼 부자간의 다정한 여행중인 것은 아닐까? 우리보다 훨씬 더 재미있는 시간을 보내고 있는 것은 아닐까? 하지만 여기 있는 저 아이는 농구가 아니라 야구계의 미스터 뉴햄프셔주 농구다.

아빠와 여행중인 건 아닌 듯하다. 바깥 그물에 아이의 친구들인 백인 아이들과 흑인 아이들이 진을 치고 있는데, 흔히 친구들이 그러듯 야유를 하며 놀려댄다. 친구가 실수를 해야 공을 칠 기회가 생길 테니까. 그중 빼빼 마른데다 불량스러워 보이는 한 녀석은 어제 해키 색 놀이를 하고 있던 불량한 아이들 중 하나다. 어젯밤 폴이 치즈 감자튀김과 햄버거를 대접하며 같이 어울렸던 놈일지도 모른다. 지금 보니 아이들은 폴보다 훨씬 나이가 많아 보인다. 분명 폴은 아이들에게 어떤 식으로 말을 걸어야 할지 몰라 당혹스러울 것이다(서로 개 짖는 소리로 대화하지 않는다면).

잠시 후 넓은 골목을 통해 중심가의 오래된 벽돌 건물 뒤편으로 걸어나오자 더블데이 필드 주차장이 나타난다. 주차장에서는 메이저리그 팀 유니폼을 빼입은 내 나이 또래 남자 몇몇이, 그날의 두번째 경기에 늦기라도 했는지 글러브와 야구방망이를 자동차에서 꺼내 미끄럼 방지용 밑창을 요란스레 끌며 관람석 통로로 서둘러 빠져나간다. 그들이 입고 있는 유니폼 두 가지는 금방 알아볼 수 있다. 하나는 현란할 정도로 밝은 노란색에 칙칙한 녹색을 배치한 오클랜드 어슬레틱스 유니폼이고, 또하나는 붉은색과 흰색, 파랑색을 써서 그보다 안정적인 느낌을 주는 애틀랜타 브레이브스 유니폼이다. 혹시 내가 기자로 일하는 동안 얼굴이나 등번호가 익은 선수들이 있는지 살펴봤지만—알은 체해주면 기뻐하는 선수들도 있기 마련이니까—닮은 사람조차 보이지 않는다.

실제로 방금 우리를 지나쳐간 어슬레틱스 선수 둘—등판에 적힌 이름은 각각 R. 베그초스와 J. 베르그만이다—은 맥주 때문에 배가 올챙이처럼 불룩 튀어나오고 바지 엉덩이께가 터져나갈 듯 팽팽한 게, 절대 최근에 프로선수로 뛰었을 리 없을 것 같다.

"뭐가 뭔지 잘 모르겠어요." 폴이 말한다. 폴의 옷차림도 베그초스와 베르그만의 유니폼처럼 매력적이지 못하긴 매한가지다.

"이 안도 쿠퍼스타운에서 볼만한 중요한 곳이야." 나는 '선수들'이 지나간 통로로 폴을 이끈다. "여기에 왔다 가면 행운이 따라온단다." (내가 즉석에서 지어낸 말이다. 아들의 행복감은 이미 알코올처럼 타서 사라진 뒤다. 나는 다시 충돌 방지 태세로 전환해 아들과 친구 같은 적으로 남은 시간을 보내려 한다.)

"열차를 놓치면 안 돼요." 폴이 내 뒤를 따르며 말한다.

"걱정 마라." 나도 다소 딱딱하게 말을 받는다. "아빠도 계획이 있어."

통로를 빠져나와보니, 직진해서 선수들이 모여 있는 운동장으로 갈 수도 있고, 왼쪽이나 오른쪽으로 꺾어서 오래되고 가파른 콘크리트 계단 위 관람석에 자리를 잡을 수도 있다. 폴은 마치 운동장에 들어가면 안 된다는 경고라도 받은 것처럼 뒷걸음질치더니 계단으로 향한다. 반대로 나는 보이지 않는 손에 이끌리듯 탁 트인 공간으로 걸어간 뒤 자갈이 깔려 있는 외야 운동장의 끄트머리를 지나, 가짜 브레이브스와 가짜 어슬레틱스 선수들이 공을 주고받으며 몸을 풀고 있는 잔디 위에 가만히 멈춰 선다. 글러브에 공이 꽂히는 소리, 방망이가 공을 때리는 소리, 활기찬 고함소리가 맑은 하늘을 수놓는다. "봤으면 그 공은 충분히 잡을 수 있었어." "내 다리는 이제 더이상 그렇게 구부려지지가 않아." "어이, 조심해. 저기 공이 날아간다!"

유니폼도 입지 않은 나는 하늘을 올려다볼 수 있고 '95미터'라고 적힌 오른쪽 펜스가 내다보이는 곳까지 용기를 내 걸어간다. 외야 관람석과 나무 꼭대기, 근처 건물의 지붕들, 레이더처럼 돌아가고 있는 **모빌**이란 간판이 한눈에 들어온다. 펜스 근처에서는 유니폼 차림이지만 모자는 쓰지 않은 육중한 남자들이 잔디에 앉아 휴식을 취하거나 등을 대고 누워 하늘을 바라보며 근심 없는 표정으로 자유를 만끽하고 있다. 대체 무슨 생각으로 여기 왔는지 모르겠지만, 나도 아들의 존재는 잠시 잊고 아주 잠깐이라도 유니폼을 입고 그들처럼 되고 싶은 마음뿐이다.

이어폰을 목에 걸고 홀로 관람석 의자에 앉아 있는 폴은 언제나처럼 지루한 척 난간에 턱을 괴고 있다. 특별히 벌어지고 있는 일이 없으니 관람석은 대부분 텅 비어 있고, 폴 또래의 아이들 몇몇만 바람이 잘 드는 관람석 끄트머리에 앉아 재잘대고 있을 뿐이다. 지정석에는 선수들의 아내로 보이는 여자들이 삼삼오오 모여 있다. 슬랙스 슈트나 하늘하늘한 여름용 드레스를 입고 있는 그녀들은 주변 풍경과 남편들을 구경하면서 이따금 크게 웃어대거나, 선수들의 멋진 동작에 칭찬을 보내거나, 아니면 이런저런 좋아하는 화제에 열중한다. 지저귀는 것 말고는 별다른 할일 없이 부드럽고 따뜻한 바람을 타고 날아가는 홍방울새처럼, 그렇게 행복한 얼굴로 한가롭게.

"노새가 맥주 한 잔을 주문하자 바텐더가 뭐라고 했을까?" 나는 대화를 시도해볼 심산으로 아들에게 다가간다.

난간에 턱을 괸 채 나를 바라보는 아들은 불만 가득한 시선으로 이렇게 말하는 듯하다. '보나마나 재미없는 얘기겠지.' 폴의 '곤충' 문신이 눈에 들어온다. 그건 모욕이다. "감도 안 잡히는데요." 폴이 건방진 말투로 말한다.

"'죄송합니다만 뭐가 그렇게 당신을 성가시게 만드는지요?'*라고 했대." 폴이 원하든 말든 나는 폴의 옆자리로 가서 앉은 다음 1루까지 이어진 하얀 선을 바라보며 조용히 생각에 잠긴다. 하얀 셔츠에 하얀 바지를 입고 하얀 구두를 신은 고풍스러운 분위기의 한 작은 남자가 준비해온 장비로 베이스를 따라 선을 긋는다. 남자는 중간에 한번 걸음을 멈추고는 선이 제대로 잘 그어졌는지 살펴보고는 다시 다음 베이스를 향해 움직이기 시작한다. 나는 카메라를 꺼내 그 남자를, 야구장의 여러 풍경들을, 경기 준비를 마친 운동선수들을, 그리고 마지막으로 '120미터' 표지 주변의 하늘을 배경으로, 바람이 불지 않아 꼼짝도 않는 깃발을 사진에 담는다.

---

* '맥주(beer)'와 '노새(mule)'의 합성인 beer mule은 타인의 부탁을 받아 그들로부터 받은 돈으로 술을 대신 사서 전달만 해주는 이들을 말한다. 본문 내용은 그런 심부름을 하는 사람이 술을 마시겠다니 무슨 걱정거리라도 있느냐는 의미의 말장난이다.

"아름다운 곳을 가본다고 좋은 게 뭐예요?" 여전히 녹색 난간에 턱을 괴고 있는 폴이 시무룩한 얼굴로 묻는다. 털이 북실북실한 통통한 다리를 보기 흉하게 벌리고 있어 무릎의 흉터가 그대로 드러나 보인다. 분홍색 딱지가 앉은 그 길쭉한 상처는 대체 어쩌다가 생긴 걸까?

"기본적으로는, 나중에 그 아름다운 곳을 떠올릴 때면 더 행복해진다는 거지." 내가 말한다. "그러니까 쓸모없고 나쁜 기억을 훌훌 털어버리기에 이곳이야말로 정말 좋은 장소가 될 거야." 내 말은 사실이다.

폴은 나를 똑바로 한 번 쳐다보고는 리복 운동화를 고쳐 신는다. 운동장 한쪽에서 달리기를 하거나 몸을 풀던 선수들이 어느새 함께 걸어오기 시작한다. 모자를 뒤로 돌려 쓴 사람, 어깨동무를 하고 있는 사람이 있는가 하면, 뒷걸음질을 치면서 우스꽝스러운 장면을 연출하는 사람도 둘 있다. "제대로 해봐요, 조 루이스*!" 아내들 중 한 명이 엉뚱한 종목의 영웅과 남편을 헷갈린 듯하다. 다른 여자들이 일제히 웃음을 터뜨린다. "프레드한테 그렇게 소리지르지 말아요." 여자들 중 한 명이 말한다. "겁이 나 죽을지도 모르잖아요."

"이제 뭐든 싫어하는 데도 질려버렸어요." 폴이 말한다. "큰 변화를 맞을 준비가 되어 있는데."

그렇다면 나쁜 소식은 아니다. 폴이 해덤으로 이사하게 될 수도 있으니까. "이제 시작이야." 내가 말한다. "네가 좋아할 만한 일들이 곧 많이 생길 거다."

"스토플러 박사는 그렇게 말하지 않았어요." 이젠 거의 비어 있는

---

* 1930년대에 챔피언에 오른 미국 권투선수.

운동장을 바라보며 폴이 말한다.

"빌어먹을 스토플러 박사. 그 사람은 멍청이야."

"아빠는 그분을 잘 알지도 못하잖아요."

순간 나는, 내가 곧 멕시코에 갈 거라고, 거기서 맹인들을 위한 FM 라디오 방송국을 열 예정이라고 말해버릴까 망설여진다. 아니면 곧 결혼할 작정이라거나 암에 걸렸다고 말해볼까.

"아니, 아빠는 아주 잘 알아." 내가 말한다. "정신과의사들은 다 똑같거든." 나는 내 인생은 물론이고 모든 인생의 권위자가 되어버린 스토플러 박사에게 분한 마음이 들어 아무 말 없이 앉아 있는다.

"제 나이에 너무 비판적이면 안 된다고 하셨죠? 그럼 어떻게 해야 하죠?" 어젯밤부터 폴은 이 문제로 고민을 하고 있다. 어쩌면 아까 아들이 식당에서 느낀 짧은 행복감은 자기 인생을 새롭게 시작할 기회가 생길지도 모른다는 예감 때문이었는지도 모른다.

"어," 내가 대답을 하려고 막 입을 여는데, 선수들이 서로 경쟁적이면서 동시에 우호적이기도 한 두 '팀'으로 갈라섰고 한 뚱뚱한 남자가 삼각대와 카메라를 들고 운동장으로 달려간다. 사진사는 햇빛의 방향을 가늠해보더니 사진 찍을 준비를 시작한다. "아빠는 너랑 잠시라도 함께 살았으면 해. 같이 살면서 트럼펫 연주도 배우고 시간이 흘러 나이가 들면 보도인 칼리지에 진학해 해양생물학을 공부할 수도 있겠지. 그곳에 있는 동안에는 다 알고 있다는 듯 굴지 않고 내면에 집중하면 좋겠구나. 난 네가 때로는 잘 속기도 하고, 획일화된 시험을 너무 걱정하지도 않는 아이가 됐으면 한단다. 물론 결혼도 하고 말이야. 뭐, 일부일처제를 따르면 더 좋겠지. 워싱턴주 바닷가에 집을 사는 것도 좋겠어. 내가 놀러갈 수 있게 말이다. 하나하나 알려줄 시간만 있다면 더 자세히 이야기해줄 텐데."

"일부일처제가 뭐예요?"

"옛날 수학 같은 거야. 이젠 더이상 누구도 실행해보지 않는 길고 복잡한 이론이지만 그래도 여전히 유효하지."

"제가 한 번이라도 학대받은 적이 있다고 생각하세요?"

"내가 그런 적은 결코 없었다고 생각하는데. 사소하게 모질었던 몇몇 순간을 너는 기억할지도 모르지. 너는 기억력이 뛰어난 편이니까."

나는 폴을 똑바로 쳐다본다. 웃을 생각은 전혀 없다. 폴이 (아니 모든 사람이) 아는 것 이상으로 폴의 엄마와 나는 아들을 사랑하기 때문이다. "그 문제로 얘기할 게 있니? 화요일에 만날 옴부즈맨한테?"

"아뇨, 그럴 생각은 없어요."

"있잖아, 자신이 행복해지지 않을 거라고 생각해서는 안 돼. 알겠니? 모든 걸 다 바로잡을 수 없다는 이유만으로 불행한 것에 익숙해지면 안 되는 거야. 모든 걸 바로잡기란 불가능해. 결국 어떤 것들은 그저 흘러가는 대로 내버려둬야 한단다." 아마도 지금이 토머스 제퍼슨이 얼마나 괴팍한 노인네였는지 슬쩍 말해줄 수 있는 기회일지 모른다. 제퍼슨은 문법학자이자 실용적 이상주의자였으며, 미래를 향한 토대를 더욱 단단히 구축하고자 평생을 현상유지에 고심했던 인물이다. 제퍼슨 얘기도 아니라면 저기 그어진 흰 선들 안팎에서 벌어지는 일들을 가지고 야구 비유를 써서 무언가 교훈을 일러줄 수도 있으리라.

하지만 계획했던 것과는 달리 나는 갑자기 얼어붙기라도 한 것처럼 그저 멍하니 앉아만 있다.

어슬레틱스와 브레이브스는 3루 선 부근에서 두 그룹을 이루어 각각 사진을 찍는데 한결같이 키 큰 사람은 뒤쪽에, 키 작은 사람은 앞자리에 무릎을 꿇고 앉는다(베그초스와 베르그만은 키가 작아 앞줄에 앉는다). 앞줄 앞의 잔디 위에는 글러브를 비롯해 방망이가 부채꼴 모양으로 가지런히 놓였고 이어 누군가 높이가 낮은 이동식 간판을 가져와 선수들 앞에 배치한다. 간판에는 붉은색 블록체 글씨로 **오말리스 가상 야구 캠프**라고 적혀 있고 그 아래쪽으로는 '브레이브스 대 '67 레드삭스, 1988년 7월 3일'이라고 적힌 임시 문구가 보인다. 그런데 이를 보고 브레이브스 선수들이 일제히 웃어댄다. 아마도 레드삭스 선수들 중 참석한 사람이 아직 아무도 없기 때문인 듯하다.

사진 촬영은 신속하게 끝난다. 아까 선을 긋던 남자가 이번에는 이동식 간판을 노란색 유니폼을 입은 오클랜드 선수들 앞에 가져다놓고는 임시문구의 내용을 약간 다르게 바꿔놓는다. **오말리스 가상 야구 캠프** '어슬레틱스 대 '67 레드삭스. 1988년 7월 3일'

사진 촬영이 끝나자 모두들 박수를 친다. 그후 선수들은 베이스라인 아래 쪽과 더그아웃 쪽으로 흩어지거나 금방이라도 터질 듯한 유니폼을 입고 내야에서 서성거린다. 하지만 왠지 그들의 얼굴에서는 방금 엄청나게 대단한 일이 벌어졌지만 이를 놓쳐버리고 말았다는, 아니면 그 정도로는 충분치 않다는 표정이 내비친다. 말할 필요도 없이 오늘의 가장 중요한 행사라고 할 보스턴 레드삭스와의 큰 경기가 아직 남아 있는데도 말이다. "나이젤, 정말 멋져 보여요." 아내로 보이는 한 여자가 자리에서 일어나 허스키한 목소리로 외친다. 나이젤이라고 불린 남자는 체구가 크고 기다란 팔에 수염을 기른 '브레이브스' 선수였지만,

발을 안쪽으로 모은 자세를 취하고 있어 별로 용감해 보이지는 않았다.* 나이젤은 더그아웃 밖으로 걸어나오더니 전성기 시절의 행크 에런**처럼 파란색 애틀랜타 모자를 높이 들어올린다. "정말 죽여주게 멋지다고요," 여자가 계속 외친다. "최고야." 나이젤은 조용히 미소 지으며 고개를 끄덕인 후 그늘진 더그아웃으로 내려가 동료들과 나란히 앉는다. 이런, 그런 나이젤의 사진을 찍었어야 했는데.

사진이 아니라면 그런 순간을 어떻게 붙잡을 수 있을까? 어떻게 해야 이 허공에 대고 적절한 순간에 그야말로 적절한 말을 소리칠 수 있을까? 어떻게 해야 일생 동안 지속될 순간을 간직할 수 있단 말인가?

지금 폴과 나는 여행중 가장 어색한 상황에 처했다. 이틀간의 여행을 통해 우리가 당도한 곳이 명예의 전당은커녕 정식 야구장도 아닌 한산하기만 한 이곳이라니. 그저 그런 아마추어 선수들이 이미 영광의 시기를 넘긴 진짜 야구선수들과 경기를 하려고 모여 있는 곳. 그리고 나는 이곳에서 그 어떤 내적인 부담감 때문에 해야 할 중요한 말을 잊어버리고 만다. 아들에게 충분한 얘기를 들려주기도 전에, 바람직한 효과를 얻기도 전에, 우리를 좋은 결말로 데려다줄 육체적 활동—명예의 전당에서 전설이 숨쉬는 여기저기를 같이 걷거나, 글러브나 번호판 같은 기념품, 스트라이크 존을 둘러보는 등—을 함께 하면서 탄력을 받기도 전에, 그리고 길이 간직할 추억을 만들기도 전에.

어떻게 좀더 나은 시간을 보낼 수 있을까 궁리하며 아무것도 하지 않았다는 거북한 감정에 사로잡히니 군중과 함께 문 앞의 시위대가

---

* '브레이브(brave)'는 '용감한'이라는 의미다.

** 애틀랜타 브레이브스에서 활약했던 홈런 강타자.

떠나기를 기다리는 편이 나았을 것 같다. 그러는 동안 거둔 중요한 성과라고는 아마 내가 아들을 학대하진 않았을 것이라는 데 아들과 동의한 것뿐이고 말이다. (지금까지 나는 말을 통해 대부분의 상황을 더 좋게 만들 수 있으며 말로 개선할 수 없는 것은 없다고 믿어왔다. 그런데 지금 그 말이 필요하다.)

"내 나이에는 여섯 달을 주기로 성향이 바뀐대요." 어른처럼 숙고하는 투로 폴이 말한다. '어슬레틱스' 선수들과 '브레이브스' 선수들이 무슨 일이 일어나기를, 오늘을 위해 치렀던 제법 많은 돈의 대가가 있기를 기대하며 사이드라인 근처에서 계속 서성거리고 있다. 나 역시 그들처럼 여전히 저 운동장에 서 있고 싶은 마음이다. "아마 지금의 나는 크리스마스 때가 되면 많이 달라져 있을 거예요. 어른들은 그런 문제가 없죠?"

"하지만 다른 문제가 있지." 내가 말했다.

"어떤 문제요?" 나를 돌아보며 폴이 묻는다.

"어른들의 주기는 너무 길어."

"맞아요." 폴이 대꾸한다. "그러다 죽는 거죠."

나는 하마터면 "더 나쁜 일도 있고"라고 말할 뻔했다. 그런 말을 했다간 폴의 마음이 미스터 토비라든가, 죽은 형이라든가, 전기의자라든가, 비소중독이라든가, 가스실 따위의 생각으로 흘러들어갈 테고 뭔가 새롭고 끔찍한 생각을 찾으려고 머리가 돌아가기 시작할 것이며 폴은 그 생각에 집착하면서 나중엔 이에 대해 농담을 하겠지. 그래서 난 아무 말도 하지 못한다. 내 얼굴을 보고 폴은 내가 죽음에 대해, 그리고 너무, 너무 미약한 죽음의 고통에 대해 지루하게 늘어놓을 거라고 예상했을 것이다. 하지만 앞서 말한 대로 나는 내가 아는 것들은 이미 다 말해버렸다.

증기 오르간이 〈스와니강으로 내려오세요〉를 연주하기 시작한다. 작은 야구장이 나른하고 달콤한 축제 분위기로 서서히 달아오른다. 결국 내가 할말을 찾지 못하자 폴은 날카롭게 나를 쳐다보더니 마치 나의 비밀을 알고 있기라도 한 것처럼 입술을 씰룩거린다. 그러나 결코 그럴 리가 없음을 나는 잘 알고 있다.

"이제 그만 돌아가는 게 어떻겠니?" 죽음에 관한 말에는 대답하지 않은 채 내가 말한다.

"저 사람들은 여기서 뭘 하는 거예요?" 운동장 쪽으로 재빨리 고개를 돌리며 폴이 묻는다. 마치 이제야 그 장면을 봤다는 듯이.

"즐거운 시간을 보내고 있는 거지." 내가 말한다. "재미있어 보이지 않니?"

"아무것도 안 하고 있는 것 같은데요."

"그게 바로 어른들이 재미를 느끼는 방식이지. 저 사람들은 정말이지 인생에서 최고의 시간을 보내고 있는 거야. 너무나 쉬워서 애써 뭔가를 할 필요가 없지."

우리는 곧 발걸음을 옮기기 시작한다. 먼저 폴이 선수들의 아내들 뒤편으로 내려가 통로로 이어지는 가파른 계단을 힘겹게 내려간다. 나는 폴을 따라 나가기 전에, 지금은 할일 없이 서성대고 있지만 언제든지 경기를 시작할 수 있도록 준비중인 두 팀 선수들을 마지막으로 바라본다.

그늘진 통로를 지나 햇살이 비치는 주차장으로 나온다. 증기 오르간

소리는 먼 곳에서도 계속 들려온다. 차들이 중심가의 도로를 달리고 있다. 지금쯤이면 분명 오전의 소동이 끝나 명예의 전당이 문을 열었을 것이다.

야구 연습장에 있던 소년들은 이제 가버렸는지 철망에 걸쳐진 알루미늄 배트만 보일 뿐이다. 텅 빈 연습장 세 칸이 우리를 부르는 듯하다.

"저기서 한번 쳐보고 가야겠지? 안 그래?" 기운이 떨어진 상태지만 갑자기 뭐라도 해야겠다는 생각이 든 내가 말한다.

멀찍이 떨어져 있던 폴이 야구 연습장까지의 거리를 재는 시늉을 한다. 전혀 운동을 해보지 않은 아이처럼 폴의 발은 아주 어색하고 무거운데다 의욕마저 없어 보인다.

"어서," 내가 말한다. "네가 코치해주면 되잖아." 폴이 이이이크 소리를 작게 두 번 낸 것 같기도 하고 겁먹은 듯한 짖는 소리를 낸 것 같기도 했지만 분명하게 들리지는 않았다. 어쨌든 폴은 가까이 다가온다.

나는 군사캠프 교관처럼 폴을 인도해 야구 연습장 쪽으로 걸어간다. 야구 연습장에는 50센트짜리 동전을 투입하도록 되어 있는 동전함과 공이 날아와 사람들을 불구로 만들거나 투구기를 고장내지 못하게 막아주는 초록색 망이 설치되어 있다. 짙은 초록색으로 칠해진 커다란 상자 모양의 공업용 기계처럼 생긴 투구기는 체인 구동식 순환 장치를 통해 전달된 공이 깔때기 모양 플라스틱 통로에 들어가야 작동하게 되어 있다. 상자 안에는 서로 마주본 상태에서 고속으로 돌아가는 두 개의 자동차 타이어가 있어 그 사이로 실제 '투구'가 이뤄진다. 사방에 나붙은 경고문을 보니 헬멧, 보안경, 장갑을 껴야 하며 문을 반드시 닫아야 하고 타석에는 한 명만 들어서라고 적혀 있다. 그 밖에도 너무 어린 아이들, 애완동물, 병처럼 깨질 수 있는 물건은 반입 금지이며 휠체어를 이용하는 사람 역시 들어갈 수 없다고 되어 있다. 경고문은 (마치 다른 사람들은 그렇게 생각하지 않는다는 듯이) 만약 이 모든 경고들을 무시함으로써 사고가 일어날 경우 그 책임은 당사자에게 있다는 말도 잊지 않는다.

망에 걸쳐져 있는 알루미늄 배트 세 개는 한결같이 너무 짤막하거나 가벼워 보이고, 테이프가 둘러진 손잡이 부분도 너무 가늘다. 나는 배트를 '시험'해보기 위해 폴에게 잠깐 물러서라고 말한 뒤 기사가 칼을 잡는 것처럼 배트 하나를 내 앞쪽으로 들어올려 (아주 오래전 군사학교에서 야구를 할 때처럼) 파란색 알루미늄 손잡이 부근을 살펴본 후 왠지는 몰라도 손목을 이용해 배트를 빙빙 돌린다. 이어 폴을 향해 옆으로 돌아서서는—여전히 어깨에 카메라를 멘 채로—배트 끝부분이 귀 뒤로 가도록 걸치고 스탠 뮤지얼*처럼 무릎을 모아 구부린 자세를 취하면서 마치 폴이 보스턴 레드삭스의 우완 투수 짐 론보그나 되는 것처럼 언제든 공을 후려칠 기세로 무섭게 노려본다.

"이게 바로 스탠 더 맨**의 타격 자세란다." 왼쪽 팔꿈치 너머로 가늘게 뜬 눈으로 폴을 쳐다보며 이렇게 말한 다음 배트를 몇 번 휘둘러보지만 어색하고 우스꽝스럽게 느껴질 뿐이다. 손목과 어깨 사이에 꼭 있어야 할 지렛대라도 빠진 것 같다. 이런 자세로는 빠른 속도로 간신히 공을 맞힌다 해도 공중전화부스 안의 파리도 쫓지 못할 것이다. 아마 여자아이의 스윙처럼 보이리라.

* 세인트루이스 카디널스에서 활약했던 미국 프로야구 선수.
** 스탠 뮤지얼의 애칭.

"그게 스탠 더 맨의 타격 폼이라고요?" 폴이 묻는다.

"그럼, 공도 빌어먹게 멀리 나갔지." 그때 "놔둬, 내가 잡을게" 하는 소리가 더블데이 필드에서 들려온다. 나는 오 분 전까지만 해도 우리가 앉아 있었던 관람석 위쪽을 쳐다본다. 하얀 공 두세 개가 하늘 위로 동시에 솟구친다. 누군가 그 공을 잡을 테지만 여기서는 보이지 않는다.

야구 연습장의 각 칸에는 '다이너마이트 특급'(시속 120킬로미터), '마이너리그'(시속 100킬로미터), '동네 야구'(시속 90킬로미터) 등 공의 속도를 알려주는 화려한 간판이 걸려 있다. 나는 카메라와 25센트짜리 동전 두 개를 폴에게 넘긴 뒤 헬멧은 건드리지도 않고 한 치의 망설임도 없이 '다이너마이트 특급' 칸으로 걸어간다. 이어 문을 닫고 안으로 들어선 다음 공이 나오는 초록색 기계를 바라보면서 표준형 홈 플레이트에서 배트 길이 정도만큼 떨어진 곳에 자리를 잡는다. 고무로 만든 사각형 모양 홈 플레이트는 진짜처럼 보이게 하려고 깔아놓은 꾀죄죄한 아스트로 터프 인조잔디 두 장 사이에 놓여 있다. 나는 배트를 내밀어 스트라이크존이 어디쯤일지 가늠해보고 다시 뮤지얼처럼 타격 자세를 취한 후 손잡이를 단단히 잡고 배트 상표를 뒤로 가게 한 다음 발을 중견수 깃발과 일직선을 이루도록 둔다(물론 여기에 깃발은 없고 그저 그물망 너머의 투구기 뒤쪽에 '홈런?'이라고 적힌 간판만 걸려 있을 뿐이다). 나는 천천히 숨을 내쉬면서 또 한번 홈 플레이트 위로 배트를 신중히 뻗었다가 다시 들어올린다.

"지금 몇시예요?" 폴이 묻는다.

"열시. 야구할 때는 시간을 묻지 않는 거야." 나는 마름모꼴 철조망 사이로 폴을 슬쩍 바라본다. 폴은 관람석 입구 근처로 다시 돌아가 하늘을 올려다보고 있다. 운동장에서는 몹시 들뜬 몇 명의 선수들이 젊어 보이는 아내들과 태평스럽게 따사로운 햇살 아래를 거닐고 있다. 글러브 낀 손을 아내의 부드러운 어깨에 올리거나 야구 모자를 옆으로 돌려 쓴 채로. 그들은 아마 보스턴 레드삭스와 멋진 경기를 벌이기 전에 맥주와 브라트부르스트*를 먹으며 떠들썩하게 웃고 떠들 것이다.

"우리 뭔가를 하기로 했지 않나요?" 폴이 나를 쳐다보며 묻는다. "명예의 전당에 간다든가 말이에요."

"그래, 갈 거야." 내가 말한다. "아빠를 믿어."

나는 다시 발을 적당히 벌려 안정된 자세를 취하고서 마침내 모든 준비를 끝낸 후 폴을 향해 이렇게 소리친다. "동전을 넣어." 동전이 투입되자 공 던지는 기계는 제법 오랫동안 참을성 있는 사람처럼 호흡을 가다듬는 것 같더니 그것도 잠시, 몇 초 후 위쪽에 지금껏 있는지도 몰랐던 빨간 전구에 불이 들어오는 것을 신호로, 공으로 가득찬 플라스틱 깔때기가 서서히 진동하기 시작한다. 기계는 작동중이라는 표시가 전혀 없지만 나는 꼼짝도 하지 않는 고무 타이어가 맞닿는 새까만 점에서 눈을 떼지 않는다.

"그 라틴놈들이 기계를 아작냈나봐요." 뒤에 서 있던 폴이 말한다. "아빠는 돈만 낭비한 거라고요."

"그건 아닐 거야." 나는 차분하게 배트를 뒤로 쥐고 기계를 뚫어져라 쳐다보며 조용히 균형을 잡고 자세를 유지한다. 테이프가 둘러진 손잡이 부분을 손바닥과 손가락으로 단단히 움켜쥔 탓에 어깨가 뻿뻿

* 독일식 구운 소시지.

해져온다. 스탠이 본다면 못마땅하게 여길 자세겠지만 그래도 나는 손목을 뒤로 젖힌다. 내가 결코 원하지 않는 여자아이의 '찰싹 치는' 스윙이 되지 않게 배트를 쏜살같이 들어올려 공을 충분히 빨리 칠 수 있으려면 이래야만 할 것 같다. '나의 스윙'이 그렇게 되어서는 안 된다. 그때 누군가 "저 멍청한 자세 좀 봐"라고 외치는 소리가 들려온다. 나는 뒤를 획 돌아다보지 않을 수가 없다. 하지만 아무도 보이지 않는다. 나는 혹시라도 공을 놓치지 않도록 다시 고개를 돌려 아직까지도 '투구'를 할 기미가 전혀 없어 보이는 투구기와 타이어 두 짝을 노려본다. 어깨가 '경직되는' 걸 방지하기 위해 잠시 근육을 풀어주는 사이 기계가 위압적인 쇳소리를 요란하게 내기 시작하고, 그와 동시에 타이어도 맹렬하게 돌아간다. 공 하나가 불안정하게 모습을 드러내더니 그전에는 눈에 띄지도 않았던 금속 통로로 내려와 작은 구멍으로 '사라진다'. 그러고는 잠시 후 그 공이, 혹은 공처럼 보이는 것이 마침내 타이어 두 개 사이로 기세 좋게 튀어나와 매우 빠른 속도로 홈 플레이트를 가로지른다. 너무 가까이 지나가는 바람에 나는 배트를 휘두를 엄두조차 내지 못했다. 공은 뒤에 있는 그물망을 강하게 때리고 내 다리를 통과해 앞쪽에 있는, 역시나 있는지도 몰랐던 콘크리트 벙커로 들어갔다가 공이 모이는 깔때기 모양 통로로 사라진다. (이에 비하면 농구 명예의 전당에서 보여준 것이 훨씬 화려하다.)

폴은 아무 말이 없다. 나 역시 폴을 쳐다보지 않고 마치 저격수가 적을 노려보듯이 회전하는 타이어 사이의 공간에만 시선을 고정시킨다. 잠시 후 기계 안에서 다시 굉음이 들려오기 시작한다. 이번에도 공 하나가 흔들거리며 금속 통로 속으로 사라지더니 곧 공기를 가르며 튀어나와 쉭 하고 내 주먹 바로 아래의 홈플레이트를 곧장 지나 또다시 뒤쪽의 그물망을 후려친다. 아까와 마찬가지로 스윙도 해보지 못한 채 공을 통과시켜버린 것이다.

폴은 이번에도 아무 말이 없다. '투 스트라이크'라거나 '공이 너무 빠른 것 같아요'라거나 '일단 맞히기라도 해봐요, 아빠' 같은 말도 전혀 하지 않는다. 킬킬거리며 웃지도 않고 야유도 하지 않고 콧방귀 소리도 내지 않는다. 그렇다고 응원의 의미로 짖어주지도 않는다. 오직 침묵만이 우리를 감싸고 있을 뿐이다.

"공이 몇 개나 나오는 거지?" 조용한 목소리로 내가 묻는다.

"저도 여기는 처음인걸요." 폴이 대꾸한다.

마음속으로 공이 다섯 개 정도는 나오지 않을까 생각하던 차에 오렌지색 실밥이 선명히 새겨진 공이 로켓처럼 튀어나와 또 뒤쪽의 그물망을 흔든다. 투구기가 내게 기습 투구를 한 것 같다.

이마에서 땀이 흐르기 시작한다. 나는 네번째 공에 대비해 짤막한 배트를 마치 차량 차단기처럼 스트라이크존 위로 뻗고는 가만히 그 자세를 유지한다. 그 순간 순식간에 튀어나온 공이 퍽 하는 소리와 함께 배트의 한가운데에 맞으며 파울이 되더니 주변에 걸려 있던 경고판을 때리고 내 쪽으로 다시 튕겨져 나와 발뒤꿈치를 친다.

"번트." 폴이 말한다.

"번트라니 빌어먹을. 번트 같은 건 너나 해. 난 공을 치려고 여기에 서 있는 거라고." 폴은 쳐다보지도 않고 내가 말한다.

"차 안에 있는 바람막이 재킷이나 입으세요." 폴이 말한다. "지금 바람만 가르고 있잖아요."

나는 이맛살을 찌푸리며 왠지 기분 나쁜 느낌을 주는 양쪽 타이어 사이의 검은 틈을 노려본다. 이어 테이프가 둘러진 손잡이 부분을 더욱 강하게 움켜잡고 다시 스탠의 타격 자세에 맞게 손목을 펴고서 언제든 공을 칠 수 있도록 무게중심을 오른쪽으로 이동시킨 뒤 왼쪽 발도 살짝 들어올려 공을 칠 준비를 한다. 기계가 굉음을 내기 시작하고 빨간 불빛이 반짝인다. 이번에도 공은 흔들흔들 금속 통로를 지나 기계 안으로 사라진 뒤 타이어 사이로 모습을 드러내더니 쏜살같이 튀어나온다. 나는 즉시 파란 알루미늄 배트를 적절한 방향으로 쭉 뻗어 휘두른다. 손목에서 '툭'하는 소리가 귀에 선명히 들려온다. 팔이 쭉 뻗어나가면서 양쪽 팔꿈치가 거의 합쳐지는 장면이 눈에 들어오는 순간 나는 거칠게 숨을 내쉬며 전방을 향해 무게중심을 이동시킨다. 이 모든 동작이 내가 눈을 질끈 감는 아주 짧은 순간에 일어난다. 하지만 허무하게도 공은 (물론 보이지는 않지만) 배트를 그냥 지나쳐 뒤쪽 그물망을 때리고 이어 근처의 다른 그물망에 재차 부딪히고는 내 앞 아스팔트로 떨어져 공이 모이는 곳으로 사라진다. 손바닥이 저릿저릿해졌지만 나는 내색하지 않기로 한다.

"스트라이크 다섯, 아빠는 아웃이에요." 폴이 말한다. 내가 고개를 돌려 노려보니 폴이 경멸을 가득 담은 입술을 하고서 내 모습을 카메라로 찍고 있다. (내팽개쳐진 배트, 땀으로 얼룩진 빰, 아무렇게나 헝클어져 있는 머리칼, 아빠로서 의연해야 한다는 다짐에도 불구하고 실패 때문에 짜증이 역력한 얼굴. 내가 어떻게 보일지는 안 봐도 뻔하다.) "후보 신세겠네요." 사진을 계속 찍으며 폴이 말한다.

"아주 전문가 같구나, 그럼 어디 너도 한번 쳐보지 그래?" 내가 폴을 향해 말한다. 손목이 얼얼하다.

"맞아요." 마치 내가 정말 터무니없는 말이라도 한 것처럼 고개를 저으며 폴이 대꾸한다. 비록 가짜 선수들과 그들의 진짜 아내들, 그리고 아이들이 칭찬과 격려의 소리를 내지르면서 아무 근심 없이 바로 저 뜨거운 주차장을 가로지르며 돌아다니고 있지만 지금 여기에는 폴과 나 단둘뿐이다. 더블데이 필드에서는 공이 아치를 그리며 떠올랐다가 떨어지기를 반복하고 있다. 이것은 야구가 주는 조그만 위로의 음악이다. 또 아들로 하여금 고작 몇 번 스윙하게 한다 해서 이를 가혹행위라고 말할 순 없지 않은가.

"문제될 거 없잖아?" 야구 연습장에서 나오며 내가 말한다. "공을 못 치면 그것이 네 의도였다고 둘러대면 되니까. 그게 바로 최고의 묘기라고 아까 네가 말하지 않았어?" (물론 폴은 이미 그 말을 부인했지만 무슨 이유에서인지 나는 폴이 부인하도록 두고 싶지 않다.) "점심으로 스트레스만 먹을 순 없잖아?"

폴은 사악한 미소를 띠며 셔츠의 '클러지'라고 적힌 부분 아래, 즉 아랫배 부근에 카메라를 고정시킨 채 계속 사진을 찍어댄다.

"넌 물불을 가리지 않는 줄타기 곡예사야, 그렇지?" 배트를 그물망에 기대놓으며 내가 말한다. 뒤에 있는 투구기는 이제 조용해졌다. 먼지가 섞인 더운 바람이 주차장에서 한바탕 일어나더니 땀으로 얼룩진 내 팔뚝을 스치며 지나간다. "하지만 너무 줄타기만 고집해선 안 돼. 새로운 묘기를 찾을 필요가 있단 말이지. 공을 맞히려면 배트를 휘둘러야 한단다." 팔뚝의 땀을 닦으며 내가 말한다.

"아빠가 한 말을 돌려드릴게요." 폴의 미소는 반감을 담은 비웃음으로 바뀌어 있다. 폴은 여전히 나를 찍는 데 열중이다. 계속 같은 사진을 말이다.

"내가 뭐라고 했는데? 기억이 안 나."

"빌어먹을."

"아. 미안하다. 그 말은 까먹었구나." 연민과 살의, 그리고 사랑의 감정이 한데 뒤섞인 채로 나는 갑자기 폴에게 다가간다. 비록 아버지이긴 하지만 이런 감정에 빠지는 것은 드문 일이 아니다. 우리로 하여금 본연의 모습을 발견하게 해주는 천사 같은 아이들은 때로는 누구도 따라올 수 없는 최악의 인간으로 변하기도 한다.

폴에게 가까이 다가가자 나도 모르게 폴의 목 뒤쪽을 단단히 잡아버린다. 배트를 꽉 움켜쥐었던 탓에 손가락이 쓰려왔고 마치 팔이 없기라도 한 것처럼 어깨에서는 아무런 무게감도 느껴지지 않는다. "난 그렇게 생각했어," 폴을 붙잡은 채로 내가 말한다. "같은 굴욕감을 공유하고 나서 서로의 어깨에 팔을 두르고 걸어갈 수 있을 거라고. 그리고 맥주도 한잔할 수 있을 거라고. 그렇게 우린 끈끈해지는 거지."

"빌어먹을! 난 술을 못 마시잖아요. 이제 고작 열다섯 살이라고요." 폴이 자신의 머리가 처박혀 있는 내 가슴에 대고 격렬하게 외친다.

"그렇구나, 그것도 깜박했지 뭐냐. 아무래도 내가 너를 학대하고 있는 모양이다." 나는 폴을 더 거세게 끌어당긴다. 아무렇게나 깎은 듯한 짧은 머리와 워크맨 이어폰, 목의 힘줄이 눈에 들어온다. 폴의 얼굴을 내 가슴 쪽으로 힘껏 잡아당긴 탓에 폴의 코가 내 가슴뼈를 찌름은 물론, 사마귀가 나 있는 폴의 손가락과 심지어 카메라까지 늑골을 강하게 압박하며 거부해온다. 나는 내가 뭘 하고 있는지, 또 그렇게 해서 폴에게 바라는 바가 무엇인지 전혀 알 수 없다. 중요한 무언가가 장차 더 나아지거나 잘 풀릴 거라고 생각을 바꾸라는 것인지, 약속하라는 것인지, 시인하라는 것인지, 장담하라는 것인지 나로선 적당한 말을 찾을 수 없다. "넌 왜 이렇게 골치 아픈 녀석이 된 거지?" 힘겨운 목소리로 내가 말한다. 폴에게 상처를 입히고 있는지도 모르지만 이렇게 추궁할 수 있는 권리는 아빠에게만 있다. 나는 더 강하게 폴을 압박할 것이다. 마침내 폴이 반항을 그만둘 때까지, 모든 것을 체념하고 갑자기 눈물을 왈칵 쏟아낼 때까지. 이는 오직 나만이 할 수 있는 일이다. 아빠인 내가. 폴의 아빠인 내가.

하지만 실제로 일어난 일은 그와 다르다. 폴과 나는 타격 연습장 근처에서 꼴사납게 서로 드잡이를 벌이고야 만다. 그리고 관광객이나 일요일을 맞아 교회에 가는 사람들, 우리가 방문했어야 했던—비록 지금은 이렇게 싸우고 있지만—그 유명한 명예의 전당에 가려던 야구애호가들의 관심을 끌게 된다. 그들은 이렇게 중얼거리고 있을 것이다. "뭐야, 이게 무슨 일이지? 저런 볼썽사나운 장면이라니. 신고해야해. 전화하는 게 낫겠어. 어서 연락하자. 경찰 아니면 911에 말이야. 이 나라가 장차 어떻게 되려고 이 지경이지?" 하지만 아무도 실제로 그런 말을 하진 않는다. 그저 멈춰 서서 쳐다보고만 있을 뿐이다. 아이를 학대하는 장면이 그들을 최면에라도 걸리게 한 것일까?

나는 목을 붙잡고 있던 손의 힘을 풀어 폴을 자유롭게 놔준다. 폴의 살찐 얼굴은 분노와 혐오, 그리고 수치로 벌겋게 달아올라 있다. 내 손이 상처 난 귀를 건드렸는지 피가 다시 나기 시작했고 작은 붕대는 완전히 구겨졌다. 흐르는 피에 놀라 내 손을 쳐다보니 세번째 손가락과 손바닥이 새빨갛게 물들어 있다.

폴은 놀라 입이 벌어졌으면서도 별일 아닌 것처럼 보이려 애쓰며 왼손은 헐렁한 반바지 주머니 속에 집어넣고 오른손에는 내 갈비뼈에 극심한 통증을 줬던 카메라를 쥔 채 가만히 서 있는다. 비록 눈을 가늘게 뜨고 나를 노려보긴 했지만 많이 놀랐는지 동공이 커져 있다.

"다 재미로 한 거야. 별거 아냐." 나는 눈을 번득이며 폴에게 어색하고 절망적인 미소를 지어 보인다. "자, 하이파이브." 하이파이브를 위해 한 손을 높이 드는 틈을 타 나는 피가 묻은 손을 주머니 속에 서둘러 집어넣는다. 약 40미터 떨어진 주차장에서 선글라스를 낀 관광객들이 여전히 우리를 주시하는 중이다.

"그 개 같은 배트나 줘보세요." 몹시 분노한 폴이 내 하이파이브를 무시하고 지나쳐 걸어가더니 그물망 밖에 있던 배트를 움켜쥔 다음 발로 문을 차 열고는 평생 별러왔던 일을 하려는 사람처럼 야구 연습장 안으로 들어간다. (워크맨 이어폰은 여전히 목에 걸려 있고 카메라는 반바지에 불룩하게 들어가 있다.)

'다이너마이트 특급'에 들어간 폴은 홈 플레이트를 몇 번 툭툭 치고는 배트를 어깨에 두른 다음 혹시 물웅덩이가 있지 않나 살펴보는 사람처럼 아래를 힐끗 내려다본다. 이어 고개를 돌려 증오 가득한 표정으로 나를 쳐다본 후 다리를 정렬하기 위해서인지 발가락 부분을 다시 내려다본다. 폴은 배트를 다잡아보지만 배트는 여전히 어깨에 축 처진 형태로 걸쳐져 있다. 어느 모로 보나 공포를 불러일으킬 만한 강타자로 보이진 않는다. "젠장, 어서 돈이나 집어넣어요, 프랭크." 폴이 외친다.

"왼쪽 타석에 서야지." 내가 말한다. "넌 왼손잡이잖아, 잊었어? 그리고 약간 뒤로 물러서, 그래야 제대로 스윙을 하지."

나를 두번째로 쳐다보는 폴의 표정엔 배신감이 어려 있다. 거의 웃는 것처럼 보인다. "돈이나 넣으라고요." 폴의 말에 나는 동전을 투입한나. 비어 있는 검은 상자 안으로 25센트짜리 동전 두 개가 소리를 내며 떨어진다.

초록색 기계는 내가 잠을 깨우기라도 했다는 듯 이번에는 아까보다 더 신속하게 가동되기 시작해 곧 햇살 아래 빨간 불빛이 희미하게 들어온다. 이어 요란한 기계음이 들려오면서 기계 몸통 전체가 다시 덜덜거리기 시작하고 공이 모여 있는 깔때기가 요동침과 동시에 두 개의 고무 타이어도 고속으로 회전하기 시작한다. 깔때기에서 첫번째로 나온 하얀 공이 금속 통로를 통해 사라졌다가 튕겨져 나와 홈 플레이트를 번개같이 통과해서는 내가 서 있는 곳과 가장 가까운 그물망을 철썩 하고 때린다. 나는 흠칫하며 약간 뒤로 물러선다. 순간 다친 손가락에 생각이 미쳤기 때문이지만 사실 손은 주머니에 들어가 있었다.

그런데 폴은 역시나 배트를 휘두르지 않는다. 그저 내게 등을 돌린 자세로 기계만 노려볼 뿐, 배트는 괭이처럼 그저 어깨에 축 처진 상태로 걸쳐져 있다. 더구나 지금 폴은 오른쪽 타석에 들어서 있다.

"뒤로 약간 물러서." 기계가 요란한 소리를 내고 몸을 떨면서 두번째로 기지개를 켜기 시작한다. 곧 빠른 직구가 튀어나와 폴의 배 부분을 지나 조금 전에 맞힌 그물망 부분을 강타한다. 나는 멀찍이 물러서 있다. (그런데 폴은 앞으로 약간 더 나아간 상태다.) "자세를 잡고 배트를 좀더 올려." 이미 우리는 폴이 다섯 살이 될 즈음부터 마당이나 운동장, 독립전쟁이 벌어졌던 명소의 공원, 혹은 클리블랜드 스트리트에서 야구놀이를 해왔던 터다(물론 최근에는 그런 적이 없지만).

"공이 얼마나 빠른 거지?" 폴은 내가 아닌 마치 기계나 자신을 도와줄 운명의 여신에게 말하기라도 하듯 혼자 중얼거린다.

"시속 120킬로미터." 내가 대답한다. "라이언 듀런은 시속 160킬로미터나 되는 공을 던졌지. 스판은 시속 145킬로미터를 던졌고. 자, 배트를 휘둘러봐. 눈을 감으면 안 돼"(내가 그랬던 것처럼). 증기 오르간 연주는 계속 이어지고 있다. "혼자 책꽂이 앞에 앉아 있는 건 아무 소용 없지. 인생은 축제라고."

기계가 다시 루브 골드버그*의 발작을 시작한다. 여전히 배트를 둘러맨 폴은 이번에는 홈 플레이트 쪽으로 몸을 더 기울여 볼이 튀어나오는 타이어 사이의 갈라진 틈을 유심히 쳐다보고 있다. 공이 튀어나오자 폴은 몸을 뒤로 젖혔고 공은 다시 큰 소리를 내며 그물망에 부딪힌다. "너무 가까워, 폴." 내가 말한다. "너무 다가서 있다고, 그러다 머리를 다치면 어떡하니."

"그렇게 빠르지 않은데요." 폴은 다시 이이이크 소리를 내면서 얼굴을 찡그린다. 이제 기계는 네번째 공을 던질 준비에 들어간다. 배트를 어깨에 걸친 폴이 잠시 기계를 노려보더니 놀랍게도 홈 플레이트 쪽으로 다가가 기계를 향해 얼굴을 돌린다. 그러자 생각도 없고, 감정도 없고, 관용도 없고, 두려움도 없고, 공을 던지는 것 외에는 아무것도 할 줄 모르는 기계가 어두운 틈 사이로 공을 강하게 뱉어낸다. 공기를 가르며 힘차게 튀어나온 공은 그만 폴의 얼굴을 정면으로 때려버리고 이

---

* 풍자만화가이자 발명가. 단순한 작업을 쓸데없이 복잡하게 처리하는 기계들을 만화로 그렸다.

에 폴은 쿵 하고 끔찍하고도 요란한 소리를 내며 뒤로 뻗고 만다. 그리고 이후 모든 것이 변한다.

그 순간은 내게 시간이 아니라 그저 윙윙거리는 모터 소리로만 기억될 뿐이다. 나는 서둘러 문을 열고 인조잔디로 올라가 폴에게 달려간다, 마치 폴이 쓰러지기 전부터 뛰었던 것처럼. 그리고 폴의 어깨를 강하게 붙잡아 내 무릎에 걸친다. 폴은 양쪽 팔꿈치를 옆구리에 붙이고 양손으로 얼굴—눈, 코, 입, 볼, 턱—을 가린 자세로 히이이이 하고 길고 긴 고통의 신음소리를 거의 끊임없이 뱉어내고 있다. 홈 플레이트 위에서 무릎을 굽히고 몸을 웅크린 그애가 엄청난 공포와 급작스러운 고통 때문에 내는 소리다. 상처는 내가 볼 수 없는 곳에 있다. 나는 상처 난 곳을 살펴보고 싶지만 황망한 상황에 내 손은 쓸데없이 이리저리 움직이기만 하고 귀에는 심장박동이 대포 소리처럼 선명히 들려오며 땀에 젖은 머리카락은 공포로 쭈뼛해진다.

"어디 보자, 폴." 침착하려 애써보지만 내 목소리는 반 옥타브 정도 높아져 있다. "괜찮니?" 바로 그때 기계에서 튀어나온 다섯번째 공이 내 뒷덜미에 이어 머리를 때리고는 그물망으로 떨어진다.

"히이이이, 히이이이, 히이이이."

"아빠가 좀 볼게, 폴." 그 순간 이상하게도 폴과 나 사이를 감싸고 있는 공기가 붉게 물들어 있는 것처럼 보인다. "괜찮아? 좀 보자, 폴. 괜찮은 거지?"

"히이이이, 히이이이, 히이이이."

사람들 소리와 콘크리트를 밟는 발소리가 들려온다. "어서 전화 좀 해요." 누군가 말한다. "올버니로 가는 길에서도 들릴 정도였어요."

"오, 저런." "아이고." 야구 연습장의 문이 철컥 열린다. 발소리, 거친 숨소리, 바짓단이 끌리는 소리. 그리고 어디선가 뻗쳐나온 손들. 기름을 칠한 글러브 냄새. 샤넬 No. 5 향수 냄새.

"아아아!" 다쳤음을 시인하는 깊은 신음소리를 내며 몸을 이리저리 비틀면서도 폴은 여전히 팔꿈치를 옆구리에 댄 채 손으로 얼굴을 가리고 있다. 내가 폴과 드잡이할 때 너무 강하게 붙잡았던 귀에서는 아직도 피가 흘러내린다.

"폴," 내 눈에는 모든 것이 붉게만 보인다. "어디 보자, 아들아." 내 목소리는 한층 낮아져 있다. 나는 폴의 어깨를 손가락으로 톡톡 건드린다. 마치 그렇게 하면 폴을 깨울 수 있기라도 한 것처럼, 다른 일이 일어나게 할 수 있는 것처럼, 이보다 더 나쁜 일을 막을 수 있는 것처럼.

"프랭크, 구급차가 오고 있어요." 나를 둘러싸고 있는 발과 손과 숨소리들 사이로 누군가가 말한다. (폴 말고도) 내 이름을 아는 사람이 있다. 남자다. 다른 발소리가 들리고 공포에 질린 나는 고개를 들어 주위를 둘러본다. 그물망 밖에서 멍하니 폴과 나를 쳐다보고 있는 브레이브스와 어슬레틱스 선수들이 보인다. 그 옆에 서 있는 아내들을 비롯해 다들 한결같이 놀라고 걱정하는 표정이다. "헬멧을 쓰지 않았나요?" 질문이 날아온다. "네, 그래요." 나는 큰 소리로 아무에게나 외친다. "아무것도 착용하지 않았어요."

"히이이이, 히이이이." 여전히 손으로 얼굴을 가리고 있는 폴이 다시 울부짖는다. 더러운 흰색 홈 플레이트 위로 폴의 갈색 머리카락이 보인다. 낯선 폴의 울음소리, 폴의 그런 울음소리는 처음이다.

"폴," 내가 말한다. "폴. 잠깐 가만히 있으렴." 어디서도 도움의 손길이 있을 것 같지 않아 보였지만 곧 그리 멀지 않은 곳에서 삐용삐용 사이렌소리와 육중한 엔진소리가 들려온다. 그리고 다시 한번 삐용삐용 삐용 하고 들려온다. 누군가 말한다. "이제 됐어." 더 많은 발소리가 들려온다. 나는 딱딱하게 굳은 폴의 몸을 느끼면서, 그리고 오로지 폴의 부상에만 집중하면서 등 돌린 자세의 폴의 어깨를 계속 강하게 붙잡는다. 누군가 말한다. "프랭크, 사람들이 돕게 내버려둬요. 그들이 도와줄 거예요. 자리를 내주라고요."

이건, 이건 정말이지 지금까지 일어난 일 중 최악이다.

나는 간신히 일어나 사람들이 많이 모여 있는 곳으로 물러선다. 누군가 커다란 손으로 내 위팔을 붙잡아 뒤쪽으로 부드럽게 이끈다. 그와 동시에 흰색 셔츠와 타이트한 파란색 반바지 차림의 땅딸막하고 엉덩이가 큰 여자와 역시 동일한 복장에 목에는 청진기를 두른 한 남자가 폴에게 다가간다. 둘은 인조잔디 위에 한 손을 대고 무릎을 꿇은 자세로 폴을 진찰하며 응급 절차를 밟기 시작했지만 나에게는 보이지 않는다. 폴은 "안돼애애애!" 하고 비명을 지르더니 아까처럼 "히이이이" 하는 소리를 낸다. 나는 사람들을 밀치고 폴 쪽으로 다가서며 다치지 않았다고 그애를 설득할 수 있기라도 한 것처럼 이렇게 말한다. "아들과 얘기하게 해줘요, 아들과 얘기해야겠어요. 아들은 괜찮아질 겁니다."

그때 누군지 몰라도 내 이름을 알고 있던 커다란 체구의 그 사람이 이렇게 말한다. "여기 잠깐만 있어요, 프랭크, 그냥 계세요. 저 사람들이 돌봐줄 겁니다. 뒤로 물러나 지켜만 봐요."

나는 그 사람의 말대로 한다. 아들이 집중적인 진찰과 치료를 받고 있는 동안 내 가슴은 배를 뚫고 나올 것처럼 쿵쾅대고 차가워진 손가락에선 식은땀이 흐른다. 나를 프랭크라고 부른 남자는 아무 말 없이 내 팔을 계속 붙잡고 있다. 나는 급히 몸을 돌려 그를 바라본다. 유대인처럼 보이는 길고 부드러운 턱, 안경 뒤로 보이는 커다랗고 검은 눈동자, 햇빛에 적당하게 그을린 얼굴. 당연히 그럴 권리가 있다는 듯 나는 이렇게 묻는다. "당신은 누구죠?" (하지만 사방이 소란해 잘 들리지 않는다.)

"어브예요, 프랭크. 어브 오른슈타인. 제이크의 아들이요." 남자는 겸연쩍어하면서도 내 팔을 더 단단히 붙잡는다.

무엇 때문인지 모르지만 붉게 보이던 공기의 색깔이 이제 정상으로 되돌아온다. 여기 한 이름이 있다. 어브, 저 먼 과거에서 온 얼굴(그때와는 다르다). 1964년의 스코키*. 어브, 내 엄마의 두번째 남편이었던 남자의 아들, 나의 의붓형제. 어머니가 돌아가신 후 의붓아버지가 피닉스로 가면서 함께 사라졌던 그 이름.

나는 무슨 말을 해야 할지 몰라 유령이라도 보듯 어브를 멍하니 쳐다보기만 한다.

"좋지 않은 때에 만났군요." 아무 말이 없는 나를 보며 어브가 말한다. "오늘 아침에 당신을 봤어요, 소방서 근처에서. 그래서 내가 어마에게 말했죠. '나 저 사람 알아'라고. 다친 아이는 물론 아들이겠죠?" 어브는 속삭이듯 말하며 무릎을 꿇고 진찰중인 구급대원들과 그들 밑에서 다시 "안 돼애애!" 하고 비명을 지르고 있는 폴을 걱정스러운 표정으로 바라본다.

---

* 일리노이주의 도시.

"네, 맞아요." 비명소리에 폴에게 다가가려 하지만 어브가 다시 나를 붙잡는다.

"좀더 기다려요, 프랭크. 저 사람들이 전문가니까." 다른 쪽으로 고개를 돌리니 체구는 작지만 매력적으로 보이는 한 삼십대 여성이 마치 우주복처럼 전체가 하나로 된 노란색과 살구색이 섞인 비닐 옷을 입고 서 있다. 그녀는 어브만큼 나를 잘 안다는 듯이, 또 둘이서 나를 붙잡기로 미리 약속했다는 듯이 역시 내 팔꿈치 부근을 단단히 붙잡고 있다. 어쩌면 역도 선수이거나 에어로빅 강사일지도 모르겠다.

"저는 어마라고 해요." 눈을 깜박거리며 여자가 말한다. "어브의 친구죠. 꼬마는 분명 괜찮을 거예요. 겁먹어서 그래요, 불쌍해라." 어마 역시 아들을 살피고 있는 구급대원들을 내려다보며 미심쩍은 표정을 짓더니 안타까운 듯 아랫입술을 꾹 다문다. 샤넬 향수는 어마에게서 풍겨나오는 냄새였다.

"왼쪽 눈이요." 구급대원 중 한 명이 말하는 순간 폴이 또 비명을 지른다. "아아아아!"

내 뒤에 서 있던 누군가가 이렇게 말한다. "저런." 브레이브스와 어슬레틱스 선수들은 서서히 물러가고 있다. 사람들의 목소리가 여기저기서 들려온다. "눈을 다쳤대." "보호안경을 쓰지 않았나봐." "'클러지'라고 써 있던데 목사인가.*"

"프랭크, 지금 어디에 살고 있죠?" 비밀스럽게 속삭이는 어투로 어브가 물어온다. 물론 여전히 양팔로 나를 단단히 붙잡은 채다. 커다란

* '클러지(clergy)'는 성직자들을 가리킨다.

체구에 햇빛에 그을린 피부, 털이 북실하고 엔지니어를 연상시키는 어브는 붉은 선이 들어간 파란색 스웨트팬츠 차림에 셔츠도 없이 황금색 카디건만 걸친 모습이다. 나와 그가 각각 미시간대학교와 퍼듀대학교에 재학중이던 때보다 체구가 훨씬 더 커보인다.

"사는 곳이요?" 내 목소리는 내 실제 상태보다 차분하게 들린다.

"뉴저지주 해덤에 있습니다."

"거기서 하는 일은요?" 어브가 또 속삭인다.

"부동산." 그렇게 대답하면서 나는 어브를 다시 쳐다본다. 넓은 이마, 크고 붉으면서도 연민을 담고 있는 입술. 나는 물론 그에 대해 전부 기억하지만 동시에 진정으로 알고 있진 못하다. 내 팔을 붙잡고 있는 그의 손을 힐끗 쳐다보자 털이 수북한 손가락들 중 약지에 끼워져 있는 작은 다이아몬드 반지가 눈에 들어온다.

"우리가 이쪽으로 와서 말을 걸려던 순간에 사고가 났어요." 어브가 동의라도 구하는 것처럼 어마를 향해 고개를 끄덕이며 말한다.

"그렇군요." 나는 이렇게 대꾸하며 마치 중요한 뭔가를 암시하는 첫번째 단서라도 되는 것처럼 대형 브래지어 자국이 선명한 여자 구급대원의 넓은 등을 가만히 내려다본다. 여자 구급대원은 힘겹게 자리에서 일어나 고개를 돌리더니 어브와 나, 그리고 그때까지 떠나지 않고 서 있던 두세 명의 사람들을 쳐다본다.

"이 아이의 보호자분 없으세요?" 여자 구급대원이 억센 남부 보스턴 발음으로 물으며 허리띠에 달린 케이스에서 커다란 워키토키를 꺼내든다.

"내가 아버지 되는 사람입니다." 나는 어브에게서 빠져나와 여자에게 다가선다. 여자는 내가 직접 무전기에 대해 말해주길 원하는 것처럼 나를 향해 워키토키를 들어올린다. 붉은색 '통화' 버튼에 올라가 있는 여자의 손가락이 보인다.

"알겠습니다." 굵은 목소리로 여자가 말한다. 나이는 마흔 살 정도 같지만 얼굴은 그보다 젊어 보인다. 여자의 허리띠에는 많은 의료 기구와 무거운 장비들이 매달려 있다. "요건만 간단히 말씀드리죠." 여자가 사무적인 어조로 말한다. "오네온타로 서둘러 보내야겠습니다."

"어디가 잘못된 거죠?" 겁에 질린 나머지 큰 소리가 나오고 만다. 혹시 머리를 크게 다쳤다는 대답이 돌아올까 두렵다.

"글쎄요, 야구공에 맞은 거죠?" 여자가 워키토키의 어느 단추를 누르자 무전기 특유의 지지직거리는 소리가 흘러나온다.

"네," 내가 말한다. "헬멧을 깜박했어요."

"눈에 맞았어요. 아시겠어요? 그쪽 눈 시력이 괜찮을지 지금으로선 확실히 말씀드릴 수가 없어요. 많이 부풀어오른데다 출혈이 있거든요. 그런데 아이가 눈을 보여주지 않아요. 빨리 의사에게 보여야 합니다. 눈 부상은 오네온타로 데려가야 해요. 거기에 전문의가 대기하고 있을 거예요."

"내가 태우고 가겠습니다." 심장이 쿵쾅거린다. 쿠퍼스타운은 진짜 부상을 치료할 만한 진짜 마을이 아니다.

"아이를 데려가려면 서류에 서명해야 해요." 여자가 말한다. "우린 이십 분 내에 아이를 데려갈 수 있습니다. 당신은 더 걸리겠지만요. 우리가 아이를 안정시키고 계속 진찰할 겁니다." 나는 은색 명판에 새겨진 여자의 이름을 쳐다본다. 아우스탈렛(외워둬야 할 이름이다).

"좋습니다. 나도 같이 따라가죠." 나는 몸을 기울여 폴을 살펴봤지만 보이는 거라곤 폴의 맨다리와 번개무늬 운동화, 오렌지색 양말, 그리고 반바지뿐이다. 남자 구급대원은 여전히 무릎을 꿇은 자세로 아이를 진찰중이다.

"우리가 가입한 보험엔 보호자 동반이 들어가 있지 않습니다." 여자가 아까보다 더 사무적인 말투로 말한다. "별도의 차량으로 따라오셔야 해요." 여자는 워키토키의 '통화'라고 표시된 붉은색 단추를 다시 누른다. 얼른 떠나고 싶어 좀이 쑤시는 모양이다.

"알겠습니다. 운전해서 따라가죠." 나는 끔찍한 기분으로 억지 미소를 지어 보인다.

"프랭크, 내가 운전해서 데려다줄게요." 옆에 있던 어브 오른슈타인이 매우 근엄한 어투로 이렇게 말하며 내가 도망이라도 칠 것 같다는 듯이 내 팔을 꽉 붙잡는다.

"다 됐군요." 아우스탈렛 씨는 고개도 돌리지 않고 자신의 커다란 모토롤라 무전기로 이렇게 말한다. "쿠퍼스타운 16? 백인 남자아이를 수송한다. 'A. O. 폭스' 병원, 안과 전문의 대기 바람……" 구급차의 시동 소리가 들리는 순간 야구장에서 연달아 공을 때리는 배트 소리가 들려오고 이어 굉음과 함께 다섯 대의 제트기가 갑자기 우리 머리 위를 아주 낮게, 말도 안 될 만큼 서로 가까이 붙어서 날아간다. 날개는 칼날처럼 흔들림이 없고, 곧이어 슈우우욱 하고 강력한 폭발음이 뒤따른다. 모두들 놀란 표정으로 하늘을 올려다본다. 파란 하늘을 나는 비행기들의 날개는 하나같이 하늘색을 닮은 짙은 파란색이다. 하지만 아우스탈렛 씨는 하늘은 쳐다보지도 않고 답신이 오기만을 기다린다.

"블루 앤젤스*예요." 굉음에 얼얼해진 내 귀에 대고 어브가 말한다. "아주 가까이 날죠? 내일 이 근처에서 에어쇼를 한대요."

나는 어브의 팔을 풀고 귀가 먹먹한 상태로 폴에게 다가간다. 다른 구급대원이 어딘가로 자리를 뜬 상태여서 폴은 홀로 등을 바닥에 댄 채 창백한 얼굴로 누워 있다. 폴은 손으로 눈을 덮고 있고 거친 숨을 쉴 때마다 클러지 티셔츠가 밀려올라간 채로 부드러운 배가 오르락내리락한다. 아직도 깊은 고통을 느끼는지 폴의 입에서 나지막한 신음소리가 새어나온다.

"폴?" 근처 호수 위로 또다른 블루 앤젤스 비행기가 큰 소리를 내며 날아간다.

"으." 폴은 이 말뿐이다.

"블루 앤젤스 비행단이 날고 있대. 괜찮을 거야."

"으." 손을 얼굴에 계속 고정시킨 자세로 폴이 다시 신음한다. 약간 벌어져 있는 입은 말라 있지만 귀에서 흐르던 피는 이제 멈춘 상태다. 내가 온전히 볼 수 있는 것이라곤 (다음 세기에 대비해 새겨넣은) '곤충'이란 문신뿐이다. 폴에게서 땀냄새가 난다. 폴은 몹시 땀을 흘리면서도 한기를 느끼는 것 같다, 마치 나처럼.

"아빠가 옆에 있어." 내가 말한다.

"어, 네."

나는 폴의 반바지 주머니로 조심스럽게 손을 뻗어 카메라를 밖으로 빼낸다. 이어폰도 빼낼까 하다가 그만두기로 한다. 폴은 발만 인조잔

* 미 해군의 곡예비행단.

디 위로 이리저리 움직일 뿐 꼼짝도 하지 않는다. 나는 바지 자국대로 햇볕에 그을린 폴의 허벅지 위로 손을 갖다댄다. "무서워할 것 없다, 얘야." 내가 말한다.

"이젠 괜찮아요." 손으로 얼굴을 가린 폴이 간신히, 하지만 또박또박 대답한다. "정말 괜찮아요." 폴은 코를 통해 숨을 깊이 들이마시고는 잠시 고통스러워하는 것 같더니 천천히 숨을 내뱉는다. 다친 눈은 보이지 않지만 솔직히 폴이 원하지 않는 이상 보고 싶은 마음은 들지 않는다. "엄마와 클래리사에게 어제 샀던 선물은 주지 마세요. 아마 마음에 안 들어할 거예요." 폴은 너무나 차분하다.

"알았다." 내가 말한다. "너는 오네온타에 있는 병원으로 가게 될 거야. 나도 같이 갈 거야. 아빠는 구급차가 아니라 다른 차로 가겠지만." 오네온타에 간다는 말은 아직 아무도 해주지 않았을 것이다.

"네." 폴이 대답한다. 폴은 다치지 않은 축축한 눈에서 손을 떼고 나를 바라본다. 다른 한쪽 눈은 여전히 보여주지 않는다. "엄마한테 이 사실을 꼭 알려야 할까요?" 한쪽 눈이 깜박거린다.

"말해야지." 말하는 순간 가벼운 현기증이 느껴진다. "놀라지 않도록 잘 말할게."

"알았어요." 폴은 눈을 감는다. "이제 명예의 전당에는 못 가겠군요." 폴이 어눌한 목소리로 말한다.

"그야 모르지." 내가 말한다. "인생은 길어, 안 그래?"

"아, 그렇죠." 들것을 들고 오는지 뒤쪽에서 삐거덕거리는 소리가 들려오고 동시에 어브가 현장을 지휘하는 책임자처럼 딱딱한 목소리로 이렇게 말한다. "프랭크, 구급대원이 들어가야 하니 잠깐 물러나요.

저들에게 맡겨요."

"조금만 참으면 돼." 내가 말한다. 폴은 아무 말도 없다.

나는 올림푸스 카메라를 손에 들고 자리에서 일어나 뒤로 물러선다. 아우스탈렛 씨가 들것을 폴 밑에 집어넣기 시작하면서 폴은 또 내 시야에서 사라진다. "괜찮니?" 여자 구급대원이 폴에게 묻는다. 어브가 나를 다시 잡아당긴다. 폴은 누군가의 질문에 "폴 배스컴"이라고 말하더니 알레르기나 약물 투여, 질병에 걸린 사실 등을 묻는 질문에 "아니요"라고 대답한다. 폴이 들것 위에 올라가자 어브는 야구 연습장의 한쪽으로 멀찍이 나를 데리고 간다. 여전히 구경꾼 몇 명이 우리를 보고 있다. 브레이브스 선수 한 명과 그의 아내로 보이는 여자도 연습장 밖에서 조심스럽게 지켜보는 중이다. 누가 그들을 탓할 수 있으랴.

마침내 누군가 말한다. "됐죠? 나갑시다."

폴은 전쟁터의 부상병처럼 손으로 눈을 가린 채 담요를 덮고 들것에 실려 야구 연습장에서 나와 노란색 불빛이 번쩍거리는 구급차 안으로 사라진다. 왜건 스타일의 구급차에는 안테나에다 끊임없이 돌아가는 경광등도 잔뜩 부착되어 있다.

나는 들것을 태운 차의 문이 닫히는 장면과 두 명의 구급대원이 여유 있게 차에 올라타는 모습을 어브와 함께 가만히 지켜본다. 모든 준비가 완료되자 두 번에 걸쳐 삐용삐용 하는 사이렌소리가 들리고 이어 깊은 엔진음이 울려퍼지더니 기어를 높이자 더 많은 경광등이 켜진다. 그러고서 구급차는 살짝 앞으로 움직이곤 잠시 멈췄다가 바퀴 방향을 돌린 후 잠시 힘을 비축하는 듯하더니 곧 사이렌소리도 없이 중심가 방면으로 재빨리 사라진다.

11

세심한 성격의 어브는 내가 슬픔에 빠지지 않도록 신경을 쓴다. 그가 렌트한 파란색 세빌이 우리를 태운 채 자동 정속주행 장치에 의지해 장례 행렬처럼 느린 속도로 28번 도로를 지난다. 그동안 어브는 자신은 물론 그 누구의 슬픔이라도 쫓아낼 수 있을 듯한 화제들을 떠오르는 대로 끊임없이 입에 올린다. 커다란 라탄 샌들, 대머리나 다름없는 거무스름한 머리, 거기에 털이 무성한 가슴 위로 걸쳐 입은 카디건 때문에 어브는 흡사 드라이브를 즐기러 나온 마피아 두목처럼 보이기도 한다. 하지만 사실 그는 피닉스의 선 밸리에 있는 한 회사에서 시뮬레이션 장치 업무에 종사하고 있다. 모든 대형 항공사 조종사라면 누구나 익혀야 하는 비행 시뮬레이션 장치를 만드는 일이다. 어브는 그런 기술을 캘리포니아공과대학 항공공학과에서 습득했다고 한다(반면 나는 어브를 보일러 제작자로 기억하고 있다).

하지만 어브는 '항공기의 6자유도나 뭐 그런 것'을 굳이 자세히 설명하지는 않겠다고 한다. 어브 말로는 6자유도(좌우회전, 앞뒤회전, 상하회전, 상승운동, 측면운동, 후진)가 시뮬레이션 작업에서 중요하고 지침이 되는 원리라고 한다. "그런 것들은 중이中耳의 반응에 따른 겁니다. 아주 기계적이죠." 어브는 그 얘기 대신 '그 오랜 세월이 흐른 뒤의 이야기로 돌아가고' 싶은 듯하다. 그런데 뜻밖에도 어브는 내 어머니가 얼마나 훌륭한 여자였으며 자기 아버지는 또 얼마나 높은 인격을 지닌 '인물'이었는지 늘어놓은 다음, 말년에 이르러 두 분이 서로를 알게 된 것은 행운이라는 이야기를 꺼낸다. 어브에 따르면 그의 아버지가 고백하기를 어머니는 재혼한 후 항상 나와 가까운 곳에서 살고 싶어했다고 한다. 그렇지만 어브가 보기에 어머니께선 내가 스스로 잘 헤쳐나갈 사람이며, 내가 선택한 삶이 무엇이든 앤 아버에서 더럽게 좋은 직업을 준비하고 있다는 점을 이해하고 계셨던 것 같다고 한다(지금의 내 직업을 알게 되면 아마 놀라셨을지도 모르겠다). 어브는 이어 자신이 수년간 나와 연락하려고 몇 번이나 시도했지만 끝내 성공하지 못했다는 말도 덧붙인다.

28번 국도에 위치한 스웨터공장 직판장과 도색중인 차고를 천천히 지나치면서, 또 어제 쿠퍼스타운으로 오는 길에 내게 깊은 인상을 남겼던 저 먼 곳의 메이플 시럽 제조소와 옥수수밭, 그리고 울창한 활엽수림을 바라보면서 나는 문득 어브의 여자친구라는 어마가 어느새 사라졌으며 그녀에 관한 얘기가 한 번도 화제에 오르지 않았다는 점을 깨닫는다. 어마의 부재는 상당한 손실이 아닐 수 없다. 왜냐하면 만약 어마가 뒷좌석에 타고 있다면 어브는 차를 더 빨리 몰았을 것이고, 둘이서 주로 얘기하느라 나의 슬픔에 대해서는 되도록 말을 아꼈을 테니까.

어브는 시카고에 대해서도 이런저런 말을 해댄다. 그는 시카고를 슈카우거라고 발음하며, 시카고로 돌아가 레이크 포레스트에서 거주할 생각이 있다면서(그런데 레이크 포레스트라면 월리 콜드웰의 일가가 있는 곳이다) 자기가 보기에 장차 항공산업이 시카고를 중심지로 만들어줄 거라 예상되기 때문이라고 한다. 자격증이 있고 아직 숨을 쉬고 있는 대부분의 엔지니어들이 그렇듯이, 어브는 레이건 지지자이고, 이번에는 부시와 '동행'해야 할 것 같다고 말한다. 이어 미국인들은 우유부단함을 싫어하며 그런 점에서 비록 부시는 그리 높은 점수를 받기 힘들지만, 그래도 내가 지지하는 당이 요즘 후원하고 있는 다른 '정신적인 난쟁이들'보다는 훨씬 낫다고 말한다. 그러면서도 항의의 의미로 백지 투표를 하거나 다른 무소속 후보자에게 표를 던질 가능성도 배제하지 않았는데, 나치가 '자신들의 친구인 체코인들을 팔아먹었듯' 공화당이 봉급생활자들을 저버렸다는 점을 그 이유로 든다. (어브가 잭슨 지지자로 보이진 않는다.)

나는 대체로 침묵을 지키면서 오늘 일어난 일들과 아들에 대한 생각에 잠긴다. 다시는 회복될 것 같지 않은 무한한 상실감과 비통함이 밀려온다. 이제 그렇게 보이는 것은 없다. 전부 실제로 일어나버렸기 때문이다. 일이 잘 풀렸다면 폴은 가짜 어슬레틱스 선수들이 친 직구를 맨손으로 잡을 수 있었을 것이고 그리하여 비록 손은 부풀어오르더라도 뿌듯한 마음으로 명예의 전당에 들어가 베이브 루스의 라커룸을 구경하거나 아니면 '2루에서' 주자를 아웃시키는 조니 벤치*의 활약상을 담은, 30년대식 웃음소리가 음향효과로 깔린 비디오를 보면서 아주 좋지는 않아도 만족스러운 시간을 보냈을 것이다. 명예의 전당에서 나오면 일요일의 화사한 햇살 속에서 야구장에서 잡은 공을 손에 든 폴을 데리고 1890년대식 맥주를 마시러 갔다가, 아스피린을 찾아 폴에게 먹이고 둘 다 오래된 야구 유니폼을 입고서 그 모습을 길거리 화가에게 캐리커처로 그려달라고 하거나, 농담을 하며 웃음을 터뜨리거나, 원반던지기 놀이를 하거나, 또는 인적이 드문 호수의 후미진 곳에서 내가 준비해 뒀던 로켓 모양 폭죽을 쏘기도 하면서 유쾌한 시간을 보냈을 것이다. 그렇게 쿠퍼스타운에서의 그날 일정을 일찌감치 마치고 푸른 느릅나무 아래에 있는 잔디밭에 함께 눕게 된다면 나는 그 기회를 틈타 올바른 예절의 궁극적인 가치와 진보에 대한 상식적인 헌신이 (기독교적 허구이긴 해도) 자칫하면 불확실하고 지루할 수 있는 인생에 여전히 훌륭하고 실용적인 가림막이 될 수 있음을 설명해줬을 것이다. 그후에 차를 몰고 남쪽으로 향할 때는 한적한 도로에 차를 세우고 아들에게 운전도 해보게 한 다음, 마침내 서로 머리를 맞대고 일단 모든 법적인 문제가 정리되고 나면 폴이 이번 가을에 해덤으로 내려와 학교를 다니는 계획에 대해 의논했을 것이다. 달리 말하자면 오늘은 과거가 저멀리 물러난 채 무효화되고 독립과 고립이 서로 같은 말이 아니라는 전제 아래 미래의 희망적인 계획이 세워지는 날, 모든 동심원들이 서로 제자리에 맞아떨어지는 날, 젊은 시절에만 가능한 진정한 젊

* 미국 메이저리그 프로야구 선수.

음(개 짖는 소리나 이이이크 소리를 내지 않는)의 동시성이 꽃피는 날이 되었을 것이다.

하지만 결과는 어떠한가? 후회와, 고통과, 질책과, 실명과(혹은 최소한 교정 렌즈가 필요한 정도거나), 우울함과, 권태감이다(그리하여 결국 내게 남은 것이라곤 뉴헤이븐까지의 길고도 따분한 운전, 그리고 회피와 부인 그 이상을 꾀하려다 실패한 일뿐이다). 차라리 집에서 빈둥거리거나 전에 갔었던 어도나 다시 구경하러 가보는 것보다도 못하다. (확신컨대 이제 폴은 결코 나와 함께 살지 않으려 하겠지.)

나를 존중해서인지 아니면 지루해서인지 말이 없어진 어브는 88번 교차로의 마지막 언덕 꼭대기에 이른다. 선팅이 된 앞유리를 통해 좁은 서스키해너 계곡 아래 뱀처럼 구불구불 펼쳐진 옥수수밭이 보이는데, 그곳이 바로 국도 두 개가 교차하는 지점이다. 그때 꿩 한 마리가 높다랗게 자란 푸른 옥수수 줄기들 사이로 갑자기 튀어나오더니 옥수수수염 위를 날아올라 울타리 위에 잠시 내려앉는다. 그러고는 4차선 도로를 가로질러 중앙분리대 잔디에 자리를 잡아버린다.

누가, 아니면 무엇이 두려워서 저러는 걸까? 나는 궁금해진다. 저 가운데에서 안전할 수 있을까? 무사할 수 있을까?

"프랭크, 이 일을 하다보면 어떤 압도적인 은유에 사로잡힐 수 있어요." 벽돌집이 많은 유서 깊은 마을, 즉 오네온타를 향해 서쪽으로 방향을 틀면서 마침내 침묵에 지친 어브가 머리에 떠오른 생각들을 쏟아내기 시작한다. 이는 너무 외로운 사람들에게서 볼 수 있는 버릇이다. 나는 그런 증상들에 대해 잘 안다. "이 일을 하다보면 다른 어떤 것도 시뮬레이션만큼 흥미롭게 느껴지지 않거든요. 모든 걸 시뮬레이션

할 수 있을 것처럼 느껴지죠. 그런데," 강조를 위해 나를 쳐다보며 잠깐 말을 멈춘 어브가 곧 말을 이어간다. "시뮬레이션을 가장 잘하는 사람들은 그 일을 사무실에 남겨놓고 퇴근하는 사람들이에요. 그들 모두가 천재라는 말은 아니지만 그래도 시뮬레이션과 실제 인생이 별개라는 사실을 알고 있으니까요. 시뮬레이션은 결국 도구에 불과하다 이겁니다, 정말로요." 자세가 다소 불편했는지 어브는 이렇게 말하며 손가락 두 개를 도구삼아 스웨트팬츠 안으로 집어넣어 자신의 물건을 슬쩍 움직인다. "그 둘이 헷갈리기 시작하면 곤란해지는 겁니다."

"무슨 말인지 알 것 같네요, 어브." 나는 가볍게 대꾸한다. 내일 있을 오말리스 가상 야구 캠프에 참가(59년도 화이트삭스 팀 선수로)하기 위해 쿠퍼스타운으로 온 어브는 사실 선량하고 다정한 사람이다. 그를 더 잘 알았다면 좋았을 텐데 하는 아쉬움이 느껴질 정도로.

"결혼은 했나요, 프랭크?"

"지금은 아니에요." 마치 내가 사고를 당했거나 한 시간 사이 거의 이십 년은 늙어버린 사람처럼 팔과 어깨의 관절 부분이 쑤셔오고 통증이 느껴진다. 나는 무의식중에 이빨까지 갈고 있어 아마 내일 오전이면 그 소중한 에나멜질을 몇 옹스트롬*이나 잃어버릴 것이다. 내가 흰색 글씨로 '병원'이라고 쓰인 파란색 표지판을 가리키자 어브는 내 안내에 따라 마을로 들어선다. 교회마다 예배가 열리는 중이라 이동중인 차량은 거의 보이지 않는다.

"어마를 세번째 아내로 심각히 고려중이에요." 이렇게 말하는 어브

* 1밀리미터의 천만분의 1.

의 목소리는 아내라는 단어가 지닌 깊은 의미를 곰곰이 생각하는 듯 진지하다(하지만 어마가 지금 어디에 있는지는 전혀 관심이 없는 것 같다). "프랭크, 나처럼 덩치 크고 못생긴 남자가 어마처럼 예쁜 여자와 함께 있는 걸 보면 모든 건 운이라는 걸 알 수 있죠. 순전히 운이 좋아서죠. 그거랑 상대방의 말을 잘 들어주는 거 정도." 무솔리니처럼 두툼하고 매끄러운 입술을 부풀리며 어브가 말한다. 만약 귀기울일 만한 얘기가 있다면 그게 뭐든 지금 당장이라도 열심히 들어주겠다는 기세가 어브에게서 뿜어져나온다. "명예의 전당에 들어가봤어요?"

"그럴 예정이었죠, 어브." 나는 병원 표지판을 놓치지 않기 위해 이리저리 둘러보지만 더이상 보이지 않는다. 우리가 병원을 지나친 것은 아닌지, 스프링필드에서처럼 결국 마을의 막다른 한쪽 끝에 도착해 할 수 없이 엉뚱한 곳으로 향하는 고속도로로 빠지게 되는 것은 아닌지 초조해진다. 소중한 시간이 흐르고 있다.

"이 일이 끝나면 다시 방문해보도록 해요. 정말 좋아요. 그 자체로 교육이 되죠, 진짜예요. 하루로는 부족할 정도예요. 명예의 전당에 있는 초창기 선수들은 자기가 하고 싶어서 야구를 했죠. 또 '할 수 있어서' 한 거기도 하고요. 다시 말해 야구는 그들의 직업이 아니었어요, 단지 게임이었을 뿐이지. 지금은," 못마땅한 표정을 지으며 어브가 말을 잇는다. "비즈니스가 됐지만." 어브는 말꼬리를 흐린다. 아마 자신이 한 일을 되돌아보고 있을 것이다. 그는 오래전에 헤어진, 그렇다고 친형제도 아닌 한 남자를 만나 최선을 다하고 있다. 아마 이제 그 형제에 대한 기억이 좀더 세세히 떠오르면서, 그를 별로 좋아한 적도 없었으며 다시 만나지 않는 게 더 나았으리라는 사실을 깨닫고 있는지도 모른다. 그럼에도 어브는 여전히 상대에게 기분을 북돋워주고 도움이 되어주는 시뮬레이션을 이어갈 수 있다. 마치 눈보라에 고립된데다 다리까지 불편한 히치하이커를 도와주듯이. 심지어 그 사람이 범죄자라 해도 말이다. "우리가 통제할 수 없는 사건들이 현재의 우리를 만들죠. 어, 그런데 프랭크?" 어브는 다른 주제로 말을 돌리면서 차를 급히 왼쪽으로 꺾어 눈에 띄진 않지만 잘 꾸며진 진입로로 접어든다. 그러자 유리와 벽돌로 지은 삼층짜리 신축 건물이 나타난다. 옥상에 빌어먹을 안테나와 접시 모양 마이크로파 송수신기가 설치되어 있다. 바로 A. O. 폭스 병원이다. 내가 멍한 생각에 빠져 있는 동안 어브는 계속 주의를 기울이고 있었던 것이다.

"맞아요, 어브." 어브의 말이 무슨 뜻인지도 모르면서 내가 대답한다. "생각해보니 일리 있는 말이군요."

"녀석은 괜찮을 겁니다." 붉은색 **응급실** 표지판을 따라 관목이 늘어선 순환로를 한 손으로 운전하며 어브가 말한다. 노란색 쿠퍼스타운 구급차는 이제 막 진입로에서 나가는 중인데, 경광등은 모두 꺼져 있고 내부는 방금 끔찍한 일이라도 일어난 것처럼 어두침침하기만 하다. 운전대를 잡고 있는 아우스탈렛 씨는 담배를 피우면서 뭐라고 지껄이고 있고 아까 그 이름을 알 수 없는 남자 대원은 그늘진 조수석에 앉아 있어 거의 보이지 않는다.

"아주 안락한 병원이군." 어브가 그저 '응급실'이라고만 적힌 출입구에 차를 대면서 말한다. "어서 가봐요, 프랭크." 차에서 내릴 준비를 하는 나를 향해 어브가 미소 띤 얼굴로 말한다. "나는 주차해놓고 따라갈게요."

"그러죠." 어브의 얼굴에서는 무한한 연민의 감정이 드러나 있지만 그것은 나를 좋아하는 감정과는 아무 상관이 없다. "어브, 고마워요." 잠깐 차 안쪽으로 몸을 기울이며 내가 말한다. 뜨거운 햇살이 쏟아지는 바깥으로 차 안의 시원한 공기가 흘러나온다.

"침착한 척 시뮬레이션을 해봐요." 가죽시트 위에 파란 스웨트팬츠를 입은 다리를 올려놓으며 어브가 말한다. 응급실 안쪽에서 벨이 울린다.

"아마 안경을 써야 할 거예요, 그뿐이죠." 희망사항을 말하면서 나는 고개를 젓는다.

"두고 봐요. 꼬마가 저 안에서 배꼽을 잡고 웃고 있을지 누가 알겠어요?"

"그럼 더할 나위 없이 좋겠죠." 그렇다면 얼마나 좋을까 생각하면서, 또 정말 그렇다면 아주 오랜만에 보는 아들의 웃음일 거라고 생각하면서 나는 발걸음을 옮긴다.

하지만 실제는 전혀 그렇지 않다.

안쪽에 있는 길쭉한 녹황색 접수 데스크에서 접수원에게 전해들은 내용은 폴이 '바로 들어갔다'는 말이다. 이는 폴이 내가 미치지 못하는 두껍고 광택나는 금속 문 안에 들어가 있다는 뜻이다. 접수원은 또 폴을 진찰하기 위해 안과의사 한 명이 '특별히 호출'됐다고 전하면서 따라서 내가 '저쪽'에 앉아 있으면 의사가 곧 다가와 자세한 얘기를 전해줄 것이라고 덧붙인다.

살균된 듯한 병원의 색채, 차가워 보이는 표면, 내게 보이고 들리는 모든 것들이 어떠한 냄새도 없이 엄격하고 음양의 조화처럼 자연스럽게 돌아가는 장면에 가슴이 다시 쿵쾅대기 시작한다. (깨끗한 크롬 도금 장식이라든가 단단한 플라스틱 소재 등 모든 것이 새것처럼 보이는 이 병원은 분명 채권을 대량으로 발행해 지었을 것이다.) 애처롭고 절망적이게도, 여기에 있는 모든 것은 어떤 목적을 위해 존재한다. 그저 자기가 원해 존재한다든지 아무 이유 없이 존재하는 건 아무것도 없다. 붉은 제라늄이 담긴 바구니는 내팽개쳐질 것이고 〈미국의 애완용 새〉와 같은 잡지는 사과 씨처럼 버려질 것이다. '부동산 매물집'이나 〈애니가 네 총을 가졌어〉 티켓 같은 것들 역시 채 오 분도 되지 않아 쓰레기통에 처박힐 것이다. 병원의 벽들은 이렇게 말하고 있다. 여기에 오는 사람들이라면 그 어떤 장식에서도 위로를 얻지 못할 것이라고.

나는 벽에 일렬로 늘어선 체리처럼 붉은 빛깔로 칠해진 단단한 플라스틱 의자들 중 가운데쯤에 자리를 잡고 사람들의 손이 닿을 수 없는 높다란 받침대에 놓인 리모컨도 없는 텔레비전을 응시한다. 화면에서는 목 부분 단추를 푼 갈색 사파리 셔츠 차림의 제시 잭슨 목사가 정장 차림인 백인 패널들로부터 질문을 받는 장면이 나오는 중이다. 패널들은 재미있는 것이라도 발견했다는 듯 잭슨에게 고상하고 자신감에 찬 미소를 보내고 있다. 제시 잭슨 역시 이에 지지 않고 특유의 독선적이고 당당한 표정에 경멸 섞인 시선으로 패널들을 쏘아보고, 이는 텔레비전소리가 나오지 않는 탓에 그 효과가 더욱 두드러져 보인다. (올해 초에 제시 잭슨을 '나의 후보자'로 고려했던 적도 있지만, 결국 당선될 리가 없으며 당선된다 해도 이 나라를 망쳐놓고 말 거라는 결론을 내렸다. 그리고 이렇게 되든 저렇게 되든 나쁜 일은 다 내 잘못이라고 한

탄했을 것이다.) 아무튼 잭슨은 이제 끝난 거나 다름없고 오늘은 그저 놀림을 받기 위해 텔레비전에 나온 것 같다.

밖으로 통하는 유리 출입문이 한숨소리를 내며 열리더니 파란 스웨트팬츠에 황금색 카디건을 입고 샌들을 신은 어브가 여유 있는 걸음걸이로 들어온다. 주변을 둘러보던 그는 나를 찾지 못했는지 마치 엉뚱한 병원을 찾아온 사람처럼 바깥으로 몸을 돌려 다시 뜨거운 공기 속으로 걸어나가고, 어브가 나가자마자 문도 곧 자동으로 닫혀버린다. 맨들거리는 제시 잭슨의 갈색 얼굴 아래로 자막 뉴스가 흘러간다. 메츠가 휴스턴을 이겼고, 그라프가 나브라틸로바를 이겼으며, 베커는 렌들을 눌렀지만 에드베리에게는 지고 있다는 내용이다.* 그에 바로 뒤따라서, 어차피 하는 김에 알려주겠다는 듯이 수백 명의 이란인들이 이라크의 가스 공격으로 사망했다는 자막도 흘러나온다.

갑자기 양쪽으로 여닫는 응급실 문이 활짝 열리더니 작은 체구에 레몬색 머리칼의 한 젊은 여자가 클립보드를 손에 들고 밖으로 걸어나온다. 스칸디나비아인들처럼 얼굴을 북북 문질러 닦은 듯한 그 여자는 가운을 입은 것으로 보아 의사 같다. 그녀의 눈이 붉은색 보호자석에 혼자 외롭게 앉아 근심어린 표정을 짓고 있는 나에게 곧장 향한다. 그녀는 일단 접수 데스크로 먼저 걸어가고, 간호사가 손가락으로 나를 가리킨다. 나는 벌써 자리에서 일어나 황송하다는 미소를 짓고 있다. 그런데 그 의사는 별로 좋지 않은 표정—이건 꼭 짚고 넘어가야겠다—으로 나를 바라본다. 나는 그렇게 내 속내를 드러내는 표정을 짓는

* 그라프, 나브라틸로바, 베커, 렌들, 에드베리 모두 프로테니스 선수.

걸 좋아하지 않는다. 물론 지금 모든 면에서 그렇게 하고 있긴 하지만.

"폴의 아버지 되시나요?" 내게 가까이 오기도 전에 의사가 은색 클립보드에 철한 서류를 뒤적이며 묻는다. 그녀가 신은 분홍색 테니스 신발이 바닥의 새 타일에 끌리며 끽끽거리는 소리를 낸다. 열린 가운 사이로 빳빳한 테니스 복장이, 그리고 운동선수처럼 근육이 발달한 굵고 짧은 갈색 다리가 드러나 보인다. 화장이나 향수는 전혀 하지 않은 듯하고 치아는 새것처럼 무척 하얗다.

"배스컴입니다." 여전히 감사해하는 태도를 유지하며 내가 말한다. "프랭크 배스컴. 아들 이름은 폴 배스컴이죠." (집시들은 친절한 태도는 종종 나쁜 소식도 비껴가게 해준다고 믿었다.)

"닥터 티사리스입니다." 티사리스는 서류를 몇 번 훑어보고는 파랗기 그지없는 눈으로 나를 쳐다본다. "폴은 눈을 아주, 아주 강하게 맞았어요. 좀 걱정이 되네요. 왼쪽 망막의 왼쪽 상단에 소위 비대증이라고 하는 증상을 보이고 있습니다. 그러니까……" 의사가 눈을 깜박거린다. "야구공에 맞은 건가요?" 의사는 믿을 수 없다는 표정을 짓는다. 보안경도, 헬멧도, 아무것도 착용하지 않았다니.

"네, 야구공입니다." 내가 잘 들리지도 않는 목소리로 대답한다. 나의 고분고분했던 태도와 집시의 믿음은 이제 사라지고 없다. "더블데이 필드에서요."

"그렇군요." 의사가 말한다. "그러니까 공이 한가운데에서 약간 왼쪽 망막을 건드렸어요. 전문용어로 망막 황반 손상이라는 건데 눈의 왼쪽 부분이 망막이 있는 곳까지 뒤로 밀렸어요. 쉽게 말하자면 망막이 납작해진 거죠. 아주, 아주 강하게 맞은 것 같네요."

"네, '특급' 칸이었죠." 닥터 티사리스를 힐끗 쳐다보며 내가 말한다. 티사리스는 예쁜 얼굴에 날씬하지만(키가 좀 작긴 해도) 은근히 그리스 운동선수를 연상시킬 정도로 아주 튼튼해 보인다. 결혼반지를 끼고 있는 것으로 보아 아마 남편은 소화기학을 전공한 그리스 사람이고, 외모로 보건대 티사리스는 스웨덴 아니면 네덜란드 사람일 것 같다. 테니스복만 입고 있다 해도 바보만 아니라면 누구나 그녀에게서 완벽한 자신감을 느낄 수 있을 것이다.

"현재로서는," 의사가 말한다. "시력에는 지장이 없습니다만 밝은 빛이 어른거리는 현상이 나타나고 있습니다. 심각한 비대증일 때 나타나는 전형적인 증상이죠. 다른 의사에게 다시 진찰받으실 수도 있겠지만 제 소견으로는 저희가 여기서 당장이라도 치료하는 편이 나을 것 같습니다. 빠르면 빠를수록 좋으니까요."

"비대증이라, 그게 뭐죠?" 죽은 생선처럼 내 몸이 즉시 싸늘하게 식는다. 접수 데스크에 있는 간호사 세 명 모두가 약간 이상하다는 듯한 표정으로 나를 바라본다. 아마 내가 기절했거나, 곧 기절하기 직전이거나, 아니면 십 분 전만 해도 기절 상태였지만 이제야 간신히 정신을 차린 사람이라는 듯이. 하지만 무슨 일이 있어도 절대 기절하지 않을 사람의 표본인 티사리스는 전혀 개의치 않는 모습이다. 그래서 나는 그 한마디 단어에 기절하는 대신, 흔들리며 무너질 듯한 병원바닥에 단단히 버티고 서기 위해 발가락 열 개로 신발바닥을 꽉 누른다. 티사리스의 입에서 '망막박리'라는 말이 나온다. 그녀가 심각한 부상에 대한 의학적, 윤리적 견해를 일러주며 나도 그와 비슷하게 행동해야 한다고 권하고 있는 듯한 느낌이 분명하게 든다. 그리고 내가 간신히

"알았습니다"라고 대답하는 소리가 들린다. 볼 안쪽을 깨물어 희미하게 따뜻한 피 맛이 느껴진다. 내가 "우선 아이의 엄마와 상의해야 합니다"라고 말하는 소리가 들린다.

"어디에 계시죠?" 닥터 티사리스는 클립보드를 내려놓으면서 믿기지 않는다는 표정을 짓는다. 마치 엄마가 없는 사람처럼.

"예일 클럽에 가 있습니다."

닥터 티사리스가 눈을 깜박거린다. 내 생각에 오네온타에는 예일 클럽이 없는 것 같다. "연락할 수 있나요?"

"연락할 수 있을 겁니다." 내가 답한다. 여전히 몸이 휘청거린다.

"이 일이 잘 해결되도록 노력해야 합니다." 무심하고 냉정하며 전문가다운 그녀의 미소는 많은, 아주 많은 종류의 중요한 배려들을 담고 있으나, 딱히 나에 대한 배려는 없는 듯하다. 나는 우선 아들을 볼 수 있게 해달라고 부탁하지만 그녀는 이렇게 답한다. "우선 연락부터 하시는 게 어떨까요? 저는 그동안 보호자께서 너무 놀라지 않도록 폴의 눈에 붕대를 감아놓고 있을게요."

무슨 이유에서인지 내 시선은 가운 사이로 굴곡을 그리며 탄탄히 뻗은 그녀의 허벅지로 향한다. 나는 그렇게 아무 말도 하지 않고 그냥 서 있기만 한다. 쓰러지지 않도록 바닥을 꽉 붙들면서, 피맛을 음미하면서, 아들이 나를 죽을 만큼 두렵게 할 수도 있다는 데 놀라워하면서. 그녀는 자신의 두 다리를 내려다보고는 이어 아무 관심 없는 표정으로 내 얼굴을 쳐다본 후 바로 몸을 돌려 접수 데스크로 뚜벅뚜벅 걸어가 버린다. 나 혼자서 전화를 찾도록 내버려둔 채.

밴더빌트 애비뉴에 있는 예일 클럽에는 찰리도, 앤도 없다. 물론 지금은 독립기념일 바로 전날인 쾌청한 일요일이므로 누구도 집안에 머물러 있어서는 안 된다. 마블 컬리지어트 교회에서 나와 당당하게 산책하거나, 뉴욕 메트로폴리탄 미술관 혹은 현대 미술관에 행복한 마음으로 줄을 서거나, 모차르트 브런치를 먹기 위해 '칼라일호텔로 돌진하고' 있거나, 그것도 아니면 피쿠스, 진달래, 하이비스커스가 예쁘게 늘어서 있는 베란다에서 아름다운 강변이 내다보이는, '고층 아파트에 있는' 특별한 친구의 특별한 복층집에서 즐거운 시간을 보내고 있어야 한다.

그러나 자세히 물어보니 오델 부인께서 '만일의 경우에 대비해' 전화번호를 남겨두었다고 한다. 그래서 나는 초록색과 연어색의 깨끗한 병원 전화부스 안에서 그 번호를 누른다. 바로 그때 다부진 체구의 어브가 여기저기 두리번거리다가 내가 손을 흔들어주자 엄지손가락을 추켜올려 보이고는 스웨트팬츠 주머니에 손을 찔러넣은 자세로 몸을 돌려 유리문을 통해 자신이 방금까지 있었던 바깥 세계를 살펴보기 시작한다. 그는 이 세상에서 없어서는 안 될 사람이다. 결혼을 안 한 상태라니 안타까운 일이다.

"윈드비글러의 집입니다." 한 아이가 노래를 부르는 듯한 목소리로 대답한다. 그 목소리 뒤로 발랄한 내 딸아이의 웃음소리가 함께 들려온다.

"안녕." 나도 흔들림 없이 즐거운 목소리로 대답한다. "오델 부인 계시니?"

"네, 계세요." 아이가 누군가에게 속삭이느라 잠시 말을 멈춘다. "누구신지 말씀해주시겠어요오오?"

"배스컴 씨라고 전해드리렴." 왠지 내 이름이 공허하게 들려서 나는 바닥만 멍하니 바라본다. 다시 속삭이는 소리가 들리고 잠시 후 한바탕 웃음소리와 함께 클래리사가 전화를 받는다.

"안녕하세요오." 클래리사는 앤이 심각할 때 내는 저음을 흉내내고 있다. "딕스트라입니다. 무슨 필요한 용도라도 있으신지요." (물론 클래리사는 용건이라고 말하려 한 것이다.)

"네." 그 순간 마음이 살짝 열리면서 빛 한줄기가 들어온다. "열두 살 된 여자아이와 피자를 주문하고 싶습니다."

"어떤 색깔의 아이가 좋으세요?" 나름 진중하게 묻고 있지만 클래리사는 벌써 지루해하는 눈치다.

"금발머리의 백인 아이로요. 너무 크면 안 돼요."

"아, 이제 딱 한 명 남았네요. 크고 있는 중이니 빨리 주문하시는 게 좋을 거예요. 피자는 어떤 종류를 원하시죠?"

"어, 이제 엄마와 통화하게 해주겠니? 중요한 일이라서 그래, 클래리사."

"오빠가 또 개 짖는 소리를 냈죠? 분명해요." 클래리사가 슈나우저 짖는 소리를 흉내내자 친구들이 소리 죽여 웃음을 터뜨린다. (분명 아이들은 방음시설이 되어 있는 멋진 아이들 방에 따로 모여 있을 것이다. 모르긴 몰라도 그곳은 인류가 언제든 사용할 수 있다고 알려진 여러 놀이기구와 오락거리, 교육용 기구, 보조 장치, 소프트웨어 등으로 가득차 있을 것이다. 이 모두가 아이들이 수년간 어른들의 세계로 들어오지 못하게 막아주는 것들이다.) 클래리사의 친구들도 특별한 이유

없이 몇 차례 개 짖는 소리를 낸다. 나도 한번 시도해봐야 할 것 같다. 어쩌면 기분이 나아질지도 모르니까.

"별로 재미없구나." 내가 말한다. "엄마 좀 바꿔줄래? 얘기할 게 있단다."

철컥하며 수화기가 단단한 표면에 부딪히는 소리가 난다. "항상 그런다니까." 클래리사가 다친 오빠를 두고 매정하게 말하는 것처럼 들린다. 클래리사는 개 짖는 소리를 두 번 더 내고서 문을 열고 걸어간다. 티사리스가 응급실 문을 열고 다시 나타나 대기실을 가로지른다. 그녀는 이제 가운 단추를 제대로 채우고 발목까지 내려오는 헐렁한 수술용 바지를 입고 발목까지 올라오는 녹색 장화를 신었다. 수술 준비를 끝낸 것이다. 그녀가 접수 데스크로 가서 뭔가 말을 건네자 간호사들이 조금 전의 내 딸과 친구들처럼 갑자기 웃기 시작한다. 흑인 간호사는 노래를 부르듯 이렇게 말한다. "자기야아, 내가 말한 게 그거야, 내가 말한 게 그거라니까." 그러다 자기 목소리가 너무 크다는 사실을 알아챘는지 나를 한번 쳐다보고는 웃음소리를 줄이기 위해 입을 막고 한쪽으로 돌아선다.

"여보세요?" 목소리가 밝다. 아마 앤은 전화 건 사람이 누구인지 아직 모르고 있을 것이다. 깜짝 놀라게 해주려고 클래리사가 말을 안 했을 테니까.

"안녕, 나야."

"벌써 왔어?" 그런 앤의 목소리에서는 전화한 사람이 나여서 반갑다는 느낌과 함께, 세상에서 가장 멋진 사람들이 있는 테이블에 앉아 있다 왔으니 전화로는 더 나은 이야기를 듣고 싶다는 느낌이 풍긴다. 택시를 타고 나도 그쪽에 합류하는 게 어떨까 싶다. (어제부터 이어진 이런 현저한 변화는 분명 우리 사이에 남아 있던 어떤 문제가 마침내 마무리되었다는 행복한 발견에 기인할 것이다.)

"여기는 오네온타야." 내가 툭 말을 던진다.

"무슨 문제야?" 앤이 마치 오네온타가 원래 문제를 잘 일으키는 곳으로 알려지기라도 한 듯이 묻는다.

"폴이 사고를 당했어." 나는 최대한 재빨리 대답한다. 그래야 어서 다음 얘기로 넘어갈 수 있으니까. "생명에 지장이 있거나 그런 건 아냐." 나는 잠시 말을 멈춘다. "하지만 당장 상의해야 할 일이 있어."

"폴한테 무슨 일이 일어난 거야?" 긴장한 목소리다.

"눈을 다쳤어. 야구공에 맞았지. 야구 연습장에서."

"시력을 잃기라도 한 거야?" 상상 가능한 온갖 공포가 뒤섞여 더욱 긴장한 목소리다.

"아니, 실명은 하지 않아. 하지만 부상 정도가 심각해. 의사들이 그러는데 한시라도 빨리 수술을 받는 편이 좋대." (나는 일부러 '의사'가 아닌 '의사들'이라는 표현을 썼다.)

"수술? 어디에서?"

"여기 오네온타에서."

"오네온타가 어디에 있는 곳이지? 난 당신이 쿠퍼스타운에 있는 줄 알았어."

어떤 이유에서인지는 모르겠지만 그 질문이 나를 화나게 만든다. "거기보다 더 아래쪽에 있는 곳이야." 내가 말했다. "오네온타는 쿠퍼스타운과는 완전히 다른 도시라고."

"우리가 뭘 결정해야 하는데?" 앤의 목소리는 극심한 공포로 차갑게 굳어 있다. 하지만 그것은 자신이 통제할 수 없는 사실—즉 그녀의 살아남은 아들에게 알 수 없는 이유로 일어난 부상—에 대한 공포가 아니라 지금 이 순간 자신이 책임을 져야 하고 결정을, 그것도 아주 잘된 올바른 결정을 내려야 하는 순간에 직면했다는 사실에 대한 공포다. 왜냐하면 나는 그런 책임이 없으니까.

"오빠한테 무슨 일 있어?" 마치 자기에게도 어떤 책임이 있는 것처럼 옆에서 쓸데없이 참견해대는 클래리사의 목소리가 들려온다. "폭죽놀이를 하다가 오빠가 눈을 다친 거야?"

앤이 말한다. "쉿. 그런 거 아냐."

"여기서 당장 수술해도 좋을지 결정해야 해." 내가 약간 짜증 섞인 목소리로 말한다. "빠르면 빠를수록 좋대."

"눈을?" 이렇게 말하면서 앤은 그 사실을 이해하는 중인 듯하다. "의사들이 그 병원에서 수술해야 한대?" 아마 지금쯤 앤은 그 두껍고 짙은 눈썹을 씰룩대면서 바늘로 찌르는 듯한 아픔이 느껴질 때까지 뒷머리를 한 가닥씩 잡아당기고 잡아당기고 또 잡아당기고 있을 것이다. 최근에 생긴 버릇이다. 나와 함께 살 때는 없었다.

"다른 의견도 구해보고 있어." 물론 아직 구해보지 않았지만 이제 구해볼 것이다. 나는 대기실 의자 위쪽에 달린 텔레비전을 올려다본다. 제시 잭슨은 이제 보이지 않는다. 그저 밝은 파란색을 배경으로 '신용대출이 안 되세요?'라는 문구가 나오고 있다. 주변을 살펴보니 어브는 여전히 자동문 안쪽에 서 있고 티사리스는 접수 데스크를 이미 떠났는지 보이지 않는다. 어서 그녀를 만나야 한다.

"두 시간 정도 기다려줄 수 있어?" 앤이 말한다.

"오늘 안에 하면 된다고 했어. 자세히는 몰라." 갑자기 조금 전의 분노가 잦아든다.

"곧 거기로 갈게." 앤이 말한다.

"네 시간이나 걸릴 텐데?" 사실 세 시간이다. "도움이 안 될 것 같은데." 나는 휴일을 맞아 붐비는 고속도로를 생각하기 시작한다. 트리보로 다리 위의 그 많던 차량들, 악몽 같은 정체 현상. 모두 금요일에 생각하고 있던 것들인데, 지금은 일요일이다.

"이스트 리버 터미널에서 헬기를 타면 될 거야. 찰리가 자주 이용하니까 잘 알아. 내가 가야겠어. 어디인지만 말해줘."

"오네온타." 앤을 곧 만나게 된다고 생각하자 이상하게도 공허한 느낌이 든다.

"당장 출발할 거야. 가는 길에 헨리 버리스에게 전화해야겠어. 지금 예일대-뉴헤이븐 병원에서 근무하는데 이번 주말엔 시골에서 쉬고 있어. 아마 우리가 선택할 수 있는 대안들에 대해 조언해줄 거야. 그러니 폴이 정확히 어떤 상태인지 말해줘."

"망막박리라고 했어." 내가 말한다. "망막이 부풀었대. 지금 당장 올 필요는 없어."

"폴은 지금 병원 안에 있는 거야?" 앤이 모든 것들을 모조리 메모하고 있을 거란 느낌이 든다. 헨리 버리스, 오네온타, 망막박리, 망막, 야구 연습장? 폴, 프랭크.

"물론 병원에 있지." 내가 말했다. "병원이 아니면 어디에 있겠어?"

"병원 이름이 정확히 어떻게 되지, 프랭크?" 북북 문지른 얼굴의 그

여의사처럼 앤 역시 침착하다. 그에 비해 나는 그저 말 잘 듣는 보호자일 뿐이다.

"A. O. 폭스 병원. 아마 여기에서 유일한 병원일 거야."

"공항이 있을까?" 지금 공항이라고 적고 있겠지.

"모르겠어. 없다면 하나 짓는 게 좋을 텐데." 잠시 침묵이 흐른다. 아마 앤은 메모를 중지했는지 모른다.

"프랭크, 괜찮아? 안 좋은 것처럼 들려."

"썩 좋진 않아. 뭐 내 눈이 망가진 건 아니니까."

"설마 폴이 일부러 자기 눈을 다치게 한 건 아니겠지?" 어쩔 수 없이 앤은 곧 애원하는 듯한 엄마의 목소리로 되돌아온다. 되돌아올 수밖에 없을 것이다.

문 근처에 있던 어브가 걱정스러운 표정으로 나를 바라본다. 마치 내가 모질게 시비조로 하는 말을 엿듣기라도 했다는 듯이. 접수 데스크의 흑인 간호사 역시 컴퓨터 모니터 위로 나를 쳐다보고 있다.

"아니," 내가 말한다. "그런 건 아니야. 하지만 어쨌든 눈을 맞았다고. 상태가 무척 좋지 않아."

"내가 갈 때까지 손대지 말고 그냥 있으라고 해줘, 알았지? 그럴 수 있지?" 앤이 우리가 지금 공유하는 절망적인 상황에 걸맞게 다정한 목소리로 말한다. 내가 할 수 있다면 더 나은 사람이 될 수도 있겠지만, 그럴 수 없다는 걸 안다는 듯한 투다. "약속해줄 수 있어?" 앤은 폴이 부상당하는 꿈을 꿨다고 말한 바 있지만 이를 굳이 거론하진 않는다. 어떤 의미에서 보자면 내게 친절을 베푼 셈이다.

"물론이지. 당장 의사에게 전할게."

"정말 고마워." 앤이 말한다. "늦어도 두 시간 안에는 도착할 거야. 그때까지 기다려줘."

"알았어. 난 여기에 있을 거야. 폴도 마찬가지고."

"오래 안 걸릴 테니 너무 걱정 마." 앤이 다소 밝아진 목소리로 말한다. "괜찮아?"

"괜찮아."

"알았어. 그럼 됐어." 앤이 전화를 끊는다.

두 시간이 세 시간이 되고 세 시간이 네 시간이 되어가는 동안 나는 잠자코 비슷한 색으로 통일된 로비 안을 계속 돌아다닌다. 모든 게 대기 상태다. (더 나은 상황이었다면 이 시간 동안 고객들에게 전화를 돌리며 걱정거리를 떨쳐버렸겠지만 지금은 그럴 만한 상황이 아니다.) 어브는 오후에 있을 예정이던 59년도 화이트삭스 야구팀 동료들과의 '술자리'를 포기하고 나와 함께 있기로 결심하고 밖으로 나가더니 새털라이트 햄버거가 담긴 불룩한 봉지 두 개를 들고 나타난다. 나는 어브와 함께 플라스틱 의자에 앉아 그 햄버거를 기계적으로 먹는다. 위에 매달린 텔레비전에서는 메츠와 애스트로스의 경기를 무음으로 생중계하는 중이다. 지금은 응급실이 바쁠 때가 아니다. 아마 나중이 되면, 즉 햇살이 약해질 무렵쯤이면 호숫가에서는 맥주를 폭음한 사람이 나타나고, 장타를 치려다 뼈가 부러진 선수가 나타나고, 또 원통형 폭죽에 대해 잘 알지도 못하면서 잘 안다고 까부는 사람이 나타나기 마련이며, 그때에야 여기 응급실 직원들은 시험대에 오르게 될 것이다. 지금까지는 칼로 자해해서 작은 부상을 입은 사람, 알 수 없는 가슴 통증을 호소하는 뚱뚱한 여자, 자동차 전복사고로 셔츠도 없이 충격에 덜덜 떠는 환자 하나만 들어온 상태다. 하지만 동시에 일어난 일들은 아니었으며 요란한 소동도 없었다(마지막 환자를 수송한 쿠퍼스타운 대원들은 돌아가는 길에 나를 보며 얼굴을 찌푸렸다). 그리고 그 환자들 모두 제발로 걸어 돌아갔다. 다들 오늘 하루가 유감스럽게 끝나버린 것에 혼쭐이 났는지 굳은 얼굴로 응급실을 나섰다. 다만 접수 데스크에 앉아 있는 간호사들만이 내내 밝은 분위기를 유지하고 있다. "내일 이 시간쯤이면 어떤 일이 벌어지나 한번 지켜봐." 호들갑스러운 표정으로 간호사 중 한 명이 말한다. "아마 러시아워 때의 그랜드센트럴역처럼 변할 거야. 독립기념일은 사고가 가자아앙 많이 일어나는 날 중 하나거든."

세시 무렵에는 짧은 머리에 뚱뚱한 체구의 한 젊은 목사가 무음으로 텔레비전을 보고 있던 나와 어브를 스쳐지나가더니 발걸음을 멈춰 다시 돌아온다. 고해성사를 할 때처럼 속삭이는 목소리로 혹시 무슨 문제라도 있는지, 만약 그렇다면 자신이 도와줄 일은 없는지 물어보고는(나는 첫번째 질문에 없다고 답하고 두번째 질문에도 없다고 답한다) 미소를 지으며 중환자 치료실로 사라진다.

달리 할일이 없는 듯 닥터 티사리스도 로비를 한두 번 돌아본다. 한번은 내게로 와서 '매사추세츠 안과 전문 병원'에서 근무한 바 있는 빙햄턴의 '망막 전문의'가 폴의 망막 파열을 공식 확인해줬다고 말해준다(그런데 나는 의사가 진찰실에 들어가는 모습을 전혀 보지 못했다). 그리고 '가능한 한 부인이 도착하는 대로 바로 수술했으면 좋겠고, 또 수술은 로톨로 박사—빙햄턴의 거물인—에 의해 집도될 것'이라고 말한다.

내가 폴을 만날 방법이 없느냐고 재차 묻자(구급차로 실려간 이후 폴을 전혀 보지 못했기 때문이다) 닥터 티사리스는 약간 귀찮다는 표정을 지으면서도 그러라고 허락해준다. 하지만 폴의 출혈을 '최소화'해야 하고 또 폴에게 진정제를 주사했으므로 몰래 바라보기만 하라고 당부한다.

닥터 티사리스가 바닥에 끽끽, 끽끽, 끽끽 하고 신발 끄는 소리를 내며 앞장서고 나는 어브를 남겨둔 채 그녀의 뒤를 따른다. 양쪽으로 여닫게 되어 있는 문을 열고 들어서자 밝은 조명 아래로 민트색 벽지에 소독용 알코올 냄새가 진동하는 탁 트인 공간이 나타난다. 초록색 병원용 커튼으로 분리된 진찰 구역들이 벽마다 배치되어 있다. 한쪽 구석에는 '외과수술'이란 팻말이 걸려 있는 병실 두 개가 있는데, 무거워 보이는 미닫이 출입문에는 각각 곡선 모양 손잡이가 달려 있다. 폴은 아마 그 두 병실 중 한 곳에 있을 것이다. 닥터 티사리스가 소리가 나지 않도록 고안된 미닫이문을 조심스럽게 열어젖히자 나는 비로소 아들의 모습을 볼 수 있게 된다. 폴은 철제 가로대와 바퀴가 달린 이동식 침상에 등을 대고 누워 있는데, 미라처럼 눈 주변에 붕대를 감고 있어 아주 부피가 커 보인다. 그러나 신발만 벽에 나란히 기대어 있을 뿐 여전히 검은색 클러지 티셔츠와 고동색 반바지 차림에 오렌지색 양말을 신은 채다. 팔은 초조하고 겸허하게 가슴 위에 올려져 있고 발은 뻣뻣하게 쭉 뻗은 모습이다. 별도의 아주 강한 조명이 붕대를 감고 있는 폴의 얼굴을 비추고, 폴은 나로서는 처음 보는 노란색 워크맨을 가슴에 올려놓고는 워크맨에 연결된 이어폰을 귀에 꽂고 있다. 내가 볼 때 특별히 큰 고통을 느끼고 있진 않은 듯하다. 감고 있는 붕대만 아니라면 폴은 세상사에 무심한 사람처럼 보인다. (혹은 죽은 사람처럼 보이기도 한다. 가슴이 위아래로 움직이지 않았을 뿐 아니라 손가락도 전혀 꿈쩍하지 않았으며 어떤 음악을 듣고 있는지 몰라도 열 개의 발가락조차 음악에 맞춰 까딱거리지 않고 있었기 때문이다.) 상처 난 귀에는 붕대가 새로 감겨 있는 게 보인다.

물론 나는 어서 달려가 폴에게 키스해주고 싶다. 하지만 만약 그게 불가능하다면 최소한 각종 기구를 담은 쟁반이나 산소 튜브, 세동제거기, 주삿바늘 버리는 통, 비닐장갑 통 등 사이에서 아들이 눈치채지 못하게 기다리기라도 하고 싶다. 등받이가 없는 푹신한 간호용 의자에 앉아 적어도 원칙상으로라도 아들에게 '유용한' 존재가 되고 싶다. 어차피 이제 진정한 조력자로서의 나의 시간도 거의 끝난 듯 보이고, 그처럼 심각하고 회복 불가능한 부상은 인생의 방향을 완전히 바꿔 이전의 부상당하지 않은 자아, 불안하지만 친숙한 자아를 뒤로한 채 전혀 새로운 길을 가게 할 수도 있기 때문이다.

하지만 내 바람은 실현되지 않고 나는 그저 닥터 티사리스와 함께 폴을 가만히 지켜보며 시간을 흘려보내고 있다. 그렇게 기다리길 약 삼 분, 드디어 폴의 가슴이 아래위로 움직이며 숨을 쉬는 희망적인 장면을 목격하는 바로 그 순간 쉬익 소리가 내 귀를 가득 채우는 느낌이다. 만약 누군가 뒤에서 '프랭크' 하며 큰 소리로 나를 불렀어도 아마 나는 그 쉬익 하는 소리 외에는 아무것도 듣지 못했을 것이다. 공기가 빠져나갈 때 나는 소리, 눈이 지붕에서 떨어질 때 나는 소리, 소나무 가지 사이로 바람이 불어갈 때 들리는 소리 같은 그 소리는 바로 수락의 의미였다.

별다른 이유 없이 폴은 갑자기 무슨 소리라도 듣거나(혹시 내가 들은 쉬익 소리였을까?) 누군가 자신을 지켜보고 있다는 사실을 깨닫기라도 한 것처럼 우리 쪽을 향해 얼굴을 돌린다. 붕대에 가려져 있어 붉고 검은 진한 어둠만이 감싸고 있는 지금, 아빠인 나 아니면 다른 어떤 사람의 존재를 느끼기라도 한 것일까? 폴은 곧 소년다운 우렁찬 목소리로 이렇게 말한다. "아, 옆에 누구죠?" 폴은 손가락을 약간 움직여 워크맨의 음량을 줄인다. 어쩌면 폴은 옆에 사람이 전혀 없는데도 몇 번이나 그렇게 말했을지 모를 일이다.

"티사리스 선생님이야, 폴." 아주 조용한 목소리로 닥터 티사리스가 말한다. "두려워할 필요 없단다."

귀에 들리던 쉬익 하는 소리가 멈춘다.

"누가 두려워한다고 그래요?" 폴이 붕대 속으로 우리 쪽을 바라보며 말한다.

"아직도 밝은 빛이나 강렬한 색깔 같은 게 보이니?"

"네," 폴이 대답한다. "약간요. 아빠는 어디에 있죠?"

"밖에 계셔." 닥터 티사리스의 차가운 손가락이 내 팔목을 지그시 눌러온다. 나는 말을 해서는 안 된다. 나는 이미 너무 많은 사고의 바이러스였다. "네 엄마가 도착하기를 기다리고 계시지. 엄마가 도착하면 곧 눈을 치료해줄게." 그녀의 빳빳한 가운이 문설주를 스친다. 나는 가운 사이로 이국적인 낯선 향기가 희미하게 풍겨나오는 걸 처음으로 느낀다.

"아빠한테 아빠는 너무 많이 통제하려 한다고 전해줘요. 걱정도 너무 많이 해요." 폴은 문신이 새겨진, 사마귀가 난 손을 자신의 흥분 기관 쪽으로 더듬더듬 가져가더니 어브처럼 그곳을 몇 번 긁어댄다. 불이 꺼져 있어서 아무도 아무것도 볼 수 없다고 생각한 것일까. 폴이 한숨을 쉰다. 위대한 지혜에는 대단한 인내심이 따르기 마련이다.

"알았어, 그대로 전해줄게." 닥터 티사리스가 딱딱하고 사무적인 말투로 답한다.

그런데 나를 움찔하게 만든 것은, 살짝이 아니라 무릎에서부터 기어올라와 입술을 비틀리게 할 정도로 나를 움찔하게 한 것은 바로 그 딱딱한 말투였다. 그 느낌이 너무나 갑작스럽고 또 강렬해서 나는 헛기침을 하고 고개를 돌려 침을 꿀떡 삼켜야 할 정도다. 이어 바깥 세계의 어떤 목소리가 나를 압도하는 듯하다. "그대로 전해드리죠. 유감입니다만 그 일자리는 이미 채워졌습니다. 몇 가지만 질문하겠습니다. 미안하군요, 지금은 당신과 이야기할 수 없어요." 이렇게 계속 이어지다 이런 말까지 들려온다. "유감입니다만 당신의 아버지, 당신의 어머니, 당신의 누이, 당신의 아들, 당신의 아내, 당신의 개 등 당신이 조금이라도 알고 있고, 사랑하고, 또 살아남기를 바라는 사람들 모두가 어딘가로 떠나버리고, 사라지고, 가버리고, 부상당하고, 상처받고, 또 죽었습니다." 반면 근심과 사랑, 인내, 초조함, 동료애, 부주의함, 이해, 그리고 친절한 묵인을 담은 채 침묵중인 나의 목소리는 기반을 잃어버린 오래되고 보잘 것없는 삶의 조그만 목소리일 뿐이다. 개성은 없지만 함께 나눌 수 있는 명예의 전당은 새로운 인생을 무난하게 시작할 수 있는 하나의 장이 될 수도 있었으나(사실 거의, 거의 그렇게 될 뻔했다) 결국은 그 자리를 예후와, 반향 없는 목소리와, 유쾌한 무관심과, 또 결코 누그러지지 않는 차가운 현실로 가득한 지역 병원에 내주고 말았다. (왜 우리는 계획이 잘못되는 경우에 제대로 대비되어 있는 법이 없을까? 바로 지금의 나처럼.)

"선생님한테도 아이들이 있어요?" 폴이 티사리스처럼 딱딱한 목소리로 의사에게 점잖게 질문을 던진다.

"아니, 없어." 그녀가 경쾌한 미소를 띠고 대답한다. "아직은."

나는 여기에 그대로 머물면서 자녀 양육에 관한 폴의 견해를, 그에 관해 독특한 경험을 했던 폴의 생각을 들어야 한다. 하지만 내 발은 듣고 싶지 않다는 듯 조금씩 뒤로 물러서며 방향을 바꿔 자리를 뜨고 만다. 나는 빠르게 방을 가로질러 문을 향해 재빨리 움직인다. 수년 전 폴이 집에서 '가상의' 친구를 만들어 열정적으로 대화를 나누는 걸 들었던 때와 비슷하다. 그때도 폴의 직관적이고 완벽한 능력에 나는 힘이 빠지고 마음이 아파 견딜 수 없어했다.

"만약 아이가 생기면," 폴의 목소리가 귀에 들려온다. "절대……"

그 정도면 됐다. 나는 철제 문을 열고 폴이 있는 방에서 서둘러 빠져나와 내가 속해 있는, 환자의 친척과 친구, 방문객들이 대기하는 서늘한 곳으로 돌아간다.

네시가 되어도 앤이 도착하지 않자 나와 어브는 병원 주변을 산책하기로 하고 잔디밭을 지나 햇살이 내리쬐는 오네온타의 오후 거리로 나선다. 여행을 다니면서도 오네온타에 와봐야겠다고 생각한 적은 한 번도 없지만 나는 지금 이렇게 오네온타에 와 있다. 더구나 근심에 차 초조하게 기다리는 아버지의 입장으로 오게 되리라고는 더더욱 생각하지 못했다. 생각해보면 내 인생은 늘 이런 식이었던 것 같긴 하지만.

어브는 기분이 한층 좋아진 듯하다. 순전히 이는 어브가 심각한 사건에 대기하고는 있으나 그 사건이 자신에게는 그다지 심각한 일이 아니며, 혹시 일이 잘못되더라도 정말로 자기 가족을 잃지는 않기 때문이리라. (쉽게 예를 들자면 뷰라 숙모의 두번째 남편인 비스마르크 출신 버니가 할아버지 장례식에서 농담을 던지는 경우와 비슷하다. 그렇게 함으로써 그들은 모든 이의 기분을 좀더 가볍게 만들어주는 역할을 한다.)

우리는 잘 깎인 버뮤다 잔디밭을 단호하게 가로질러 따듯한 인도로 들어선다. 중심가 쪽으로 급하게 내려가는 언덕길이다. 예배가 끝난 뒤라서 그런지 오가는 차량들이 더 늘어나 있다. 태곳적부터 여기에서 번성해온 활엽수들의 후손, 즉 미국호두나무들과 히코리나무들이 오래돼서 부서져가는 콘크리트를 뚫고 뿌리를 내밀고 있어서 산책하기가 만만한 길은 아니다. 옹벽 위에 자리잡은 고지대에서는 아래쪽으로 경사진 길을 따라 아주 오래전에 지어진 낡은 집들이 늘어서 있다. 세월이 흐름에 따라 모든 집들이 하나같이 색이 바래고 낡아버렸으므로 (만약 필요한 조치가 시급히 취해지지 않는다면) 아무 가치도 없는 물건이 될 게 분명해 보인다. 아예 사람이 살지 않는 집도 있고, 성조기가 걸린 집도 있으며, 친숙한 노란 리본이 걸린 집도 있다. 그 밖에도 임대, 매매, 서두르면 수수료가 무료라는 팻말이 걸린 집들도 보인다. 부동산 업계에서는 이런 집들을 '목수의 추천' '신혼부부를 위한 첫번째 집' '당신만을 위한 집' '미스터리를 담고 있는 집' '절충 가능'이라고 홍보한다. 모두 시세가 점점 떨어져 손실을 안겨줄 집을 뜻하는 은어들이다.

어브는 그답게 내게 진지한 화제를 던진다. 바로 '연속성'에 관한 화제다. 어브는 최근 자기 인생이 '전부' 이 '연속성'이란 문제와 큰 관련이 있는 것 같다고 말하면서 자신의 문제는 유대인으로서의 정체성, 살겠다는 욕구, 역사의 무게, 그리고 그가 키부츠*에서 보낸 인생의 중요한 시기와 '결부'되어 있다는 인식을 기꺼이 받아들이게 되었다고 털어놓는다. 어브의 말에 따르면 그는 첫번째 결혼이 파국으로 끝나고 인생의 '연속성'이 끊어지자, 키부츠로 가서 마르고 거친 성서의 땅을 개척하고, '토라**'를 읽고, 이스라엘군에서 육 개월 동안 신경질나는 군생활을 했으며, 이후 마침내 역시 키부츠에 정착해 있던 (셰이커하이츠*** 출신의) 한 여자와 결혼했다. 하지만 그 결혼마저 오래 지속되지 못해 통렬한 비난과 악담과 종교적 실망으로 가득한 이혼으로 끝나고 말았다.

"프랭크, 난 키부츠에서 많은 것을 배웠어요." 우리가 중심가를 향해 빠른 걸음으로 내려가는 동안 갈라진 아스팔트에 라탄 샌들이 철썩철썩 부딪히는 소리를 내며 어브가 말한다. 별다른 목적지가 없었던 우리는 자연스럽게 '다이어리 퀸'이란 붉은색 간판이 걸린 가게를 목표로 걸어가기 시작한다. 그 위쪽은 주택이라곤 없는 오네온타의 유흥지역이라 왠지 이방인에게는 위험한 곳으로 느껴진다(어쩌면 주택가에서 유흥가로 바뀌고 있는 중인지도 모른다).

"그곳에 가봤던 사람들의 말을 들어보니 다들 그렇게 마음에 들진 않았지만 어쨌든 아주 흥미로운 곳이었다고 하더군요." 내가 말한다.

---

* 이스라엘의 집단농장.

** 유대교 경전.

*** 오하이오주의 도시.

솔직히 어브를 제외하면 내가 아는 사람들 중 그곳에 다녀왔다고 시인한 사람은 아무도 없다. 키부츠에 대해 내가 아는 거라곤 〈트렌턴 타임스〉에서 읽은 기사에 나온 내용뿐이다. 하지만 어브는 인생을 형편없게 보게 만드는 부류의 사람이 아니다. 왜냐하면 어브는 골칫거리 같은 인간들과는 전혀 거리가 먼 점잖고 사려 깊은 사람이기 때문이다. (젊은 시절의 어브 모습이 떠오른다. 그는 아주 어릴 때부터 인생을 스스로 개척해나가야만 했던, 원기왕성하고 싹싹하며 또 잘 속아넘어가면서도 생각은 깊은 덩치 큰 소년이었다.)

"프랭크, 알다시피 유대교는 반드시 유대교회에서만 길러지는 게 아니에요." 어브가 엄숙한 표정으로 말한다. "스코키에서 자랄 때도 항상 그렇게 생각한 건 아니었어요. 어쨌거나 우리 가족이 아주 독실한 건 아니었으니까요." 철썩, 철썩, 철썩. 그때 이 지역 건달로 보이는 녀석들이 불룩한 이두박근으로 이 지역 애인들을 안은 채 잘 빠진 트랜스 암 자동차와 개조한 검은색 에스텐 트럭을 몰고 이스트 메인 스트리트를 지나간다(몬자는 없다). 어브와 나는 마치 전통의상을 입은 라트비아 출신 시골뜨기처럼 지금 여기에 이렇게 서 있지만 그렇다고 불편함을 느끼진 않는다. 어쨌든 여기도 우리의 조국이니까. (캔자스시티에서 반경 3천 킬로미터 이내에 있는 곳이라면 어디든, 공용어 하나만으로도 우리는 신참들에게 주어지는 승인을 받을 수밖에 없다. 하지만 그렇다고 행운을 기대하며 키부츠 같은 낯선 곳을 기웃거리다가는 뜻하지 않은 곤란을 겪을지도 모른다. 지금도 이렇게 걸어가는 우리를 이따금 적대적인 시선으로 노려보는 이들이 있지 않은가.)

"자녀들이 있나요, 어브?" 오늘은 종교적인 얘기—연속성이란 문제는 차치하고—가 불편한 내가 묻는다. 그 얘기만 아니면 뭐든 행복할 것 같다.

"아이는 없어요." 어브가 말한다. "난 아이를 원하지 않았어요. 그 때문에 두번째 아내와 불화를 겪었죠. 두번째 아내는 이혼 후 바로 재혼하더니 아이를 많이 낳았다더군요. 서글프게도 헤어진 후에는 전혀 연락할 수가 없었습니다. 그들은 나를 멀리했습니다. 그런 일이 일어날 줄은 몰랐어요." 어브는 인생의 미스터리를 기꺼이 받아들이면서도 놀란 듯 보인다.

"그런 문제에서는 항상 자신감 있는 생각이 부족하게 되는 것 같아요. 일부 침례교 신자나 장로교 신자처럼."

"사르트르는 스스로 실행하지 않는 한 자유는 1니켈의 값어치도 안 된다고 했죠."

"사르트르다운 말이군요." 그렇게 말하면서 나는 내가 그동안 히피 코뮌이라든가 브룩 팜*, 키부츠 등 바보처럼 유토피아적인 이상을 추구했던 공동체들에 대해 어떻게 생각해왔는지 되돌아본다. 내 생각은 이렇다. '정말 독립적인 사회를 만들었다고 가정해보라, 그럼 모두가 히틀러처럼 변할 것이다.' 더구나 어브같이 선량한 사람에게도 도움이 되지 못하는 곳이라면 우리 같은 보통 사람들은 그저 지금 살고 있는 곳에 그냥 머무는 편이 낫다. 이런 생각이 '연속성'과 관련이 있는지는 모르겠지만 꼭 알아야 할 것 같다.

걸어가는 도중 우리는 낡은 건물에 있는 지저분한 중고품가게를 지

* 히피 코뮌과 브룩 팜 모두 19세기 초 미국에서 다양하게 시도된 공동체 생활의 형태.

난다. 쇼윈도를 통해 가게 안을 들여다보니 움푹 들어간 데가 있는 찻주전자, 호텔용 목재 옷걸이, 망가진 와플 틀, 승마용구 일부, 스노타이어, 빈 액자, 책, 전등갓이 마구잡이로 쌓여 있고 그 뒤로 그늘진 콘크리트 바닥에도 온갖 쓰레기를 쌓아놓은 더미가 보인다. 분명 파산한 후 줄 사람을 찾지 못해 그냥 내버려두고 떠난 물건들이리라. 그런데 쇼윈도를 힐끗거리며 걸어가던 나는 뜻밖에도, 또 기분 나쁘게도 유리에 비친 내 모습을 목격하고 만다. 가게 물건들보다 밝은색을 띠기는 하지만 그래도 침침하게 비친 나는 놀랍게도 어브보다 족히 머리 반 개 정도는 작아 보이는데다 반쯤 구부정한 자세로 걷고 있다. 마치 어떤 거대한 힘이 내 몸을 묶은 다음 뱃속의 힘줄을 당겨 확신컨대 나로서는 결코 상상해본 적 없던 방식으로 어깨를 구부러지게 만든 것처럼 보였고 그 모습에 나는 충격을 받고 만 것이다! 물론 어브는 유리창에 비친 우리의 모습 따위는 안중에도 없다. 나는 곧 마네킹처럼 어깨를 곧추세우고 숨을 깊이 들이마시면서 몸 전체를 쭉 펴고 등대처럼 고개를 돌린다. (어제 자동차에서 내려 '센트럴 레더스타킹 지역'을 굽어보며 몸을 풀었던 동작과 별반 다르지 않지만 이번에는 좀더 의도가 분명하다.) 나와 달리 어브는 우리가 언덕 아래에 다다를 때까지 그 '연속성'이란 문제를 계속 설명한다. 언덕을 다 내려오자 책상 두 개만 달랑 있는 허름한 부동산 사무실이 나타난다. 멀리서는 잘 보이지 않았지만 가까이 다가가니 '시티 오브 힐스 부동산'이란 간판이 눈에 들어온다.

"그건 그렇고," 나의 맹렬한 스트레칭을 전혀 눈치채지 못하고 곧장 걸어가던 어브가 오후의 더위를 식히기 위해 황금색 카디건의 단추를 풀면서 말한다. "친구가 많나요?"

"그렇게 많진 않아요." 목을 뒤로 빼고 어깨를 세우며 내가 말한다.

"나도 그렇습니다. 시뮬레이션 일은 그룹으로 이루어지지만, 나는 혼자 느긋하게 사막을 산책하거나 캠핑 가기를 더 즐기죠."

"저는 아마추어 송어 낚시꾼이 되었죠." 이렇게 말하면서 나는 조금 빠른 속도로 걷는다. 어깨와 목을 곧추세우자 야구공에 맞았던 부위의 통증이 되살아난다.

"그래요? 그럴 것 같았어요." 어브가 왜 그렇게 생각했는지 잘 모르겠다. "여자친구는? 거기에 아주 정착한 건가요?"

"글쎄요." 나는 참으로 오랜만에 샐리를 떠올린다. 오늘 샐리가 기차를 타기 전에 사우스 맨틀로킹 해변으로 꼭 전화를 걸어야 한다. 계획을 수정해 내일 만나기로 해야 할 것이다. "거의 그렇다고 할 수 있죠."

"결혼 계획은요?"

나는 고개를 돌려 두 아내를 떠나보내고 이제 세번째 결혼을 고민중인 어브를, 이십오 년 동안이나 보지 못했음에도 나쁜 일을 겪은 나를 기꺼이 위로해주려 자신의 소박한 자아를 정직하게 드러내고 있는 어브를 보며 미소 짓는다. 장담컨대 인간적 선량함은 대체로 그 가치가 몹시 폄하되곤 한다. "지금은 독신이에요, 어브."

우리가 어느 정도 같은 배를 탈 만하다는 게 만족스럽기라도 했는지 어브가 고개를 끄덕인다. "사실 연속성에 대한 내 생각을 제대로 설명한 건 아니었어요." 어브가 말한다. 그저 내가 "유대인이라서 그런 생각을 하는 거겠죠. 다른 사람들에게는 다른 뜻으로 받아들여질 수도 있을 겁니다."

"그렇겠죠." 나는 샐리의 전화번호 열 자리와, 몇 번의 신호음 후에 전화를 받을 샐리의 다정한 목소리를 떠올린다.

"부동산 일을 하다보면 모든 사람들이 그것을 바란다는 점을 아주 잘 알 수 있으리라 생각해요. 그러니까 공동체적 의식 속에서 말이죠."

"사람들이 뭘 바란다는 거죠?"

"연속성 말입니다." 내게서 뭔가 저항의 기미를 발견하고 더이상 자신의 대화 주제를 고집하지 않기로 했는지 어브가 미소를 지어 보인다(나도 그럴 생각이다). 그리하여 우리는 굳이 말할 필요도 없는 상호이해 속에서 이곳에 뿌리를 박은 듯한 다이어리 퀸 건너편에 도착한다.

"어브, 나는 사실 공동체가 연속적이라고는 생각하지 않아요." 내가 말한다. "나는 영구성이라는 환상을 조금이나마 실현하려 애쓰는 고립적이고 임의적인 집단이 바로 공동체라고 봅니다. 물론 그 증거도 많아요. 공동체도 영구성이란 것이 환상에 불과함을 아주 잘 알고 있어요. 말이 되는지는 모르겠지만요. 구매력이 그 수단이죠. 하지만 연속성은, 내가 제대로 이해했다면, 공동체와 거의 관련이 없어요. 부동산업이 그리 좋은 비유가 아닐 수도 있겠죠."

"일리 있는 말이군요." 어브가 말한다. 내 말에 전혀 동의하지 않는 게 분명해 보인다. 하지만 어브는 공동체에 관한 나의 정의가 그가 키부츠에서 겪었던 좋지 않은 경험뿐 아니라 시뮬레이션의 일반적인 개념과도 정확히 맞아떨어진다는 데 만족하지 않을 수 없을 것이다. (사실 '공동체'는 내가 몹시 싫어하는 단어들 중 하나다. 그것이 지닌 모든 실제적인 의미가 매우 의심스럽기 때문이다.)

나는 어브와 키가 거의 비슷해 보이는 정도까지 몸을 한껏 세운다. 그럼에도 생명에 위협을 가하고 원래 비공동체적인 아랍인들을 경계하며 갈릴*을 어깨에 메고 메마른 땅을 일구며 몇 달을 보낸 어브였기에 그의 체구는 나보다 월등하다.

"하지만 프랭크, 그것만으로도 충분하지 않을까요? 영구성이라는 환상 말입니다." 어브가 열정적인 태도를 보이며 말한다. 그리고 이것이야말로 그가 모든 사람들을 상대로 씨름했던 주제이자 그의 진정한 관심사라는 게 분명해진다. 어브가 자신의 행복한 인생을 시뮬레이션의 한계를 넘어선 좀더 확실한 문제에 관한 공식적인 탐구로 만들어버린 이유가 바로 그것이었다. 반면 나의 관심사는, 아직 어디라고 구체적으로 정한 곳은 없으나 상당한 기대를 품고 있는 그 어떤 곳으로의 여행이다.

"무엇에 충분하다는 거죠?"

우리는 길을 건너 다이어리 퀸으로 들어선다. 오래된 마을에 어울리는 '낡은' 곳으로, 생기 없고 황폐하다. 오네온타가 아직 확실한 관광도시로 자리잡지 못했음을 말해주고 있다. 프랭크스보다 나은 구석이라고는 눈을 씻고 찾아봐도 없다. 하지만 다이어리 퀸은 내 가게와 충분히 유사해 보인다. 그 앞에 서 있는 것만으로도 익숙한 느낌이 들 만큼.

"연속성에 관한 생각이 내 머리에서 떠나질 않아요." 어브가 팔짱을 낀 자세로 말한다. 우리는 오네온타 사람들이 선 짧은 줄 뒤에 서서 손으로 직접 쓴 메뉴판을 들여다보는 중이다. 내가 제일 좋아하는 '초콜릿 코팅' 아이스크림을 찾는 동안 나는 상황에 맞지 않게 잠시 행복한 기분에 젖어든다. "병원에서 기다리는 동안 이런 생각이 들었죠." 레반트** 사람

* 이스라엘이 개발한 자동소총.

** 그리스와 이집트 사이 동지중해 연안지역을 통틀어 이르는 말로, 시리아, 레바논, 이스

특유의 큼직한 입에 어색한 미소를 흘리며 어브가 말한다. "우리 부모가 결혼할 때 당신과 나는 우리 아버지 집에 있었어요. 나는 당신 어머니가 돌아가실 때도 그 자리에 있었죠. 우리가 서로에 대해 잘 알고 있던 시절이었습니다. 그런데 이십오 년 동안 얼굴도 못 보다가 북부의 숲 한가운데서 우연히 마주쳤어요. 그 녀석과 녀석의 눈을 걱정하는 동안 나는 비로소 깨달았죠. 프랭크 당신이 내게 유일하게 남은 그 시절과의 연결고리라는 사실을 말이에요. 이 사실에 대해 흥분해서 떠들어대려는 건 아니지만 그래도 당신은 다른 누구보다도 나의 가족만큼 가까운 사람이에요. 그런데 우리는 서로를 잘 모르지 않습니까." 어브는 자기가 먹을 아이스크림을 고르면서 나는 쳐다보지도 않은 채, 그 크고 두툼하며 털이 수북하고 새끼손가락에는 반지가 끼워진 손을 내 어깨에 올리고는 놀라운 듯 고개를 젓는다. "잘 모르겠군요, 프랭크." 그는 나를 슬쩍 쳐다보고는 다시 메뉴판으로 시선을 돌리고는 이렇게 말한다. "인생이란 참 묘해요."

"맞아요, 어브." 내가 말했다. "정말 묘하죠." 어브에 비해 작은 손이지만 나 역시 어브의 어깨에 손을 얹는다. 이후 우리는 다이어리 퀸의 줄 끝에 서서 더이상 흥분해서 대화를 나누거나 상대에게 집중하지는 않지만 서로의 얼굴을 신중하게 쳐다보면서 조심스럽게, 하지만 그 의미는 분명하게 서로의 어깨를 몇 번 두드린다. 그러나 오늘처럼 이상한 날이 아니라 평상시였다면 아마 나는 이 기괴한 짓을 참지 못하고 당장 전속력으로 달아나버렸을 것이다.

라엘이 이에 속한다.

"앞으로 얘기해야 할 것들이 참 많을 겁니다." 예언이라도 하듯 어브가 말한다. 어브가 내 어깨에 계속 손을 얹고 있으니 나도 손을 그 자리에 그대로 둬야 할 것만 같다. 불편하게 팔을 뻗었지만 포옹은 아닌 어정쩡한 자세로 말이다. 우리 앞쪽에 서 있던 오네온타 사람 몇 명이 이런 일에 말려들고 싶지 않다는 듯이 경고의 눈빛을 보내며 눈살을 찌푸린다. 마치 억누를 수 없을 정도로 위태롭게 분출하는 감정이 커피가 튀듯 자신들에게 튀지 않을까 경계하는 것 같다. 그러면 폭력 사태를 피할 수 없을 거라는 듯이. 하지만 우리는 이 정도까지가 다일 것이다. 그 정도는 장담할 수 있다.

"아마 그렇겠죠, 어브." 과연 앞으로 얘기해야 할 것이 무엇인지도 모른 채 어쨌든 난 이렇게 대답한다.

그때 다이어리 퀸 안에 있던 그림자 하나가 곧 떨어질 듯한 창문을 밀어서 닫는다. 그 창문에는 죄송합니다, 영업 종료입니다라고 적혀 있다. 그리고 가게 안에서 이렇게 말하는 소리가 들린다. "이쪽에서 주문 도와드리겠습니다." 그러나 오네온타 사람들은 혹시 어브와 내가 다른 창문으로 갑자기 뛰어가지는 않을까 하는 걱정에 망설이는 표정이다. 하지만 우리는 뛰지 않는다. 그들은 원래 기다리던 창문을 의심스럽다는 듯이 돌아보더니 다른 새로운 창문으로 무리를 지어 떠나버린다. 그래서 어브와 나는 줄 맨 앞에 서게 된다.

언덕을 올라 되돌아가는 길에 우리는 선교사처럼 근엄한 얼굴을 하고 나란히 걷고 있다. 내 손에는 순식간에 녹고 있는 콘에 담긴 '초콜릿 코팅' 아이스크림이 들려 있고 어브의 손에는 그 큰 손에 딱 맞는

'보트 모양' 접시에 담긴 딸기 아이스크림이 들려 있다. 어브는 많이 들뜬 상태지만 폴의(그 녀석의) 부상 때문에 자제하고 있는 듯하다.

그럼에도 어브는 최근 들어 (유대인이기 때문이 아니라) 나이가 마흔다섯 살에 이른 것과 관련 있어 보이는 '이상한 시기'에 접어들었다고 털어놓는다. 어브는 자신이 자신의 과거로부터 분리되는 듯한 느낌을 받고 있는데, 결국에는 자신이 점점 축소되고 있다는 공포감을 느끼는 지경(고된 시뮬레이션 업무 덕분에 선을 넘어선 것은 아니지만)에까지 이르렀다고 한다. 실제 육체적인 의미에서의 축소는 아니지만 정신적인 의미에서 분명 그런 공포를 느낀다는 것이다. "말로 설명하기가 힘들군요. 그 심각성을 정확히 표현하기가 어려워요." 어브가 나에게 분명하게 말한다.

어브가 말하는 동안 나는 하늘을 올려다본다. 끈끈한 냅킨은 내 손바닥 안에서 단단하고 푸석한 공으로 변해버린다. 대화가 잠시 중단된 동안 꽉 다문 입술에 다시 힘이 들어가기 시작한다. 문득 하늘을 올려다보니 갈매기떼가 언덕 꼭대기에 있는 오래된 활엽수림을 배경으로 쾌청한 오후의 하늘 위를 어지럽게 뱅뱅 돌고 있다. 울음소리조차 들리지 않을 정도로 아주 높은 곳에서. 나는 궁금해진다. 바다에서 아주 멀리 떨어져 있는 이곳에 웬 갈매기란 말인가?

축소에 대한 공포심은 물론 내가 아주 잘 알고 있는 바다. 나는 이를 '소멸에 대한 공포'라고 부르는데 사실 더이상 더 자세히 알고 싶은 마음은 전혀 없다. 그런데 어브의 경우에는 정상적인 사람이라면 환희를 느껴야 할 순간—즉 파란 하늘을 배경으로 수많은 갈매기들이 어지럽게 날고 있을 때, (어제 내가 그랬듯) 예기치 않게도 햇살이 비치는 계곡에서 태고의 아름다움을 간직한 빙하 호수를 발견했을 때, 여자친구의 눈에서 무한한 사랑을 발견하거나 그런 그녀가 오직 당신의 행복을 위해 헌신하길 열망하여 당신은 이를 그저 허락할 수밖에 없을 때, 아니면 오래된 마을의 인도를 돌아서다 갑자기 강렬한 향기를 맡고 모퉁이를 돌았더니 전혀 예상치 못한 공원이 나타나 부처꽃과 샤스타데이지가 만개한 화단을 보게 되었을 때—에 죄책감이나 좌절, 심지어 죽을 것 같은 느낌을 받는다는 점이 달랐다. 그는 그것을 '공포의 엄습'이라고 칭한다. 어브는 처음에는 경탄할 정도로 멋지지만 다음에는 끔찍하게 느껴지다가 또 그다음에는 점차 무감각해지면서 결국에는 아무런 감정도 느껴지지 않는 것들은 '작은 것에서부터 큰 것까지' 다양하다고 이야기한다. "어떤 나쁜 느낌이 나를 서서히 갉아먹는다는 생각에 미쳐버릴 지경이죠." 어브가 플라스틱 숟가락으로 길쭉한 핑크색 보트 모양 접시 밑바닥을 긁어대며 눈썹을 찌푸린다.

솔직히 말하면 어브에게서 이런 우울한 이야기를 듣게 된 나는 무척 놀라고 만다. 유대인적인 기질과 타고난 낙천주의가 어브를 지켜줄 거라 생각했지만 나의 추측은 빗나갔다. 하긴 생각해보면 타고난 낙천주의는 은밀한 공격에 가장 취약한 기질이 아니던가. 유대인적인 기질이 어떤지는 잘 모르겠지만.

"결혼에 대한 내 견해는 이래요." 아까 어브는 사람과 인연을 맺기가 이상하게도 꺼려진다고, 체구는 작지만 다부진 몸매의 어마를 세 번째 오른스타인 부인으로 맞아들이기가 망설여진다고 말한 바 있다. "그러니까, 나는 결혼에 최선을 다할 거라고, 나의 모든 것을 바칠 준비가 돼 있다고 늘 생각했어요. 하지만 86년 무렵부터 그 결혼이라는 것이 나 자신을 잃어버리는 사건이 되지 않을까 하는 두려움에 시달리기 시작했습니다. 어마와의 결혼의 경우 나 자신을 잃어버리고 엉뚱한 사람이 되어버리지 않을까, 그래서 그 사실을 영원히 후회하게 되지 않을까 하는 느낌이에요." 어브가 나를 슬쩍 쳐다본다. 분명 자신의 비통한 고백을 들은 내가 어떤 표정을 짓는지 보기 위해서이리라. 그리고 이런 말로 얘기를 마무리한다. "물론 저는 어마를 사랑합니다."

이제 우리는 병원 잔디밭 근처에 다다른다. 나의 기분과 빛이 바뀐 후에 바라보니 오래된 히코리나무와 참나무 뒤편의 초라하고 다 무너져가는 듯 보이던 집도 그렇게 낡아 보이지 않는다. (잘 팔리지 않는 집이 있다면 다음과 같은 원칙에 따라야 한다. 그 집을 두 번 보게 할 것. 한결 나아 보일 것이다.) 나는 뒤로 돌아 언덕과 마을을 내려다본다. 오네온타가 한층 다정하고 편안한 장소로 다가온다. 솔직히 말해서 부동산 매물을 팔고 싶은 곳이 아니라, 가족들이 떠나고 당신만의 방법으로 외로움과 투쟁하며 살아가기에도 괜찮은 곳이라는 말이다. 아까 봤던 갈매기들은 어느새 사라지고, 나무 꼭대기를 맴도는 오후의 공기는 어느새 곤충을 잡으며 먼지처럼 하늘을 덮고 있는 저녁 칼새들에게 자리를 내주고 만다. (나는 샐리뿐만 아니라 마크햄 부부에게도 전화해야 하지만 그 둘을 차례로 떠올려봐도 왠지 꼭 그래야 한다는 필요성이 느껴지지 않는다.)

"내가 했던 말 중 어느 하나라도 와닿는 게 있나요?" 상대는 아무 말도 없는데 혼자만 미친 사람처럼 마구 지껄인 걸 아는지 어브가 진지하게 물어온다. 하지만 형제 사이라면 얼마든지 그럴 수 있다.

"전부 와닿았어요." 미소를 보내며 내가 말한다. 병원으로 들어가기 전, 나는 주머니에 손을 깊숙이 찌른 채 더운 바람을 맞고 서 있다. 당연한 말이지만 나는 어브가 느꼈던 바를 수백 번도 더 경험했다. 그러나 '존재의 시기'를 구성하는 모든 요소인 끈기, 포기, 상식, 회복력, 원기 등의 일반적인 처방 말고 내가 제시해줄 수 있는 해결책은 단 하나도 없다. 물리적 고립과 정서적 유리를 구분함으로써 표면상 문제를 해결할 수 있는지는 몰라도 그에 상응하거나 더 큰 문제를 야기할지도 모른다.

그때 지나가던 픽업트럭의 누군가가 차창 밖으로 오니 수아 크 말 이 팡스*처럼 들리지만 물론 그 말은 아닌 어떤 말을 크게 소리치더니 속력을 한껏 높이며 사라진다. 티셔츠 차림에 진지한 표정의 젊은 백인 녀석으로, 옆자리에는 천박해 보이는 새빨간 입술에 통통한 체구의 젊은 여자가 조롱하는 표정을 띤 채 머리 뒤로 손깍지를 끼고 앉아 있다. 나는 그저 웃으며 손을 흔들어주지만 어브는 여전히 자신의 문제에 사로잡혀 있다.

"당신에게서 그런 얘기를 들어서 좀 놀랐어요, 어브." 약간의 도움이라도 주고자 내가 다시 얘기를 꺼낸다. "어마한테 가서 결혼하자고 얘기하는 게 어쩌면 일종의 작은 영웅적 행위일지 몰라요. 설사 퇴짜를 맞더라도 말이죠. 당신은 극복해낼 수 있을 거예요, 키부츠에서 잘 해냈던 것처럼." (퇴짜를 맞는 게 다른 사람이면 나는 이렇게 허풍을 떨어댄다.) "그런데 키부츠에는 언제 간 거죠?"

"십오 년 전입니다. 나한테 큰 인상을 주었어요. 앞으로는 흥미롭게

---

* honi soit que mal y pense. 영국의 최고 훈장인 카터 훈장에 기록된 유명한 프랑스어 문구로, '사악한 마음을 가진 자에게 치욕 있으라'는 의미.

느껴질 테죠." 어브가 고개를 끄덕이며 말한다. 하지만 사실 그는 또 다시 키부츠에서의 경험이 흥미로웠다고는 전혀 말할 수 없으며 오히려 자신이 아는 한 가장 미친 짓임을 인정하고 있다. 비록 안쓰러운 지금의 내 처지 때문에 그렇지 않은 척 가장하고 있지만 말이다. (1973년이라니, 나는 키부츠에서의 경험이 작년 9월에 있었던 일인 줄 알았다!) 어브는 자신이 알고 있는 어떤 향기를 찾으려는 듯 공기를 들이마시며 코를 킁킁거린다. "프랭크, 하지만 지금은 그런 기회를 찾을 때가 아닌 것 같습니다. 당신을 지루하게 만든 그 연속성이란 문제에 대해 고민이 많거든요. 어디로 가야 할지를 알기 전에 내가 어디에서 왔는지 분명히 알고 싶습니다. 그러니까 내 말은, 현재의 부담을 벗어버리자는 거예요." 어브가 나를 보고 신중히 고개를 끄덕이며 말한다.

"어떻게요? 가계도라도 만들 생각인가요?"

"어, 예를 들면 오늘, 그러니까 오늘 오후에 있었던 일도 그런 맥락에서 의미가 있다고 할 수 있죠."

"나도 그래요." 하지만 나는 어브가 하는 말을 완전히 확신하지 못한다. 아마도 이는 샐리가 월리에 대해 했던 말, 그러니까 월리를 앞으로 다시는 보지 못할 것이며 따라서 이에 익숙해져야만 한다고 했던 말과 비슷할지 모른다. 다만 지금의 상황은 그와 정반대다. 즉 나는 앞으로 어브를 계속 보게 될 것이며 이는 내게 반가운 일이다. 뭐 그렇다고 그것이 내게 중대한 영향을 끼치진 못하겠지만.

"좋은 신호라고 생각하지 않나요, 네? '토라'를 보면 이런 말이 나오죠. 당신이 이해한다는 사실을 깨닫기 훨씬 오래전부터 당신은 이미 이해하기 시작했다."

"영화 〈34번가의 기적〉에 나오는 말 같은데요." 선한 사람이지만 너무나 많은 시뮬레이션과 연속성에 대한 생각으로 다소 멍해진 듯한 어브를 향해 내가 미소를 지어 보인다. "『예언자』*에는 분명 그런 말이 나오죠."

"그 책은 읽어본 적이 없네요." 어브가 근엄한 표정으로 말한다. "프랭크, 여기 보여드릴 게 있어요. 아마 깜짝 놀랄 겁니다." 어브는 스웨트팬츠 뒷주머니를 뒤지더니 500달러는 나갈 듯한 얇은 지갑 하나를 꺼낸다. 그리고 시선을 아래로 집중한 채 엄지손가락으로 신용카드와 종이들을 훑다가 세월의 무게 때문에 약간 흐늘흐늘해진 카드 비슷한 종이를 꺼낸다. "한번 보세요." 방금 꺼낸 종이를 건네며 어브가 말한다. "몇 년 동안 간직하는 중이죠. 오 년 정도 된 것 같군요. 이유가 무엇일지 한번 맞혀봐요."

나는 어브가 내민 카드를 들고 햇빛을 등진 채 살펴본다. (자세히 보니 어브는 그게 얼마나 중요했으면 코팅을 해두는 수고까지 했다.) 그런데 그것은 카드가 아니라 흑백사진으로, 여러 번 코팅을 했는지 기억만큼이나 뿌옇고 침침하다. 사진을 보니 부모와 사춘기 소년 두 명으로 구성된 일가족이 불안한 표정으로 얼굴을 비추는 그 옛날의 한줄기 햇빛과 카메라를 향해 눈이 부신 듯 눈을 찡그린 채 엷은 미소를 띠고서 현관 계단 앞에 당당한 포즈로 서 있다. 이들은 누구인가? 여기는 어디인가? 언제 찍은 사진인가? 하지만 잠깐만 보고도 나는 그것이 어브의 풋풋한 스코키 시절에 찍은 한때의 핵가족 사진임을 알 수 있다.

* 레바논 시인 칼릴 지브란의 시집.

한없이 정겹고 시뮬레이션은 할 필요가 없던 그 시절의 사진 말이다.

"놀랍네요, 어브." 나는 고개를 들어 어브를 보고는 예의상 한번 더 사진으로 눈길을 돌린 다음 곧 그에게 되돌려준다. 이제는 아버지로서의 내 역할로, 현재의 부담으로 돌아가야 한다.

멀지 않은 곳에서 물에 젖은 듯 투투투투 하는 소리가 들려오고, 나는 폴과 같은 응급상황에 대비해 병원에 헬기 착륙장이 마련돼 있음을 깨닫는다. 앤이 도착한 모양이다.

"바로 우리들이에요, 프랭크." 놀랍지 않으냐는 표정으로 폴이 나를 바라본다. "당신, 아버지, 어머니, 그리고 나 말입니다. 1963년에 스코키에서 찍었죠. 이미 많이 여위어 보이지만 당신 어머니가 얼마나 아름다웠는지 알 수 있을 겁니다. 우린 그때 모두 현관에 모였어요. 기억납니까?" 축축한 입술, 안경 뒤로 보이는 행복한 눈. 어브는 나를 바라보며 내가 그 소중한 유물을 다시 볼 수 있도록 앞으로 내민다.

"잘 기억나지 않는 것 같네요." 나는 아주 오래전의 내 과거를 간직한 그 조그만 창문을 어쩔 수 없이 또 들여다본다. 하지만 불현듯 가슴이 빠르게 뛰며 아파오기—어브가 말한 공포의 엄습과는 거리가 먼, 전혀 예상치 못한 아픔이다—시작하는 바람에 다시 사진을 돌려주고 만다. 나는 자신의 엄마조차 잘 모르는 척하는 그런 사람이다. 어쩌면 나는 정치판에 뛰어들어야 했는지도 모르겠다.

"사실 나도 잘 기억은 안 나요." 어브는 수백만 번도 더 봤을 사진 속의 자기 얼굴을 유심히 바라본다. 사진 속 자신의 얼굴에서 한줄기 동시성이라도 쥐어짜보려는 듯이. 마침내 어브는 고개를 몇 번 젓고는 지갑의 다른 물품들 사이로 사진을 꽂아넣은 뒤 지갑을 원래 있던 바지 주머니에 넣어버린다.

나는 헬기를 찾기 위해 하늘을 둘러보지만 헬기는커녕 새 한 마리조차 보이지 않는다.

"뭐, 물론 그리 대단한 물건은 아니죠." 어브는 다소 미적지근한 내 반응에 자신의 기대를 맞추려는 듯하다.

"어브, 이만 안에 들어가봐야겠어요. 아내가 탄 헬기가 도착한 것 같아요." (이게 평소에 할 수 있는 말일까? 아니면 나라서, 그것도 아니면 오늘이라서 할 수 있는 말일까?)

"이봐요, 너무 언짢게 생각하지 말아요." 어브가 다시 그 건널판 같은 큰 손으로 내 오른쪽 어깨를 살며시 잡는다. (내 심장은 투툿투투 하는 헬기 소리처럼 빠르게 뛰기 시작한다.) "연속성에 관한 내 생각을 말해주고 싶었을 뿐입니다. 위험한 게 아니니 걱정 마요. 우리가 팔을 그어서 피를 섞거나 하진 않을 테니까."

"어브, 모든 문제에 대해 당신과 의견이 같진 않겠지만, 난……" 그 순간 나는 거의 숨이 멎을 것처럼 헐떡인다. 혹시 숨이 멎어 하임리히* 응급처치라도 받아야 하는 게 아닐까 하는 극심한 공포심이 일 정도다(만약 어브가 그 응급처치 요령을 알고 은혜를 베풀어준다면 말이다). 다이어리 퀸에서 아이스크림을 사 먹으며 산책을 한 것은 잘못이었다. 폴이 그랬던 것처럼 작고 아늑한 시골 마을이 주는 풍요로움에 취해 현실의 중력법칙을 무시하고 자유롭게 공중을 떠다닐 수 있으리라 생각한 것은 잘못이었다. "하지만 이것만은 알아주면 좋겠어요." 이 말

* 목에 이물질이 걸린 사람을 뒤에서 안고 흉골 밑을 세게 밀어올려 토하게 하는 방법.

을 하는데 다행히 곧 목의 고통이 덜해진다. "나는 당신의 세계관을 존중합니다. 또 당신은 훌륭한 사람이에요." (의심스러울 때는 시그마 차이* 클럽에서 배운 공식에 의존하는 편이 낫다. 지금의 경우 그 공식은 '오른스타인=훌륭한 사람'이다. 그에게 충성을 서약하라, 그가 유대인이라 해도.)

"내가 당신을 잘못 생각했다고는 보지 않아요." 어브가 말한다. 그는 연구실에서 상하회전, 앞뒤회전, 좌우회전 시뮬레이션 프로젝트를 맡은 충실한 팀장으로, 평범한 우리들과는 달리 언제나 비행중인 사람이다. 나도 그랬던 적이 있지만(적어도 한 번 이상은 겪었다) 다시는 그렇게 되고 싶지 않다. 어브는 지금 온갖 좋거나 그다지 좋지 않은 손질을 더해가며 자신만의 '존재의 시기'에 들어서고 있다. 반면 나는 몸을 이리저리 비틀어대며 거기에서 빠져나오는 중이다. 우리는 오후 시간을 함께 보냈고, 서로 접촉하면서 진지하고 값진 교류를 나누었다. 그러나 이제 어브와 나의 인생에는 접점이 없다. 비록 그가 무척 마음에 들긴 하지만.

가슴이 마구 뛰고 입술은 장작 받침쇠처럼 단단하게 굳어버린다. 나는 어브에게 앞으로 친구로 지내자는 의미를 담은 말을 남기면서 병원 문을 향해 발걸음을 떼기 시작한다. "언제 낚시나 하러 가죠." 나는 이를 강조하려고 일부러 고개를 돌려 어브를 쳐다본다. 어브는 샌들을 신은 양발 중 한쪽은 잔디에, 또다른 한쪽은 잔디 밖에 걸친 채 밝은 카디건을 입고 햇살을 가득 받으며 서 있다. 나는 알고 있다. 그는 지

* 그리스 문자를 연구하는 유서 깊은 대학 동호회 중 하나.

금 우리 두 사람 모두 다음 지평선을 향해 순항할 수 있기를 조용히 빌고 있으리라는 것을.

12

앤이 홀로 응급실 로비에 서 있다. 황갈색 트렌치코트 단추를 전부 채우고 맨발에 낡은 흰색 러닝슈즈를 신은 모습이다. 앤의 얼굴에 근심이 가득한 심정이 드러나는데, 물론 나를 만난다고 해서 그 근심들이 모두 풀리는 건 아닐 것이다.

"당신이 잔디밭을 지나 문을 열고 들어오는 모습을 봤어. 하지만 문 근처에 다 왔을 때에야 당신인 걸 알아차렸지." 앤이 힘 없는 미소를 지으며 트렌치코트 주머니에 찌르고 있던 손을 빼내 내 팔을 잡고는 가볍게 키스했고 앤의 키스에 나는 기분이 조금 나아진다(그렇다고 실제로 좋아진 건 아니다). 우리는 그 어느 때보다 사이가 멀어진 상태라 키스조차 별 의미를 갖지 못한다. "헨리 버리스와 같이 왔어. 그래서 늦었고." 즉시 사무적인 어조로 말투를 바꾸며 앤이 말한다. "헨리는 벌써 폴을 진찰하고 차트 기록까지 봤어. 지금 당장 예일대 병원으로 데려가야 할 것 같대."

나는 그저 당황한 표정으로 앤을 쳐다볼 뿐이다. 정말이지 나는 중요한 모든 것을 놓치고 말았다. 앤이 도착하는 순간, 새로운 진찰, 수정된 진단. "뭐라고?" 나는 막막한 심정으로 녹황색과 연어색이 조화를 이루고 있는 대기실의 벽을 둘러본다. 마치 이렇게 말하듯이. 자, 내가 뭘 준비했는지 당신도 보이지, 오네온타야. 웃긴 이름일지는 몰라도, 또 분명 최고의 장소는 아니겠지만, 맙소사, 여긴 믿을 만한 곳이고 우린 지금 이곳에 있어.

"폴을 수송할 헬기를 한 대 더 마련해놨어. 아마 거의 도착했을 거야." 앤이 연민이 담긴 눈길로 나를 바라본다.

접수 데스크에는 새로운 직원들이 와 있다. 말쑥한 한국 여성 두 명이 가톨릭 간호학교 특유의 높은 간호사 모자를 쓰고 보험설계사처럼 차트를 들여다보는 중이고, 그 옆으로는 무기력해 보이는 금발 여성(이 지역 주민인 듯하다)이 컴퓨터 모니터를 뚫어져라 들여다보고 있다. 그들 중 내 일을 아는 사람은 아무도 없다. 어브라도 왈츠를 추듯 안으로 들어와 뒷자리에 앉아 내 동맹군이 되어주면 기분이 한결 나아질 것 같다.

"닥터 티사리스는 뭐라고 해?" 내심 티사리스가 이 회담에 끼어들었으면 좋겠다는 생각을 하면서 나는 그녀가 어디에 있는지 궁금해진다. 내가 '초콜릿 코팅' 아이스크림을 먹고 있던 틈을 타 앤은 벌써 닥터 티사리스와 로톨로 모두를 치워버리고 그 자리에 자신의 수술팀을 채워넣었는지도 모른다. 신뢰가 부족했던 것에 대해 닥터 티사리스에게 사과를 해야 할 것이다.

"데려가도 좋다고 동의했어." 앤이 말한다. "더구나 예일대 병원이라면 말이야. 서류에 서명만 하면 돼. 나는 이미 서명했고. 아주 유능한 의사 같던데? 그 의사도 헨리를 알고 있더라고, 레지던트 시절부터 알고 지냈다나(아니나 다를까)." 앤이 고개를 끄덕이더니 갑자기 내 눈을 정면으로 바라본다. 완벽하리만큼 동그랗고 몹시 팽창한 앤의 회색 홍채에 꾸밈없는 애원이 담겨 있다. 자세히 보니 결혼반지는 끼고 있지 않다(아마도 어찌할 바를 모르고 당황해서 그랬을 것이다). "프랭크, 난 그렇게 하고 싶어, 응? 폴을 오십 분 안에 뉴헤이븐으로 데려가야 한다고. 그곳에 모든 것을 다 갖춰놨어. 아마 폴을 준비시키는 데 약 삼십 분, 수술에는 한 시간 정도 걸릴 거야. 헨리가 수술을 집도할 거고. 그러니까 최상의 결과를 기대해도 좋아." 이제 더 할 말이 없다는 표정으로, 어쩔 수 없이 이런 중요한 전술을 쓸 수밖에 없었다는 표정으로 앤이 새까만 눈을 깜박인다. "아니면 닥터 티사리스든 누구든 그냥 여기 오네온타에서 수술하게 해. 그녀도 괜찮다고 하겠지."

"알겠어." 내가 말했다. "헬기로 수송하는 데 위험 요인은 없고?"

"헨리의 말에 따르면 여기에서 망막 수술하는 것보다 더 안전하대." 앤의 표정이 한결 밝아지고 편안해진다. "헨리는 이런 수술을 이천 번은 해본 사람이니까."

"그 정도면 충분하겠군." 내가 말한다. "찰리와 동기생인가?"

"아니, 나이가 더 많아." 무뚝뚝하게 대답한 후 앤은 침묵을 지킨다. 헨리는 어쩌면 폴이 말했던 비밀 남자친구일지 모른다. 비밀 남자친구는 거의 항상 무해해 보이는 역할로 위장하니까. 이 경우 나이가 많고, (앤처럼) 인간적인 고통으로 황폐화된 이들을 다룬 경험이 풍부하고, 기이하게도 마치 어떤 업보처럼 앤의 아버지와 이름이 같다. 거기에 (붕대가 제거되고 시력이 되돌아오길 기다리는 숭고한 날들이 지난 후) 일단 헨리가 폴의 시력을 되찾아주고 나면 찰리를 단번에 때려눕히는 일격이 될 것이다. 마지막 결전에서 허를 찔린 찰리는 비틀린 표정을 지으면서, 아니 어쩌면 감사해하면서 조용히 한쪽으로 물러날지도 모른다. 그럼에도 어쨌든 찰리는 스포츠를 좋아하는 사람이니까. 난 거기에 훨씬 미치지 못하지만.

"무슨 일이 일어났는지 알고 싶어?" 내가 묻는다.

"야구 연습장에서 맞았다고 당신이 그랬잖아." 앤은 트렌치코트 주머니에서 작은 서류 봉투를 하나 꺼내더니 따라오라는 몸짓을 하며 접수 데스크로 뒷걸음질한다. 그것은 또하나의 양도 서류다. 나는 내 아들을 세상에 양도하고 있다. 이렇게나 빨리.

"야구 연습장 안에서 야구공에 맞았다고 했지." 내가 말한다.

앤은 아무 말 없이 이렇게 큰일이 일어났는데 괜히 까다롭게 군다는 표정으로 날 쳐다본다. "헬멧 같은 건 착용하지 않았던 거야?" 앤이 여전히 나를 접수 데스크 쪽으로 이끌며 뒷걸음질친다.

"응. 나한테 화가 나서 곧장 야구 연습장으로 뛰어들었지. 공을 그냥 몇 개 보내더니 얼굴을 공에 갖다댔어. 내가 기계에 돈을 넣어줬던 거지." 이십사 시간도 채 지나지 않아 내 눈에는 뜨거운 세번째 눈물이 그렁그렁 고인다. 나로서는 원치 않았던 눈물이다.

"이런." 왼손에 서류 봉투를 그대로 든 채로 앤이 말한다. 작은 체구의 동양인 간호사가 근시인 사람처럼 고개를 들어 나를 한 번 쳐다보고는 다시 차트에 몰두한다. 응급실에서 이런 눈물은 아무것도 아니다.

"눈이 뽑히고 싶어서 일부러 그랬다고는 생각하지 않아." 눈가에 눈물이 고인 채로 내가 말한다. "하지만 흠씬 두들겨맞고 싶었을 수도 있지. 그게 무슨 느낌인지 알려고. 당신은 그런 기분 느껴본 적 있어?"

"아니." 앤은 고개를 젓고는 나를 뚫어지게 쳐다본다.

"정신이 나갔었다는 말은 아니지만 나는 그런 적이 있어." 내가 몹시 큰 소리로 말한다. "랠프가 죽었을 때 말이야. 당신과 이혼한 후에도 그랬지. 그때 뭐라도 내 눈을 강하게 때려줬다면 행복했을 거야. 그때 내가 하고 있었던 그 무엇보다 그게 훨씬 쉬운 일이었을 테니까. 난 단지 폴이 정신이 나가서 그런 짓을 했다고 당신이 생각하지 않았으면 해. 폴은 미치지 않았어."

"이건 그냥 사고야." 간청하듯 앤이 말한다. "당신 잘못이 아니라고." 앤의 신중한 성격에도 불구하고, 그 모든 노력과 직감에도 불구하고 그녀의 눈가가 눈물로 반짝인다. 나는 그녀가 우는 모습을 보아서는 안 될 것이다. 기억하는가? 그것은 이혼의 규칙을 어기는 행위이기 때문이다.

"아니, 그건 내 잘못이야. 분명해." 내가 비통한 심정으로 말한다. "당신은 꿈까지 꿨잖아. 폴은 보호안경과 장비, 그리고 헬멧을 썼어야 했어. 당신은 거기 없었고."

"그런 식으로 생각하지 마." 앤이 힘겹게 미소를 지어 보이지만 암울한 미소가 되고 만다. 나는 고개를 저으며 왼쪽 눈가의 눈물을 훔쳐낸다. 예상보다 많은 눈물이 묻어나온다. 앤에게 내 눈물을 보인다는 것은 내 행동 규범에 문제가 되지 않는 일이다. 우리 사이에는 문제가 될 일이 아무것도 없다. 그리고 그게 바로 문제다.

앤은 깊은 한숨을 내쉰 다음 내가 지금 그러면 안 된다는 의미로 고개를 세차게 젓는다. 그것은 상황을 더 악화시키면 안 된다는 의미다. 반지를 끼지 않은 앤의 왼손이 마치 스스로 움직이는 것처럼 위로 올라가더니 초록색 플라스틱으로 된 접수 데스크 위에 서류 봉투를 올려놓는다. "나는 폴이 미쳤다고 생각하지 않아. 그저 당장 어떤 도움의 손길이 필요해서 그랬을 거야. 아마 당신이 그걸 알아주길 바랐는지도 모르지."

"우리 모두 도움의 손길을 필요로 해. 난 그저 폴이 뭐라도 해보도록 했을 뿐이야." 나는 갑자기 앤에게 분노가 치민다. 그것은 사람들이 무엇을 해야 하는지, 왜 그렇게 해야 하는지 앤이 잘못 알고 있다는 데 대한 분노다. "그리고 난 그런 식으로 생각할 거야. 자기 개가 차에 치이면 자기 책임이고, 자기 아이가 눈을 다쳐도 자기 책임인 거야. 난 폴이 위험한 상황에 빠지지 않게 했어야 했어."

"알았어." 앤은 손을 내리고 내게 다가오더니 조금 전 가볍게 키스하고 아들을 예일대 병원으로 보내는 데 동의해달라고 얘기했을 때처럼 내 소매를 또 한번 잡는다. 이어 옆얼굴을 내 가슴에 살짝 대고 몸을 기대어온다. 그것은 자신도 그간의 세월과, 말들과, 사건들로부터 빠져나오기 위해 애쓰고 있음을, 또한 비록 우리는 이제 아무 사이도 아니지만 이렇게 함께 살아 있다는 사실을 확인하려 내 심장 소리를 듣고 있음을 알리려는 몸짓이다. "흥분하지 마." 속삭이듯 앤이 말한다. "나한테 너무 화내지 마."

"당신에게 화난 게 아니야." 앤의 짙은 머리칼을 향해 나 역시 속삭인다. "화난 게 아니고 다른 어떤 상태인데, 그게 뭔지 적절한 단어를 찾지 못하겠어. 아니, 아예 그런 단어는 없는지도 몰라."

"그건 당신이 좋아하는 일이잖아, 안 그래?" 앤은 힘을 준 건 아니지만 여전히 내 팔을 놓지 않는다. 접수 데스크의 간호사들이 예의바르게 다른 쪽으로 고개를 돌려준다.

"가끔은," 내가 말한다. "가끔은 그렇지. 하지만 지금은 아냐. 난 적절한 단어를 찾고 싶어. 아마 지금 나는 단어와 단어 사이에 갇혀 있는지도 모르겠어."

"그래도 문제될 건 없어." 앤의 몸이 딱딱하게 굳어지는 느낌이 전해지고, 이어 앤은 서서히 내게서 물러난다. 아마 앤은 자신의 단어를 갖고 있을 것이다. 그것이 바로 꼼꼼한 앤이 진실에 이르는 방법이니까. "이제 서류에 서명해, 응? 그래야 일을 진행시킬 수 있어. 폴을 치료해야 하지 않겠어?"

"잘 알고 있어." 내가 그녀를 놓아주며 말한다. "기꺼이 서명하지."

당연한 말이지만 나는, 결국, 서명하고 만다.

작은 체구지만 말쑥하게 차려입은 헨리 버리스는 흰머리에 작은 손, 혈색 좋은 얼굴의 의사로, 하얀 면바지에 분명 토마스 핑크사 제품으로 보이는 분홍색 니트 셔츠를 입고 내 신발보다 더 비싸 보이는 보트 슈즈를 신고 있다. 나이는 육십 세이고 눈은 창백해 보이면서도 무척 맑은 석회암 빛깔이다. 내게 가까이 다가와서 다정하게 속삭이는 그의 말투에서 사우스캐롤라이나주 저지대 지방 억양이 묻어난다. 그는 연신 내 손목을 가볍게 잡고는 폴의 치료는 무사히 끝날 테니 걱정 말라고 말해준다. (앤과 그가 성적으로 불순한 접촉을 가질 가능성은 전혀 없다는 생각이 든다. 무엇보다 그의 키가 작아서이기도 하지만 헨리 버리스의 부인이 바로 몹시 칭송받는, 또 믿을 수 없을 정도로 다리가 긴데다 부자인 조니 리 버리스였던 것이다. 그녀는 석고회사 상속자이기도 하다.) 사실 아까 함께 공항에 온 오랜 친구처럼 앤과 대기실에서 기다리고 있을 때, 앤이 이런 사실을 알려주었다. 버리스 부부는 헨리가 예일 벙커 안과 클리닉을 운영하고 있는 뉴헤이븐뿐 아니라 딥리버에서도 결혼생활에 대한 불타는 염원을 갖고 있으며 그렇지 않았다면 행복한 이혼을 염원했을 모든 사람들에게 큰 귀감이 되고 있다고 했다. 헨리는 연구로 노벨상을 받을 기회를 포기하고 그 대신 사심 없는 인도적 봉사와 가족과의 단란한 시간을 선택했다고도 했다. 불륜 상대로 딱 맞는 후보는 물론 아니다. 하지만 한 번도 그런 후보가 되어보지 않은 사람이 있을까?

“프랭크, 하나 말씀드리겠소. 나는 십이 년 전 듀크대 병원에 있을 때도 지금 이 어린 폴이 받아야 하는 것과 똑같은 수술을 집도한 적이 있었소. 안과 교환교수로 가 있던 시절이었지.” 이미 헨리는 폴의 눈이 어떤 상태인지 인상적인 그림을 직접 그려가며 설명해줬지만 지금은 얘기하는 동안 그 종이를 금방 내다버릴 식료품 광고지처럼 둘둘 말고 있다(나는 그의 친구의 두번째 부인의 첫번째 남편이며, 또 예일대학과는 아무 관련도 없는 사람이기 때문에 헨리는 내심 나를 경멸하고 있을지도 모른다). “한 뚱뚱한 흑인 부인이 뜰에 있다가 아이들이 던진 오세이지오렌지에 그만 눈을 맞은 거요. 던진 아이들도 흑인 애들이어서 인종적인 문제는 아니었소.”

우리가 있는 곳은 병원 뒤쪽의 잔디밭으로, 바로 옆이 파란색과 흰색으로 칠해놓은 헬기 착륙장이었다. 착륙장에서는 코네티컷 항공구급대에서 보낸 붉은색 시콜스키 헬기 한 대가 프로펠러를 느리게 돌리며 대기중이다. 야트막한 언덕에 자리해 있어 완벽한 피크닉 장소로 손색없는 이곳에서는 그늘진 캣스킬산맥을 비롯해 남쪽에서 흘러나와 하늘과 맞닿을 듯 뻗어나가는 실개천이 잘 내다보인다. 또 바로 인근에는 사람들이 한창 운동중인 사각형 모양의 공공 테니스코트도 있으며 테니스코트 너머로는 빙햄턴 방향에서 뻗어져나와 올버니 쪽으로 이어지는 88번 교차로가 이어진다. 여기서는 차량소리가 전혀 들리지 않기 때문인지 기분이 한결 나아진다.

"마취 주사를 놓으려는데 그 흑인 부인이 이렇게 말했소. '버리스 선생님, 만약에 오늘 하루가 내가 잡은 물고기였다면 다시 강에 던져버렸을 거예요.' 그 부인은 그렇게 말한 후 커다란 뻐드렁니를 드러내며 씩 웃더니 곧장 잠들어버렸소." 헨리는 둥근 눈을 크게 뜨고는 입술을 꾹 다물고 얼굴을 찡그리면서—이것이 그의 잠자리 특기인가보다—터져나오려는 웃음을 참는다.

"그래서 그 부인은 어떻게 됐나요?" 나는 내 손목을 잡은 그의 손을 조심스럽게 떼어내며 약 30미터 떨어진 곳에 있는 헬기를 막막한 눈길로 바라본다. 폴 배스컴은 지금 능숙한 대원 두 명에 의해 헬기로 수송되는 중이다. 마지막 작별인사로 손을 흔들어주기 전에.

"아, 맙소사. 지금 말씀드리겠소." 여전히 속삭이는 말투지만 한층 목소리를 높이며 헨리 버리스가 말한다. "바로 오늘 폴에게 해줄 시술 방법으로 완전히 고쳐놨소. 할머니지만 당신만큼 잘 볼 수 있을 거요,

적어도 그 당시에는 말이오. 지금은 돌아가셨을 거요, 그때 그분 나이가 여든한 살이나 됐거든."

대화를 하다보니 헨리를 완전히 신뢰해도 좋겠다는 생각이 든다. 쉽게 말해 그는 더 젊고, 더 원기왕성하고, 더 현명한, 하지만 덜 교활한 테드 훌리한이었던 것이다. 나는 추호의 망설임도 없이 그에게 아들의 망막을 맡기기로 결정한다. 이 결정이 끔찍한 실수로 드러나거나 녹았다가 다시 굳어가는 금속처럼 내 마음속에 영원한 후회로 남지 않으리라는 확신이 들었기 때문이다. 어느 모로 봐도 이게 맞는 일이고, 또 그래서 흔치 않은 일이다. "신중함은," 헨리 버리스가 말한다. "이 분야의 최선책이오. 왜냐하면 이런 수술들에서 우리들이 걱정하는 것은 우리가 볼 수 없는 문제들이기 때문이오." (그렇다면 부동산을 구매할 때와 거의 흡사하다.) "문제란 문제는 거의 섭렵해본 의사들이 저희 예일대 병원에 있습니다." (짐작건대 이는 틀림없는 사실일 것이다. 헨리에게 내가 왜 움찔거림을 겪는지 물어봐야 할지도 모르겠다.)

하지만 내가 유일하게 고민하는 문제는 내 눈을 헨리의 어느 곳에 두어야 할지 모르겠다는 데에, 즉 그를 제대로 느낄 수 없다는 데 있다. 그렇다고 그를 움직이게 하는 것이 무엇인지 알 수 없다는 말은 전혀 아니다. 그를 움직이게 하는 건 눈이다. 어떻게 눈을 치료하고, 눈에 무슨 문제가 있고, 눈에 좋은 것은 무엇이며, 어떻게 눈이 우리로 하여금 볼 수 있게 하고, 때로는 그렇게 하지 못하는지 등에 관해서 말이다(스토플러 박사의 정신과 뇌에 대한 대조와 비슷하다). 하지만 내가 알 수 없는 부분은, 물론 안다 해도 내 마음만 편해질 뿐 중요한 문제는 아니겠지만, 그의 미스터리가 무엇이며 어디에 있는가 하는 것이다.

이 미스터리라는 것은 당신이 그를 수년 동안 알고 지냈다면, 그 사람을 직업적으로 존경하게 됐다면, 더 많은 것을 알고 싶어 윈드강 주변 목장에서 휴가를 같이 보내거나 둘이 화물선을 타고 세계여행을 하거나 지도에도 나와 있지 않은 와타누키강 상류를 카누로 탐험하기로 결심했다면 알 수 있는 부분을 말한다. 그의 불확실성은 무엇인가? 만일의 사태가 발생했을 때 그는 어떤 마음의 평화를 이루는가? 우리 모두가 힘겹게 헤쳐나가고 있는 이 미지의 세계에서 필연적으로 만나는 즐거움이나 비극에 대해 그는 어떤 걱정을 하고 있는가? 다시 말해 신중함의 타당성과 관련해 경험에 기반한 그의 근거는 무엇인가? 어브의 경우 나는 그의 이런 점들에 대해 맹세코 알고 있다. 나와 만나는 누구라도 나의 이런 점들을 8.2초 만에 알아낼 수 있을 것이다. 하지만 헨리의 경우 충분히 많은 것들을 말해줄 수 있는 단 하나의 단서도 찾을 수 없다.

물론 헨리가 뚜렷한 근거를 갖고 있지 못하기 때문일 수 있다. 즉 그에겐 오직 눈, 눈, 더 많은 눈뿐이고, 그 외에는 어마어마한 예금계좌를 가진 당당한 아내밖에 없으며, 이 모든 것들을 그만의 긍정적인 태도로 봉해버렸는지도 모른다. 달리 말하면 이렇다. 신중함이란 선택적인 요소가 아니라 규범적인 요소다. 닥터 티사리스에게서 느껴진 냉정할 정도로 적절하고 반쯤 상냥한 의학적 분위기가 그에게서도 느껴진다. 비록 티사리스의 의사 가운에서는 뭔가 다른 것이 풍기긴 했지만 말이다. 하지만(지금은 헨리에 대해 더이상 깊이 생각하지 않기로 한다) 이는 사람들이 의료서비스 종사자에게 당연히 기대하는 요소다. 특히 다시는 만날 일이 없으리라 생각되는 사람에게 아들의 중요한 수술을 맡겨야 하는 부모라면 더더욱.

앤은 레드와인색으로 칠해놓은 헬기 이착륙지에서 몇 미터 떨어진 곳에 서서 어브와 열심히 얘기하는 중이다. 여전히 마피아에게나 어울릴 법한 황금색 스웨터를 걸치고 샌들을 신은 어브는 팔짱을 낀 채 몸을 잔뜩 웅크리고 있다. 무릎을 약간 내밀며 여성스럽게 엉덩이를 옆으로 뺀 자세가 마치 들떠 있는 앤으로부터 자신을 방어하려는 것처럼 보인다. 마침 앤과 어브는 미시간주 '엄지' 지역* 출신의 친구들을 함께 알고 있다는 공통점을 발견한 참이어서 50년대 미시간주 북쪽 지역의 글로켄슈필** 캠프에서 원숭이처럼 뛰놀던 추억을 열심히 떠드는 중이다. 그 캠프 지역이 나중에 공원으로 변하기 전에 말이다. 이래저래 어브에게 오늘은 연속성에 관한 한 주목할 만한 날이며, 그래서 그는 구약성서를 연구하는 학자처럼 대화에 열중하면서도 한편으로는 앤과 나의 연속성이 이미 결딴난 상태임을 알고 있는 터라 어느 정도 거리를 두고 있다(아까의 사진을 보여주지 않는 것이 바로 그 예다).

앤은 헨리와 함께 서 있는 나를 계속 예의주시하면서 가끔 내게 희미한, 희미하게 당혹스러움이 묻어나는 미소를 보내기도 하고, 조그만 손가락 하나를 흔들면서 손짓하기도 한다. 아무래도 내가 혹시 그녀와 그녀가 데리고 온 사람들로부터 아들을 구하기 위해 프로펠러 아래로 달려드는 마지막 시도를 하지 않을까 의심하는 것 같다. 정말로 그렇다면 혹시 자신의 눈빛으로 그런 나의 계획을 포기하도록 만들 수 있지 않을

---

* 오대호에 둘러싸인 미시간주 남부 반도는 벙어리장갑처럼 생겼는데 그중 엄지손가락처럼 보이는 부분을 말하는 것.

** 실로폰과 유사한 타악기.

까 희망하는 것 같기도 하다. 하지만 나는 그렇게 고집스러운 사람이 아니고, 또 상황이 허용하는 한 내가 한 약속을 지키는 사람이다. 앤이 원하는 것은 아마 신뢰를 보여줄 수 있는 나의 작은 제스처일지도 모른다. 하지만 나는 이제 변화가 시작됐음을 느끼고, 오래전에 기한이 도래한 사실을 직시하고 있다. 그래서 내가 앤에게 보여줄 수 있는 호의적인 행동은 그저 신뢰를 담아 인내심을 발휘하는 일뿐일 것이다.

물론 폴이 있는 밝은 병실로 가서 마지막으로 인사할 기회가 내게도 있었다. 눈은 여전히 붕대에 감겨 있었지만 폴은 아까 봤을 때와 마찬가지로 아무런 고통도 없이, 단호한 모습으로 누워 있는 듯 보였다. 발은 들것의 끝을 넘어가 걸쳐져 있는 상태였는데 폴은 이미 그만큼이나 자라 있었던 것이다.

"퇴원하고 나서, 만약에 보호관찰처분을 받지 않는다면 아빠와 한동안 같이 있을래요." 진정제를 맞고 조는 동안 꿈에 나온 새로운 이야기라는 듯 폴이 붕대에 가린 눈으로 환한 빛이 나오는 곳을 응시하며 말했다. 하지만 폴의 말에 내 머리에서는 가벼운 현기증이 일고 팔이 간지러우면서 따끔거렸다. 그럴 가능성은 거의 없어 보였기 때문이었다.

"엄마도 좋다고 하면 기쁜 마음으로 기다리마." 내가 말했다. "오늘 좋은 시간을 함께하지 못해 미안할 뿐이야. 네가 말했던 것처럼 명예의 전당에는 가보지 못했구나."

"그야 내가 명예의 전당에 들어갈 정도가 못 되니까요. 내가 원래 그렇잖아요." 폴이 사십대 남자처럼 능글맞게 웃었다. "부동산 명예의 전당 같은 건 없나요?"

"있을지도 모르지." 침대 발치의 손잡이를 잡으며 내가 말했다.

"그럼 어디에 있어요? 뉴저지주 버츠빌?"

"어쩌면 샤그린 폴스나 브리티시 컬럼비아의 케이프 플래터리*, 아니면 펜실베이니아주의 싱킹 스프링스 중 한 곳에 있을지도 모르지."

"해적처럼 안대를 하고도 해덤에 있는 학교를 다닐 수 있을까요?"

"오늘 같은 옷을 입어도 학교에서 입학허가를 내준다면 안대쯤이야 문제없을 거다."

"애들이 나를 기억할까요?" 부상이 주는 지루함 때문인지 한숨을 내쉬면서도 폴의 마음속에는 익숙하면서도 새로운 마을에서 다시 시작하게 될 학교생활이 스쳐가는 듯했다.

"내 기억이 맞다면 넌 꽤나 요란스러웠던 것 같은데." 나는 붕대 때문에 주름이 진 폴의 코 부근을 유심히 쳐다봤다. 마치 내가 자신에게 집중하고 있음을 폴이 알기라도 한다는 듯이.

"저는 거기서 한 번도 제대로 인정받은 적이 없어요." 이어 폴은 이렇게 말했다. "남자보다 여자가 자살을 더 많이 시도하는 거 아셨어요? 그런데 성공률은 오히려 남자가 더 높다는 사실은요?" 폴이 능글맞은 미소를 짓자 붕대 아래의 볼이 불룩해졌다.

"실패가 오히려 더 나을 때도 있는 것 같구나. 넌 자살 시도는 안 해봤겠지? 응?" 나는 더욱더 폴을 유심히 쳐다봤다. 무시무시한 불안감의 끔찍한 무게에 몸이 깊이 가라앉는 느낌이었다.

"난 내가 공에 맞을 만큼 키가 컸는지 몰랐어요. 잘못 생각했던 거죠. 키가 더 커졌더라고요."

---

* 샤그린 폴스는 오하이오주에 있는 지명. 케이프 플래터리는 워싱턴주에 속해 있으며 바로 위가 캐나다 브리티시 컬럼비아주다.

"그래, 반바지가 잘 맞지 않을 만큼 커." 폴이, 어쨌든 나한테는, 거짓말을 하지 않기를 바라며 내가 말했다. "거기에 서게 만들어서 미안해. 그건 아빠의 큰 실수였어. 내가 대신 맞았더라면 좋았을 텐데."

"아빠 때문에 그런 게 아니에요." 볼 수는 없어도 느낄 수는 있는 빛에 눈을 찡그리며 폴이 말했다. "사구. 주자들 전진." 폴은 사마귀가 난 손으로 귀에 감겨 있는 붕대를 어루만졌다. "아야." 폴이 신음했다.

나는 야구 연습장에서 그랬던 것처럼 폴의 어깨에 손을 얹고 지그시 눌렀다. 폴의 다친 귀를 때리다가 묻은 혈흔이 아직도 손가락에 남아 있었다. "아빠 손이야." 내가 말했다.

"존 애덤스라면 얻어맞고 나서 뭐라고 말했을까요?"

"존 애덤스가 누구지?" 내가 말했다. 폴은 뜬금없이 만족스러워하는 미소를 지었다. "모르겠구나, 뭐라고 말했는데?"

"그럴싸한 말을 지어내려고 생각하는 중이에요. 이럴 땐 보이지 않는 것이 도움이 되는 것 같네요."

"지금도 계속 생각하는 중이라는 생각을 하고 있니?"

"아뇨, 지금은 그냥 생각만 하고 있어요."

"존 애덤스라면 아마 이렇게 말하지 않았을까, 그러니까……"

"이렇게 말했겠죠." 폴이 갑자기 내 말을 막으며 말했다. "'말을 물가로 끌고 갈 수는 있다. 하지만 무엇무엇을 하게 할 수는 없다.' 그 무엇무엇이 뭘까요?"

"그게 뭐지?" 내가 말한다. 나는 조금이라도 폴을 기분좋게 해주고 싶었다. "수영? 워터스키? 윈드서핑? 아니면 알리아스 시벨리우스?"

"춤이요." 폴이 권위 있는 말투로 말했다. "말은 춤을 출 수 없어요.

누구한테 얻어맞으면 존 애덤스는 이렇게 말했을 거예요. '말을 물가로 끌고 갈 수는 있다. 하지만 춤을 추게 할 수는 없다.' 그 사람은 자기가 추고 싶을 때만 춤을 출 테니까요." 나는 폴이 또 이이이크 하는 이상한 소리나 개 짖는 소리를 내지 않을까 예상했다. 아니면 다른 어떤 소리라도. 하지만 폴은 아무 소리도 내지 않았다.

"사랑한다, 아들, 알지?" 갑자기 그 자리를 서둘러 뜨고 싶어진 내가 말했다. 지금까지의 대화로도 충분했다.

"네, 저도요." 폴이 말했다.

"걱정하지 마, 금방 또 볼 테니."

"차오."

나는 폴이 여러 면에서 나보다 훨씬 앞서고 있다는 느낌을 받았다. 자녀와 함께 보낸 어떤 시간도, 뒤돌아보면 가장 슬픈 시간이기도 하다. 밝고 생생한 삶이 지나가버렸다는 슬픔, 매 순간이 마지막일지 모른다는 슬픔이다. 그리고 상실감. 그렇게 될 수도 있었던 것을 얼핏 본 듯한 느낌. 그런 느낌이 모든 걸 망쳐버릴 수도 있다.

나는 몸을 기울여 셔츠 위로 폴의 어깨에 키스했다. 다행히 바로 직후에 폴을 저멀리, 저 먼 곳으로 태워보내기 위해 간호사들이 우리에게로 다가왔다.

오후의 따뜻한 공기 속에서 프로펠러가 돌고 돌고 돌고 있다. 헬기 문 사이로 낯선 얼굴들이 나타난다. 헨리 버리스가 그 작은 손으로 내게 악수를 청하고는 상체를 굽힌 자세로 파란 콘크리트 바닥을 가로질러 헬기에 올라탄다. 프로펠러는 계속 돌아가고 있다, 투투, 투투, 투투,

투투. 나는 닥터 티사리스가 어디에 있을지 궁금해진다. 아래쪽에 있는 테니스코트에서 혼합 복식조를 이뤄 운동을 하고 있을지도 모른다. 이 일에서 아주 벗어난 채로 말이다.

단단히 여민 트렌치코트 밑으로 맨다리를 드러낸 앤이 남자처럼 어브와 악수를 한다. 무슨 말을 하는 중인지 앤의 입술이 바삐 움직인다. 어브는 그 말을 따라 하며 똑같이 되돌려주는 것처럼 보인다. "희망을 가져요, 희망, 희망, 희망, 희망을." 이어 앤은 몸을 돌려서 잔디밭을 지나 내가 서 있는 곳으로 곧장 걸어온다. 그동안 나는 몸을 살짝 구부린 채 머릿속에 집어넣어 수술을 할 수 있을 만큼 작은 헨리 버리스의 손을 생각하는 중이다. 그는 눈을 치료할 만한 머리와 그에 걸맞은 손을 가졌다.

"괜찮아?" 무너뜨릴 수 없을 것 같은 환한 미소를 띠며 앤이 말한다. 이제 나는 더이상 내가 죽기 전에 그녀가 죽을 거라고 생각하지도 두려워하지도 않는다. 나는 무너뜨릴 수 없는 존재가 아니다. 그런 존재가 되고 싶지도 않다. "오늘밤에 어디에 있을 거야? 전화해야 할 수도 있으니까." 투투투투 소리 너머로 앤이 묻는다.

"운전해서 집으로 가고 있을 거야." 미소를 보이며 내가 대답한다. (앤이 살던 집 말이다.)

"음성메시지로 번호를 남겨놓을게. 몇시쯤 도착할 거 같아?"

"세 시간이면 도착할 거야. 가을에 나 있는 데로 와서 살면 어떨지 폴과 얘기했어. 폴은 그렇게 하고 싶어해."

"글쎄." 입을 굳게 다물며 앤이 전보다 작아진 목소리로 대꾸한다.

"난 폴이랑 거의 항상 잘 지냈어." 시끄럽고 더운 공기 속에서 내가 말한다. "아버지로서 평균 이상이라고 할 수 있지."

"우리가 관심 있는 건 폴이 잘해내는 거잖아." 앤은 이렇게 말하고 미안해하는 듯하다. 하지만 나는 침묵에 빠지고, 다시 공포의 엄습, 소멸의 공포가 나를 어렴풋이 사로잡는다. 내 집의 작은 잔디밭에서 아들과 함께 아무것도 하지 않고 그냥 서 있는 장면이 마음속에 떠올랐다가 이내 사라진다.

"폴은 잘해낼 거야." 내가 말한다. 사실 폴이 잘해내기를 바란다는 뜻이다. 피곤해서인지, 아니면 어떤 알 수 없는 이유 때문인지 오른쪽 눈에 경련이 인다.

"정말 그러고 싶어?" 프로펠러가 돌아가며 내는 바람에 눈을 찡그리며 앤이 묻는다. 마치 내가 세상에서 가장 큰 거짓말이라도 하고 있다는 듯이. "당신 방식이 속박받지 않겠어?"

"나한텐 방식이라는 게 없는걸." 내가 말했다. "어쩌면 폴의 방식을 빌릴 수도 있겠지. 당신이 원한다면 폴을 매주 뉴헤이븐에 데려다주고, 당신이 구속복을 입히라면 입히겠어. 그거 재미있겠군. 어쨌든 폴에게는 지금 당장 도움의 손길이 필요해." 이는 미리 생각했던 말이 아니다. 발작적이고 설득력도 없다. 어쩌면 나는 해덤의 학교 시스템에 관한 마크햄 부부의 신념을 언급했어야 하는지도 모른다.

"폴을 좋아하긴 해?" 미심쩍다는 눈길로 나를 쳐다보며 앤이 묻는다. 소용돌이치는 바람 때문에 앤의 머리카락이 납작해졌다.

"나는 그렇다고 생각해." 내가 말한다. "폴은 내 아들이야. 다른 사람들은 이제 거의 다 나를 떠나갔어."

"글쎄." 앤은 바람에 눈을 잠깐 감았다 떴지만 계속 나를 응시한다.

"일이 일단락되고 나서 정해보자. 그런데 당신 딸은 당신을 아주 멋진 사람으로 생각해. 그러니 모두가 당신을 떠나버린 건 아니야."

"그 말이면 충분해." 내가 미소 짓는다. "그런데 혹시 폴에게 난독증이 있는 거 알았어?"

"아니." 앤은 굉음을 내고 있는 헬기로 고개를 돌린다. 바람이 우리를 마구 때려댄다. 앤은 저곳에 있기를 원한다, 여기가 아니라. "아닌 것 같은데. 왜? 누가 폴이 난독증이래?"

"아니, 아무 일도 아냐. 그저 확인해보려고. 이제 그만 가봐."

"알았어." 앤은 재빨리 거칠게 내 뒤통수를 잡으며 손가락으로 부드러운 두피를 꽉 움켜쥐더니 내 얼굴을 자기 입술 쪽으로 끌어당겨 볼에 아까보다 좀더 강한 키스를 한다. 샐리가 이틀 전에 해줬던 키스와 비슷하지만 지금 앤의 키스는 모든 걸 침묵하게 하기 위한 키스다.

그리고 앤은 구급 헬기를 향해 걸어간다. 헨리 버리스가 앞에서 앤을 기다리고 있다. 물론 나는 들것에 매여 있는 폴을 볼 수 없고 폴도 마찬가지로 나를 볼 수 없다. 헬기 문이 닫히고 프로펠러가 본격적으로 회전하기 시작할 무렵 내가 손을 흔든다. 마지막으로 헬멧을 쓴 조종사가 고개를 돌려 누가 타고 또 타지 않았는지 확인한다. 나는 누구를 향해서라고 할 것도 없이 그저 손만 흔들고 있다. 콘크리트 착륙장 주위의 붉은 지상등이 갑자기 켜진다. 공기가 요동치고 뜨거운 공기가 주변을 마구 휘감는다. 베어진 잔디들이 내 다리를 치더니 이어 얼굴과 머리카락에 날아와 부딪힌다. 고운 모래가 내 주변에서 미친듯이 춤을 춘다. 풍향계가 맹렬하게 퍼덕인다. 곧 헬기가 둥실 떠올랐고 꼬리날개 부근이 올라가면서 기적적으로 제자리를 잡는다. 프로펠러가 더 빠르게 회전하자 헬기는 마치 우주선처럼 먼 곳을 향해 빠른 속도로 작아지고, 작아지고, 더 작아지기 시작한다. 그리고 더 작아지고, 더 작아지고, 더 작아지던 헬기는 창백하면서도 당당한 햇살 아래 마침내 푸른 지평선과 남쪽 산맥 사이로 사라져버린다. 그렇게 헬기가 사라지면서 오늘 내가 했던 모든, 그 모든 일들도 끝이 난다.

독립기념일

길 저쪽에서, 희미하게 몰려오는 이른아침의 열기 속에 자동차 경보음이 울리기 시작해 모든 정적을 깨뜨린다. 삐뽀! 삐뽀! 삐뽀! 클리오 스트리트 46번지 집 앞 계단에 앉아 신문을 읽고 있던 나는 고개를 들어 플라타너스나무 가지 사이로 보이는 푸른 하늘을 쳐다보다가 숨을 한 번 들이쉰 다음 눈을 깜박이며 다시 정적이 찾아들기를 기다린다.

나는 오전 아홉시가 채 안 되어 이곳에 도착했다. **부동산중개인**이라고 적힌 붉은색 재킷을 걸치고 속에는 폴과 세트로 산 더 록 셔츠를 입고서, 뉴브런즈윅에서 오고 있는 마크햄 부부를 기다리는 중이다. 이전의 만남들 대부분과는 달리 이번에는 그 부부와 별다른 사연이 없다. 어쩌면 오히려 일이 더 잘 풀릴지도 모른다.

비록 완전히 정신이 나갈 정도는 아니지만 당황스러웠던 어제의 사건이 있고 나서 어브는 친절하게도 기사 노릇을 자청해 나를 쿠퍼스타운까지 태워다줬다. 그리고 시뮬레이션 일을 왜 그만둬야 하는지에 대한 그 절박한 필요성을 1킬로미터를 운전해 갈 때마다, 일 분마다 떠들어댔다. 그러나 자신의 최근 견해와 신중한 분석에 의하면, 그 업계에서 등을 탁 치며 만세 혹은 야호라고 소리치는 전성기는 전부 끝나버린 터라 전직을 고려하는 것은 무모한 짓인 듯하며, 자신의 자리를 지키는 편이 현명한 전략인 듯 보인다고 말했다. 또한 새롭고도 진지하며 지배적인 은유로 떠오른 연속성이란 개념은 모든 일에 적용될 수 있을 뿐 아니라 (연속성의 개념과 그리 다르지 않은) 동시성까지 확실히 잡을 수 있다고 했다.

한참을 운전해 어둑하고 이슬이 맺힌 이른 저녁에 디어슬레이어모텔에 도착해보니, 주차장은 새로운 여행객들의 차로 만원이었고 내 포드 자동차는 이미 견인된 상태였다. 내 차 번호는 이제 더이상 투숙객 소유의 자동차 리스트에 올라 있지 않았기 때문이었다. 할 수 없이 어브와 나, 그리고 다시 등장한 어마는 더블데이 필드 뒤쪽에 있는 모빌 주유소 사무실에 앉아 견인차 기사가 날카로운 쇳조각이 있는 보호 철조망 열쇠를 가져올 때까지 기다릴 수밖에 없었다. 그사이 나는 견인 비용으로 60달러를 내고 작별인사를 한 뒤 혼자 집으로 향하기 전에 먼저 필요한 곳에 전화를 걸어야겠다고 결심했다.

용서받지 못할 만큼 너무 늦어버렸지만, 나는 로키 카를로 레스토랑에 두번째로 전화를 걸어 바텐더 닉을 통해 메시지를 남겼다. 사우스맨톨로킹 해변에서 출발한 샐리는 그곳에 도착해서야 내 메시지를 받아볼 수 있을 것이었다. 나는 메시지로 무한한 사과의 말과 함께 앨곤퀸호텔로 곧장 가라고 전하며(앨곤퀸호텔이 내가 제일 처음으로 전화해놓은 곳이었다) 큰 스위트룸을 예약해놓았으니 체크인을 하고 룸서비스를 주문하라고 일러두었다. 그리고 나는 그날 밤 늦게 델라웨어주 방향으로 달리다가 뉴욕주 롱 에디에 차를 잠시 세우고는 앨곤퀸에 있는 샐리에게 전화를 걸었다. 그리고 그녀에게 어제 있었던 유감스러운 사건과 그로 인해 느낀 기이한 감정, 그리고 그때부터 서서히 되살아나기 시작한 쉽게 설명하기 힘든 희망에 대해 얘기했다. 이어 샐리와 나는 외로운 몇 달 동안 우리가 그저 서로를 '보기만' 했을 뿐 그다지 진전을 보인 적은 없었고 우리가 '위험'하고 '불안을 야기'하는 관계였음을 인정하며, 우리 사이의 진지함과 헌신의 가능성에 대해 이야기할 수 있었다. (왜 여태 우리의 관계가 이렇게 진전되지 않았는지는 모를 일이다. 다만 불필요한 형식과 허튼소리를 감수해야 할 정도의, 또 누군가가 가진 최고의 본성을 드러내야 할 만큼의 비극, 혹은 최소한 심각한 상처나 커다란 불편이 전혀 없을 뿐이다.)

샐리와 통화한 후에는 조와 필리스에게 전화를 걸었다. 홀리한의 집은 다른 사람에게 넘어갔으며 나는 다른 괜찮은 대안이 생각나지 않고 지금은 집에서 멀리 떨어져 있다는 말을 해주자 둘은 순한 양처럼 아무 말 없이 듣기만 했다. 나는 내 아들이 야구를 하다 공에 맞고 쓰러져 현재 예일대-뉴헤이븐 병원에서 성공 확률이 낮은 수술을 받고 있으며 어쩌면 시력을 잃을지도 모른다는 얘기도 해주었다. 우울한 음조에 느릿하게 마무리되는 리듬의 내 어조에는 해볼 것은 다 해봤으며 열 가지도 넘는 용감한 시도가 있었고 욕설도 견뎠으며 아무런 악감정 없이 쓰레깃더미에서 빠져나왔으니 이제 곧 영원히 작별을 고하고 싶다는 체념이 들어 있었다. (우리 부동산 업계에서는 이런 경우 '부동산 사망'이라는 은어를 쓴다.)

"프랭크, 잠깐만요." 래리턴 라마다 호텔의 중저가 더블베드룸에 머물고 있는 조가 연필 끝으로 수화기를 신경질적으로 톡톡 치더니, 가난하게 살다 죽은 숙모의 장례식에서 현실을 인정할 준비가 돼 있는 루터교 전도사처럼 솔직히, 그리고 아주 똑똑하게도 이렇게 제안했다. "전에 당신이 말했었죠? 흑인들이 사는 그 임대주택 말입니다. 필리스와 내가 한번 볼 수 있을까요? 금요일에는 내가 제정신이 아니었나봅니다. 그렇게 성을 내다니. 어쨌든 사과드리고 싶군요." (나한테 개자식, 얼간이 새끼, 바보 멍청이라고 했던 사실 말인가? 왜 아니겠는가, 라고 나는 생각했다. 피차 마찬가지이긴 하지만.) "생각해보니 지하철도 조직*이 만들어졌던 시절부터 아일랜드 폰드에 살고 있는 흑인 가족이 있어요. 그곳 주민들 모두 그들을 평범한 시민으로 대해줍니다. 소냐도 그 집 아이들과 매일 나란히 등교하고 있고 말입니다."

"내일 집을 봤으면 좋겠다고 어서 말해요." 필리스의 목소리가 들렸다. 나는 저 위쪽에서 변화가 일어났음을 깨달았다. 폭풍이 그들을 넓은 바다로 밀어낸 것이다. 부동산 업계에서 변화란 좋은 일이다. 백 퍼센트 호의에서 백오십 퍼센트 반감으로 변하거나 혹은 그 반대도 가능하다. 이런 변화는 매일같이 일어나며 이는 가망성을 내포한 불안정의 표시이기도 하다. 그리고 내가 하는 일은 그런 것들을 정상처럼 보이도록 만드는 데 있다(거기에, 혹시 가능하다면, 고객의 마음속에서 일

* 19세기 미국 흑인 노예들의 탈출을 돕고 노예해방을 도모했던 비밀결사체.

어나는 모든 정신 나간 변화들을 내가 해줄 수 있는 그 어떤 충고보다 더 똑똑하게 보이게끔 하는 데 있기도 하다).

"조, 별일 없다면 나는 오늘밤 열한시 정도에 집에 도착할 겁니다." 나는 모빌 주유소 공중전화 유리창에 피곤한 몸을 기댔다. 딩동, 딩동 하며 고객이 들어오고 있음을 알리는 벨소리가 끊임없이 들려왔다. (지금 조에게 인종차별적 발언을 지적해가며 그 집이 '흑인들이 사는 집'이 아니라 내 집이라고 설명해봤자 아무 소용 없음을 나는 알고 있었다.) "만약 제가 별도로 연락드리지 않는다면 내일 오전 아홉시에 클리오 스트리트 46번지 현관에서 만나뵙도록 하죠."

"클리오 스트리트 46번지, 알겠소." 조가 군인처럼 대답했다.

"우리가 언제 그쪽으로 이사할 수 있죠?" 필리스가 뒤에서 말하는 소리가 들렸다.

"원하신다면 내일 오전에라도 가능합니다. 언제든 준비돼 있는 상태니까요. 환기만 시키면 될 거예요."

"준비돼 있는 상태래." 무뚝뚝한 목소리로 조가 말했다.

"아, 다행이네요." 필리스의 목소리가 들렸다.

"필리스의 말 들으셨죠?" 안도감과 비겁한 만족감이 섞인 목소리로 조가 말했다.

"그럼 내일 거기서 뵙겠습니다, 조." 그렇게 우리의 거래는 성사되었다.

갑자기 자동차 경보음이 멈추고 다시 조용한 아침이 되돌아온다. (실제 도난 사건이 일어나 경보음이 울리는 경우는 거의 없다고 보면 된다.) 몇 블록 아래에서는 아이들 몇 명이 형체로 볼 때 커피 캔으로 보이는 빨간색 물체를 도로 가운데에 놓아두고서 그 주변을 어슬렁거리고 있다. 물론 아이들은 폭죽을 터뜨림으로써 오늘이 휴일이라는 사실을 이웃들에게 경고하려는 게 틀림없다. 물론 해덤에서 불꽃놀이란 생각할 수도 없는 불법행위로, 만약 한 번이라도 폭발음이 들리면 자동적으로 해덤 경찰이 순찰차를 타고 느긋하게 나타나 혹시 총을 쏘거나 갖고 다니는 이들을 본 적이 없는지, 그런 얘기를 들은 적은 없는지 물어올 것이다. 방충망 뒤의 어둠 속에서 보행기를 반짝이고 있는 머틀린 비버스 부인을 지금까지 두 번이나 봤다. 오늘은 아직 나까지는 눈치채지 못한 듯 부인은 오직 거리의 아이들에게만 주의를 집중하고 있다. 그중 한 아이—조그맣고 까만 얼굴이 반짝거린다—는 요란한 엉클 샘 복장을 하고 있는 것으로 보아 (감옥에 가는 게 아니라면) 나중에 퍼레이드 행사에 참여할 생각인 모양이다. 하지만 마크햄 부부는 아직 나타날 기미가 보이지 않는다. 내가 만나야 할 또다른 사람인 매클라우드 부부도 보이지 않는다.

여덟시에 미리 도착한 나는 휴대용 잔디깎이로 조그만 앞뜰의 잡초를 제거하고 바짝 마른 풀에 물을 준 뒤 집에서 가져온 호스를 이용해 철제 외장 벽면에 물을 뿌렸다. 죽은 수국과 조팝나무, 장미를 쳐냈고 쓰레기는 한데 모아 뒷골목에 갖다놨으며 앞뒤의 모든 창문과 문을 열어 집 전체를 환기시켰다. 현관과 현관 앞길을 청소하고 싱크대의 수도를 전부 틀어봤으며 변기의 물도 잘 내려가는지 확인했다. 이어 빗자루 끝부분으로 천장 구석에 있는 거미줄을 제거한 다음 마지막으로 집 앞에 있던 **임대** 표지판을 뽑아 트렁크에 집어넣음으로써 마크햄 부부가 느낄 이질감을 최소화할 수 있도록 했다.

언제나 그렇듯, 난 임대용으로 구입한 내 집을 남에게 보여줄 때마다 (해리스 부부가 떠난 후 여러 번 보여주기는 했지만) 왠지 거북하고 어색한 감정에 휩싸인다. 방들을 보고 있자면 너무 크지 않나(혹은 작지 않나) 하는 생각이 들고, 칙칙하고 암울해 보이는가 하면, 이미 낡아서 아무 쓸모 없어진 듯한 느낌이 드는 것이다. 결국에는 이 집을 되살리는 유일한 방법은 내가 직접 여기로 이사와서 내 소유물과 긍정적인 마음가짐을 바탕으로 아늑하게 꾸미는 방법밖에 없으리라는 데까지 생각이 미친다. 물론 이런 생각을 하게 되는 이유는 아마도 잠재적인 임차인을 희생양 삼아 부당한 이익을 취하는 것에 대한 대가인 듯하다. 그리고 이 년 전 이 집을 구매할 때 내 마음에 들었던 방식 그대로 이 집이 계속 내 마음에 들기를 내가 은연중에 바라기 때문이며 그것은 매클라우드의 집도 마찬가지다. (매클라우드 집의 커튼이 들썩이는 게 보였지만 사람은 보이지 않는다. 남자든 여자든 집세를 지불하기 싫은 누군가가 나를 지켜보고 있으리라.) 나는 깨끗하고, 말쑥하고, 적당하고, 튼튼한 이 집을 좋아한다. 또한 처마 안쪽 환풍구와, 현관 계단의 연철로 만들어진 새 난간과, 심지어 1월 해빙기에 얼음과 물이 '스미는' 것까지 막아주는 방수용 철판으로 마감이 제대로 되어 있는 점도 좋다. 내가 임차인이라면 꿈꿀 만한 집이다. 야무지고 아주 깔끔하며 아늑하기까지 하니, 더이상 머리를 굴릴 필요가 없다.

〈트렌턴 타임스〉에는 휴일 동안 일어난, 대부분 좋지 않은 사건들 소식이 실려 있다. 프로비던스에 사는 한 남자는 축포용 대포 안을 가장 부적절한 때에 들여다보다가 그만 목숨을 잃고 말았다. 서로 멀리 떨어진 어느 곳에 사는 두 사람이 석궁에 맞았다(둘 다 소풍을 즐기고 있었다). 방화 사건이 '빈발'했고 보트놀이를 하다 전복되는 사고는 예상보다 적었다. 삼 일 전 밤에 내가 우연히 목격했던 사고 소식도 토막기사로 실려 있다. 희생자들은 유타주에서 온 관광객 가족이었고, 케이프를 향해 가던 중이었으며, 부부 중 남편이 칼에 찔렸다고 기사는 전했다. 또 용의자들은 내 아들과 같은 나이인 열다섯 살이었으며 브리지포트 출신이라고 했다. 하지만 이 모든 사건들에 관련된 이들의 실명은 어디에도 나와 있지 않아, 나는 그 모든 것들로부터 단절된 느낌이 든다. 그 타격을 감내해야 할 사람은 결국 유가족뿐이리라.

짧고 보다 가벼운 소식들은 다음과 같다. 록그룹인 비치보이스가 밸리호텔의 공연장에서 한 회만 공연을 할 예정이고, 국기게양대 판매가 다시 치솟았으며, 마차 경주 탄생을 기념해(150주년) 축하 행사가 있었고, (남자 다섯 명과 검은 래브라도레트리버 한 마리로 구성된) 신장이식 팀이 현재 수영으로 영국해협을 횡단하는 중이며 예상되는 문제로는 기름찌꺼기와 해파리, 33킬로미터라는 거리가 있다(그들의 신장은 문제되지 않을 것이다).

〈트렌턴 타임스〉에 실린 소식들 중 가장 내 눈길을 끈 것은 두 가지다. 하나는 폴과 나의 진로를 방해함으로써 결국 우리를 운명이 준비해둔 길로 나아가게 했던 사건, 즉 바로 어제 야구 명예의 전당 정문에서 벌어진 시위에 관한 소식이다. 그 중요한 한 시간 동안 시위자들이 명예의 전당 입구를 막았던 이유는 (그들이 느끼기에) 전당의 한 자리와 명패, 그리고 흉상을 당연히 차지해야 할, 그리고 그들이 사랑해마지않는 40년대에 활동했던 뉴욕 양키스의 유격수 때문이었다. 하지만 스포츠 전문 기자가 보기에 그는 그렇게 훌륭한 선수가 아니었고 솔직히 무명으로 남은 사람이었다. (나는 어쨌거나 무슨 상관이냐는 원칙에 입각해 시위자들 편에 선다.)

하지만 가장 이색적인 흥밋거리는 '해덤 이야기' 기사로, 금요일 오전 아홉시에 복지 채권 기금의 지원을 받아 공사를 벌이고 있는 (클리블랜드 스트리트 100번지의) 한 공사장에서 굴삭기 운전사가 새로운 하수도를 설치하다가 '완전한 형태의' 인간 유골을 발견했다는 내용이다. 운전사의 불완전한 영어 때문에 대략적인 상황만 실려 있지만 지역 역사학자들은 그 유골이 '해덤의 기준으로 볼 때 오래된, 아주 오래된' 유물이라고 밝혔다. 어떤 이들은 그 뼈들이 약 백여 년 전, 그러니까 프레지던트 구역에 농장이 들어서 있던 시절에 행방불명됐다고 전해지는 '여자 흑인 하녀'라고 추측하는가 하면, 이곳이 재개발되던 20세기에 '생매장'당한 이탈리아 출신 노동자라고 주장하는 이들도 있었다. 이 지역 주민들은 이 뼈들에 이미 반쯤 진지하게 '호모 해더무스 피테카리우스'라는 이름을 붙여놓았으며 페어리디킨슨대학교의 고고학자들로 구성된 발굴단이 곧 조사에 나설 계획이라고 기사는 전했다. 그동안 발견된 뼈들은 시체안치소에 들어가 있을 것이다. 긍정적인 결과를 기대하며 좀더 지켜볼 일이다.

어젯밤 열한시, 네 시간 만에 밤 속의 낮과도 같은 기이한 남색 빛이 비치는 조용한 마을 거리(많은 집들이 여전히 불을 밝히고 있었다)로 돌아와 집에 들어오니 앤의 메시지가 도착해 있었다. 폴의 수술이 '무사히' 끝나 희망적이지만 어쩌면 오십 세 무렵에 녹내장에 걸릴 가능성이 있으며 그보다 훨씬 이른 나이에 안경을 써야 할지도 모른다는 내용이었다. 폴은 어쨌든 '편안하게 쉬고' 있으며 앤은 내가 원하면 햄던*(뉴헤이븐 부근의 모든 숙소는 이미 관광객들로 만실이기 때문일 것이다)에 있는 스코티시모텔 203호로 언제든 연락하라고 했다.

"거의 재미있을 정도였어." 졸린 목소리로 앤이 말했다. 아마 침대에 있는 모양이었다. "수술을 마친 후 폴은 야구 명예의 전당 얘기를 끊임없이 재잘댔지. 자기가 본 전시물들이랑 그리고 또…… 아마 동상들을 얘기한 것 같아, 맞아? 아주 멋진 시간이었다고 생각하나봐. 그래서 당신도 좋아했느냐고 물어보니까 당신은 야구 명예의 전당에는 갈 수 없었다고 하더군. 누군가와 데이트를 해야 해서 말이야. 그래서…… 하여간 재미있었어."

나른한 앤의 목소리에 문득 우리 결혼생활의 마지막 해가 떠올랐다. 거의 팔 년 전이다. 그때 우리는 한밤중에 잠이 반쯤 깬 상태에서(오직 그럴 때만), 반쯤만 의식이 있는 가운데, 반쯤 상대가 다른 사람일 거라고 상상하며 사랑을 나누곤 했다. 반쯤 의식儀式적으로, 또 반쯤은 맹목적으로 순전히 육체적인 사랑의 행위를 했고, 그 행위는 그리 오래 지속되지 못했으며 그만큼 고귀한 열정도 없었다. 그래서 그 행위에는 의지가 있다고 말하기 힘들었고 진정한 친밀감과도 거리가 멀었으며 갈망과 두려움에 의해 제약을 받았다. (랠프가 죽고 얼마 지나지 않아서였다.)

그런데 열정은 어디로 가버렸는가? 나는 늘 궁금했다. 그리고 우리

---

* 코네티컷주의 마을.

는 왜, 또 언제 그것을 그토록 필요로 했는가? 그렇게 낭비한 듯한 밤이 지나고 다음날 아침이 되어 잠에서 깨어날 때면 난 내가 인류에게는 좋은 일을 했으나 내 주변 누구에게도 그다지 좋지 않은 일을 한 느낌이 들었다. 앤은 그저 어렴풋이 유쾌하게만 기억되는 꿈을 꾼 것처럼 행동했다. 그리고 이런 일은 한동안 일어나지 않다가 욕구가 다시 일어날 때(때로는 수주가 흐른 뒤에) 역시 이번에도 잠의 도움을 받아, 따라서 우리의 오랜 공포가 억압된 상태에서 앤과 나는 다시 만나곤 했다. 습관으로 변해버린 욕망은 안타깝게도 바보들 사이에서 갈 길을 잃고 헤매었던 것이다. (하지만 이제 우리는 더 잘할 수 있을 거라고, 아니 그렇게 해야겠다고 어젯밤 나는 결심했다. 왜냐하면 서로를 좀더 잘 이해하게 됐기 때문이다. 우리는 상대에게 내어줄 것이나 가져갈 것이 전혀 없고 따라서 붙잡거나 보호해야 할 그 무엇도 갖고 있지 않다. 이것은 일종의 진보라 말할 수 있다.)

"개 짖는 소리를 내거나 하진 않았어?" 내가 물었다.

"아니," 앤이 말했다. "그런 소리는 내지 않았어. 이제는 그만둘 생각인가봐."

"클래리사는 어때?" 나는 주머니의 물건을 모두 꺼내면서 클래리사가 머리에서 빼내 내게 줬던 선물, 즉 폴이 먹어버린 리본의 짝인 그 붉은 리본을 찾았다. 그 순간 나는 클래리사야말로 내 묘비명에 새겨질 글귀를 정할 사람이 확실하다는 생각이 들었다. 클래리사는 그 일을 아주 정확하게 해낼 것이다.

"아, 잘 있어. 집에서 뮤지컬 〈캐츠〉를 보고 강에서 열리는 이탈리아 불꽃놀이를 구경했어. 오빠를 돌보는 데 관심이 많은 것 같아, 게다가 오빠가 다친 걸 은근히 좋아하는 것 같기도 하고."

"너무 나쁘게 보는 거 아냐?" (그러나 어쩌면 아주 터무니없는 이야기는 아닐지도 모른다.)

"약간 나쁜 것 같기도 하네." 앤이 한숨을 쉬었고 나는 그 한숨소리에서, 예전에도 그랬듯이, 앤은 자러 갈 마음이 없으며 내게 (내가 왜 자기에 관한 글은 쓴 적이 없느냐 같은) 많은 질문들을 던지거나 대답하고, 웃거나 화를 내고, 그 화를 삭이고, 한숨을 쉬고, 아무 소용도 없는 얘기나 하다가 내가 아직 수화기를 들고 있는 중에 갑자기 잠에 들 수 있음을 직감했다. 앤은 그런 식으로 오늘 하루의 고단함을 달랠 생각이리라. 그렇다면 오네온타에 왔을 때 왜 결혼반지를 끼고 오지 않았는지, 혹시 남자친구가 생겼는지, 찰리와 불화가 있지는 않은지 물어볼 수 있는 완벽한 기회였다. 다른 질문들도 가능하다. 그녀는 정말로 내가 결코 진실을 말한 적이 없고 찰리의 그 지루한 진실이 그보다 더 낫다고 생각했을까? 내가 겁쟁이라고 생각했을까? 내가 왜 그녀에 관해 쓴 적이 없는지 정말 그 이유를 알지 못했을까? 그 밖에 더 많은 질문도 할 수 있었다. 하지만 나는 이제 이런 질문들이 전혀 의미가 없음을, 그리고 그 어떤 불길하고 치명적인 마법으로 인해 우리는 더이상 상대방의 관객이 아님을 깨달았다. 이상한 일이었다. "그 이틀 동안에 뭔가 흥미로운 일이라도 있었던 거야? 그랬으면 좋겠네."

"그러고 보니 요즘에 일어난 일은 우리 서로 거의 얘기를 못했어." 그녀의 기분을 풀어주려고 내가 말했다. "주로 폴의 생각을 들었지. 다른 중요한 문제들에 대해서도 얘기를 나눴고. 그게 더 나았던 것 같아. 그애도 더 나았던 것 같고. 하지만 사고가 나버려서 그걸로 끝이었어."

나는 혀로 입안의 아프고 쓰라린 부위를 건드렸다. 그녀에게 자세한 얘기를 할 생각은 없었다.

"둘은 너무 닮았어, 그래서 슬퍼." 앤이 슬픈 목소리로 말했다. "폴의 눈을 보고 그걸 알 수 있었어. 폴의 눈은 내 눈을 빼닮았는데도 말이야. 난 당신과 폴 모두를 아주 잘 이해하고 있다고 믿어." 앤이 숨을 들이마셨다가 다시 내뱉었다. "독립기념일엔 뭐할 거야?"

"데이트." 너무 힘주어 말해버렸다.

"데이트라, 좋은 생각이네." 앤이 잠깐 침묵했다. "난 요즘 너무 인간미 없는 사람이 돼버린 것 같아. 오늘 오후에 당신을 봤을 때 그런 생각이 들었지. 반면에 당신은 인간미 있는 사람이야, 그걸 내가 인정하지 않은 적도 있지만. 사실 그런 당신이 부러웠어. 나의 일부는 이것저것 신경을 쓰지만 그렇지 않은 면 역시 존재하는 것 같아."

"지나가는 기분일 뿐이야." 내가 말했다. "오늘만 그런 거라고."

"당신은 내가 정말 믿음이 없는 사람이라고 생각해? 나한테 화를 낼 때 그렇게 비난했잖아. 그게 자꾸 마음에 걸려."

"아니," 내가 말했다. "그렇지 않아. 난 그저 나 자신에게 실망했을 뿐이야. 당신이 그렇다고는 생각하지 않아." (비록 그럴 가능성이 충분하긴 해도 말이다.)

"난 그런 사람이 되고 싶지 않아." 앤이 우울한 목소리로 말했다. "만약 인생이라는 게 우리가 뭉뚱그려 대답할 수 있는 특정 불만거리로 이루어져 있고 그게 다라면 나도 정말 싫을 것 같아. 그런데 생각해보니 당신이 나한테 말하려고 했던 게 바로 그게 아니었나 싶어. 그러니까 내가 문제를 해결하려는 유형의 사람이라는 거, 더 정확히 말하자면 내가 단지 특정한 질문에 대한 특정한 대답만 좋아하는 사람이라는 거 말이야."

"그거 말고 다른 어떤 걸 좋아해야 하는데?" 대충 짐작은 하면서도 내가 눌었다.

"아, 모르겠어, 프랭크. 깨닫기 힘든 중요한 문제들에 관심을 가져야 하지 않을까? 우리가 어렸을 때처럼 말이야. 인생이란 도대체 뭔지. 몇몇 문제들이 정말 나를 지치게 해."

"밑바닥까지 캐지 않는 것이야말로 인간의 본성이지."

"그런데 밑바닥까지 캐는 것이야말로 당신이 항상 흥미 있어 하는 일이지, 안 그래?" 앤은 아마도 웃고 있겠지만 그것이 반드시 행복한 미소는 아닐 것이다.

"가끔 그렇지," 내가 말했다. "최근에는 더 그렇고."

"쓰러진 나무들로만 이루어진 큰 숲이라해도," 꿈꾸는 듯한 말투로 앤이 말했다. "오늘은 그것도 그리 나빠 보이지 않는 것 같아."

"9월에 폴을 여기로 데려와도 괜찮겠어?" 지금이 이런 질문을 하기에 가장 적절한 때가 아님을 나는 안다. 일곱 시간 전에도 나는 이 질문을 했었다. 하지만 가장 적절한 때는 과연 언제인가? 난 더이상 기다리고 싶지 않았다.

"아," 분명 앤은 지금 에어컨 때문에 김이 서린 창문 밖으로 햄던과 윌버 크로스 도로의 작은 불빛들을 노려보고 있을 것이다. 그리 멀지 않은 곳을 향해 달려가는 자동차 행렬의 불빛들을. 휴일은 그날이 오기도 전에 거의 끝나버렸다. 나는 아들과 함께 이 휴일을 아쉬워하게 될 것이다. "폴에게 얘기해봐야지, 찰리에게도. 옴부즈맨의 의견도 들어봐야 해. 원칙적으로는 아마 괜찮을 거야. 지금은 이 정도로만 얘기해둬도 괜찮지?"

"원칙적으로는 괜찮아. 내가 지금 폴에게 도움이 될지 모른다는 생각이 들어서 그래. 알겠어? 그 옴부즈맨이라는 사람보다 말이야."

"으음," 앤이 말했다. 나는 눈에 들어오는 오디나무의 잎사귀를 노려봤지만 더이상 어떤 적절한 말도 떠오르지 않았다. 지금 내 모습이 어떨까 생각해본다. 전화기 옆 책상에 홀로 앉아 있는 남자, 전등, 그리고 어둠. 몇 시간 전 어느 뒤뜰에서 풍겨나온 요리 냄새가 아직도 밤공기 중에 떠돌고 있었다. "당신이 언제 문병을 올지 폴이 궁금해할 거야." 딱딱한 말투로 앤이 말했다.

"금요일에 갈 거야. 보호관찰을 받는 곳으로 찾아가겠다고 전해줘." 난 하마터면 이렇게 말할 뻔했다. "폴이 당신과 클래리사에게 줄 선물을 샀어." 하지만 아들과의 약속을 지키기 위해 나는 입을 다물었다.

생각에 잠긴 듯 잠시 침묵하던 앤이 입을 열었다. "뭔가를 온 마음을 다해 하는 일이 거의 없어. 아마 당신이 지난번에 전화했을 때 그런 말을 한 것도 그래서겠지. 그때는 내가 너무 심했어, 미안해."

"괜찮아." 밝은 목소리로 내가 말했다. "그렇게 하기가 확실히 힘들긴 하지."

"있잖아, 오늘 당신을 봤을 때 참 좋았어. 아주 오랜만에 느껴보는 감정이었지. 아주 낯설기까지 했고. 혹시 눈치챘어?"

난 대답할 수가 없었다. 그래서 이렇게 말했다. "나쁘진 않네." 내 목소리는 여전히 밝았다. "일종의 진전인 거잖아."

"당신은 항상 내게서 뭔가를 원하는 것처럼 보여." 앤이 말했다. "그런데 그게 그저 나랑 있을 때 내 기분을 좋게 해주고 싶어했던 것 같기도 하고. 내 말이 맞아?"

"정말로 당신 기분이 좋기를 바라." 내가 말했다. "당신 말이 맞아." 뭔가를 원하는 것처럼 보이지만 사실은 그렇지 않은 것이 '존재의 시기'가 갖는 한 특징이다. 지금 생각해보니 좋게 생각되진 않는다.

다시 침묵이 이어졌다. "이전 배우자가 되기란 쉽지 않은 일이라고 했던 말 기억해?"

"응." 내가 말했다.

"하지만 이전 배우자가 되지 않는 일도 쉽진 않은 것 같네."

"그래," 내가 말했다. "맞아." 난 더이상 아무 말도 하지 않았다.

"알았어, 내일 전화해." 활기찬 목소리로 앤이 말했다. 하지만 나는 안다. 그녀는 어쩌면 슬픔일지도 모를 좀더 복잡한 어떤 감정 때문에, 심지어 자신이 직접 말해버린 흥미로운 진실에 실망했을 것이다. 또한 내가 그 말에 반박하지 않는 데 놀랐을 것이다. "병원으로 전화해. 폴이 아빠와 얘기하고 싶어할 테니까. 아마 명예의 전당에 대해 얘기하지 않을까 싶어."

"알았어." 부드럽게 내가 말했다.

"안녕."

"안녕." 나는 전화를 끊었다.

빵!

빨간색 커피 캔이 지붕 높이까지 빙글빙글 돌며 솟구쳐오르는 게 보인다. 커피 캔은 하늘 위 소용돌이치는 작은 점으로 변했다가 뜨거운 아스팔트를 향해 천천히 떨어져내린다.

아이들은 길을 따라 일제히 달아났고 그중에는 엉클 샘도 끼어 있다. 그런데 엉클 샘은 큰 모자도 쓰지 않았으면서 무슨 이유에서인지 정수리 부근을 손으로 꾹 누르고 있다.

"눈이 튀어나오게 맞을 줄 알아!" 누군가 소리친다.

"우, 우, 우, 꺼져!" 이것이 누군가의 외침에 대한 아이들의 대답이다. 클리오 스트리트 맞은편에서는 밝은 노란색 반바지와 가슴이 강조되는 노란 홀터넥 블라우스를 입은 한 젊은 흑인 여자가 현관 난간에서 몸을 기울인 자세로 도망치는 아이들을 쳐다본다. 캔은 아스팔트를 몇 번 치고는 완전히 찢기고 너덜너덜해진 형체가 되어 그 여자의 집까지 통통 튀어가 멈춘다. "혼쭐을 내주겠어!" 에라토 거리를 향해 모퉁이를 돌아가는 중인 엉클 샘에게 여자가 외치지만 엉클 샘은 여전히 머리에 손을 얹은 자세를 유지하며 미끄러지듯 경쾌한 뜀박질로 곧 시야에서 사라지고 만다. "경찰을 부르면 네 녀석들을 패주러 올 거야!" 여자가 말한다. 아이들은 저멀리 떨어진 곳에서 그저 비웃고 있을 뿐이다. 작은 쥐똥나무 울타리를 두르고 잔디를 심은 그 여자 집의 코딱지만한 앞뜰을 쳐다보니 **매매** 팻말이 금방 눈에 들어온다. 새로 박은 듯 보이는 그 표지판은 물론 우리 회사 것이 아니다.

여자는 현관 난간에 손을 얹은 채 눈을 돌려 내 쪽을 쳐다본다. 나는 신문을 들고 현관 계단에 앉아 여느 평범한 이웃처럼 그녀를 응시한다. 맨발인 걸 보니 잠을 자다가 방금 나온 듯하다. "정말 여기서 이사가면 정말 조오올겠네, 안 그래요?" 여자는 거리를 향해, 나를 향해, 또 문이나 창문을 약간 열고 거리의 소리에 귀를 기울이고 있는 모든 사람들을 향해 이렇게 말한다. "이렇게 시끄러우니 원. 여러분 모두에게 말하고 있는 거라고요. 여긴 너무 시이이끄러워요!"

나는 여자를 향해 미소 짓는다. 여자는 빨간색 재킷을 입은 나를 힐끗 쳐다보고는 마치 이 세상에서 가장 멍청한 인간을 발견하기라도 한 것처럼 고개를 뒤로 젖히고 깔깔 웃는다. 그러고는 교회에서 간증하는 교인처럼 두 손을 위로 들어올린 자세로 머리를 약간 숙였다가 다시 집안으로 들어가버린다.

까마귀 두 마리, 여섯 마리, 열두 마리가 머리 위로 들쭉날쭉한 선을 그리며 날아간다. 까마귀들은 이렇게 말하는 듯하다. "까마귀에게 오늘은 휴일이 아냐. 까마귀는 일을 해야 해." 아침 일찍부터 연습을 하러 나왔는지 금요일에도 들었던 해덤고등학교 밴드부의 우렁찬 금관악기 연주 소리가 점점 크게 들려온다. 분명 퍼레이드를 시작하기 전에 마지막 연습을 하고 있는 중이리라. "어서 우리집으로 와요, 어서 와요." 아마 이것이 그들이 연주할 귀따가운 노래인 모양이다. 계속 꽥꽥거리던 까마귀들은 뜨거운 아침 공기를 뚫고 하늘로 날아오른다. 하지만 동네 사람들은 이런 소음 따위에는 전혀 신경쓰지 않는 듯 인기척 하나 없이 조용하기만 하다.

그리고 그때 마크햄 부부의 노바가 거리 저쪽 끝에 나타난다. 약속 시간보다 삼십 분이 늦었다. 운전자가 지도를 보는 중인지 서행중인 자동차는 덜커덩거리며 내가 있는 쪽으로 방향을 튼 후 내 차가 주차된 집 앞쪽까지 천천히 다가온다. 곧 차 안에서 누군가 손을 흔들고 이어 노바가 마침내 정지한다.

"아, 빠져나오느라 얼마나 고생했는지 몰라요." 필리스가 말한다. 그녀와 조가 어떤 난관을 거쳐왔는지 쉽게 상상이 간다. 그녀의 파란 눈은 더 파랗게 보여서 혹시 콘택트렌즈를 더 선명한 색깔로 바꾼 것이 아닐까 생각될 정도다. "통제불능 기차에 묶여서 끌려가는 기분이었다니까요. 그 여자가 계속해서 다른 집들을 보여주려고 하지 뭐예요." 여기서 그 여자란 물론 이스트 브런즈윅의 소름끼치는 부동산중개인을 말하는 것이다. 필리스는 일부 사람들이 연기하곤 할 법한 맥빠진 듯 놀라운 표정으로 나를 바라본다.

집안으로 걸어들어가는 의식을 진행하기 전에, 우리는 아직도 남아있는 머뭇거림을 격퇴하고자 클리오 스트리트 46번지 현관 계단에 서서 잠시 대기한다. 나는 이미 이 집의 개선점들—기초환기구, 새로 설치한 방수용 철판—을 언급한 바 있으며 마을 내에 쇼핑센터와 병원, 기차역, 학교가 있어 살기에 편하다는 점도 일러둔 상태다. (이웃에 다른 인종의 사람들이 산다는 점에 대해 마크햄 부부는 아직 어떤 말도 하지 않았다.)

"어떤 일이 있어도 우리에게 집을 팔아야겠다는 기세였어요." 그 '다른 업자' 이야기를 마무리하며 필리스가 말했다. "조는 그 여자를 죽이고 싶었을 거예요. 난 당신에게 전화하고 싶었고요."

물론 마크햄 부부가 내 집을 임대하고 가능한 한 빠른 시일 안에 이사를 온다는 사실에 대해서는 이미 합의가 이뤄진 상태다. 그럼에도 나는 덤을 찔러주는 기분으로 아직 완전히 결정된 게 아닌 것처럼 마크햄 부부를 대한다. 어쩌면 그 다른 업자는 거드름을 피우면서, 마크햄 부부를 거의 다 잡은 좋은 거래도 못 알아보는 가망 없는 바보들로 생각했는지도 모른다. 하지만 나는 다른 이들로 하여금 그들이 어려운 선택에 직면해 있음을 깨닫게 해주고 그리하여 인생과 화해할 수 있도록 이끌어주는 일이 고귀하게 느껴진다(이런 접근방식은 나 자신을 이끄는 데도 유용하다). 이번과 같은 경우, 상대를 행복하게 해주려고 노력하는 것이 결국은 자신의 최대 이익을 가져올 수 있는 행위라는 환상을 그들에게 고취함으로써, 집을 임대하는 것이야말로 그들이 해야 할 (현명하고 신중한) 선택임을 확신할 수 있게 돕고 있다.

"아주 차분한 동네군요." 조는 이제 마치 휴가 나온 군인처럼 말한다. (물론 이는 그가 일종의 축복으로 간주하는 상황, 즉 흑인이 눈에 띄지 않는다는 사실을 언급한 것이다.) 작은 손을 주머니에 찔러넣은 채 계단 맨 아래쪽에 가만히 서 있는 조는 온통 카키색 옷을 입고 있어 흡사 목재 저장소에서 일하는 현장감독 같은 분위기를 풍긴다. 꼴사나운 염소수염은 싹 밀어버렸고 요란한 반바지, 플립플롭, 싸구려 담배도 모두 사라졌다. 건방져 보이던 작은 얼굴은 커다란 눈망울의 아기 얼굴처럼 얌전해졌고 입술 역시 약물치료라도 받았는지 창백한 빛을 띠고 있다. (아마 '거대한 붕괴'는 피한 것 같다.) 조는 지난 삼 일 동안 내가 폴과 여행할 때 폴이(혹은 폴과 비슷한 누군가가) 내 자동차 범퍼에 붙여놓은 스티커(스티커에는 **부시나 핥아라**라고 쓰여 있다)를 응시하며 깊은 생각에 잠긴 게 분명하다. 그 스티커 또한 내가 덤을 찔러주는 기분으로 떼지 않고 그냥 놔둔 것이다.

확신하건대 조는 깨끗하게 정돈된 잔디밭과 클리오 스트리트를 바라보면서 이 동네가 바로 그가 제안받았지만 고집스럽게 거절하고 말았던, 또는 돈에 여유가 없어 아예 제안받지도 못했던 해덤의 그 멋진 지역과 상당히 비슷하다고 느낄 것이다. 지금 그는 행복한 표정을 짓고 있으며 이야말로 내가 바라 마지않는 일이다. 즉 나는 이제 조가 불행한 방랑의 시기에 종지부를 찍기를, 경기가 바닥을 쳤다는 생각이나 이 집에서 중요한 일이 일어난 적이 없다는 생각은 접어두기를, 불편한 심기로 구걸하는 이가 되느니 선택을 하는 사람이 되기를, (이미 그러고 있을지 모르지만) 좀더 평평한 지대에서 세상을 바라보고 부동산 전선에서 물러나기를 희망한다.

내 바람을 좀더 자세히 말하자면 이렇다. 나는 마크햄 부부가 클리오 스트리트 46번지로 이사와서 표면상으로는 방어적인 자세를 취하더라도 점차 이웃들을 알아가고, 이웃들과 뜰에 서서 대화를 나누고, 친구를 사귀고, 세든 집에 결함이 있어도 소액의 수리비를 책임지는 대신 집세를 깎는 지혜를 발휘하고, 선생님-학부모 모임에 참석하고, 주민협회에서 도자기나 종이공예 전시회를 개최하고, 미국시민자유연맹이나 미국도시연맹*에서 활동하고, 집주인이 되어 재미없는 경제적 책무를 지는 대신 한결 여유로워진 현금 흐름을 계산하여 더 나은 삶을 꿈꾸며 결국에는 십여 년 동안 여기에 정착하길 바란다. 그후에는 이곳에서 모은 돈으로 플로리다주 시에스타 키로 이사해 콘도를 구입하면 된다(십 년 후에도 콘도가 존재한다면 말이다). 다시 말해, 나는 마크햄 부부가 여기 뉴저지주에서도 버몬트주에서 했던 그대로 하기를—도착했다가 떠나기를—바라며 그렇다면 아주 행복한 결말을 얻

* 미국시민자유연맹(American Civil Liberties Union)은 미국헌법이 보장한 인권 수호를 위한 조직이고, 미국도시연맹(National Urban League)은 인종차별, 특히 흑인인권 향상에 앞장서는 자원봉사기관이다.

게 되리라 생각한다. (물론 보수적인 성향에 장기간 거주하는 세입자라면 모든 집주인들의 꿈이다.)

"그 훌리한의 집을 선택하지 않은 게 어찌나 다행인지요." 조가 거리를 대충 훑어보기만 해도 다 알 수 있다는 듯 골목대장 같은 자신감 있는 태도로 나를 바라보며 말한다. 물론 나의 인정을 노리고 하는 말이다(나는 기꺼이 응할 것이다).

"그 집에서 살 생각이 전혀 없으셨던 것 같습니다. 그 집이 진정으로 마음에 들지는 않았던 거죠." 조는 여전히 계단 맨 아래쪽에 서서 기다릴 게 전혀 없는데도 무얼 기다리는 듯 주변을 둘러보고 있다.

"집 뒤에 교도소가 있다는 점이 마음에 들지 않았어요." 손가락으로 초인종을 만지작거리며 필리스가 말한다. 빈집 저 깊숙한 곳에서 이중음으로 된 외로운 초인종 소리가 울려퍼진다. 필리스는 품이 넉넉해서 엉덩이를 감추는 주름 잡힌 카키색 바지에 앞부분에 주름 장식이 있는 민소매 흰색 블라우스를 입고 있어 평소보다 체구가 더 커 보인다. 활발히 행동하려고 애쓰고 있지만, 필리스의 얼굴은 핼쑥하고 지쳐 보이며 몹시 상기되어 있다. 또 손톱은 닳아 있고 눈에는 촉촉한 물기까지 어려 있어 금방이라도 아무 이유 없이 울 것처럼 보인다. 비록 붉은색 버섯 머리는 그 어떤 때보다 깔끔하고 깨끗하며 폭신한 상태지만 말이다. (계속해서 건강 문제를 걱정하고 있어서 그럴지도 모르지만, 아마 지난 며칠간 필리스도 나처럼 혹독한 나날을 보냈을 것이다.)

하지만 이런 위축된 모습에도 불구하고 나는 마크햄 부부에게서 진지하고 침착하기까지 한 수락의 분위기를 감지할 수 있다. 즉, 이전의 불같은 기운은 어딘가로 사라지고 대신 다른 작고 조용한 불길이 지펴진 상태다. 그렇다면 그들은 이제 예기치 않았던 축복의 문턱에 가닿은 것이다. 이들은 본능적으로 그것이 행운의 부적임을 알아챘으면서도 곧장 그 안으로 들어가지 못하고 있다. 그만큼 이들의 운이 엉망진창이 된 지 오래였기 때문이다.

이제는 놓쳐버린 훌리한의 집과 관련해 조는 이렇게 말한다. "제 견해는 간단해요. 당신이 원하는 집을 당신이 사기 전에 누군가 사버렸다면 그건 그들이 당신보다 그 집을 더 원했기 때문이죠. 그건 전혀 비극이 아닙니다." 조가 자신의 말에 담긴 지혜를 음미하며 고개를 젓는다. 그러나 이는 내가 벌써 몇 달 전에 '부동산중개인의 지혜'라며 들려준 것과 같은 말인데, 사실 지금 그 말을 이렇게 듣는다 해도 딱히 거슬리진 않는다.

"맞아요, 조." 내가 말한다. "당신 말이 옳아요. 이제 안으로 들어가서 집을 살펴보도록 합시다. 당신의 의견이 어떨지 궁금하군요."

사실 (죽을 때까지 살 집을 구매하는 것이 아니라) 임대하려는 빈집을 둘러본다는 것은 신중한 확인 과정이라기보다는 자신을 미쳐버리게 만들 점들이 가능한 한 최소한이기를 기대하며 대충 아무렇게나 훑어보는 절차에 불과하다.

미리 문을 열어놓고, 창문을 올리고, 또 몇 분간 모든 수도꼭지를 틀어놨음에도 불구하고 해리스가 살았던 내 집에서는 여전히 싱크대 하수구나 쥐 미끼 냄새를 연상시키는 불쾌한 노인 냄새가 맴돌고 전체적으로 음습하고 서늘한 기운이 풍긴다. 이 때문에 필리스는 애매하게 창문 근처를 서성거리지만 조는 곧장 욕실을 살펴보고 재빨리 옷장 개수를 세기 시작한다. 필리스는 울퉁불퉁한 회벽을 어루만지더니 파란색 블라인드 너머로 먼저 이웃인 매클라우드의 집을, 다음에는 좁다랗게 나 있는 옆뜰을, 마지막으로는 아침햇살이 내리쬐는 차고가 있는 뒤뜰을 바라본다. 뒤뜰 주변은 몇 주 전에 핀 백합 화단으로 둘러싸여 있다. (나는 마크햄 부부의 눈에 잘 띄도록 휴대용 잔디깎이를 미리 차고 벽 쪽으로 옮겨놓았다.) 필리스는 이어 싱크대의 수도꼭지를 틀어보고 진열장과 냉장고까지 열어보고는(냉장고는 미처 확인하지 못했지만 냄새가 나지 않아 안심이다) 뒷문 쪽으로 걸어가 창문에 몸을 기대고 밖을 내다본다. 마치 마음속으로 당장이라도 등산을 할 수 있고, 차가운 샘물을 마실 수 있고, 또 용담과 매발톱꽃 사이에 등을 대고 누워 하늘에 떠가는 푹신한 구름을 바라볼 수 있는, 자동차 경보기 소리 따위는 전혀 들리지 않는 푸릇푸릇한 산봉우리가 창밖에 펼쳐져 있기라도 한 것처럼. 필리스는 이곳에 오길 원했고 지금 여기에 있다. 비록 그러기 위해선 아쉬운 단념이라는 특정한 순간을 겪어야 하긴 하지만. 어쩌면 그녀는 불확실한 미래에 오늘을 되돌아보는 환상을 보고 있을지도 모른다. 그 미래란 조는 '떠나고', 나이든 자녀들은 어딘가로 흩어져 만날 수 없게 되고, 소냐는 두번째 남편과 아이들과 함께 투쿰카리*에 있는 그런 상황을 말한다. 그때가 닥치면 필리스가 할 수 있는 일이라곤 어쩌다가 이런 삶에까지 이르렀을까 하며 놀라워하는 것뿐이다. 이런 생각이 들면 도교에서 말하는 현자賢者를 제외하고 어느 누가 심란해지지 않을 수 있으랴.

* 뉴멕시코주의 도시.

필리스는 나를 향해 돌아서더니 실제로 생각에 잠긴 듯한 미소를 지어 보인다. 나는 지금 빨간 재킷 주머니에 손을 찌른 채 작은 식당과 작고 깔끔한 주방 사이 아치 모양 문에 서 있다. 나는 집 열쇠를 만지작거리며 따뜻한 시선으로 필리스를 바라본다. 내가 선 곳은 크리스마스에 겨우살이 가지를 매달아놓고 그 밑에서 사랑하는 이를 기다리기에 그만이다.* 비록 필리스에 대한 육체적인 상상은 이제 또다른 휴일 통계수치가 되어버리긴 했지만.

"정말 모텔에 아예 눌러붙어 지낼 생각까지 했었다니까요." 필리스가 무슨 경고라도 하듯이 말한다. "조는 출판사에서 프리랜서로 일하는 것에 대해 심각히 고민했죠. 그런데 그렇게 하면 돈은 좀더 벌 수 있을지 모르지만 이익에는 대가가 따르기 마련이니까요. 지금도 굉장히 고민하는 문제이긴 해요. 모텔에서 바로 그런 일을 하는 젊은 부부를 만났는데 우리와는 달리 아이가 없더군요. 라마다모텔에서 학교를 다니기란 힘든 일이니까요. 하지만 조는 모텔의 깨끗한 이불과 케이블텔레비전이 마음에 들었나봐요. 글쎄 오늘은 플로리다주로 이사하는 건 어떨까 하면서 새벽 두시에 900번 회선으로 몇몇 곳에 전화를 걸더라고요. 우린 제정신이 아니었어요."

욕실에 들어가 있는 조는 약장을 비롯해 개수대와 수도꼭지를 신중하게 살펴보는 중이다. 그는 집을 어떻게 빌려야 하는지 모른다. 그저 영원히 살 집만 생각하고 있을 뿐.

"두 분께서 계속 괜찮은 집이 있는지 보러 다니실 수도 있겠네요."

---

* 크리스마스 장식용 겨우살이 밑에 서 있는 사람에게는 키스를 해도 된다는 풍습이 있다.

내가 말한다. "언젠가는 제가 부인에게 집을 팔 수 있는 날이 오겠죠." 내가 필리스를 향해 미소 짓는다. 내게는 이 집보다 더 끔찍하고 비좁은 집도 있기 때문이다. 월세가 575달러임을 감안한다면 그 집도 끔찍하기는커녕 아주 괜찮은 집이라 할 수 있다.

"제 생각엔 우리가 너무 무리했던 것 같아요." 붉은 타일로 꾸며진 텅 빈 주방 한가운데에 서서 필리스가 말한다. 적절한 비유는 아니지만 필리스의 말을 충분히 이해할 수 있다. "한동안은 좀 여유 있게 지낼 필요가 있을 것 같아요."

"그래야 오래 견딜 수 있는 법이죠." 내가 바보처럼 말한다. 사실 나로서는 어떻게든 할말이 별로 없다. 이들은 집을 빌리는 것이지 구입하는 것이 아니다. 단지 그 어느 쪽이건 필리스가 익숙하지 않을 뿐. 문제될 것은 전혀 없다.

"빕, 빕, 빕, 빕, 빕, 빕, 빕." 침실로 들어선 조가 마침 창문에 있는 여광기를 발견하곤 그것을 살펴보며 중얼거린다.

"아들은요?" 필리스가 이상하다는 표정으로 나를 쳐다보며 묻는다. 지금에야 갑자기 7월 4일 오늘, 내가 위험한 지경에 있는 아들의 병상을 지키지 않고 단기 세입자를 위해 집을 구경시켜주고 있다는 사실에 생각이 미친 듯하다. 부모로서의 책임감을 공유하는 처지로서 하는 말이긴 했지만 그녀의 눈빛에는 나무라는 기색이 가득하다.

"수술은 무사히 마쳤습니다. 감사해요." 나는 주의를 돌리기 위해 주머니에 있는 열쇠를 만지작거린다. "안경을 써야 한다더군요. 하지만 9월에는 저와 지내기 위해 이곳에 올 겁니다." 어쩌면 일 년 후 좀 더 어른스럽고 신뢰할 만한 소년이 되면 쇼핑몰 데이트를 하기 위해 이곳으로 소냐를 데리러 올지도 모른다.

"아, 다행이네요." 무슨 판결이라도 내리듯 넓다란 주머니에 손을 찔러넣은 필리스가 몸을 약간 흔들며 말한다. "누가 다루건 폭죽놀이는 위험한 것 같아요. 버몬트주에서는 금지하는 행위죠." 이제 필리스는 내가 자신의 집에서 나가주기를 원하고 있다. 그 짧은 시간 동안 필리스는 이 집의 모든 것들에 대해 주인의식이라도 느끼게 된 모양이다.

"아들도 교훈을 얻었을 테죠." 내가 말한다. 이후 우리는 다른 방에서 들리는 조의 발소리를 들으며 아무 말 없이 서 있는다. 옷장 문이 잘 맞는지 확인하며 열고 닫는 소리, 전기 스위치를 딸깍하고 아래위로 누르는 소리, 못이 들어갈 수 있는지 확인하려고 벽을 두드리는 소리. 이 모든 행위들을 할 때마다 조는 이따금 "빕, 빕, 빕"이라거나 "오케이, 좋아"라거나 가끔은 "오" 하는 소리를 낸다. 하지만 보통은 "흠"이 대부분이다. 물론 모든 것은 완벽하다. 별다른 수리 없이 바로 살아도 되는 집이다. 왜냐하면 해리스 부부가 떠난 뒤 에버릭과 워델이 한번 손을 봤고 (비록 최근에는 와보지 못했지만) 나도 수시로 확인해왔기 때문이다.

"지하실은 없나요?" 갑자기 복도에 나타난 조가 묻는다. 그러면서 조는 고개를 돌려 천장과 열린 앞문을 재빨리 훑어본다. 집은 이제 따뜻해져 있고 마룻바닥은 햇살을 반짝반짝 반사했으며 습한 냄새는 열린 창문을 통해 거의 사라졌다. "도자기 굽는 가마는 다른 데 설치해야겠군요." (필리스의 종이공예에 대해서는 아무 말도 없다.)

"이 동네에서는 그런 시설을 짓지 않더군요." 내가 고개를 끄덕이며 답한다. 아직도 아프고 쓰린 볼 안쪽을 혀 끝으로 건드려본다. 조가 가마를 설치해야겠다고 지금 당장 덤비지 않아 다행이다.

"아마 지하수 때문에 그랬을 겁니다." 조는 깐깐한 엔지니어처럼 말하고는 창가로 다가가 아까 필리스가 그랬던 것처럼 먼저 매클라우드의 집 옆면을 쳐다본다. 부디 옆뜰 너머에서 셔츠도 입지 않은 채 9밀리미터 구경의 총을 들고 있는 래리 매클라우드가 조의 눈에 띄지 않기를. "프랭크, 여기서 정말 나쁜 일이 일어난 적은 없겠죠?" 조는 억센 털이 난 목덜미를 긁다가 바깥에 무언가가 눈에 띄었는지 시선을 고정하며 묻는다. 아마 지나가는 고양이겠지.

"제가 아는 한은 없습니다. 모든 집들은 과거를 갖고 있죠. 내가 살았던 집들도 다 그랬어요. 누군가 이 집 어느 방에서 죽을 수밖에 없었던 상황도 있었겠지요. 하지만 그가 누구인지는 나도 모릅니다." 내가 이런 말을 한 것은 그의 심기를 건드리기 위해서다. 어쨌거나 그에게는 대안이 없으니까. 그리고 그가 그런 질문을 한 이유는 인종문제를 건드리기 위한 값싼 속임수에 불과하다는 점을 나는 안다. 그런 질문을 해서 내게 인정받으려는 생각은 없겠지만, 만약 내가 인정해준다면 그는 좋아할 것이다.

"그냥 궁금해서요." 조가 말했다. "버몬트주에서는 우리가 집을 직접 지었거든요. 그러니 나쁜 일은 전혀 일어나지 않았던 셈이죠." 다른 말을 궁리하는 중인지 그는 계속 아래를 쳐다보고 있다. "여긴 마약이 없는 동네겠죠?" 필리스는 마치 이제야 자신이 조를 증오하고 있음을 깨닫기라도 한 표정으로 그를 쳐다본다.

"제가 아는 한 그렇습니다." 내가 말한다. "하지만 세상은 변하기 마련이죠."

"맞아요, 젠장." 창가로 들어오는 햇살 아래서 고개를 저으며 조가 말한다.

"프랭크는 이 동네를 책임지고 있는 사람이 아니에요." 필리스가 괴팍하게 대꾸한다(완전히 옳은 말이라고는 할 수 없다). 필리스는 나와 함께 아치형 천장 아래에 서서 빈 벽과 바닥을 쳐다본다. 잃어버린 어릴 시절이라도 떠올리고 있는 것일까. 어쨌든 그녀의 결심은 이미 확고하다.

"이웃에는 누가 살죠?" 조가 묻는다.

"저기 반대쪽에는 브로드낵스라는 노부부가 삽니다. 루퍼스는 뉴욕 센트럴 노선에서 풀먼식 차량* 승무원 일을 했죠. 많이 보진 못하겠지만 호감을 갖게 되리라 확신합니다. 저기에는 젊은 부부가 살고 있어요." (그 사악한 커플 말이다.) "여자는 미네소타주 출신이고 남자는 베트남전 참전 군인이죠. 아주 재미있는 사람들입니다. 저 집도 제집이에요."

"그래요? 두 집 다?" 조는 얼굴을 돌려 교활한 표정으로 나를 흘낏 쳐다본다. 마치 내가 자신의 평가기준을 대단히 벗어났고 어쩌면 부정직한 사람일지도 모른다는 듯이.

"이 두 집뿐이에요." 내가 말한다.

"가격이 많이 오를 때까지 계속 보유할 생각인가요?" 조가 능글능글 웃으며 말한다. 순간 그의 말투에는 텍사스주 억양이 섞여 있다.

"이미 가격이 많이 오른 상태입니다. 더 크게 뛸 때까지 갖고 있으려

* 침대 설비가 되어 있는 호화 기차간.

고요."

조는 이제 이해했다는 듯 우스꽝스럽게 만족에 찬 표정을 드러낸다. 그동안 나의 성향을 어느 정도 파악하고 있긴 했지만 이제 보니 자신과 나는 생각 이상으로 훨씬 많이 닮았으며 또 꽤나 영리한 사람이라는(비록 부정직하다 해도) 사실을 알게 되었기 때문이다. 또 미래를 위해 돈을 모으는 것이야말로 그가 하려고 했던 바이기 때문이기도 하다. 하긴 만약 고난과 시련의 땅에서 이십 년 동안이나 반더야르*를 보내지 않았다면, 가치 높이기에 실패하여 파란만장한 되팔기에 실망하지 않았더라면, 그리하여 무엇이 25센트 동전이고 무엇이 10센트 동전인지에 대한 어렴풋한 기억만 가지고 현실에 재진입해야 했던 상황만 아니었다면 조는 벌써 그러고도 남았을 것이다.

"모든 일은 인식**의 문제라 할 수 있죠, 안 그렇습니까?" 조가 모호한 질문을 던진다.

"맞아요, 특히 요즘 같은 때에는." 조의 말은 부동산에 관한 언급이라 생각하며 내가 대답한다. 비록 오후에 할일은 별로 없지만 나는 이제 떠나야 한다는 신호를 주려 열쇠를 더 세차게 흔들어댄다.

"좋아요, 이 집이 아주 마음에 듭니다." 결단을 내렸다는 듯 조가 고개를 강하게 끄덕이며 말한다. 텍사스주 억양은 어느새 사라졌다. 조를 따라 창문 밖을 보던 나는 커튼 뒤에 숨은 채 졸린 얼굴로 우리를 향해 인상을 찌푸리고 있는 위니 매클라우드를 발견한다. "우리 아가는 어떻게 생각해?"

---

* Wanderjahr. 독일어로 '방랑의 해'.

** '인식'을 뜻하는 단어 perception에는 '임대료 징수'라는 의미도 있다.

"더 멋지게 꾸밀 수 있을 것 같아요." 필리스의 목소리가 마치 갇혀버린 영혼처럼 텅 빈 공간을 맴돈다. (나는 필리스가 '아가'라는 애칭으로 불릴 거라고는 꿈에도 생각하지 못했지만 기꺼이 받아들일 용의가 있다.)

"아마 우리가 유산을 물려받게 될 즈음이면 여기 프랭크가 이 집을 우리에게 팔지도 모르겠군." 조가 혀를 살짝 내밀고 익살스럽게 윙크를 하며 말한다.

"유산을 두 번은 받아야 할걸요." 나 역시 조에게 윙크를 날려준다. "그때쯤이면 이 아기의 가격이 어마어마해질 겁니다."

"맞아요, 그렇겠죠." 조가 말한다. "어쨌든 우리가 유산을 두 번 정도 받게 되면 뉴저지주 해덤의 흑인 동네에 위치한, 방이 다섯 개하고 반 개가 있는 이 집을 살 수 있겠군요. 그럼 나중에 그렇게 거래하기로 약속합시다, 어떻습니까? 당신으로선 손자들에게 당당히 자랑할 수 있는 성공 이야기가 되지 않겠어요?" 조는 천장을 쳐다보며 장난스럽게 눈을 굴리더니 가운뎃손가락으로 자신의 빛나는 이마를 툭툭 치며 이렇게 말한다. "선거는 어때요? 선택은 하셨나요?"

"저는 세금을 더 걷어서 정부 지출을 늘리자는 쪽인 것 같네요." 만약 조가 지금 자신의 새로운 경험적 통일체에 더 잘 맞는, 더 메마르고 상스러운 무언가를 위해 그동안 오랫동안 견지해온 문화적 자유주의 원칙*을 포기할 생각이 없었다면 이런 질문을 해오지 않았을 것이다. 그는 지금 내가 그런 생각을 승인해주기를 기대하고 있다.

---

* 민주당 지지자의 행태적 특징을 빗댄 말.

"지갑 편이라는 거겠죠." 조가 멍한 목소리로 대꾸한다. "그렇지만 뭐, 나도 그쪽입니다." 정말 놀라운 일이 아닐 수 없다. "왜 그런지는 묻지 마세요. 내 부친은"—앨리퀴파에 있는 중국인 슬럼가의 왕이었다고 했다—"사회적 양심이 아주 대단한 분이셨어요. 사실 사회주의자였죠. 젠장, 빌어먹을. 앞으로 여기서 살다보면 내 생각이 어떻게 바뀔지 무척이나 기대되는군요. 참, 여기 필리스는 코끼리*를 부릴 줄 알아요. 코끼리를 타고 다니죠." 필리스는 정치 얘기는 질색이며 관심조차 없다는 듯이 문을 향해 걷기 시작한다. 조는 내가 철학적 동지라도 되는 것처럼 나를 향해 입을 벌리고 굵은 이빨을 드러내며 아기처럼 순진한 미소를 지어 보인다. 물론 이런 일들은 결코 예상하지 못한 것이다. 즉 자신이 옳다고 생각하는 바로 그 순간, 사실은 틀린 것인지도 모른다.

뜨거운 인도에 가지를 늘어뜨린 플라타너스나무 아래에서 마크햄 부부와 나란히 서 있자니 기분이 좋아진다. 영속성이라는 환상이 빠르게 자리를 잡으며 이들에게 은혜를 베풀어주는 모습을 보고 있자니 힘이 난다.

단 십오 분 만에 마크햄 부부는 이곳에 오랫동안 살아온 거주자가 되어버렸고, 그리하여 나는 그들에게 부담스럽고 원치 않는 손님이 되고 말았다. 마크햄 부부는 내게 다시 안으로 들어와 저 나일론으로 만들어진 접이식 의자에 앉아 레모네이드를 마시지 않겠느냐는 제안 따

---

* 코끼리는 공화당을 상징하는 동물이다.

위는 결코 하지 않을 것이다. 도로에서 태양으로 시선을 돌린 두 사람은 눈을 찡그린 채 그들의 뜰에 도움이 될 만한 것은 (내가 뿌린 극히 미미한 양의 물이 아니라) 오직 제대로 내리는 비뿐이라는 표정으로 맑고 푸른 하늘을 응시한다.

우리는 아무 이의 제기 없이 월세 계약을 했고 나는 보증금으로 석 달치를 미리 받기로 했다. 물론 첫 삼십 일 안에 마크햄 부부가 구매할 만한 집이 나타나면 한 달치는 되돌려줘야 한다(그럴 가능성은 희박하다). 나는 우리 회사에서 발행한 '무엇이 다른가?'라는 제목의 안내책자를 건넨다. 집을 임대하는 것과 구매하는 것 사이의 장단점을 일반인이 쉽게 이해할 수 있도록 설명해놓은 책자다. 예를 들자면 이렇다. "자기 소유의 집에서 자는 것이 제일 마음 편하긴 하지만 주거비용으로 전체 수입의 이십 퍼센트 이상을 지출해서는 안 된다(이는 논쟁의 여지가 있다)." 하지만 책자는 자기 스스로에 대해 '알아야' 한다거나, 상대의 승인을 얻어야 한다거나, 아니면 새로 살게 될 집에서 과거에 중요한 사건이 한 번이라도 있었는지 따위를 따질 필요에 대해서는 다루지 않는다. 이러한 문제들을 다루기에 최적인 사람은 정신과의사이지 부동산중개인이 아니기 때문이다. 우리는 내일 다시 만나 회사 사무실에서 계약서를 작성하기로 했고, 나는 마크햄 부부에게 오늘밤 침낭을 가져와 '그들의 집'에서 숙박해도 좋다고 말해준다. 누가 안 된다고 말할 수 있겠는가?

"소냐도 여기 와보면 눈이 아주 휘둥그레질 거예요." 공화당 지지자인 필리스가 자신 있게 말한다. "그래서 우리가 여기 온 거죠, 전에는 몰랐지만요."

"현실을 직시하는 거지." 조가 딱딱한 목소리로 말한다. 두 사람은 서로의 손을 맞잡고는 비록 에둘러서이긴 하지만 인종문제를 언급하고 있다.

우리는 오전 열시의 태양 아래 뜨겁게 달궈진 채 푸른색으로 빛나는 내 차 옆에 서 있다. 그리고 그동안 쌓여 있던 해리스 부부의 필요 없는 우편물들과 〈트렌턴 타임스〉를 겨드랑이에 끼고는 마크햄 부부에게 집 열쇠를 건네준다.

나는 지금 마크햄 부부의 콧구멍 속으로 희미하게, 하지만 점점 진하게 몰려오는 향기가 무엇인지 알고 있다. 그것은 바로 이제까지 위험에 처해 있었던, 인생의 행복한 연속성에 대한 전망이다. (이는 어브 오른스타인의 그 애매한 종교적-인종적-역사적 연속성과는 완전히 다르다. 비록 어브는 똑같다고 주장할지 모르겠지만.) 마크햄 부부가 느끼는 감정은 어쩔 수 없이 저지른 범죄로 받은 징역이 끝났을 때의 기분처럼 더 돌연한 감정이리라. 그 어쩔 수 없이 저지른 범죄란 일상적인 비행과 인생에 대한 직무태만이며, 우리는 그것에 모두 유죄인 동시에 무죄다. 지금 한편으로는 기뻐하고 또 한편으로는 어리둥절해하는 저 두 사람의 머릿속에는, 아직 둘은 알아채지 못하고 있지만 최소한 이런 가능성이 자리하고 있다. 저 부부가 따뜻한 월귤 파이나 조가 새로운 가마에서 구운 약간 흠집이 있는 도자기 '선물'을 들고 머를린 비버스 부인의 집을 방문하게 되거나, 그들보다 나이가 많은 흑인 이웃들과 공통적인 가족문제를 발견하게 되거나, 간혹 흑인 아이들을 집에서 재워주거나, 항상 마음 한구석에 자리하고 있는 걸 알지만 저 단조로운 그린 마운틴에서는 실천할 기회를 잡지 못했던 놀라운 직감,

항상 그들로 하여금 스스로 평범하지 않은 백인이라고 느끼게 만들었던, 다른 인종에 대한 이해심을 가꿔나갈 가능성이다.

흑인 경찰 한 명이 클리오 스트리트 폭파범들을 찾기 위해 순찰차를 몰고 우리 곁을 천천히 지나간다. 경찰은 의무적으로 우리에게 손을 흔들어준 후 계속 차를 몬다. 그도 이제는 마크햄 부부의 이웃이다.

"프랭크, 이사가 끝나고 나면 여기에서 식사를 대접하죠." 조가 굳게 잡고 있던 필리스의 손을 놓고 집주인답게 그 짧은 팔로 필리스의 둥근 어깨를 더 가까이 끌어안으며 말한다. 분명 필리스는 자신의 새로운 병에 대해 조에게 말했을 것이고 조가 집을 임차하기로 결심한 이유도 그 때문일 것이며, 어쩌면 그래서 그녀가 남편에게 그 말을 했을지도 모른다. 즉 둘은 또 한번 현실을 직시하게 된 셈이다.

"아주 기쁜 마음으로 기다리겠습니다." 목뒤의 작은 땀방울들을 훔치며 내가 말한다. 저 먼 도시에서 야구공에 맞았던 부위에 약간의 통증이 전해져온다. 나는 그동안 조가 임차로 살다가 구매로 전환하는 계획을 최소한 한 번은 꺼내지 않을까 생각했지만 그는 그렇게 하지 않는다. 이런 조의 배부른 태도는 아마 내가 동성애자라는 의심이 여전히 그의 잠재의식 속에 자리하고 있기 때문인지도 모른다.

나는 경계하는 눈빛으로 44번가 집의 오래된 벽돌로 된 전면과 커튼이 쳐진 창문을 바라본다. 어떤 움직임도 없지만 나는 누군가 우리를 계속 감시하고 있음을 알고 있다. 또한 그 불편한 순간 동안 나의 450달러가 인질로 잡혀 있다는 확신이 든다. 경제적 곤경이나 실직, 궁핍(이런 문제라면 내가 대처법을 알고 있다)과는 전혀 상관없이, 사생활과 독립적인 생활에 대한 매클라우드 부부의 타고난 신념에 말이다.

솔직히 나는 아직 받지 못한 내 돈보다는, 이런 해결되지 않은 문제로 인해 내 인생의 행복한 연속성이 과연 어떻게 될지에 더 관심이 많다. 그러나 나는 내가 해야 하는 것 이상을 해낼 수 있는 사람이므로, 그 미지의 사람들에게 좀더 복잡한 접근방법을 써볼 수도 있을 것이다. 예를 들면 더이상 그들에게 빌어먹을 돈을 한푼도 요구하지 않으면서 시간이 지나감에 따라 그게 어떤 효과를 가져오는지 보는 것이다. 어쨌든 오늘은 그냥 4일이 아니라 7월 4일 독립기념일이다. 저 무신경하고, 가망 없고, 호감이 가지 않는 마크햄 부부의 경우처럼, 때론 진정한 독립을 목구멍에 억지로 쑤셔넣어줘야 할 때도 있다.

여기서는 보이지 않지만 길 어디선가 자동차 경보음이 갑자기 요란하게 터져나온다(아마 아까 들은 경보음과 같을 것이다). 연달아 삐뽀, 삐뽀 하는 경보음소리와 함께 열시를 알리는 세인트레오성당의 종소리도 때맞춰 들려오기 시작한다. 괘종시계 열세 개가 동시에 울리면서 단조로운 불협화음을 만들어낸다. 조와 필리스는 미소와 함께 고개를 저으며 하늘을 올려다본다. 마치 지금 하늘이 열리고 있고, 그 소음만이 그들이 들을 수 있는 신호라는 듯이. 그러나 마크햄 부부는 행복해지기 위해 노력하기로 결심했고, 무엇이든 받아들이기로 마음먹었으며, 지금 이 순간의 모든 것을 좋아하자는 데 동의했다. 그러니, 결국, 나는 그들이 감탄스럽다고 말할 수밖에 없다.

나는 머를린 비버스 부인의 집을 힐끗 쳐다보다가 방충망 뒤쪽으로 보행기에 달린 은색 손잡이를 보게 된다. 그녀도 우리를 주목하고 있다. 지금 부인은 떨리는 손으로 전화기를 붙잡고 또다시 격분하면서 이렇게 말하고 있을 것이다. "저 사람들은 누구지? 여기서 뭘 하려는 거지? 톰이 살아 있었다면 다 해결해버렸을 텐데."

어느새 나는 조 마크햄과 악수를 하고 있다. 모든 이들에게 최선을 다했으므로 이제는 그만 떠날 때다. 제멋대로인 이방인들이 있다면 그들에게 피난처를 제공해주는 일 외에 무엇을 더 해줄 수 있겠는가?

이제 차를 타고 아침을 맞은 시내를 돌아보기로 한다. 별로 특별한 계획은 없다. 해덤공원에 내 핫도그 트럭이 잘 세워져 있나 본 뒤에 휴일 냄새도 맡아볼 겸 퍼레이드가 펼쳐질 장소도 지나가보려 한다. (마치 관광객처럼) 우리 동네를 돌아보며 호모 해더무스 피테카리우스가 발견된 장소도 구경할 생각이다. 그 유래와는 관계없이—즉 남자인지 여자인지, 인간인지 유인원인지, 자유민인지 노예인지와 관계없이—그것이 나타난 것만으로도 자연스럽게 흥미가 생겼다. 사실 죽어서 땅에 묻힐 때, 언젠가는 호기심과 우려와 심지어 애정이 담긴 직립 동료들의 시선을 받으며 다시 공기와 빛 속으로 돌아올 수 있으리라는 희망을 가지지 않는 사람이 있을까? 시간의 경과라는 혜택에 힘입어 두번째 평가를 받을 수 있는 기회가 주어진다면 누구도 거부하지 않으리라.

드문 경우이긴 하지만 사실 나는 (부지경계선을 확인한다거나, 지붕과 기초공사에 관한 평가서를 작성한다거나, 계약 체결 직전의 마지막 점검을 한다거나 하는) 일상적인 용무에서 벗어나 시내의 한쪽 끝에서 다른 한쪽 끝까지 운전하며 돌아다니기를 좋아한다. 그 무엇과 접촉하거나, 그 무엇을 느끼거나, 그 무엇에 관여되는 일 없이 단지 구경만 하면서 말이다. 이런 관광은 일종의 조용한 참여에 해당한다. 왜냐하면 구경꾼이나 관찰자, 도시의 실체와 형태에 이바지하는 무리 중 한 사람, 즉 대중이 되는 것 또한 자주적인 시민의 미덕이기 때문이다.

세미너리 스트리트는 어디를 둘러봐도 빈약하고 한적하니 퍼레이드 직전의 정적이 감돈다. 마을의 새로운 깃발들이 신호등 세 군데에 꽂혀 있고, 인도에 내걸린 성조기들은 바람에 날리지 않은 채 축 늘어져 있다. 인도에 나와 있는 시민들은 뭘 해야 할지 모르는 듯 이리저리 서성인다. 퍼레이드 팀원들이 뒤이어 따라올 밴드와 꽃마차를 위해 톱질할 때 쓰는 받침대로 도로와 인도 사이를 가로막는 걸 보며 멈춰 선 사람들의 얼굴은 느긋하고 서먹하기만 하다. 마치 오늘은 그저 평범한 월요일이 되어야 하며 각자 시작하거나 마무리해야 할 다른 일들이 있는 것처럼(그렇게 말하는 것처럼) 보인다. 호리호리한 체구에 낯선 얼굴의 동네 아이들이 두 팔을 펼쳐 균형을 잡으며 뜨겁게 달궈진 중앙선을 따라 스케이트보드를 타고 활강하는 가운데, 버추얼 프러퓨전 꽃집과 이전에 베네통 및 로라 애슐리였던 곳(지금은 풋 로커와 더 갭으로 바뀌었다)의 점원들은 상품진열대를 가게 바로 앞쪽에 밀쳐놓고는 나중에 방문할 손님들을 기다리면서 시원한 가게 안에서 대기중이다.

확실히 독립기념일은 이상한 휴일이다. 왜냐하면 누구나 이 휴일에 큰 신경을 쓰지만 정작 야만적이고 어두운 폭정으로 되돌아가는 사태를 막아야 한다는 실질적인 중요성의 측면에서 볼 때, 독립기념일이 갖는 효과가 결코 명확하거나 입증 가능하지 않아서다. 마치 독립이라는 것이 오로지 사적인 일이며 너무 중대한 문제라 다른 이들과 함께 축하할 수 없다는 듯이, 또한 독립이란 정상적이고 상식적인 인간 조건이라는 점을 고려할 때 우리는 모두 마땅히 독립적인 존재여야 하고, 이는 마땅히 반대되거나 훼방받지 않아야 하며, 만약 그런 상황이 지켜지지 않는다면 독립을 복구하고 재구상하기 위해 불합리한 수단까지도 동원되어야 한다는 듯이(내가 아들에게 시도하고자 했던 바가 이것이지만 아들은 이를 홀로 성취해냈다). 그러므로 아마 독립기념일을 보내는 가장 좋은 방법은 독립선언문에 서명한 인사들이 그랬던 것처럼, 또 내가 선호하는 방식처럼, 집 근처의 전원풍 배경에서 과연 우리 앞에 어떤 새롭고 두려운 세계가 펼쳐질지 상상하며 오직 자신의 생각, 공포, 희망, 그리고 '이성의 순간'과 함께하는 것이리라.

나는 마을의 동쪽 가장자리, 즉 숲이 우거진 해덤 타운십과 해덤이 맞닿은 곳에 있는, 아직 완공되지 않은 대형 쇼핑몰 숍 라이트를 향해 달리면서 유대교 회당과 지금은 문을 닫아버린 일본 자동차 대리점과 마기아르은행을 지나 뉴브런즈윅으로 이어지는 27번 국도를 탄다. 숍 라이트 쇼핑몰은 원래 새해에 개장하기로 예정돼 있었지만 주식시장이 침체되고 지역 경기에 몰아닥친 '한파' 때문에 입주 예정이던 기업들(TCBY*, 컬러 타일, 펫 디폿)이 발을 빼기 시작하는 바람에 모든 작업이 중단된 상태다. 사실 나는 이 계획 전체가 취소되고 마을 상인들이 그 자리를 차지하게 되더라도, 그 부지를 시민들을 위한 공원이나 공공 텃밭으로 바꾸어 사람들이 새로운 방식으로 화합하게 되더라도 이를 슬퍼하지도, 그렇다고 나 자신을 개발에 반대하는 배신자로 여기지도 않을 것이다. (당연한 말이지만 그런 일은 결코 일어나지 않는다.)

햇살로 뜨겁게 달구어진 넓은 주차장에서는 퍼레이드에 참가할 사람들이 출발 시간을 기다리며 대기중이다. 퍼레이드를 할 사람들이라

* 요거트 아이스크림 체인점.

곤 생각되지 않을 정도로 무질서하게 서성이는 그들의 면면을 살펴보자면, 우선 토크빌 아카데미의 식민지풍 고적대가 있고, 마더 허버드 드레스*에 전투화를 신은 몇 명의 건장한 남자들과 사슴가죽 상의에 너구리 털모자를 쓴 일단의 무리가 있다(아마도 우스꽝스러워 보이는 대가로 독립을 쟁취할 수 있다는 걸 보여주려는 듯하다). 또 성조기 티셔츠 차림에 휠체어를 탄 뚱뚱한 퇴역군인들 한 무리가 몹시 흥분한 채 앞바퀴를 들고 비틀비틀 달리며 농구공을 서로 패스하고 있다(다른 이들은 햇살 아래서 그저 담배를 피우며 앉아 있거나 잡담만 나누는 중이다). 또한 머스탱 보트 경주도 차례를 기다리고 있고, 요란한 분장의 여자 어릿광대들과 멋진 카우보이모자를 쓴 채 언제라도 (아직 도착하지 않았지만) 고위 공직자들을 컨버터블 뒷좌석에 모실 준비를 마친 자동차 판매업자들도 대기하고 있다. 거기에 무대가 설치된 트럭에 금방이라도 올라탈 수 있도록 대형 기저귀와 죄수복 차림으로 대기중인 정당 소속의 소녀들 무리도 보인다. 숍 라이트 쇼핑몰 표지판 아래, 그늘 한 점 없는 곳에 홀로 주차중인 한 호화로운 은색 버스에는 델라웨어주 도버에서 온 '프릴링하이젠 밴조-색소폰 밴드'가 타고 있는데 그들 대부분 밖으로 나오는 시간을 미루는 중이다. 그리고 마지막이지만 가장 중요한, 빨간색과 파란색 쉐비 빅풋 트럭 두 대가 세미너리 스트리트에서 있을 퍼레이드의 대미를 장식할 준비를 마치고 주차장 가운데에 서 있다. 미끄럼방지 처리가 된 어마어마하게 큰 바퀴 위에 올라가 있는 차체는 마치 찻잔처럼 보인다. (나중에 이 차들은 독립전쟁 유

* 옷자락이 길고 느슨한 여성용 가운.

적지에서 일본 자동차 몇 대를 깔아뭉개기로 예정되어 있다.) 내가 보기에 이곳에 없는 것이라곤 폴 배스컴을 행복하게 만들어줄 하렘의 수호자들뿐이다.

구경하고자 갓길에 차를 세운 후에도 퍼레이드가 시작되거나 무언가 일어날 기미가 전혀 보이지 않는다. 박엽지로 장식한 꽃수레에는 아직 사람도 타지 않았고 말에 매어져 있지도 않았다. 중요한 역할을 맡은 해덤고등학교 밴드부도 보이지 않는다. 그저 연미복에 삼각모를 쓴 보안관들이 무전기와 클립보드를 들고 이곳저곳을 돌아다니면서 퍼레이드 조장들과 얘기를 주고받거나 시계만 쳐다볼 뿐이다. 내 눈에는 그저 모든 것들이 끝도 없이 산만해 보인다. 대부분의 참가자들은 의상을 차려입고 뜨거운 햇살 아래에 우두커니 서 있다. 내가 어제 쿠퍼스타운에서 만났던 가상 야구 선수들이 그랬던 것처럼. 내가 보기에 그 둘은 사실 그 이유도 거의 같다. 즉 그들은 지루해하고 있거나 아니면 뭐라고 이름 붙이기 어려운 그 무엇에 대한 갈망으로 가득차 있는 것이다.

나는 모여 있는 퍼레이드 참가자들을 피해 주차장 입구를 빠르게 통과한 후 다시 27번 국도를 타고 시내로 돌아가기로 마음먹는다. 나로서는 퍼레이드 뒤에 감춰진 일면을 보고 최소한 실망하지는 않았다는 데 만족하면서. 아무리 규모가 작다 해도 이런 공적인 종류의 시시한 절차에는 큰 수고가 뒤따른다. 그리고 이런 행사의 중요성은 그 최종적인 결과에 있는 것이 아니라 우리가 평소의 모습을 얼마나 기꺼이 내버릴 수 있느냐, 또 가치 있는 대의명분을 위해 얼마나 많은 터무니없는 짓거리와 난장판을 감수할 수 있느냐에 달려 있다. 나는 언제나 행복하려고 애쓰는 듯한 광대를 더 좋아했다.

그런데 차를 돌려 숍 라이트 쇼핑몰 입구를 빠져나오려 할 때, 뜻하지 않게 붉은 장식 띠에 다리까지 단추가 올라오는 신발을 신은 연미복 차림의 보안관 한 명이 기저귀를 찬 청년들에게 클립보드를 쳐다보며 뭐라고 말하다가 서둘러 내 차를 향해 다가오기 시작한다. 그는 나를 알고 있기라도 한 것처럼, 무슨 목적이라도 있는 것처럼 나를 향해 클립보드를 흔든다. 휴일을 맞아 그저 인사를 건네거나 메시지를 전하려는 것일 수도 있고 아니면 공지사항을 알려주기 위해서일 수 있다. 혹은 결원이 생겼으니 재미삼아 대신 참가해달라고 요청하려는 것일 수도 있다. (그것도 아니면 내 차에 붙어 있는 **부시나 핥아라**란 스티커를 보고 내가 너무 흥분한 상태라고 판단했을 수 있다.) 하지만 난 그럴 기분이 아니다. 기분이 좋은 상태이긴 하나 그걸 혼자 누리고 싶은 마음이다. 그래서 그 사람을 못 본 체하며 계속 차를 운전해 27번 국도로 들어선다. 어쨌거나 이제 그가 누구였는지 알 길은 없다. 어쩌면 부동산에 장황하게 불만이 많은 사람일 수도 있고 자기집은 금방 팔릴 만한 좋은 물건이니(그럼 그렇게 하든가) 그와 관련해 수수료를 의논할 '필요'가 있다던 그릭슨타운의 프레드 쾨펠이란 남자일 수도 있다. 또는 (매우 자주 있는 일이지만) 앤과 혼인관계를 유지하고 있을 때 알고 지내던 남자 중 하나로, 어제 아침 예일 클럽에서 우연히 앤을 만난 터라 앤이 '아주 좋아 보였다'거나 '멋졌다'거나 '최고였다'거나 같은 말들을 하고 싶어서 그랬을 수도 있다. 하지만 난 관심이 없다. 적어도 독립기념일인 오늘만큼은, 최소한 낮시간 동안만이라도 각자만의 방식으로 독립적으로 행동할 기회가 주어진다. 그리고 오늘 나는 수상쩍은 인사는 받지 않겠다고 이미 결심했던 터이다.

나는 사실상 시민들의 활동이 멈춘 듯 보이는, 햇빛이 쏟아지는 텅 빈 세미너리 스트리트로 차를 돌려 문 닫힌 우체국, 프렌치스 걸프 주유소, 객실이 거의 빈 상태인 오거스트모텔, 커피 스폿 카페를 지나고 광장을 돌아 프레스 박스 술집, 닫혀 있는 로런-슈윈델 사무소, 가든 스테이트 저축은행, 나른해 보이는 신학교, 그리고 공식적으로는 항상 열려 있지만 사실은 몹시 폐쇄적인 제1장로교회를 지나친다. 교회에서는 **환영**이란 팻말과 함께 다음과 같은 문구를 내걸어놓았다. 미국의 생일을 축하합니다! ★ 5천 미터 경주에 도전해보세요 ★ 신이 결승선에서 당신을 돌볼 것입니다!

시청 건너편 해덤공원에도 독립기념일 정신에 고무된 많은 시민들이 이미 자리를 잡고 있다. 탁 트인 중앙 잔디밭에는 붉은색과 흰색 줄무늬가 그려진 대형 천막이 설치됐으며, 최근 새롭게 단장을 끝내고 느릅나무와 너도밤나무 사이로 햇살을 받아 반짝이는 빅토리아 야외 음악당은 지금 수많은 아이들로 북적이고 있다. 많은 해덤 사람들이 북아일랜드 앤트림주의 어느 시골길에 나온 듯 산책하고 있지만, 그래도 주름 장식이 달린 파스텔톤의 드레스, 시어서커 재킷, 흰색 가죽구두, 밀짚모자, 분홍색 파라솔 등 대부분 한껏 멋을 부리고 있어 마치 50년대 남부 영화에 등장하는 자의식 과잉의 엑스트라 같은 분위기를 풍긴다. 내가 맹인들에게 『닥터 지바고』를 읽어주는 방송국 소유의 한 면이 유리로 된 이동식 방송 트럭에서는 이곳에 어울리지 않는 촌스러운 음악이 요란하게 울려퍼진다. 경찰서와 소방서에서는 커다란 텐트 안에 방화복과 폭탄 제거용 방패, 그리고 저격용 라이플을 무료 전시하고 있다. 가톨릭청년회 회원들은 방금 배구 경기를 시작했고 한쪽에서는 매년 벌어지는 민주당 청년 대 공화당 청년의 줄다리기 시합을 위해 호스로 물을 뿌려 땅의 움푹 들어간 곳을 없애고 있다. 병원에서는 무료로 혈압을 측정해주고, 라이온스 클럽과 금주협회에서는 공동으로 매점을 설치해 커피를 무료로 나눠준다. 그 밖에도 마을의 여러 상점에서 나온 종업원들이 하얀 앞치마와 붉은 나비넥타이 차림으로 긴 석쇠 뒤에서 고기 없는 햄버거를 팔고 있다. 또 전통의상을 입은 펜실베이니아 더치* 댄서들이 이동식 무대 위에서 오직 그들만이 들을 수 있는 음악에 맞춰 경쾌하게 민속춤을 춘다. 보아하니 나중에는 반려견 대회도 펼쳐질 모양이다.

거기서 왼쪽 편에, 내가 칠 년 전에 심오하지만 원치 않았던 독립, 즉 이혼을 했던 곳이기도 한 시청 잔디밭 건너 따스한 하마멜리스나무 그늘 아래에 바로 나의 은색빛 '폭죽 소시지 폭죽' 트럭이 있어 몇 안 되는 열성적인 손님들을 끌어모으고 있다. 그중에는 클리오 스트리트에서 폭죽을 터뜨렸던 엉클 샘과 다른 두 아이, 내가 아는 몇몇 이웃 사람들, 정장 차림에 서류가방을 들고 있는 에드 맥스위니, 그리고 섁스 머피도 있다. 섁스 머피는 전혀 어울리지 않는 요란한 분홍색 바지에 밝은 초록색 블레이저, 그리고 러닝화를 신고 있어 하버드대학을 나온 경력에도 불구하고 딱 부동산중개인으로 보인다. 차양 아래로 번들거리는 새까만 얼굴의 워델과 에버릭이 보인다. 둘은 우스꽝스러워 보이는 종업원용 상의와 모자를 착용하고는 파라핀지로 만든 컵에 루트비어를

* 1800년대 이전 미국으로 건너온 독일계 민족.

담아 폴란드식 핫도그와 함께 무료로 나눠주면서 본다가 사무실에 만들어 비치했던 '클레어 데베인을 위한 모금함'을 이따금씩 덜걱거리며 흔들어댄다. 나는 그 둘에게 지금까지 세 번에 걸쳐 클레어에 대한 의중을 떠본 바가 있다. 왜냐하면 둘은 클레어를 좋아했고 그녀를 말썽쟁이 조카처럼 대했기 때문이다. 하지만 그때마다 워델과 에버릭은 내 시도를 슬쩍 피해나갔고 이에 나는 아마도 내가 원했던 것은 클레어에 대한 그들의 생각이 아니라 바로 나 자신에 대한 긍정적인 이야기와 칭찬이 아니었을까 깨닫게 됐다. 둘은 현명하게도 그런 나의 의도를 알아채고 아예 처음부터 얘기도 꺼내지 못하게 만든 것이다. (그것도 아니라면 이틀 동안 경찰에 붙잡혀 있으면서 가혹한 대우를 받은 뒤 아무런 언급이나 절차 없이 풀려났고, 그 때문에 침묵을 지키기로 결심했는지도 모른다. 아무튼 그 둘은 완전히 결백하다고 판명이 났다.)

어쨌든 모든 것들이 내가 기대했고 무난히 계획했던 대로 흘러가고 있다. 즉 커다란 소요도, 작은 소요도 없이 하루가 지나간다. 오늘 같은 날에 맞는 좋은 성과다. 이렇게 하루하루가 흘러간다.

나는 남의 눈에 잘 띄지 않게 해덤공원 동쪽 끝에 있는 크롬웰 레인 부근에 차를 세운 후 차창을 내리고 차 안으로 밀려드는 음악소리와 사람들의 소음과 열기를 느낀다. 운전석에 앉은 채 밖에 펼쳐진 풍경, 즉 몰려다니는 사람들, 느릿느릿 걷는 사람들, 노인들, 연인들, 혼자 나온 사람들, 아이와 함께 나온 가족들을 그저 가만히 바라본다. 이들은 모두 웃음 짓게 하는 오전의 볼거리를 보러 나왔고, 조금 후면 퍼레이드를 구경하기 위해 세미너리 스트리트로 천천히 이동할 것이다. 그런 뒤에는 무미건조한 눈으로 오늘의 남은 행사는 뭐가 있는지 살피며

귀를 기울일 것이다. 7월 4일은, 휴일은 모든 걸 그저 운에 맡겨도 괜찮은 날이라는 편안한 느낌을 사람들에게 안겨주는 날인 듯하다. 비록 시간이 흘러 어두워지기 시작하면 집으로 돌아가 쉬는 편이 제일 낫다고 생각할 테지만 말이다. 어쩌면 오늘이 '국기의 날'과 너무 가깝고 '국기의 날'은 '메모리얼 데이'와 너무 가까우며, '메모리얼 데이'는 또 '아버지의 날'과 너무 가깝기 때문일 수 있다. 아무리 뜻깊은 날들이라 해도 그 수가 많아지면 문제가 되는 법이다.

나는 역시나 폴을 떠올린다. 여기서 그리 멀지 않은 코네티컷주에서 거즈와 붕대에 감긴 채 누워 있을 폴을. 아마 폴이 내 곁에 있다면 오늘의 무고한 대가를 가지고 분명 재미있는 말을 생각해냈을 것이다. "당신이 미국인이라는 걸 실감할 수 있을 때는……" (눈에 크게 한 방 맞을 때죠.) "미국에 있을 때는 사람들이 나를 비웃었어요. 내가……" (포메라니안처럼 짖으니까 말이에요.) "미국인들은 결코, 아니 거의……"(매일 아버지를 볼 수는 없답니다.)

놀랍게도 나는 이른새벽부터 지금까지 폴에 대해 깊이 생각해본 적이 없다. 나는 오늘 아침 아직 밖이 희뿌옇고 서늘할 때 깼는데, 꿈속에서 폴은 디어슬레이어모텔에 있었던 듯한 잔디밭 위로 키스터와 비슷한 개에게 질질 끌려가며 피투성이가 되도록 뜯긴 모습이었다. 그러나 나는 요리사 모자를 쓰고 비키니를 입은, 누군지도 잘 모르는 어떤 여자와 현관 앞에서 코를 비비며 속삭이느라 폴을 도와줘야지 생각하면서도 그녀를 떨쳐내지 못했다. 이는 신비로운 점이라곤 전혀 없는—다른 꿈들과 마찬가지로—그런 꿈이다. 우리가 스스로 옳다고 생각하는 지점으로 나아가기 위해 우리 안의 나약한 본성을 지배하려는 시시한 노력을 강조하는 꿈에 지나지 않는다. (독립이 지닌 복잡한 딜레마는 그리 간단한 문제가 아니다. 우리가 얼마나 완벽하게 성공했는가가 아니라 얼마나 열심히 노력했는가를 드러내려고 치열하게 싸우는 이유도 바로 그 때문이다.)

그러나 폴에 관한 한 나는 이제 막 노력하기 시작했을 뿐이다. 비록 내가 인간의 진보에 관한 '충돌' 이론, 즉 좋은 생각은 우리 머릿속에 다 집어넣고 나쁜 생각은 머릿속에서 빼내야 한다는 이론에 찬성하는 바는 아니지만 어쩌면 어제의 일로 인해 태도와 견해가 쇄신되고, 상처를 그러안은 채, 자유로워질 수 있다는 예상치 못한 희망의 창이 활짝 열렸을지도 모른다. 어떤 면에서는 마지막 기회지만 어떻게 보면 첫 번째 기회이기도 하다. 위대한 인물*은 이렇게 말했다. "영혼은 무엇이 되어가는 과정에 있다." 그리고 내가 생각할 때 이를 통해 그 위인이 말하고자 했던 바는, 바로 천천히 앞으로 나아가라는 뜻일 것이다.

어젯밤 내가 달빛이 비치는 강어귀의 마을, 즉 뉴욕주 롱 에디에 도착했을 때 **오늘밤 주민 모임이 있습니다**란 표지판이 길 양쪽에 붙어 있었다. '레이건 행정부의 장관과 함께하는 질의와 응답'이 주요 안건이었다. 마을 아래쪽 델라웨어강의 둑 부근에는 유령처럼 단지 형태만 보이는 낚시꾼들이 어둠 속에 반짝이는 강물에 서서 여름 곤충떼 사이로 낚싯대와 낚싯줄을 번쩍이며 휘두르거나 드리우고 있었다.

나는 닫혀 있는 주유소 벽에 붙은 공중전화기에서 칼 베미시의 안부

* 랠프 월도 에머슨.

를 간략히 묻기 위해 전화를 걸었다. 그 위협적인 '멕시코인들'이 칼의 산탄총에 최후를 맞지 않았는지 알아보기 위해서였다. (나는 제발 그런 사태가 없었기를 간절히 기도했다.)

"아, 이런, 젠장. 프랭크, 아닐세. 그놈들 말이야." 평소처럼 진열창 뒤쪽 계산대에 앉아 있을 칼이 명랑한 목소리로 말했다. 밤 아홉시였다. "경찰이 그 세 놈을 다 잡아갔다네. 놈들은 뉴호프에 있는 힐크레스트 팜 매장을 털려고 했었대. 그런데 거기 주인이 바로 경찰이었지 뭔가. 그 경찰이 AK-47 소총을 들고 나왔다더군. 놈들을 잡느라 유리를 부수고, 타이어를 펑크 내고, 엔진도 박살내고, 차체까지 망가뜨렸다네. 세 놈 모두 총에 맞았지. 그런데 죽은 놈은 한 명도 없었다니 얼마나 부끄러운 일인가. 인도에 똑바로 서 있었는데도 말이야. 요즘엔 조그만 가게라도 제대로 운영하려면 경찰 정도는 돼야 하나봐."

"이런," 내가 말했다. "이런, 이런." 조용하고 한적한 97번 고속도로 맞은편을 쳐다보니 종탑이 있는 시청의 모든 창문에 불이 들어와 있고 부근에는 많은 승용차와 픽업트럭들이 주차돼 있었다. 나는 '레이건 행정부의 장관'이 과연 누구일까 궁금해졌다. 아마 곧 감옥에 가서 기독교로 개종하게 될 인물일지도 모른다.

"그래, 자네는 아들과 아주 멋진 시간을 보내고 있겠지?" 수화기를 통해 잔이 부딪치는 소리가 들려온다. 칼이 계산대의 창문을 열고 닫을 때마다, 또 계산기 소리가 울릴 때마다 나는 늦은 시각에 가게를 찾은 손님들의 작지만 만족스러운 목소리를 들을 수 있었다. 전부 기분 좋은 소리들이다.

"문제가 좀 있었어요." 나는 그날 있었던 갖가지 좋지 않은 일들과 운전으로 인한 피로감, 머리와 뼈마디가 쑤셔오기 시작하는 느낌 때문에 멍해진 기분이었다.

"아, 그건 아마 자네의 기대치가 너무 높았기 때문일 거야." 칼이 다른 데 정신이 팔린 듯 짜증스럽게 말했다. "말하자면 배로 나아가는 군인처럼 말이야*, 천천히 나아가는 거지."

"그 비유가 이런 뜻인지는 미처 몰랐군요." 좋았던 기분이 모기투성이인 어둠 속으로 떠나가고 있었다.

"아들이 자네를 신뢰한다고 생각하나?" 짤랑, 짤랑, 짤랑. "고맙습니다."

"네, 그런 거 같은데요."

"그렇다면 아이와 언제쯤 가까워질지 모르겠다는 거군. 그저 아이들이 내가 얘기한 멕시코 놈들, 그러니까 강도짓을 하다 총에 맞기나 하는 그런 놈들처럼 자라지 않기만 바라면 되는 거라고. 나는 6월 셋째 주 일요일마다 외식을 하고 건배를 들면서 내 행운에 감사하지."

"왜 아이를 갖지 않았어요, 칼?" 롱 에디의 외로운 시민 중 한 명으로 보이는 왜소한 체격의 한 사내가 시청 문을 열고 나와 이어지는 계단 꼭대기에 멈춰 서더니 담배에 불을 붙였다. 그리고 연기를 들이마시며 오늘밤의 감미로운 선행을 만끽한다. 아마도 장관의 설명—미지근하기 짝이 없는—이 불만족스러워 밖으로 나온 것이리라. 바로 그 순간, 그가 무슨 생각을 하고 있었는지 몰라도 나는 그 남자가 부러웠다. 내가 부러워하는 바가 그리 거창하다고는 할 수 없었다. 공동체 일

---

* "군인은 발이 아니라 배로 전진한다"는 나폴레옹이 했다고 전해지는 말로, 원래는 식량보급의 중요성을 강조한 것이다.

에 참여하기를 선택했다는 만족감, 신임받는 고위 공무원에 대한 솔직한 불만족의 표출, 이후에 있을 친구들과의 맥주 한잔, 얼마 되지 않는 거리를 운전해서 집으로 돌아가고, 모든 일을 마치고 난 후 침대에 몸을 누이고, 이어 배우자의 자발적인 애무를 받으며 서서히 잠이 드는 것. 그는 자신이 얼마나 운이 좋은 사람인지 알고 있을까? 아마 그가 모른다고 할 순 없을 것이다.

"아, 밀리와 나는 최선을 다했다네." 칼이 익살스럽게 말했다. "아니 그랬을 거야. 어쩌면 제대로 못했는지도 모르고. 보자, 처음에는 그걸 삽입하고……" 칼은 분명 강도를 당하거나 살인당할 뻔한 위기를 넘겼다는 사실을 자축하고 싶은 모양이다. 나는 잠시 수화기를 어둠 속에 떼어둠으로써 주저리주저리 떠들어대는 그의 농담을 피할 수 있었다. 그리고 갑자기 뉴저지주와 그곳에서의 내 인생이 그리워지며 끝없는 방랑자의 고통이 느껴졌다.

"어쨌든 무사하다니 다행이에요, 칼." 듣지도 않았으면서 내가 불쑥 말했다.

"오늘은 정말 바쁘군." 누군가에게 소리치며 칼이 말했다. "아침 열한시부터 지금까지 다녀간 손님이 오십 명이나 돼."

"게다가 강도도 없었고요."

"뭐라고?"

"강도도 없었다고요." 내가 좀더 크게 말했다.

"그래, 없었지. 우린 정말 천재들이야, 프랭크. 뭐 좁은 의미에서 말이지. 우리가 바로 이 나라 아닌가." 짤랑, 짤랑, 짤랑. 잔이 부딪치는 소리. "감사합니다, 손님."

"그럴지도 모르겠군요." 옅은 색 셔츠를 입은 그 사내는 담배를 던져버리고 계단에 침을 뱉더니 양손으로 머리를 뒤로 넘겨 쓰다듬고는 나왔던 문으로 다시 들어갔다. 열린 문틈 사이로 차가울 정도로 밝은 노란 불빛이 새어나왔다.

"그 늙다리가 바보 천치라고는 결코 말할 수 없겠지." 칼이 현직 대통령을 들먹이며 격렬하게 말했다. 지금 여기서 불과 몇 미터 떨어지지 않은 곳에 그의 장관이 있는 상태에서 말이다. "그 사람이 바보 천치라면 나도 바보 천치야. 하지만 난 바보 천치가 아니라네. 그건 확실히 말할 수 있지. 난 바보 천치가 아니야. 그렇게 말할 수 있는 사람은 많지 않아." 나는 가게에 있던 손님들이 계산대에서 자신은 바보 천치가 아니라고 큰 소리 치는 칼을 어떻게 생각할지 궁금해졌다.

"난 그자를 좋아하지 않아요." 내가 말했다. 이 말을 하고 나니 갑자기 피곤이 몰려왔다.

"그래, 그래, 그래. 자네는 우리 모두의 마음속에 신이 깃들어 있다고 생각하지. 인간의 고결함에 깃든 신이 가난한 자들을 도와주고 가진 걸 다 내어주고, 어쩌고저쩌고. 하지만 난 신은 천국에 있다고 믿네, 밑에 있는 나는 여기서 이렇게 버치비어나 팔고 있고."

"칼, 난 신을 믿지 않아요. 신에도 여러 종류가 있죠."

"아니, 그렇지 않아." 아마 칼은 술에 취했거나 다시 가벼운 뇌졸중이 왔는지도 모른다. "내 생각은 말일세, 프랭크. 솔직히 말하자면 자네는 겉으로 보이는 모습과 실제가 달라. 복음서에 있는 절대적 진리를 알고 싶으니 신이 어쩌고 말하는 거겠지. 자넨 그 빌어먹을 자유주의자를 가장한 보수주의자라고."

"아뇨, 자유주의자를 가장한 자유주의자예요." 칼에게는 인정하고 싶지 않지만 나는 보수주의자를 가장한 자유주의자인지도 모른다. 삼일 동안 나는 강도, 목사, 동성애자, 예민한 겁쟁이, 그리고 이제 보수주의자 취급을 받았지만, 그중 맞는 건 없다. (이번 주말은 내게 분명 평범한 주말이 아니었다.) "칼, 난 가난한 사람들이나 갈 곳 없는 사람들을 도와주고 싶어요. 사실 당신 같은 경우도 다 죽어가는 상황에서 내가 수면 위로 끌어올려줬잖아요."

"그거야 그냥 재미삼아 그랬겠지." 칼이 말했다. "자네가 아들과 더럽게 문제를 겪는 이유도 그 때문이라네. 자네의 메시지는 뒤섞여 있어. 그러니 아들이 자네와 관계를 끊지 않은 걸 다행으로 여기게."

"아예 대놓고 욕하시지 그래요, 칼?" 어둠 속에서 내가 소리쳤다. 그러면서 칼을 길거리에 나앉게 할 간단하고 합법적인 방법이 없을까 생각했다. 그럼 그는 심리학을 실천해볼 수 있는 시간을 충분히 갖게 되리라. (증오에 가득찬 생각이 보수주의자들만의 전유물은 아니다.)

"이젠 너무 바빠서 자네랑 떠들 시간이 없어." 칼이 말했다. 다시 금전등록기가 울리는 소리. "대단히 감사합니다. 아, 숙녀분 잠깐만요, 여기 잔돈 가져가셔야죠. 2센트도 돈이라고요. 다음 손님. 부끄러워하지 말고 어서 오세요." 나는 기다렸다. 칼이 나에게 또다른 분노를 터뜨리기를, 내가 보내는 메시지가 뒤섞여 있다는 게 무슨 뜻인지 더 자세히 말해주기를. 하지만 칼은 곧 다시 나와 대화를 이어갈 것처럼 전화를 끊지 않고 책상 위에 수화기를 그냥 놓아두기만 했다. 그래서 나는 칼과 손님의 대화 소리만 엿들을 수 있었다. 잠시 후 나는 수화기를 내려놓고 나를 유혹하듯이 저 어둠 속에서 반짝이는 강을 향해 걷기 시작했다. 거친 호흡을 진정시키면서.

앨곤퀸에 있는 샐리와의 통화는 뜻밖의 아주 긍정적인 결과를 가져다줬다. 그래서 집에 도착해 폴의 수술 결과가 더할 나위 없이 좋다는 소식을 듣고 나니 창문을 모두 열고 선풍기를 켠 채 침대로 기어올라가(칼 베커의 책을 읽어야겠다고 생각할 틈이나 잠에 뒤척일 사이도 없이) 조용한 나무 틈에서 매미가 노래하는 소리를 들으며 깊은 무의식의 세계로 빠져들 수 있었다.

폴이 공에 맞았던 일, 명예의 전당에 결국 갈 수 없었던 일, 오네온타에 머물러야 했던 일, 샐리와 함께 밤을 보내러 뉴욕시로 달려가는 대신 밤늦게 집으로 향했던 일(비록 또 한번의 외로운 밤을 보내게 하긴 했지만), 내가 알고 있는 가장 좋은 장소로 샐리만 혼자 가게 했던 일 등의 긴 얘기를 들은 후 샐리는 놀랍게도 피를 나눈 친척처럼 안타까워하며 걱정해주었다. 샐리는 내 목소리에서 뭔가 새로운 것이 느껴진다고, 그런 적은 처음이라고 말했다. 그것은 '보다 인간적인', 심지어 '힘있고' 또 '고집스러운' 뭔가로, 그에 비해 이번 주말에 보여줬던 나의 모습은 '너무 벽을 세우고 몹시 단절되어 있었으며' '목사 같았고'(또?) 이따금 노골적일 만큼 '괴팍하고 독단적'이었다는 것이다. 물론 그럼에도 불구하고 자신은 항상 '마음속 깊이' 나를 좋은 사람으로 여기며, 실제로는 차갑지 않고 매우 따뜻한 사람으로 생각한다고 덧붙였다. (나는 스스로를 샐리의 마지막 설명에 가깝다고 꽤 오래전부터 생각해왔다.) 샐리는 이어 이번에는 내 목소리에서 어떤 근심과 두려움이 느껴진다고 말했다(그 느낌은, 샐리가 담당하는 말기 환자들이

〈레미제라블〉이나 〈나비 부인〉 같은 뮤지컬을 보고 쇼어로 돌아오는 길에 비평을 늘어놓는 것과 비슷하리란 생각이 들었지만 그래도 아마 '힘있고' '단단한' 것과 양립할 수 있는 듯했다). 또 내가 '깊고 복잡한' 무언가에 '극도로 감동받았'음을 알 수 있으며 아들의 부상은 아마 '그저 빙산의 일각'에 불과할지 모른다고 말했다. 샐리는 이 모든 게 내가 '존재의 시기'에서 빠져나오고 있다는 사실과 관련이 있다면서, 내 '존재의 시기'를 '인생을 어떻게 살아야 하는지에 관한 실험의 시기' 혹은 일종의 '영원히 지속될 수 없는 기계적인 고립의 시기'라고 했다. 나는 이제 '또다른 시기'로 접어들고 있으며 그것은 아마도 '영원히 지속되는 시기'일 가능성이 크고 이는 내게 좋은 징조이므로 개인적으로 매우 기쁘게 생각한다고 샐리는 말했다. 비록 우리 둘이 함께하게 되는 결말을 맞지 못한다 해도 말이다(사실 그렇게 될 가능성도 있다, 왜냐하면 샐리는 내가 말하는 사랑의 의미를 진정 모를 뿐 아니라 이를 신뢰하지도 않기 때문이다).

물론 나로서는 샐리가 그 긴 다리를 부드러운 발판에 걸친 채 의자에 기대앉아 벨루가 캐비어와 수천 달러나 나가는 샴페인을 주문한 뒤 비어즈빌에서부터 프놈펜에 이르기까지 그녀가 아는 곳곳에 전화를 걸어 내가 얼마나 불쌍하고 가망 없는 놈인지에 대해, 근본적으로 정말 한심한 놈이지만 잘해보려고 바보 같고 유치한 짓을 하는 걸 보니 웃기기까지 하다고(이는 나도 이미 인정한 바다) 장황하게 늘어놓으며 그들을 즐겁게 해주려 애쓰지 않은 게 고마웠다. 이렇게 만남이 아슬아슬하게 어긋나는 경우에는 그게 누구의 잘못인지와 상관없이 종종 회복 불가능한 파탄을 초래하며 '제기랄, 그렇게 애쓸 필요가 없었어'

라거나 '그동안 그토록 힘들어하고 혼란스러워할 필요가 없었는데 말이야'와 같은 너무 성급한 결론을 내리기 십상이다. 그럴 경우 이후 한쪽은(혹은 양 당사자 모두가) 관심을 끊어버린 채 상대방을 다시는 쳐다보지 않게 된다. 이것이 바로 로맨스의 불확실성이다.

하지만 샐리는 여러 가지를 보다 면밀히 생각하면서, 좀더 깊은 숨을 내쉬고 눈을 질끈 감으면서 나에 대한 자신의 본능적인 직감에 따르려고 애쓰는 것처럼 보였다. 달리 말하자면 그것은 내가 가진 좋은 면들을 찾으려는(드러난 면 중 가장 밝은 부분으로만 나를 구성하려는) 시도였다. 이 모든 사실들은 내게 행운이 아닐 수 없었다. 롱 에디의 어두컴컴한 주유소에 서 있을 때, 비록 나는 무엇을 더 낫다고 느껴야 할지도 모르고 아직은 좀더 밝힐 필요가 있는 바늘구멍만한 희망 외에는 나의 지평선을 비추는 다른 빛이 보이지 않았지만, 그 밤공기 속에서 나는 더 나아질 거라는, 아직 오지 않은 희미하고 달콤한 가능성의 향기를 감지할 수 있었기 때문이다.

내가 차로 돌아와 뉴저지주를 향해 짙은 어둠 속을 내달리기 전, 샐리는 이 모든 시간이 흐른 후에 자신이 결혼하게 될 가능성이 과연 조금이라도 있을지 모르겠다는 얘기를 처음으로 꺼냈다. 그러고는 그녀 자신의 인생에는 과연 어떤 종류의 영구적인 시기가 찾아올지 자못 궁금하다고 했다. (그런 생각들에는 전염성이 있는 게 분명하다.) 샐리는 계속해서—금요일의 조 마크햄보다 훨씬 더 연극적인 어조로—많은 일들에 대해 스스로의 판단을 의심하는 캄캄한 순간들을 겪어왔는데, 위험을 무릅쓰는 행위(그녀는 도덕적으로 이런 행위가 필요하다고 여겼다)와 결심한 일을 겁없이 실행해버리는 행위(그녀는 이를 어리석은 행위로 간주했는데 아마도 나를 염두에 둔 말인 듯했다) 사이의 차이를 알고 있지 못해 걱정된다고 말했다. 그러고 나서는 그녀가 볼 때 일리 있다고 생각되는 몇몇 기막힌 비약과 접속 끝에, 다 큰 성인이라면 어머니처럼 챙겨주는 여자는 필요하지 않을 것이며 만약 그것이 내가 원하는 바라면 다른 여자에게 눈을 돌리는 편이 낫다고 말했다. 그리고 어제 자기가 어떤 말을 했건 사랑을 얻기 위해 그녀 자신을 뜯어고치는 것은(그녀는 '재조립'이라는 표현을 썼다) 사실상 참기 힘든 일이라면서 나에 관해서는 내 필요에 따라 애매하게 계속 말을 바꿀 수는 없을 것이며 그 대신 뜻대로 되지 않는 일도 있음을 인정하고 받아들일 필요가 있다고 말했다. 그리고 마지막으로 그녀가 나를 아주 잘 이해하고 심지어 많이 좋아하는 것은 사실이지만 그것이 반드시 진정한 사랑을 의미한다고 간주할 이유는 전혀 없다고 했다. 이런 샐리의 말은 내가 샐리에게 했던 말, 즉 내가 애정이나 사랑과는 거리가 먼 사람 같다고 했던 말을 떠올리게 했다. (아마 그래서 샐리는 금요일 새벽에 혼란스러운 감정을 느끼곤, 칼 베커의 책을 뒤적거리며 역사를 만드는 일과 글로 쓰는 일 사이의 차이를 생각하고 있던 내게 전화를 걸었을 것이다.)

나는 마지막 남은 밤 낚시꾼이 깊어가는 밤 속에서 여전히 반짝이는 델라웨어강 수면을 헤치며 나오는 광경을 멍하니 바라봤다. 그러면서 그녀를 재조립하겠다거나 모성을 기대하는 것은 결코 아니며 다만(모든 점에서 항복할 필요는 없다고 생각했다) 가끔 조력자를 필요로 할 뿐이라고 재차 말했다. 또 최근 들어 그녀와의 지속적인 관계를 정립해야 하지 않을까에 대해 이런저런 생각을 하고 있으며 그것은 비즈니

스적인 거래와는 전혀 거리가 멀다고, 그 생각이 정말 마음에 들고 실제로 그녀와 함께하는 미래를 생각하면 들뜬 기분이 든다고—정말 그랬다—말해줬다. 덧붙여 샐리를 행복하게 해주고 싶은 마음이 굴뚝같지만 그것은 겉만 번지르르한 (혹은 앤이 말한 것처럼 비겁한) 길과는 전혀 다른 것 같다고 말하면서 샐리가 다음날 해덤으로 가는 기차를 타고 오면 좋겠다고 말했다. 그때쯤이면 마크햄 부부 일과 독립기념일 퍼레이드도 다 끝날 것이고, 그럼 저녁에 다시 만나 더 깊은 대화를 나누거나 신학교(명목상이지만 나는 여전히 신학교의 임시 자문을 담당하고 있다)의 넓은 잔디밭에 누워 불꽃놀이를 구경하다가 어쩌면 나중에 우리 사이에도 불꽃을 좀 튀겨볼 수도 있지 않겠느냐고(빌려온 표현이지만 참 괜찮은 표현인 듯하다) 말했다.

"전부 그럴듯하게 들리네." 웨스트 44번가의 스위트룸에서 샐리가 말했다. "하지만 좀 무모한 것 같은데, 안 그래? 그날 밤 이후 우리 사이는 거의 끝난 것처럼 보였는데 말이야." 샐리의 말투가 갑자기 침울하고 회의적으로 변했다. 나로서는 결코 기대하지 않았던 말투였다.

"난 그렇게 생각하지 않아." 어둠 속에서 내가 말했다. "내 생각엔 아주 멋진 것 같은데. 설사 무모하더라도 아주 멋지다고 생각해." ('신중함'이라는 결점을 가진 사람은 아마 나인 듯하다.)

"오늘 나 자신과 당신에 대해 이런저런 이야기들을 다 했어. 그런데 이제 기차를 타고 가서 잔디밭에 누워 불꽃놀이를 구경하다니…… 갑자기 내가 지금 어떤 곳에 들어와 있는지 모르겠다는 생각이 들어. 제자리를 찾지 못하는 것 같고."

"있잖아," 내가 말했다. "만약 월리가 나타나면 난 명예로운 길을 가겠어. 무엇이 옳은 일인지, 그가 누구인지 잘 알고 있으니까."

"사려가 깊네." 샐리가 말했다. "정말이지 사려가 깊어. 당신은 분명 그러리라고 생각해. 하지만 난 이제 더이상 월리가 다시 나타나는 것에 대해 생각하지 않아."

"좋은 생각이야." 내가 말했다. "나도 그럴 거야. 그러니 제자리를 찾지 못하는 것 같다고 걱정할 필요 없어. 그래서 내가 여기 있는 거니까."

"고무적인 시작이네." 샐리가 말했다. "정말이야. 당신이 왜 여기 있는지를 아는 건 항상 고무적이야."

그렇게 해서 어젯밤, 비록 장기적인 세부 계획은 아직까지 없지만 모든 것들이 희망적이고 밝게만 보이기 시작했다. 나는 우리의 대화를 그녀를 사랑한다는 말이 아니라 내가 애정과 거리가 먼 사람이 아니라는 말로 마무리했고, 샐리는 나로부터 그와 같은 말을 들을 수 있어 기쁘다고 했다. 이어 나는 그야말로 인간이 낼 수 있는 최대한의 속도를 내며 서둘러 해덤으로 향했다.

나는 그늘이 없는 해덤공원 한가운데에서 사람들이 일제히 고개를 들어 위를 쳐다보고 있다는 걸 발견한다. 유모차를 끌고 나온 젊은 엄마, 라이크라 타이츠를 입고 조깅하던 커플, 스케이트보드를 어깨에 걸친 장발 소년, 밝은색 손목보호대로 이마에서 땀을 닦아내는 남자 등 너 나 할 것 없이 모두 보리수나무와 하마멜리스나무, 너도밤나무 너머의 하늘을 일제히 응시하고 있다. 부산하게 춤을 추던 필라델피아 더치들이 동작을 멈추고 서둘러 무대를 내려오고 천막 아래에 있던 경찰들과 소방관들도 잔디밭으로 나와 무언가를 분주히 찾는 듯하다. 에

버릭과 워델, 엉클 샘, 그리고 나 역시(같은 주민이지만 나는 선루프를 열어놓고 차에 홀로 앉아 있다) 창공에 각자 시선을 고정한다. 컨트리 음악도 아주 중요하고 특별한 오늘의 순간이 다가왔음을 알리기라도 하듯 더이상 나오지 않는다. 그것은 마치 무오류를 자랑하는 그 어떤 대단한 존재가 놀라운 광경을 일순간에 연출하고자 재주를 부려 이 모든 일들을 관장하고 있다는 느낌을 준다. 그때까지 그리 멀지 않은 연습장에 계속 머물고 있던 해덤 밴드가 완벽한 장조 화음을 길게 늘여 연주한다. 이어 관객들은—각양각색의 사람들이 우연히 모인 것에 불과하니 사실 관객이라고 할 수는 없다—같은 텔레파시를 받은 듯 수군대고 놀라워하면서 일제히 '오' 하는 소리를 낸다. 그리고 갑자기 하늘에서 사람 네 명이 앙 파라쉬트*! 발에 연통을 단 채 등장한다. 각각 연통에서 붉은색, 흰색, 파란색, 그리고 다른 한 명은 (특이하게도) 나머지 세 명에게 경고라도 하려는지 노란색 연기를 내뿜고 있다. 그들을 보고 있자니 잠깐 현기증이 인다.

낙하산 대원들은 헬멧을 쓰고 국기가 그려진 점프슈트를 입었으며 몸통과 등에는 무거워 보이는 커다란 배낭을 메고 있다. 이들은 땅을 향해 비스듬히 하강하기 시작해 오 초도 안 되어 필라델피아 더치들이 있는 무대와 가까운 곳에 삼단뛰기 동작으로 반쯤 우아하게 착지한다. 나는 그 네 명이 남자일 거라고 짐작하지만, 그들이 꼭 남자일 이유는 없다. 즉 어쩌면 이들은 신장이식수술을 받고 살아난 생존자이거나, 에이즈 환자이거나, 미혼모이거나, 이전에 도박꾼이었던 사람이거

* en parachute. 프랑스어로 '낙하산을 타고'.

나, 혹은 그런 사람들의 자녀일 수도 있다. 어쨌든 남자인 듯 보이는 네 명은 서커스 단원처럼 즉시 요란하게 손을 흔들어댄다. 뿜어져나온 연기 때문에 일부가 가려지기도 했지만 여전히 멋있는 주인공이 사람들을 향해 돌아선다. 그리고 내가 보기에 진심이라고 할 수밖에 없는, 놀라움과 안도감에서 우러나온 열렬한 박수가 이어진 뒤 네 명은 낙하산과 끈을 다시 둘둘 말고는 다음에 공연할 위카텅크*를 향해 떠난다. 이 모든 일들이 내가 가벼운 현기증에서 회복되기도 전에 순식간에 일어난다. (아마 나는 생각보다 더 피곤한 상태였던 모양이다.)

그렇지만 매우 멋진 공연이었다. 이날의 밋밋한 재미를 배가시켜준 재치 있고 스릴 있는 구경거리로, 비록 누군가의 낙하산이 열리지 않을 위험성이 존재한다 해도 어디서나 이런 광경을 흔히 볼 수 있다면 즐거울 것이다.

사람들이 다시 뿔뿔이 흩어지기 시작한다. 각각이긴 해도 모두들 만족스러운 표정이다. 필라델피아 더치들—개척시대의 여자들처럼 앞쪽에 주름이 진 치마를 입었다—도 다시 무대로 돌아와 춤을 추기 시작했고 누군가 힐빌리 음악**도 다시 틀었다. 이어 뽐내는 듯한 바이올린과 스틸 기타*** 연주가 들려오자 여자들은 목쉰 소리로 이렇게 노래 부른다. "내가 당신을 사랑했던 것의 반만이라도 당신이 날 사랑했다면."

차 밖으로 나온 나는 잔디밭에 서서 낙하산 대원들이 뛰어내린 비행기를 찾기 위해 하늘을 올려다본다. 저 먼 곳에서 점 하나가 그르렁거

---

* 뉴저지주의 자치구.

** 컨트리음악의 원형으로, 미국 남부 산악지대의 민속음악이다.

*** 일렉트릭 기타의 일종.

리는 소리를 내며 멀어져간다. 낙하 자체도 그렇지만 나로서는 그 낙하가 시작되는 위험천만한 장소에 더 관심이 많다. 백조로 하여금 보이지 않는 허공으로 뛰어들게 만드는, 평범하고 예측 가능하며 오래된 안전장치야말로 내가 볼 때 더할 나위 없이 완벽하고 아름다운 물건이다. 바로 이것이 나비를 부추기고 위험에 불을 붙이는 것이다.

말할 필요도 없이 나로서는 낙하산 강하를 시도할 생각이 전혀 없다. 공수대원처럼 완벽하게 장비를 챙길 수 있다 해도, 함께 죽을 수 있는 친구가 있다 해도, 나만의 윤활유로 비행기를 정비하고 프로펠러를 작동시켜, 정확한 지점까지 직접 비행기를 조종해서 간다고 해도, 그리고 심지어 낙하 직전에 누구라도, 최소한 마음속으로라도 중얼거리는 그 주문을 외운다 하더라도 말이다. "인생은 너무 짧아"(아니면 너무 길든지). "두려움만 빼곤 내가 잃을 것이 전혀 없어"(아니다). "잃어버릴 위험이 없다면 거기에 무슨 가치가 있겠는가?" (한데 모아 놓고 나니 이 말들은 아파치족에게 '제로니모*'가 의미하는 바와 마찬가지라는 확신이 든다.) 하지만 난 항상 위험을 감수하지 않을 이유를 찾아냈을 것이다. 왜냐하면 훌륭하고 대담한 죽음의 위험보다는 철조망, 비행기, 승강장, 다리, 육교, 창틀 같은 평범한 위험들이 나를 더 압도하고 내 신경을 훨씬 자극하기 때문이다. 몇 년 전에 앤이 말했던 바와 같이 나는 영웅이 아니다.

어쨌든 하늘에서는 아무것도 보이지 않는다. 저공비행하는 세스너

---

* 아메리칸인디언 아파치족 추장의 이름으로, 낙하산병이 비행기에서 뛰어내릴 때 외치는 소리이기도 하다.

나 낙하지점을 빙빙 도는 비치 보난자*는 없다. 오직 수킬로미터 떨어진 저 먼 곳에 대형 보잉기나 록히드 비행기로 보이는 물체가 바늘구멍만한 은빛 불빛을 깜박이며 바다와 그 너머를 향해 조금씩 전진하는 것이 눈에 들어올 뿐이다. 보통 때 같으면 그와 같은 비행기를 보며 지금 내가 있는 곳을 제외한 그 어떤 곳으로 떠나고 싶다는 갈망에 사로잡혔을 것이다. 그러나 재난이 내 뒤통수 가까이까지 다녀간 오늘은 이 땅에 남아 있다는 사실이 행복하게만 여겨진다. 바로 여기 해덤에 말이다.

그래서 나는 다시 방관자가 되어 나 자신과 도시의 부동산 상황을 살펴보기 위해 계속 돌아다니기로 한다.

우선 회양목 울타리로 둘러싸여 있으며 나무 그늘이 진 고딕 건축양식의 신학교 구내를 지나 '뒤쪽'으로 빠져서 한 바퀴 돈 후 프레지던트 구역으로 향한다. 오크나무가 군데군데 심긴, 내가 머리를 얻어맞은 적이 있는 쿨리지 스트리트, 다른 곳에 비해 널찍하고 덜 고급화된 제퍼슨 스트리트, 그리고 역사와 영속성의 흔적을 찾는 발굴 작업이 벌어지고 있는 클리블랜드 스트리트, 즉 나의 집과 줌브로스 부부의 집이 있는 곳까지 맴돈다. 하지만 오늘 오전 발굴 작업에 매달리고 있는 사람은 아무도 없다. 그저 '범죄 현장'을 표시할 때 쓰는 노란색 테이프가 오디나무 두 그루와 굴착기 부근을 둘러치고 있어 붉은색 흙이 파헤쳐진 바로 그곳이 증거물이 발굴되고 있는 현장임을 알려주고 있을 뿐이다. 나는 차창을 통해 파헤쳐진 구멍 아래쪽을 내려다본다. 왠

* 둘 다 경비행기의 일종.

지 밖으로 나가기가 꺼려져 차 안에 있긴 하지만 무언가를, 그게 무엇이든 결정적인 뭔가를 보고 싶다. 발굴 현장은 내 집 바로 오른쪽에 있다. 하지만 밖으로 드러난 현장에서는 맥퍼슨 부부가 기르는 검고 큰 고양이인 고르디만 보일 뿐이다. 고르디는 자기만의 사적인 일을 참을성 있게 감추고 있다. 갑자기 내가 사는 거리에서는 미래든 과거든 시간이라는 것이 전혀 본질적인 문제가 아닌 것 같은 기분이 든다. 나는 곧 아무 소득도 없이 서서히 현장을 벗어난다. 그러나 실망스럽다거나 하는 생각은 전혀 들지 않는다.

이번에는 태프트 레인을 따라 계속 구불구불 차를 몰아서 웨스트민스터음악대학 캠퍼스를 돌아다닌다. 캠퍼스는 조용하고 한적했으며 한여름인데도 야트막한 벽돌 건물들은 문이 굳게 닫혀 있어 아무 소리도 들리지 않는다. 그저 테니스장에서만 퍼레이드에 전혀 관심 없어 보이는 주민들 몇 명이 운동하는 모습이 보일 뿐이다.

나는 천천히 모퉁이를 돌아 고등학교를 지나친다. 홀닛 밴드부 육십 명이 이제 막 연습장을 떠나려는 게 보인다. 밴드부원들의 땀흘리는 어깨에 걸쳐진 붉은색 짧은 제복은 이미 땀에 절어 있고 손에는 트롬본이나 트럼펫이 들려 있으며 더 큰 악기들, 즉 베이스드럼, 수자폰, 심벌즈, 선반에 달린 중국식 종, 이동식 피아노 등은 숍 라이트 쇼핑몰로 그들을 태우고 갈 학교 버스 위에 끈으로 묶여 있다.

잠시 후 내가 도착한 곳은 플레전트 밸리 로드로, 묘지 서쪽 경계선과 면해 있는 곳이다. 묘지 안의 수많은 묘소마다 작은 성조기가 꽂혀 있는 가운데 나의 첫아들인 랠프 배스컴은 '독립선언서 최초 서명자' 세 명의 무덤 근처에 자리하고 있다. 하지만 나로서는 이곳에 묻힐 생각이 없다. 왜냐하면 나는 바로 오늘 아침 일찍, 변화와 진보의 기분에 사로잡혀 최후의 일을 지배해야겠다는 생각이 들었고, 이에 (침대에서 지도를 이리저리 훑어보다가) 여기에서 최대한 멀리 떨어진 곳에(너무 말도 안 되는 곳은 빼고) 묻히기로 결정했기 때문이다. 루이지애나주 컷 오프가 바로 나의 첫번째 선택이었다. 뉴욕의 에스페란스는 너무 가깝다. 하지만 어떤 곳이든 내가 묻히는 곳은 주변 경관이 평화롭고, 자동차 소음은 적어야 하며, 세속의 역사는 최소한인 지역이어야 한다. 또 나를 찾아오는 이들이 (식스 플래그스 놀이공원이나 글래시어공원으로 가는 길이 아니라) 오직 나에 대한 추모를 목적으로 올 수 있는 곳이어야 하고 일단 도착하면 묘지 장소에 대한 내 판단이 탁월했음을 느낄 수 있는 곳이어야 한다. 만약 그렇지 않고 '집'에서 가까운 곳, 즉 예전에 살던 집 뒤편, 영원히 젊은 내 아들의 옆자리에 묻힌다면 나는 철저히 무력화될 것이고 나의 말년을 극대화시키지 못하게 만들 것이다. 내가 집을 팔러 이곳을 몇 번이고 도는 와중에도 자꾸 그 생각이 머릿속을 맴돌 것이다. '언젠가는, 언젠가는, 언젠가는 바로 이곳에 내가……' 이는 프린스턴의 정교수가 되는 것보다 나쁜 일이다.

그동안 일상적인 이유—매물 사진을 찍거나, 시장분석 보고서 작성을 위해 경쟁 매물을 탐문하거나, 감정사를 대동하는 등—때문에 지나가던 거리와 도로와 길과 가도를 이곳저곳 둘러보면서 내가 강하게 실감한 바는 우리가 60년대에 스스로 약속했던 인생의 길을 지켜가며 살아가기가 무척이나 어려워졌다는 점이다. 어브가 말했던 대로, 우리는 우리가 속한 공동체를 영구성의 바위에 닻을 내린 안정적이며 연속적인 실체로 느끼고 싶어한다. 하지만 사실은 그렇지 않음을 우리는 알고 있다. 실상 내막을 들여다보면(혹은 순전히 표면만 보더라도) 전혀 딴판이라는 것을 안다. 고요한 물결을 고대하며 격랑 위에 떠 있는 병처럼, 우리와 공동체는 그저 우연성에 닻을 내리고 있을 뿐이다. 이를 계속 영구적인 것으로 유지하려는 바로 그 노력이 어쩌면 당신을 물속으로 가라앉게 만들지도 모른다.

좀더 긍정적으로 보자면, 그리고 좋은 소식도 나쁘게 보일 수 있다는 관점에서 생각해보자면 다음과 같다. 즉 부동산중개인이 된다는 것은 이따금 사람을 폴리애나*로 만들기도 하지만, 동시에 그들로 하여금 만일의 사태에 대처할 수 있게 해주고 심지어 이를 힘의 근원, 나아가 진정한 자기충족의 근원으로 팔 수 있도록 해준다. 사람들은 누구나 집이 필요하며 앞으로도 그럴 것이라는 신념을 끝까지 포기하지 않았다고 주장함으로써 말이다. 이러한 방식으로, 부동산 일은 "많은 사람들, 좁은 공간, 제한적인 선택이라는 공간에 대한 근본적인 경험을 직접 다루게 되는 진정 미국적인 직업"인 것이다. (물론 내가 읽었던 책 중에 나오는 말이다.)

휴일의 느지막한 오전, 라우드 로드에 가보니 눈에 잘 띄는 대형 이삿짐 트럭 두 대가 두 집 앞에 나란히 서 있다. 한때 행복한 결혼생활을 했던 호빙 로드에서 모퉁이만 돌면 되는 곳이다. 트럭 하나는 육중한 느낌을 주는 초록색과 흰색으로 칠해진 베킨스 물류회사 트럭으로 문이란 문은 다 열려 있고, 또하나는 파란색과 하얀색으로 칠해진 날렵

---

* 미국 작가 엘리너 포터의 소설 『폴리애나』의 주인공 이름. '지나친 낙천주의자'라는 의미.

한 아틀라스 트럭으로 뒤쪽에서 짐을 부리는 중이다. (아쉽게도 초록색과 노란색의 메이플라워 트럭은 보이지 않았다.) 두 집 앞에는 **매매**라는 표지판 위에 **아쉽게도 놓치셨습니다!**란 글이 덧붙여져 있다. 두 집 다 우리 회사와 계약을 맺은 집들은 아니고, 그렇다고 보헤미아, 바이 앤드 라지, 혹은 뉴이집트 소재의 다른 부동산 회사의 매물도 아닌, 이 지역에서 평판이 좋은 센추리 21사와 작년 가을에 새롭게 개업한 콜드웰 뱅커 중개회사의 매물이다.

분명 오늘은 새로운 출발을 하기 좋은 날이다. 이사를 가거나 오거나 상관없이 말이다. 나의 새로운 세입자들도 오늘의 공기에서 분명 이런 분위기를 맡았으리라. 동네 모든 집들의 잔디밭은 깨끗이 깎아서 가장자리를 다듬은 뒤 평평하게 골라놓은 상태이고, 많은 집들이 봄부터 전면에 페인트를 새로 칠하고 손질하고 보수했으며, 건물 토대 벽돌의 줄눈도 다시 칠하고, 다듬어진 나무와 관목이 한껏 그 자태를 뽐내고 있다. 지금 이곳의 부동산 가격은 약간 내려간 상태다. 정말이지 만약 래리 매클라우드 부부와의 마주침을 꺼리지 않거나 그들과의 한판 대결을 개의치 않았다면 나는 클리오 스트리트로 차를 몰아 열시 이후로 상황이 얼마나 진전되었는지 살펴보면서 마크햄 부부에게 다시 한번 행운을 빌어줬을 것이다.

하지만 나는 그 대신 익숙한 길을 따라 쾌적하고 변함 없는 호빙 로드로 차를 몬다. 최근에는 거의 와본 적이 없는데, 이곳에 얽힌 나의 기억들이 시간이 흐르면서 이제 나름대로 좋은 기억으로, 혹은 최소한 참을 만하며 교훈적인 것으로 변한 터라 두려워할 이유가 없기 때문에 들를 필요가 있다. 이 동네는 십여 년 동안 그 외관이 거의 변하지 않았는데, 이는 여기가 본질적으로 생울타리와 깊숙이 들어앉은 그늘진 잔디밭, 뒤뜰의 정자, 밖에서는 잘 보이지 않는 수영장과 테니스코트, 슬레이트 지붕, 판석을 깔아놓은 베란다, 종류는 바뀌지만 사시사철 꽃이 만발한 정원으로 가득한 부유한 거리여서다. 타운 규모로 축소되긴 했으나 시골 저택의 풍부한 느낌을 간직하고 있는 곳이 바로 여기인 것이다. 뉴저지주 대법원의 주임판사는 이미 저세상으로 갔지만 홀로 된 그의 부인은 저쪽에 있는 4번지에서 여전히 정력적으로 살아가고 있다. 내 집 바로 옆에 살았던 드페이스 노부부도 재가 되어 만났다(서로 다른 외국 해변에 묻혀 있긴 하지만). 내가 떠나기 전 소련의 한 유명한 반체제 시인의 딸이라는 여자가 사생활에 간섭받지 않는 평화롭고 조용한 환경을 꿈꾸며 여기로 이사를 왔는데, 이웃들이 보여주는 무관심과 경멸, 심지어 냉대를 견디지 못하고 다시 고향으로 돌아갔다. 소문에 의하면 그녀는 고향에 가자마자 병원에 입원했다고 한다. 2번지에는 어느 록 스타가 구입했던 집이 있다. 이곳을 한번 방문했으나 별로 환영받지 못했던 그는 하룻밤도 묵지 않고 바로 떠나버렸다. 이후 그 록 스타는 로스앤젤레스로 돌아가 그곳에 완전히 정착했다고 한다. 이 두 집 다 우리 회사가 처분을 맡았다.

신학교는 내가 살던 집을 아늑하고 사람이 계속 사는 듯 보이게 유지하려고 무척 애를 쓴 것 같다. 현재 공식적으로 차임 얀코비츠 세계교회주의 센터인 이곳은 내가 살던 때에도 있었던 정감 가는 너도밤나무와 붉은떡갈나무, 일본 단풍나무, 그리고 파키산드라 관목에 둘러싸여 있다. 그런데 길 건너에 차를 세우고 오랜만에 살펴보니 기관 소유 건물이라는 느낌이 물씬 풍겨나온다. 원래 목골구조로 지어진 벽은 광

나는 마호가니나무로 바뀌어 페인트가 깨끗하게 칠해져 있고, 보안창이 새로 설치되었으며, 이전보다 잘 가꿔진 잔디 위에는 낮은 옥외조명이 설치되어 있다. 진입로는 포장을 다시 하고 고르게 다듬어졌으며 반원형으로 모양이 바뀌었다. 동쪽에는 원래 주차장이 있었지만 지금은 없어지고 화재시에 탈출할 수 있는 금속 비상계단이 만들어졌다. 우리 회사 직원들의 말로는 내부의 경우 더 간단한 구조로 바뀌었으며 디지털 스프링클러-경보장치가 설치되었고 외부로 통하는 모든 출구마다 붉은색 마름모꼴의 **비상구** 표지판이 달려 있다고 한다. 모두 이곳을 방문하는 외국 종교 지도자들의 편의와 보안을 위한 조치라고 했다. 하지만 확신컨대 이곳에 온다는 그 위인들은 분명 교외에서 휴가를 보내며 한담을 나누고 유선방송을 보고 싶은 마음이 더 클 거라고 나는 생각한다.

이전에 내 이웃들이었던 사람들은 내가 집을 팔고 난 후 한동안 도시계획국을 찾아가 신학교가 계획을 실행할 시 예상되는 교통량 증가와 용도구역 문제, '외지인 출입', 부동산 가격 하락을 거론하며 민원과 탄원서를 넣었다. 잠깐이지만 금지명령이 떨어지기도 했으나, 여기서 사십 년을 살았던 노부부 두 쌍은 이곳을 떠나고 말았다(두 노부부 모두 신학교에 집을 상당한 금액에 팔아치우고 팜비치로 이사갔다고 한다). 하지만 소동은 결국 사그라들었다. 신학교가 진입로 입구에 세워진 작아서 보이지도 않던 간판을 제거하고 대신 값비싼 조경 사업을 벌이는 데 합의했던 것이다(다 큰 은행나무 두 그루가 트럭에 실려와 대지 경계에 심어졌는데, 덕분에 내가 가꿨던 튤립나무가 잘리고 말았다). 그리고 마지막 조치로, 금지명령을 제기했던 변호사의 집을 이사회에서 구매한다는 결정이 내려졌다. 이후에는 모두가 행복해했다. 다만 처음부터 여기에서 살았던 사람들 중 몇 명은 칵테일파티가 열릴 때면 나를 원망하면서 자신이 여기에 살 만한 여유가 안 된다는 점을 알고 있었다고, 70년대에는 여기 속해 있지도 않았다고, 또 자신이 왜 진작 고향으로 돌아가지 않았는지—자신의 고향이 어디인지도 모르면서—모르겠다고 말했다 한다.

그럼에도, 그럼에도 여기 이렇게 앉아 있으면서 느끼고 있는 감정은 우울함인가? 나는 삼 일 전 샐리의 집에서 느낀 거의 눈물을 쏟을 뻔했던 그것, 즉 상실의 냄새를 맡은 바 있다. 단지 인생의 어느 시기에 그곳에서 가까운 곳에 살았고, 다시 방문했지만 그곳이 나를 승인해주지 않는다는 느낌이 들었기 때문일까? 그렇다면 여기보다 샐리의 집에서 상실감을 훨씬 더 많이 느껴서는 안 되는 걸까? 내가 여기서 더 오래 살았기 때문에, 내가 이곳을 사랑했고, 또 근처에 세상을 떠난 아들을 묻었고, 이곳에서의 영원하고 멋진 인생을 잃어버렸고, 한시도 견딜 수 없을 때까지 홀로 남았고, 이제는 이곳이 나와는 전혀 상관없는 차임 얀코비츠 센터로 바뀌었다는 사실을 알아버렸기 때문에? 정말로 이는 다시 한번 질문해볼 가치가 있다. 어떤 장소든 간에 그것의 회반죽과 들보와 나무들, 관목들, 이른바 그 장소의 본질 속에 우리의 영혼 일부가 영원히 깃들어 있어서, 그 장소가 그곳의 의미와 우리의 의미를 증명해준다고 믿을 이유가 있을까?

아니! 전혀 아니다! 이는 오직 다른 어떤 사람들에게만, 어떤 특별한 상황에 처한 경우에만 가능한 일이며 이것이 바로 '존재의 시기'가 우리에게 가르쳐주는 가치 있는 교훈이다. 우리는 어떤 장소가 우리에게 제공해줄 수 없는 그 무엇을 달라고 재촉하기를 그만둘 만큼 현명해질 필요가 있다. 신이 보장해주는 독립이 아닌 신이 요구하는 독립을 추구한다는 표시로 다른 선택의 대안들—임시적이기는 하지만 조 마크햄 부부가 그러고 있듯이, 또 내 아들인 폴도 지금 그러고 있듯이—을 만들기 시작해야 한다.

진실을 말하자면—이것은 어쩌면 내가 지금 하고 있는 얘기에 관한 나의 신념일 수도 있는데—호빙 로드의 내 옛집은 내 집이라기보다는, 또 나의 과거 사건이 일어났던 집이라기보다는 마치 장례식장처럼 보인다. 지금 내가 느끼고 있는 이 기묘한 감정은 (나쁘지 않은 방식으로) 자신이 한때 머무른 장소에 속한 영혼은 문제를 복잡하게 만들 뿐이라는 깨달음으로 옮겨가는 중이다. 그 영혼에는 실체를 뒷받침하는 근거가 결여되어 있기 때문이다. 솔직히 말해서 만약 내가 차 안에서 오 분을 더 보내면서 신탁을 받으러 신전을 찾은 방문객처럼 내 옛집을 노려보고 있었다면, 얼마 있지 않아 우울함처럼 느껴지던 그 무엇은 발작적인 웃음의 전주곡에 불과해질 것이고 따라서 없는 것보다는 있는 게 나은 내 심장의 작은 조각 하나도 얼어붙게 할 필요가 없음을 깨달았을 것이다.

"이봐요, 여기 이 사람한테서 중고 주택을 구입하시겠습니까?" 장난기 가득한 목소리에 화들짝 놀라 차창 밖으로 고개를 돌리니 카터 노트의 둥근 얼굴이 씩 웃고 있다. 약간 거리를 두고 서 있는 카터는 머리를 한쪽으로 비스듬히 기울이고 다리를 벌리고 늙은 판사처럼 팔짱을 낀 자세로 나를 쳐다본다. 카터는 축축한 자주색 수영복 바지에 역시나 젖은 양가죽 샌들, 거기에 테리 직물*로 만든 짧은 가운을 걸치고 있어 둥근 복부가 살짝 드러나 보인다. 차림새로 보아 22번지에 있는 그의 집에서 수영을 마치고 나를 놀라게 하려고 여기까지 몰래 다가온 모양이다.

여기서 미친 사람처럼 빈둥대고 있던 나를 발견한 사람이 카터가 아닌 다른 사람이었다면 나는 엄청나게 당황했을 것이다. 하지만 카터는 이 마을에서 나와 가장 친한 친구라고 할 수 있으며 이는 그와 내가 (외롭고 우울한 날을 보내던 1983년의 이혼남 클럽 같은) '거슬러올라갈 과거'를 공유하고 있다는 말이다. 지금도 유나이티드 저지사 건물 로비에서 우연히 마주칠 때면 일 얘기를 하기도 하고 콕스 뉴스사 건물 바깥에서 만나는 날엔 날씨가 어떻든 각자 들고 있던 신문지를 둘둘 말아 팔짱을 낀 채 자이언츠와 이글스의 경기가 어떻게 될지, 또 뉴욕 메츠와 필라델피아 필리스의 경기는 어떻게 될지 신나게 떠들어대기도 한다. 그러나 무슨 주제건 우리의 대화는 구십 초 이상을 넘기지 않으며 그렇게 만나고 난 후에는 새로운 스포츠 시즌이 시작되거나 새로운 이슈가 나타날 때까지 약 육 개월 정도 얼굴을 보지 못할 때도 있다. 나는 카터가 펜실베이니아주립대학에서 하고많은 학문 중 고전학을 공부했다는 사실을 알고 있지만 그는 내가 어디에서, 또 언제 태어났는지 모르고 내 아버지의 직업이 무엇이었는지, 내가 다닌 대학교가 어디인지도 알지 못한다(아마 오번대학교라 짐작하고 있겠지). 또 앤이 해덤에서 살았을 때는 앤을 알았겠지만 우리의 첫아들이 이미 죽었

* 타월처럼 수분이 잘 흡수되도록 만든 직물.

다는 사실이나, 내가 저 맞은편에 있는 집에서 다른 곳으로 이사가게 된 이유나, 내가 여가시간에 하는 활동이 무엇인지는 알지 못한다. 저녁식사 초대를 하지 않고 술이나 점심을 함께 하자고 약속하지 않는 것이 우리의 암묵적인 규칙이다. 왜냐하면 우리 중 누구도 상대가 처한 상황에 관심이 없거니와 그럴 경우 자칫 지루해지거나 우울해져서 마침내 관계가 끝장나고 말 것이기 때문이다. 카터는 이처럼 교외지역에서 가장 바람직하다고 할 수 있는 방식으로 관계를 맺고 있는 나의 콤파녜로*다.

이혼남 클럽이 해체된 뒤(나는 프랑스로 떠났고 한 명은 자살했으며 다른 한 명은 그냥 나가버렸다) 카터는 이혼 후의 혼란을 잘 극복하고 페닝턴 너머의 신흥부유층 동네에서 아치형 천장, 자연석으로 만든 벽난로, 스테인드글라스, 비데 따위가 있는 주문형 주택을 지어 살면서 자유분방한 독신남 생활을 누렸다. 1985년경, (그가 은행장으로 있던) 가든 스테이트 저축은행은 위기를 돌파하기 위해 공격적인 투자에 돌입했는데, 카터는 그게 현명하지 못한 조처라고 생각했다. 이에 다른 주주가 상당한 가격에 카터 소유의 주식을 사들이자 카터는 기쁜 마음으로 페닝턴에 있는 자신의 집으로 돌아갔다. 그러고는 애완동물용 투명 울타리 기술을 복잡한 주택 보안장치에 적용하는 작업에 골몰했다. 이후 카터는 회사를 설립했고 은행에 400만 달러를 예치해놓고서 직원 열다섯 명을 고용해 이 년 반 동안 운영했다. 그리고 미리 영악하게 특허를 내놓은 마이크로칩 기술에 눈독을 들인 한 네덜란드 회사에 회

* compañero. 스페인어로 '친구'.

사를 팔아넘겼다. 그렇게 800만 달러라는 큰돈을 다시 손에 쥐게 된 카터는 여기 22번지에 있는, 주민들이 질색하는 이국적이며 온통 흰색으로 칠해진 고딕 부흥 양식의 초현대식 주택을 구입했고, 이후 저축융자조합의 호전적인 새 이사의 전처와 결혼했으며, 지금은 자신의 자산을 감독만 할 뿐 실질적으로는 은퇴한 상태다. (말할 필요도 없이 여기 해덤에는 그런 거창한 이야기를 지닌 자들이 카터 말고도 흔하다.)

"나는 자네가 그 붉은 재킷을 입고 오래 묵은 와인을 들이켜면서 여기서 옛집을 바라보며 눈물을 훔치는 줄 알았지." 화가 난 듯 아랫입술을 씰룩거리며 카터가 말한다. 작고 훌쭉한 체구에 햇볕에 잘 그을린 피부. 그의 짧은 머리는 두피 일부가 드러난 넓고 반듯한 이마 양쪽에 찰싹 달라붙어 있다. 카터는 언뜻 보면 전형적인 보스턴 사람처럼 보이지만 사실 그의 고향은 뉴저지주의 곡창지대인 굴드타운으로, 비록 자신은 간과하고 있지만 카터는 사료가게 주인만큼이나 정직하고 꾸밈이 없다.

"시장분석 보고서를 구상하던 중이었어, 카터." 나는 거짓말을 한다. "잠시 뒤에 퍼레이드도 구경할 생각이지. 이렇게 나를 깜짝 놀라게 해줘서 진심으로 기쁘군." 내 손에 평가서 따위의 서류는 전혀 없다. 그저 해리스 부부에게 온 쓸데없는 우편물 아니면 폴과 여행했던 흔적을 보여주는 물건들만 있을 뿐이며 그것도 대부분 뒷좌석에 놓여 있다. 농구공 모양의 문진이라든가 귀걸이 선물, 구겨진 에머슨의 『자기신뢰』, 폴의 워크맨, 내 올림푸스 카메라, 폴이 보던 〈뉴요커〉, 행복은 혼자일 때 가능하다란 글이 새겨진 폴의 냄새나는 티셔츠, 독립선언서 한 부가 들어 있는 폴의 패러마운트 가방, 농구 명예의 전당에서 가져온 책자 등등이 말이다. (하지만 카터는 이것들을 볼 수 있을 만큼 가까이 있지도 않으며 설령 그렇다 해도 전혀 신경쓰지 않을 것이다.)

"프랭크, 존 애덤스와 토머스 제퍼슨이 같은 날에 죽었다는 사실을 알고 있나?" 카터는 평소처럼 굳게 다문 입술로 싱긋 미소 지으며 잘 그을린 다리를 더 넓게 벌린다. 마치 그것이 음탕한 농담의 도입부라도 되는 것처럼.

"몰랐는걸." 내가 대답한다. 하지만 사실 나는 알고 있다. 폴과의 완벽한 여행을 위해 읽었던 책에 그런 내용이 나왔다. 그런데 지금 생각하니 전부 우스꽝스럽기만 하다. 하지만 자주색 수영복을 입고 여기 호빙 로드에 서서 내게 역사 퀴즈를 내고 있는 카터가 더 우스꽝스럽게 느껴진다. "한번 맞혀보도록 하지," 내가 말한다. "둘은 독립선언서에 서명한 지 정확히 오십 년이 지난 1826년 7월 4일에 죽었고 제퍼슨이 죽기 전 마지막으로 했던 말은 '오늘이 7월 4일인가?'였지."

"맞아, 맞아. 이런, 자네가 역사학 교수인 줄은 미처 몰랐군. 그런데 애덤스는 이렇게 말했지. '제퍼슨은 아직 살아 있겠지.'" 카터가 자조적인 미소를 짓는다. 이혼남 클럽 모임에서도 카터는 지금처럼 연극조의 농담으로 우리를 웃기곤 했다. "실은 내 아이가 알려준 거야." 카터가 큼직하고 가지런한 치아를 드러내며 씩 웃는다. 그 모습에 나는 내가 그를 얼마나 좋아하는지가 새삼 떠오르면서 상실감에 빠진 동료들과 오거스트모텔의 술집이나 프레스 박스 술집에 모여, 혹은 자정이 지난 시각에 바다낚시를 하면서 보냈던 밤들이 떠오른다. 인생이 엉망진창이던 그때, 그때 우리는 무리를 지어 지금보다 훨씬 더 단순한 방법으로 그런 인생을 좋아하는 법을 배우고 있었다.

"나도 아이가 알려준 거야." 난 (또) 거짓말을 한다.

"자네 악당들도 전부 잘 있겠지? 지금 어디에 있나, 뉴런던?"

"딥리버에 있어." 내가 짐작했던 것 이상으로 카터는 나에 대해 더 많이 알고 있는 듯하다. 물론 어제의 일에 대해 이야기한다면 그의 기분좋은 하루에 먹구름을 드리울지 모르겠지만. (그렇지만 어떻게 그걸 알고 있는지 궁금해진다.)

눈을 들어 호빙 로드를 바라보니 검은색 메르세데스 벤츠 리무진 한 대가 나타나 이전 내 집의 반원 모양 진입로로 들어서더니 인상 깊은 모습으로 현관을 향해 돌아 들어간다. 과거 나는 바로 육천 번쯤 그곳에서 겨울하늘에 떠 있는 달이나 말꼬리구름을 바라보고 명상에 잠기면서 (때로는 아주 힘들게, 때로는 아주 쉽게) 스스로 기운을 북돋우곤 했다. 마음속에 이런 장면을 떠올리자 갑자기 극심한 고통이 나를 휘감고 지나간다. 그리고 문득 단지 거주지에 불과한 것—슬픔, 퇴거, 승인의 부재—에 굴복하지 않겠다고 한 내 말에 굴복하게 될까봐 두려워진다. (다행히 카터의 존재 덕분에 가까스로 억누를 수 있다.)

"앤과는 가끔 마주쳐?" 나를 배려한 듯 진지한 표정을 지으며 카터가 묻는다. 그러면서 두 손을 각각 반대편 소매에 집어넣은 채 팔뚝을 열심히 긁어댄다. 카터의 허벅지는 순무처럼 털이 거의 없고 왼쪽 무릎 위에는 전에도 본 적 있는 분홍색의 맨들맨들하고 깊게 팬 자국이 남아 있다. 전에 살점이 커다랗게 뜯겨나가고 근육이 거칠게 파였던 자리다. 보스턴 출신 은행가 같은 얼굴에 또 지금은 저렇게 별난 옷을 입고 있긴 해도 카터는 한때 베트남에서 특수 유격대원으로 활약했다. 따라서 그는 실제로 전쟁영웅이지만 그럼에도 이를 의식하지 않는데,

나는 카터의 그런 점을 더욱 높이 평가한다.

"그렇게 자주 만나진 않아, 카터." 나는 이렇게 대답하면서 눈을 깜박여 별로 내키지 않는 질문이라는 의사를 전한다. 이제 태양은 그의 뒤통수 바로 위에 떠 있다.

"있잖아, 작년 가을에 예일-펜실베이니아 대학 친선 경기에서 앤을 본 적이 있어. 일행이 아주 많더군. 헤어진 지 얼마나 됐지?"

"거의 칠 년."

"칠 년이라, 성서에서 정한 기간이 다 됐군." 여전히 침팬지처럼 팔을 긁고 고개를 끄덕이면서 카터가 말한다.

"낚시는 요즘 안 해?" 나를 레드맨 클럽에 소개해준 사람은 카터였지만 정작 카터 자신은 그동안 한 번도 클럽에 나오지 않았다. 엄마와 함께 캘리포니아주에 사는 아이들이 아빠인 그를 만나러 빅 스카이나 파리*로 오곤 했기 때문이다. 내가 알기로 레드맨 클럽의 고요한 수면 위를 정기적으로 오가는 사람은 나뿐이다. 조만간 아들과 함께 더 적극적으로 참여할 생각이다. 운이 좋다면 말이다.

카터는 고개를 젓는다. "프랭크, 난 최근에 낚시를 간 적이 없어." 아쉬움이 담긴 말투로 카터가 말했다. "부끄러운 일이지, 언제 가긴 가야 하는데."

"가게 되면 연락이나 줘." 나는 떠날 준비를 한다. 내 마음은 이미 여섯시에 오기로 돼 있는 샐리에게로 향하고 있다. 카터와의 구십 초는 이제 끝이다.

---

* 텍사스주에 있는 지명.

나의 옛집 현관에 메르세데스 벤츠 한 대가 멈춰 서고 곧 작은 키에 제복을 입고 검은 모자를 쓴 운전사가 차문을 열고 뛰어나와 트렁크에서 커다란 여행가방들을 내리기 시작한다. 이어 뒷좌석 문이 열리자 화려한 짙은 초록색 다시키*와 그에 어울리는 모자를 쓴 아주 큰 키에 호리호리한 체구의 아프리카 흑인 남자가 나타난다. 왕자처럼 보일 만큼 근사한 그는 얼굴이 길고 키도 아주 커서 한껏 몸을 꼿꼿이 세우면 '장대' 월트 선수 못지않을 듯하다. 집마다 생울타리가 있는 조용한 동네를 둘러보다가 자신을 쳐다보고 있던 나와 카터의 눈길과 마주치자 그 흑인은 우리를 향해 커다란 분홍빛 손바닥을 들어 보이며 천천히 손을 흔든다. 은총을 내리는 듯한 그 손동작은 한두 번 해본 솜씨가 아니다. 차 안에 있던 나와 밖에 서 있던 카터 역시 즉시 손을 들어 미소와 함께 고개를 끄덕여 보인다. 우리도 그의 언어를 알 수 있다면 그를 얼마나 좋게 생각하는지 알려주고 싶지만 그렇지 못해 안타깝다는 듯이. 리무진 운전사는 그 거인을 재빨리 내 집 안으로 인도한다.

카터는 아무 말도 하지 않고 뒤로 약간 물러서서 커브길 양쪽을 주시한다. 그는 금지명령 위원회 소속이 아니었다. 그후에 이 동네로 이사왔기 때문이다. 확신하건대 그는 지금 세계교회주의 센터가 좋은 이웃이라고 생각하고 있으며 난 항상 이렇게 될 거라는 사실을 알고 있었다. 우리가 모든 것에 익숙해질 수 있는 건 아니지만, 그래도 우리는 생각보다 더 많은 일들에 익숙해질 수 있고 심지어 그 일을 좋아하는 법까지 배울 수 있다.

---

* 아프리카 민족의상 중 하나.

내 생각이지만 카터는 하루 동안 자신이 한 생각들, 농담, 주요 기사, 스포츠 경기 점수 등을 머릿속에 떠올리면서, 그중 삼십 초 이상 걸리지 않고 여전히 벗어날 기회가 있어 곧장 수영장으로 돌아갈 수 있으면서도 나의 흥미를 끌 만한 화제로는 뭐가 있을지 결정하는 중일 것이다. 물론 그것은 나도 마찬가지다. 비극적인 사건이 일어났을 때를 제외하면, 우리가 아는 사람들에게 꼭 해줘야 할 말 같은 건 거의 없으니까.

"그래, 회사 동료에게 일어났던 살인사건은 어떻게 됐어?" 카터가 사무적인 목소리로 묻는다. 적당한 비극적 사건을 화제로 선택한 카터는 매끄러운 바닥 위로 다리를 더욱 쫙 벌리고 양가죽 샌들을 신은 발은 단단히 고정시킨다. 그러고는 개인의 자유를 제한하는 모든 달갑지 않은 행위에 불관용한 법과 질서처럼 단호하고 완강한 표정을 지어 보인다.

"기금을 모아주기로 했는데, 나도 자세히는 몰라." 나 또한 완강한 표정으로 답한다. 또다시 클레어의 환한 얼굴과 날카로운 눈, 그리고 당당하고 다정한 태도가 떠오르고 그러자 짧게나마 권태로움에서 벗어나 황홀한 기분이 든다. "그녀가 번개라도 맞은 것 같아." 이 말을 하는 순간 나는 클레어가 세상을 떠난 일을 단지 내 인생에서 그녀가 사라졌다는 식으로만 말하고 있음을 깨닫는다.

카터는 고개를 젓더니 볼을 부풀리며 입술을 꾹 앙다문다. 일그러져 버린 그의 얼굴은 그가 입술 사이로 풋 하는 소리를 내고 나서야 원래 모습으로 돌아온다. "그런 자식들은 잡아서 고추를 묶어 매달아야 하는데."

"나도 그렇게 생각해." 내가 말한다. 이 말은 진심이다.

이젠 정말 더이상 할말이 없다. 어쩌면 카터는 선거에 대한 내 견해를 물어본 뒤 그것이 부동산 업계에 미치는 영향을 질문할지도 모른다. 그러면 우리의 화제는 정치까지 확대될 것이다. 카터는 자신을 '튼튼한 국방을 중시하는 골드워터*식 공화주의자'라고 자부하면서 잘난 체하며 나를 얕보는 농담을 던지길 좋아한다. (사실 이는 카터가 가진 단 하나의 유쾌하지 않은 점인데, 내 경험에 의하면 이런 성향은 갑자기 부자가 된 사람들의 전형적인 특징이다. 당연히 카터는 대학생 시절에 민주당 지지자였다.) 하지만 독립기념일에 정치란 적당치 않은 화제다.

"지난주에 자네가 라디오방송에서 『카라반』**을 읽어주는 걸 들었어." 고개를 끄덕이며 카터가 말한다. "정말 재미있었어, 이 말을 해주고 싶어서 말이지." 하지만 그는 갑자기 다른 생각에 정신이 팔린 듯 보인다. "그런데 말이야," 진지한 눈을 하고 카터가 말한다. "자넨 우리 시대의 글쟁이야. 요즘 일어나는 일들이 자네를 다시 소설 쓰는 일로 돌아가고 싶게 만들 것 같은데." 카터는 이 말을 마치고는 자주색 허리띠를 꽉 죄고서 뭔가 달라진 점이라도 있는지 양가죽 샌들을 신은 조그만 발을 유심히 쳐다본다.

"카터, 왜 그런 생각을 하지? 지금이 우리가 살기에는 극적이라고 느끼는 건가? 난 지금이 행복해. 별로 글쓸 생각도 안 들었고. 그런데

---

* 1964년 공화당 대선후보로 출마했다가 존슨에게 패한, 보수적 공화주의의 상징적인 인물.

** 미국 소설가 제임스 미치너의 장편소설.

자네가 그렇게 생각한다니 힘이 나기는 하네." 그때 리무진이 그곳을 떠나기 위해 방향을 바꾼다. 진입로 표면 위로 배기관이 묵직한 소음을 낸다. 과거 내가 글을 썼다는 사실을 카터가 알고 있다니 솔직히 기분이 좋아진다.

운전석과 조수석 사이를 무의식적으로 뒤지던 나는 클래리사가 준 붉은색 나비 리본을 발견한다. 짧았던 나의 작가 경력을 카터가 알고 있다는 사실에 더해 클래리사의 리본까지 찾고 나자 기분이 어느 정도 나아진다. 그전까지는 클레어에 대한 생각으로 매우 침울해 있었기 때문이다.

"프랭크, 내 생각이지만 요즘 같은 시대에는 아주 많은 것들에 대해 설명이 필요할 것 같아." 여전히 자기 발을 주시하며 카터가 말한다. "우리가 대학에 다닐 때는 생각들이 세계를 지배했지. 대부분이 시시한 생각이었다 해도 말이야. 그런데 이제 난 대단한 생각은 단 하나도 떠올릴 수가 없어, 자네는 안 그런가?" 이윽고 카터는 고개를 들어 내가 쥐고 있는 클래리사의 리본을 쳐다봤고 내가 자신에게 무슨 수수께끼라도 낸 것처럼 코를 찡그린다. 내 생각이지만, 카터는 돈만 세느라 너무 오랫동안 세상에 무관심했기에 이 세계가 너무 단순해지고 또 엉망으로 변했다고 생각하는 것이다. 카터가 자유에 관한 우익 진영의 격언이라든가 소득세 폐지, 또는 자유시장경제하에서 정부의 간섭주의 따위의 허튼소리를 늘어놓지는 않을까 두렵다. 그러니까 지금부터 칵테일 마실 시간까지 어떤 확신과 전폭적인 지지에 대한 그의 욕구를 충족시켜줄 '생각들'에 대해 말이다. 물론 그는 나의 작가 경력에는 관심이 없다.

하지만 내가 스포츠 기자로 일할 무렵 댈러스로 가는 비행기 안에서 한 남자가 그랬듯이, 카터가 이제 금고에 돈도 두둑이 채워넣었으니 지금부터 뭘 해야 할지 조언을 구해온다면 내가 그 남자에게 해줬던 말을 그대로 들려줄 생각이다. 공공사업에 인생을 바치라고, 즉 재향군인회나 적십자 같은 단체와 손잡거나 웨스트버지니아주나 디트로이트에 있는 환자와 노인들을 찾아 도움의 손길을 주라고 말이다(댈러스행 비행기의 그 남자는 내 조언에는 관심이 없는 듯 그저 '여행'을 할까 생각중이라고 말했다). 장차 어브 오른스타인이 가상 야구를 그만둔 뒤 카터에게 그를 소개시켜준다면 카터는 아주 좋아할 것이다. 시뮬레이션 산업에서 빠져나오고 싶어 안달인 어브는 연속성에 대한 새롭고 굉장한 비유로 카터의 흥미를 유발할 것이고, 그리하여 둘은 마침내 일종의 자기계발 전략을 구축해 텔레비전에 독점 방송권을 판매함으로써 또 큰돈을 벌 수 있을지도 모른다.

아니면 나도 그랬듯이 로런-슈윈델 사무실로 찾아와 직원들과 얘기를 나눠보라고 조언해줄 수도 있다. 왜냐하면 우리 회사는 곧 채워야 할 클레어의 빈자리를 여태 어쩌지 못하고 있기 때문이다. 클레어가 하던 일들을 수행해본다면 타인을 위해 뭔가를 하고 있다는 '신념'을 지지하게 됨으로써 아직 충족하지 못한 그의 욕구를 충족할 수 있을 것이다. 그는 최소한 과거의 나와 같은 자격 요건을 갖추고 있으며 지금의 나와 비교해봐도 동일한 몇몇 요건들을 갖고 있다. 결혼했다는 사실만 제외하면 말이다.

이도 아니면 그는 글이라는 수단을 써볼 수도 있다. 자신의 이야기 몇 편을 글로 써서 빈 공간으로 내뱉어보는 것이다. 하지만 이점에 관해 나는 이미 경험이 있다. 그곳은 공기가 너무 희박하다. 고맙지만, 나라면 사양이다.

나는 평면지도 위에 올려놓은 것처럼 이목구비가 작고 심세한 카터의 얼굴을 바라본다. 나는 좋은 생각이든 나쁜 생각이든 전혀 떠오르지 않는다는 표정을 지어 보인다. 사실은 무수히 많은 생각들이 허공을 떠다니고 있지만 말이다. (내가 떠올린 가장 명백한 생각도 오해의 소지가 있고, 나로서는 원치 않는 논쟁을 유발할 수도 있으며, 결국 교착 상태에 도달하고 말 테니까.)

"가장 중요한 생각은 여전히 신체활동에서 비롯되는지도 몰라, 카터." (그의 친구인) 내가 말한다. "자네는 고전학을 공부한 사람이잖아. 지금 자네에게 필요한 건 엉덩이를 떼고 먼지가 나도록 움직이는 것일지도 몰라."

카터는 한참 동안 내 얼굴을 빤히 쳐다보며 아무 말도 하지 않는다. 분명 뭔가를 생각중일 것이다. 마침내 카터는 이렇게 말한다. "자네도 알다시피 난 여전히 예비군에 속한 몸이야. 만약 부시가 취임해 아주 작은 분쟁에라도 불씨를 지핀다면 난 중년에 심각한 위기를 겪을지도 모르지."

"그것도 괜찮은 방법이겠네." 내 새끼손가락 끝에 클래리사가 준 나비 리본이 매달려 있다. 무언가를 떠오르게 하려는 것처럼. 그리고 내가 떠올린 것은 자동차에 붙어 있는 **부시나 핥아라** 스티커다. 그 스티커를 카터가 보지 못한 사실이 못내 아쉽지만 그래도 이것으로 충분하다. 나는 자동차의 기어를 넣는다. 저멀리 있는 리무진의 붉은 미등이 베니션 웨이를 비추고 좌회전을 하며 시야에서 사라진다. "그렇게 자살하는 계획을 세워볼 수도 있지."

"우리 소대원들이 늘 했던 말이 영광 속에 죽으리라였지." 카터는 얼굴을 약간 찡그리며 눈을 굴린다. 그는 바보가 아니다. 그가 전투를 하던 시절은 이미 오래전에 끝났으며 분명 이를 기뻐하고 있으리라. "지금 삶의 고역에도 비교적 행복하잖아, 친구? 계속 해덤에 있을 생각인가?" 카터는 말 그대로 '고역'을 의미한 게 아니라 그저 순수한 의미로 물었을 뿐이다. 카터는 대화를 마무리한다는 의미로 지금껏 살아온 삶의 기반 위에 세워진 진실함이 담긴 순수한 미소를 지어 보인다.

"그럼." 나 역시 모든 면에서 카터 못지않은 호의를 담아 말한다. "카터, 자네도 알겠지만 담보대출을 갚고 있는 곳이 곧 고향이지."

"부동산 일은 좀 피곤할 것 같아. 다른 일들만큼이나 우스꽝스러운 면도 있고 말이야."

"아직은 안 그래. 아직까지는 괜찮아. 자네도 한번 시도해보게, 이제 은퇴했으니."

"그 정도로 은퇴한 건 아니라고." 카터가 내게 의미를 알 수 없는 윙크를 보내며 말한다.

"난 퍼레이드를 보러 갈 참이네, 멍청한 친구. 그럼 멋진 독립기념일이 되기를."

내 말에 카터가 갑자기 그 화려한 수영복 차림에 어울리지 않는 군대식 경례를 하며 이렇게 말한다. "알겠습니다. 좋은 성과 거두시기 바랍니다, 배스컴 대령님. 영광과 승리를, 아니 최소한 영광과 승리의 이야기라도 갖고 돌아오시길. 제퍼슨은 아직 살아 있습니다."

"최선을 다하지," 약간 당황해하며 내가 말을 받는다. "최선을 다하겠네." 이어 나는 미소를 지으며 나를 기다리는 하루를 향해 차를 몬다.

그리고 그저 이것으로 끝이다. 그 순간에는 전부였던 그 모든 것들이 퍼레이드를 향한 짧은 자동차 여행으로 무사히 마무리된다.

당연히 많은 것들이 대답되지 않은 채 남겨졌고, 나중으로 미뤄졌으며 그중 대부분은 망각하는 편이 최선일 것이다. 나는 여전히 아들 폴 배스컴이 자신의 중요한 시기의 일부를 나와 함께 보내고자 해덤으로 오리라 믿고 있다. 지금으로부터 한 달, 혹은 여섯 달이 더 지나야 할지도 모른다. 어쩌면 일 년까지 걸릴 수도 있다. 내가 아들의 새로운 자아 찾기에 동참할 시간은 그래도 충분할 것이다.

수년간 결혼은 불가능하다고 생각했지만 나는 곧 결혼하게 될지 모르고, 지금도 종종 그렇다고 인정하듯이 더이상 스스로를 수상한 독신남으로 여기지도 않을 것이다. 이는 '영구적인 시기'일지도 모른다. 오랫동안 길게 이어질 이 시기가 오면 나의 꿈은 다른 보통 사람들의 꿈이 그렇듯 비현실적인 것이 되어버릴 것이다.

내가 무엇을 하고 어떤 말을 하든 간에, 내가 누구와 결혼하고 내 아이가 어떻게 자라나는지가 세상이 나에 대해 아는 것—그런 게 조금이라도 있다면 말이다—이자 내가 남에게 보여지고 이해되는 방식이며 심지어 내가 스스로를 생각하는 방식이 될 것이다. 그러다 거칠고 누그러뜨릴 수 없는 감정이 일어나 나를 망각의 세계로 힘없이 떨구어버리기 전까지는 말이다.

차 안에 앉아 위쪽의 컨스티튜션 스트리트를 바라보니 구름같이 모여 있는 사람들 머리 위로 퍼레이드가 보인다. 둥둥 하고 울리는 큰북과 심벌즈 소리가 들려오고 빨갛고 하얀 짧은 치마를 입은 소녀들이 껑충껑충 뛰며 바통을 돌리고 햇빛을 받아 반짝이는 트럼펫들 위로 붉은 휘장이 높이 매달려 있는 게 보인다. 지상에 머물기에 나쁘지 않은 날이다.

나는 회사 뒤편, 프레스 박스 술집 옆에 차를 주차시키고 문을 잠근 다음 새하얀 하늘 아래 오후의 열기를 느끼며 군중 속으로 천천히 만족스러운 걸음을 떼기 시작한다. "붐, 붐, 붐, 붐! 용감한 승리자를 맞이하라, 정복에 성공한 영웅들을 환영하라!"* 익숙한 응원가가 울려퍼지자 내 앞에 있던 사람들이 일제히 박수를 보낸다.

어젯밤 내가 기나긴 시행착오 끝에 조그만 희망을 되찾으며(어쩔 수 없는 인간인 탓에) 최악의 하루를 겨우 마무리한 뒤 깊은 잠에 빠졌을 때, 전화벨이 울렸다. 내가 어둠 속에서 전화를 받고 여보세요라고 말했지만 저쪽에서는 한동안 쥐죽은듯 아무 소리도 들리지 않았다. 그러더니 점차 숨소리와 함께 수화기가 누군가의 얼굴을 스치는 소리가 났다. 한숨소리가 나지막이 들려왔고 이어 "츠츠, 어, 어, 어" 하는 소리가 들리더니 좀더 강하게, 하지만 여전히 불분명하게 "음" 하는 소리도 들려왔다.

내가 아는 누군가라는 느낌이 들어 나는 불쑥 이렇게 말했다. "전화해줘서 고마워." 나는 수화기를 귀에 대고 어둠 속에서 눈을 떴다. "방금 도착했어." 나는 말을 계속했다. "늦은 시간이지만 전혀 상관없어. 이런 일이야 따로 시간이 정해져 있는 게 아니니까. 너의 생각을 듣고

* 미시간대학교의 유명한 응원가인 〈승리자〉의 가사. 배스컴은 미시간대학교 출신이다.

싶어. 퍼즐을 푸는 걸 도와줄 수 있다면 도와줄게. 생각보다 더 간단할 수도 있어."

그게 누구든(물론 나는 그가 누구인지 정말 모른다) 전화를 건 사람은 두 번, 세 번 연달아 숨소리를 냈다. 숨소리는 점차 약해졌고 또 짧아졌다. 또다른 소리가 들려왔다. "어, 어." 이어 전화는 끊겼고 나는 수화기를 내려놓기도 전에 상상할 수 있는 가장 깊은 잠 속으로 빠져들었다.

북을 치는 사람들이 지나갈 때 나는 군중 속에 있다. 북은 항상 그렇듯 퍼레이드 마지막이다. 둥둥둥 울리는 북소리가 내 귀는 물론 사방에 몰아친다. 나는 저 거리 위에 떠 있는 태양을 응시하며 낮시간의 따뜻하고 풍요로운 향기를 들이마신다. 누군가 이렇게 외친다. "비키세요, 지나가게 비켜주세요, 제발 비켜주세요!" 트럼펫소리가 다시 들려온다. 내 심장이 빠르게 뛰기 시작한다. 다른 사람들이 나를 밀치고, 당기고, 치고, 흔드는 것이 느껴진다.

존재의 시기에서 진정한 독립의 시기로

리처드 포드의 장편소설 『독립기념일』은 그가 작가로서의 입지를 본격적으로 다지게 된 작품인 『스포츠라이터』의 속편에 해당한다. 1986년에 출간된 『스포츠라이터』는 리처드 포드란 이름을 세상에 알린 주목할 만한 작품으로, 이 작품을 통해 우리는 프랭크 배스컴이라는 독특한 안티 히어로를 보유하게 되었다.

리처드 포드가 전작인 『스포츠라이터』에 이어 『독립기념일』에서도 주목하는 지점은 현재를 살아가는 현대인의 모습이다. 현대인은 문명의 세례를 받아 이전보다 분명 풍요로운 사회에 살고 있으나 동시에 악화되기만 하는 생존 경쟁, 급격한 변화에 의한 중심 지점의 상실, 진실한 소통으로부터의 소외 등 치유되기는커녕 그 상실의 정도가 점점 심해지는 고통을 경험하고 있으며 이에 리처드 포드는 우리와 다를 바

없는 보통 사람을 내세워 이러한 문제들을 점검하고 함께 고민할 수 있는 시사점을 제시한다.

리처드 포드는 『스포츠라이터』와 『독립기념일』에서, 극적인 고난을 겪지만 남다른 능력으로 이를 극복하여 보다 나은 세계를 성취한다는 영웅적 서사와는 또다른 결의 이야기를 들려준다. 즉 프랭크 배스컴과 크게 다를 것 없는 우리네 현실에 대한 지적, 그리고 이를 넘어서서 어떤 방향으로 나아가야 할지에 관한 치열한 내적 고민이 그의 작품을 주목하게 만드는 요소다. 『스포츠라이터』와 『독립기념일』 사이에는 주인공의 나이로 볼 때 약 육 년의 시차가 있는데, 거의 동시대를 다루고 있다 해도 그 육 년의 시간 동안 주인공 프랭크 배스컴은 내적 자아의 질적인 변화를 겪는다.

전작 『스포츠라이터』에서 프랭크 배스컴의 나이는 38세로, 결혼하여 두 자녀를 가졌지만 이혼을 겪은 후 소외와 상실감 속에 방황한다. 소외된 상황의 배스컴은 고정된 과거나 아직 정해지지 않은 미래 사이에서 현재의 시간을 그저 주어진 것으로 간주해 살아가며(자포자기의 삶이라는 뜻은 결코 아니다) 그의 정해지지 않은 미래, 불확실한 미래를 어떤 식으로 살아내고 맞이하게 될 것인지는 불분명한 상태로 남겨진다.

존재의 시기

『독립기념일』에서 배스컴은 직업을 바꿔 스포츠 잡지 기자에서 부동산중개인으로 변신한다. 이런 그의 직업적인 변신에는 당시 그와 비슷한 처지로 이혼남 클럽의 회원이었던 한 친구의 자살이 분명 영향을 끼쳤을 것으로 보이며 이에 그는 돌연 스포츠 잡지 기자라는 직업을 버리고 플로리다와 프랑스로의 여행을 마치고 돌아와 부동산중개인의 길을 택한다. 당시의 사정에 대해 배스컴은 아래와 같이 회고한다.

> 이혼하기 전 스포츠 기사를 쓰며 지내던 시절에도, 그리고 이혼남이 된 후에도 나는 항상 나 자신이 유령 같은 존재라고 느꼈다. 강가에서 오가는 말소리가 들릴 만큼 둑과 가까운 곳에 닻을 내리고 싶어하면서도 절대 다가가지 않고 그저 안개 낀 강을 서성거리는 배 같다고 말이다.

여행에서 돌아온 배스컴은 다시 해덤에 정착하고 이후 세상을 살아가는 태도에 변화를 보인다. 이혼 후의 충격으로 방황하던 모습에서 보다 침착함을 유지하며 현재에 충실한 시간을 이어가는 태도를 보이는데 이것이 바로 이른바 주인공 배스컴이 말하는 '존재의 시기'에 해당하는 삶의 특징들이다. 배스컴은 우선 해덤에 고향 같은 친근함을 느끼면서 공동체에 대한 관심을 내보이고 나아가 자신뿐만 아니라 공동체를 이루고 있는 이웃의 삶에도 긍정적인 영향을 끼치고 싶어하는 모습으로 변모한다.

> 게다가 나는 그토록 먼 곳까지 돌아다니며 찾아 헤매던 새롭게 태어난 듯한 느낌에 젖어 있었는데, 이는 곧바로 해덤 자체를 고향처

럼 여기는 소속감으로 이어졌다. 해덤으로 돌아오던 거룩한 순간, 그동안 거쳐온 여느 곳과도 다른 내 영혼의 거처를 발견했다. 해덤이야말로 내가 열의에 차 본능적으로 돌아오게끔 되어 있는 장소였던 것이다.

이는 자신이 초월적인 존재가 아닌 어쩔 수 없는 한 인간에 불과하며 따라서 그런 인간에게 주어진 숙명을 거역할 수 없음을 인식한 결과로, 곧 『독립기념일』의 주요 테마인 '존재의 시기'로 이어진다.

이제 보니 이 절박한 힘들 사이에서 균형을 잡으려는 시도, 즉 정상 상태를 유지하려는 줄타기가 '존재의 시기'를 시작하는 신호였던 듯하다.

그렇다면 '존재의 시기'란 무엇인가? 말 그대로 삶을 이어나가고 버텨나가는, 즉 존재에 중점을 두는 시기다. 배스컴은 존재의 시기가 지니는 특징들을 작품 곳곳에서 다양한 양태로 언급하고 있지만 대략 다음과 같이 요약할 수 있다. 완전성의 추구를 멈추고, 과거에 너무 얽매이지 않으며, 친밀한 관계가 그다지 중요히 생각되지 않고, 꺼림칙하고 복잡한 문제에는 가능한 한 관여되지 않도록 함과 동시에 인생이 어떻게 흘러가든 너무 고민하지 말 것. 정리하자면 '존재의 시기'의 핵심은 자신과 외부와의 연결 고리를 최소화함으로써 너무 큰 고통 없이, 너무 큰 기대 없이 방해받지 않는 자기 자신만의 내적 흐름을 조용하고도 견고히 유지하자는 데 있다. 그러나 외부와의 거리를 엄격히 유지함으로써 독립적인 삶을 추구하고자 하는 이런 태도는 주인공이 맺고 있는 다양한 인간관계의 전개를 통해 점차 균열이 일기 시작한다.

진정한 독립을 위하여

이혼과 자신을 둘러싼 환경의 해체에 따른 충격으로 자신만의 내적 균형을 유지하려는 '존재의 시기'는 어찌 보면 생존을 위한 전략들 중 하나다. 그러나 앞서 언급했듯이 소설이 전개되면서 이 같은 태도는 곳곳에서 흔들린다. 무엇보다 부동산중개인으로의 변신이 그 첫 신호라고 간주할 수 있을 것이다.

> 나로서는 적정 비용으로 입주 가능한 주거지를 제공하는 동시에 내가 이상적이라 생각했던 이웃 공동체를 온전히 지켜나감으로써 (…) 이 년 전 앤이 딥리버로 이사한 이후 내게 결여되어 있던 어떤 유대감도 강화시킬 수 있으리라 생각했다.

> 집이 아니라 인생을 판다. (…) 이 개념으로 접근하면 나 자신뿐 아니라 타인에게도 이로워야 한다는 원래 목표에도 부합한다.

흔들리며 변화를 겪는 주인공의 내면은 다음과 같은 대목을 통해서도 관찰된다. 특히 온전한 화합을 이루지 못한 채 기계적인 결합만 남을 뿐인 관계에 대한 두려움은 주목할 만한 대목이다.

하지만 이렇게 관심과 무관심, 친밀함과 덧없음이, 배려와 고집스러운 몰인정함이 훌륭하게 섞일 수 있다는 게 '존재의 시기'를 관통하는 핵심 중 하나다. 나는 아주 최근까지도(언제부터 그러길 멈췄는지 모르겠지만) 이 원숙기의 균형이 세계가 작동하는 유일한 방식이라고 생각했다. 그런데 이제 어떤 것들은 거기에 들어맞지 않는 것 같다.

나는 앞으로도 우리 사이에서 내 일에 홀로 책임을 지게 될 것이다. 여차하면 기댈 푸근한 '화학적 결합'이나 흥분되는 공감은 존재하지 않는다. 오직 나와 나의 행동, 그녀와 그녀의 행동이 있고, 그것들의 집합이 있을 뿐. 다른 것은 없다. 당연히 이쪽이 훨씬 두렵다.

이웃에 대한 관심과 유대감, 또 개인적인 존재와 그 결합이 있을 뿐 진정한 공감이 존재하지 않는다는 주인공의 고민은 '존재의 시기'와 잘 들어맞지 않는 특징이며 이렇게 다가오던 변화는 아들과의 여행으로 결정적인 계기를 맞는다. 형의 죽음과 부모의 이혼 등 과거로 인한 고통 때문에 상점의 물건을 훔쳐 재판까지 받게 되는 삐뚤어지는 아들 폴. 그런 아들을 위해 배스컴은 독립기념일 휴일을 맞이해 농구 명예의 전당과 야구 명예의 전당으로 여행을 떠나게 되는데 이 여행을 위해 아버지인 배스컴이 아들에게 권한 책은 다소 예상을 벗어나는 『독립선언』과 에머슨의 『자기신뢰』다.

배스컴은 아들 폴이 과거에서 빠져 나와 자유로워짐으로써 진정한 독립을 이루길 바라지만 부모와 사회에 반항하는 폴은 반항이라는 행위를 통해 자신의 고통을 외부로 발산하는 동시에 자신이 독립적인 존재임을 주장한다. 그러나 아버지 배스컴은 이는 온전한 독립의 기준에 맞지 않음을, 그리하여 내면 성찰을 통한 진정한 독립의 의미가 무엇인지 깨달아야 함을 여행을 통해 가르쳐주고자 애쓴다. 리처드 포드가 생각하는 진정한 독립의 개념 일부는 미국 독립 당시의 상황을 들려주는 배스컴의 대사를 통해 알 수 있다.

> 원래의 입안자들은 (…) 새로운 실수를 저지를 자유를 원했단다. 분열해 있던 식민지들은 똑같은 실수를 계속 저지르면서 앞으로 나아가지 못하고 있었거든. 그게 바로 각 식민지들이 그동안 유지해온 통제력을 기꺼이 희생하고 한데 뭉쳐 독립하려 한 이유였어. 식민지들은 보다 나은 것을 원했지. 예를 들면 외부 세계와의 더 나은 무역 같은 거 말이다.

독립성을 유지하며 서로의 이상과 종교를 위해 내부적으로 분열하던 각 식민지들은 더 큰 의미에서의 독립을 위해 역설적이게도 그들이 행사해왔던 독립성을 기꺼이 버리고 하나로 뭉친다. 이는 주인공의 변화를 암시하는 단서라 할 만하다.

인간은 사회적인 존재다. 사회를 떠난 인간은 인간으로서의 의미를 상실할 수밖에 없고, 때문에 온전한 인간으로 살아가려면 주변과의 교류가 필요하다. 즉 이전의 개인적인 경험에 의한 충격으로 그간 보호막 안에 머무르면서 자신의 내면이 외부로부터 과도한 영향을 받는 것을 피하고 평온한 상태를 유지하려고 했던 배스컴은 그것이 진정한 의미의 독립이 아님을 깨닫고 보호막을 벗고 과감히 외부로 향한다. 그런 의미에서 소설의 마지막이 다음과 같이 마무리되는 것은 어쩌면 당연하다 할 것이다.

> 나는 (…) 오후의 열기를 느끼며 군중 속으로 천천히 만족스러운 걸음을 떼기 시작한다. (…) 트럼펫 소리가 다시 들려온다. 내 심장이 빠르게 뛰기 시작한다. 다른 사람들이 나를 밀치고, 당기고, 치고, 흔드는 것이 느껴진다.

기본적으로 소설에서 묘사된 상황은 보통 사람들이 겪는 상황과 별반 다르지 않다. 우리에게로 눈을 돌려보면 충격적인 사건을 겪은 개인은 대개의 경우 이에 따른 충격으로 방황하다가 이를 해소하고자 내면으로 침잠하며, 이어 시간의 치유와 내적 성찰을 통해 이전의 정상적인 상태로 복귀한다. (물론 예외적인 상황도 분명 존재한다.) 『독립기념일』의 주인공 배스컴은 이중 방황과 내면으로의 침잠을 겪은 후 다시 진정한 의미에서의 독립을 이루기 위해 정상적인 상태로 첫발을 내딛는 모습을 보여주고 있는 것이다.

영웅 서사에서 주인공들은 대개 우리와는 너무 다른 능력과 환경을 지니고 있어 판타지적인 요소를 갖고 있지만 이 작품에서는 주인공이 겪었던 아들과의 사별, 이혼의 고통은 우리라고 해서 다르지 않기에 보다 실제적인 공감대를 형성한다. 그런 면에서 결국 『독립기념일』은 고통과 과거를 극복하고자 하는 우리를 격려하고, 신중하지만 그 소중한 첫 걸음을 떼어보라고 어깨를 두드리며 응원하는 리처드 포드의 따뜻한 메시지인 셈이다.

작가의 시선

『스포츠라이터』와 『독립기념일』의 주인공은 여러모로 작가와 배경이 비슷하다. 프랭크 배스컴은 미시시피주 출신으로 대학을 졸업한 후 작가, 강사, 스포츠 잡지 기자를 거쳐 부동산 중개업에 종사하는 것으로 나오는데 리처드 포드 역시 미시시피주 출신에 대학을 졸업 후 소설가, 잡지 편집자, 강사, 스포츠 잡지 기자로 일한 적이 있다. 주인공의 나이 역시 비슷하다. (리처드 포드는 44년생이다.) 작가와 작품의 주인공은 엄연히 다르고 분리하여 생각해야 하지만(리처드 포드는 이혼하지도 않았고 자녀도 없다) 이 같은 배경 때문에 우리는 작품 속에 드러나는 그의 생각이 실제 작가의 그것과 크게 다르지 않음을 짐작할 수 있다.

리처드 포드의 소설 전개 양식과 문체는 다른 작가의 그것과 확연히 구분된다. 『독립기념일』 만 해도 페이지 수가 만만치 않게 상당하지만 시간적인 배경으로만 보면 나흘에 불과하고 사건이라고 해봤자 극적이랄 것 없는 주인공 배스컴의 부동산 업무와 연인 콜드웰, 전처 앤, 고객 마크햄 부부와의 만남과 대화, 그리고 아들과의 독립기념일 여행 등이 전부다. 그러나 비록 평범한 사건들을 다루고 있을지라도 사진을 보는 듯 세밀한 배경 묘사와 과거와 현재를 수시로 넘나들며 주인공의 생각을 있는 그대로 투명하게 보여주는 사고의 흐름은 너무나 풍부하고 다채롭기에, 독자들은 자신만의 지도를 갖고 있지 않으면 길을 잃어버리기 일쑤다. 사실 이토록 세밀한 묘사는 인간은 그가 처해 있는 환경에서 분리될 수 없으며 따라서 이를 애정어린 시선으로 보지 않으면 그 속에서 살아가는 사람을 제대로 이해할 수 없다는 의식에서 기원함을 놓쳐서는 안 될 것이다.

마지막으로 『스포츠라이터』와 『독립기념일』을 통해 드러나는 리처드 포드의 시선은 일견 냉정해 보이나 매우 따뜻하다는 점을 언급하고 싶다. 그의 글에는 상황에 대한 냉철한 진단과 더불어 시련을 겪고 있는 이들에게 어떻게든 해결책을 제시하고 싶어하는 따뜻함이 엿보이며 이는 작가로서의 기본적인 자질과 함께 리처드 포드가 주목받는 작가로 떠오를 수밖에 없었던 주된 이유가 아닐까 생각된다. 실제로 리처드 포드는 그가 성인으로 성장하기 전에 심장질환으로 사망한 아버지와 매우 가까운 사이였고 그래서 작품에 등장하는 아들과의 여행은 아래의 두 대목을 통해 읽는 이들의 마음을 애틋하게 만든다.

> "널 사랑한단다." 폴은 점차 멀어져가지만 아주 먼 훗날 폴이 이렇게 회상할 수 있으려면 내가 방금 한 말은 꼭 다시 들어야 한다. "어느 날 누군가 내게 사랑한다고 말했다. 정말 바로 그 순간부터 어떤 것도 실제보다 그리 나쁘게 생각되지 않았다."

> 폴은 다시 카메라 쪽으로 고개를 돌리더니 나를 바라본다. 무언가 더 있어야 할 것 같다는 표정, 사진에 무언가 더 들어가야 할 것 같

다는 표정이다. 그게 나일지도 모르겠지만, 그건 불가능하다. 사진에는 오직 폴 혼자뿐이다. "아주 웃긴 농담이나 하나 해주렴." 올림푸스 카메라 뒤에서 내가 말한다. 폴의 작고 앳된 얼굴이 렌즈 가득 들어온다. "혹시 저 뒤에 있는 햄버거 사진도 나오나요?" 폴이 딱딱하게 굳은 얼굴로 묻는다. "응." 내가 답한다. "햄버거도 나온단다." 실제로도 햄버거가 보인다. 폴이 "그게 가장 걱정됐어요" 하고 말하며 환하고 멋진 미소를 내게 지어 보인다. 내가 앞으로 그 애를 영원히 간직하게 될 사진이다.

우리 모두는 따뜻한 위로를 받고 싶어한다. 독자성과 함께 공통분모 또한 가지고 있음을, 우리는 사실 비슷비슷한 기쁨과 고통을 느끼며 사는 사람들임을, 그래서 다양성에도 불구하고 인간이기에 결국 서로 연대하여 뭔가를 성취하고자 함을 알고 있는 우리는 리처드 포드의 작품을 통해 위로를 얻을 수 있다. 바로 그의 따뜻한 시선을 통해서.

박영원

1944년 2월 16일 미시시피주 잭슨에서 출생.

1952년 세제 회사의 외판원으로 일하던 아버지가 심근경색을 앓게 되고, 포드 가족은 아칸소주 리틀 록에 있는 리슨 호텔(포드의 할아버지 소유)로 이사하다.

1960년 포드의 열여섯번째 생일 나흘 뒤 2월 20일, 아버지가 세상을 떠나다.

1962년 미시간주립대학교에 호텔경영 전공으로 입학하나, 이후 영문학으로 전공을 바꾸다.

1966년 미시간주립대학교에서 영문학 학사학위를 받다. 미시간주 플린트에 있는 중학교에서 선생님으로 일하다. 미국 해병대를 자원입대했으나 간염 때문에 무산되다.

1967년 워싱턴대학교 로스쿨에 한 학기 동안 다니다.

1968년 대학 시절부터 만난 크리스티나 헨슬리와 결혼하다. 난독증에도 불구하고 문학에 대한 식지 않는 흥미와 열정으로 작가의 길을 가기로 결심하다.

1970년 캘리포니아대학교에서 문예창작으로 석사학위를 받다.

1975년 미시간대학교에서 일 년 동안 조교수로 재직하다.

1976년 장편소설 『내 마음의 한 조각 *A Piece of My Heart*』을 출간하다.

1979년 윌리엄스칼리지에서 일 년 동안 조교수로 재직하다.

1980년 프린스턴대학교 인문학과에서 조지 퍼킨스 펠로우로 일 년 동안 강사로 재직하다.

1981년 장편소설 『절대적인 행운 *The Ultimate Good Luck*』을 출간하다. 자신의 책이 그다지 주목을 받지 못한 것에 실망해 작품활동을 그만두고 스포츠 잡지 〈인사이드 스포츠〉에서 스포츠 기자로 일하다.

1982년 어머니가 세상을 떠나다. 〈인사이드 스포츠〉가 폐간되다. '배스컴 4부작' 중 첫 장편 『스포츠라이터 *The Sports Writer*』 집필을 시작하다.

1986년 『스포츠라이터』를 출간하다.

1987년 단편소설집 『록 스프링스 *Rock Springs*』를 출간하다.

1989년 아내 크리스티나가 뉴올리언스 도시계획위원회 이사로 임명되어 함께 뉴올리언스로 이사하다. 미국예술과학아카데미에서 문학 훈장을 수여받다.

1990년 장편소설 『와일드라이프 *Wildlife*』를 출간하다. 포드가 편집한 『미국 최고의 단편소설 *The Best American Short Stories*』이 출간되다.

1991년 포드가 쓴 시나리오를 원작으로 한 영화 〈브라이트 앤젤 *Bright Angel*〉이 상영되다.

1992년 포드가 편집한 『그랜타 출판사 미국의 단편소설 *The Granta Book of the American Short Story*』가 출간되다.

1994년 하버드대학교에서 일 년 동안 강사로 재직하다.

1995년 '배스컴 4부작' 중 두번째 장편 『독립기념일 *Independence Day*』을 출간하다. 리 어워드 단편소설 부문을 수상하다.

1996년 『독립기념일』로 퓰리처상과 펜/포크너상을 수상하며 장편소설로 이 두 상을 동시 수상한 첫 사례가 되다.

1997년 단편소설집 『여자에게 약한 남자: 세 가지 이야기 *Women with Men: Three Stories*』를 출간하다. 노스웨스턴대학교 방문교수 제안을 수락하다.

1998년 미국예술과학아카데미 위원으로 선출되다. 포드가 편집한 『체호프에 관한 핵심적인 이야기들 *The Essential Tales of Chekhov*』, 포드와 마이클 크릴링이 공동 편집한 『유도라 웰디: 단편소설, 에세이, 회고록 *Eudora Welty: Stories, Essays, and Memoir*』이 출간되다.

2002년 단편소설집 『수많은 죄 *A Multitude of Sins*』를 출간하다.

2004년 단편소설집 『빈티지 포드 *Vintage Ford*』를 출간하다.

2006년 '배스컴 4부작' 중 세번째 장편 『지형 *The Lay of the Land*』을 출간하다.

2012년 장편소설 『캐나다 *Canada*』를 출간하다.

2013년 『캐나다』로 에트랑제 페미나 상을 수상하다.

2014년 '배스컴 4부작' 중 네번째인 중편소설집 『솔직하게 말하도록 해주세요 *Let Me be Frank With You*』를 출간하다.

2015년 『솔직하게 말하도록 해주세요』로 퓰리처상 최종후보에 오르다. 스콧 피츠제럴드 문학상을 수상하다.

2016년 아스투리아스 공주 상 문학 부문을 수상하다.

2017년 회고록 『그들 사이에서: 부모님을 추억하며 *Between Them: Remembering My Parents*』를 출간하다.

문학동네 세계문학전집 발간에 부쳐

세계문학은 국민문학 혹은 지역문학을 떠나 존재하는 문학이 아니지만 그것들의 총합도 아니다. 세계문학이라는 용어에는 그 나름의 언어와 전통을 갖고 있는 국민문학이나 지역문학의 존재를 인정하면서 그것을 넘어서는 문학의 보편적 질서에 대한 관념이 새겨져 있다. 그 용어를 처음 고안한 19세기 유럽인들은 유럽문학을 중심으로 그 질서를 구축했지만 풍부한 국민문학의 전통을 가지고 있는 현대의 문학 강국들은 나름의 방식으로 세계문학을 이해하면서 정전(正典)의 목록을 작성하고 또 수정한다.

한국에서도 세계문학 관념은 우리 사회와 문화의 변화 속에서 거듭 수정돼왔다. 어느 시기에는 제국 일본의 교양주의를 반영한 세계문학 관념이, 어느 시기에는 제3세계 민족주의에 동조한 세계문학 관념이 출현했고, 그러한 관념을 실천한 전집물이 출판됐다. 21세기 한국에 새로운 세계문학전집이 필요하다는 것은 명백하다. 우리의 지성과 감성의 기준에 부합하는 세계문학을 다시 구상할 때가 되었다.

문학동네 세계문학전집은 범세계적으로 통용되는 고전에 대한 상식을 존중하면서도 지난 반세기 동안 해외 주요 언어권에서 창작과 연구의 진전에 따라 일어난 정전의 변동을 고려하여 편성되었다. 그래서 불멸의 명작은 물론 동시대 세계의 중요한 정치·문화적 실천에 영감을 준 새로운 작품들을 두루 포함시켰다.

창립 이후 지금까지 한국문학 및 번역문학 출판에서 가장 전문적이고 생산적인 그룹을 대표해온 문학동네가 그간 축적한 문학 출판 경험을 바탕으로 새로운 세계문학전집을 펴낸다. 인류가 무지와 몽매의 어둠 속을 방황하면서도 끝내 길을 잃지 않은 것은 세계문학사의 하늘에 떠 있는 빛나는 별들이 길잡이가 되어주었기 때문이다. 우리가 자부심과 사명감 속에서 그리게 될 이 새로운 별자리가 독자들의 관심과 애정에 힘입어 우리 모두의 뿌듯한 자산이 되기를 소망한다.

문학동네 세계문학전집 편집위원

민은경, 박유하, 변현태, 송병선, 이재룡, 홍길표, 남진우, 황종연

지은이 **리처드 포드**
1944년 미국 미시시피주 잭슨에서 태어났다. 미시간주립대학에서 영문학을 공부하고 로스쿨에 잠깐 다니던 그는 소설 창작으로 방향을 돌려 캘리포니아대학에서 문학석사학위를 받았다. 1986년 『스포츠라이터』를 출간하며 작가로서의 입지를 굳혔고 『독립기념일』로 퓰리처상과 펜/포크너상을 수상했다. 그 외 대표작으로 『내 마음의 한 조각』 『절대적인 행운』 『와일드라이프』 『지형』 『캐나다』 등 장편소설과 『록 스프링』 『여자에게 약한 남자』 『수많은 죄』 『빈티지 포드』 등 단편소설집이 있다.

옮긴이 **박영원**
고려대학교 영어영문학과를 졸업하고 전문번역가로 활동하고 있다. 옮긴 책으로 『팔코너』 『존 치버의 일기』 『스포츠라이터』 『교수처럼 문학 읽기』 『여유의 기술』 『늑대인간』 『마법살인』 『하이퍼그라피아』 『찰리 챈, 열쇠 없는 집』 등이 있다.

세계문학전집 170
독립기념일 2

초판 인쇄 2018년 10월 12일
초판 발행 2018년 10월 19일

지은이 리처드 포드 | 옮긴이 박영원 | 펴낸이 염현숙

책임편집 정혜림 | 편집 여승주 오동규 이현정
디자인 김마리 유현아 | 저작권 한문숙 김지영
마케팅 정민호 정진아 함유지 김혜연 박지영 김수현 | 홍보 김희숙 김상만 이천희
제작 강신은 김동욱 임현식 | 제작처 영신사

펴낸곳 (주)문학동네
출판등록 1993년 10월 22일 제406-2003-000045호
주소 10881 경기도 파주시 회동길 210
전자우편 editor@munhak.com | 대표전화 031) 955-8888 | 팩스 031) 955-8855
문의전화 031) 955-3576(마케팅) 031) 955-8861(편집)
문학동네카페 http://cafe.naver.com/mhdn
문학동네트위터 http://twitter.com/munhakdongne
북클럽문학동네 http://bookclubmunhak.com

ISBN 978-89-546-5329-9 04840
978-89-546-0901-2 (세트)

www.munhak.com

문학동네 세계문학전집

1, 2, 3 안나 카레니나 레프 톨스토이 | 박형규 옮김
4 판탈레온과 특별봉사대 마리오 바르가스 요사 | 송병선 옮김
5 황금 물고기 르 클레지오 | 최수철 옮김
6 템페스트 윌리엄 셰익스피어 | 이경식 옮김
7 위대한 개츠비 F. 스콧 피츠제럴드 | 김영하 옮김
8 아름다운 애너벨 리 싸늘하게 죽다 오에 겐자부로 | 박유하 옮김
9, 10 파우스트 요한 볼프강 폰 괴테 | 이인웅 옮김
11 가면의 고백 미시마 유키오 | 양윤옥 옮김
12 킴 러디어드 키플링 | 하창수 옮김
13 나귀 가죽 오노레 드 발자크 | 이철의 옮김
14 피아노 치는 여자 엘프리데 옐리네크 | 이병애 옮김
15 1984 조지 오웰 | 김기혁 옮김
16 벤야멘타 하인학교 – 야콥 폰 군텐 이야기 로베르트 발저 | 홍길표 옮김
17, 18 적과 흑 스탕달 | 이규식 옮김
19, 20 휴먼 스테인 필립 로스 | 박범수 옮김
21 체스 이야기·낯선 여인의 편지 슈테판 츠바이크 | 김연수 옮김
22 왼손잡이 니콜라이 레스코프 | 이상훈 옮김
23 소송 프란츠 카프카 | 권혁준 옮김
24 마크롤 가비에로의 모험 알바로 무티스 | 송병선 옮김
25 파계 시마자키 도손 | 노영희 옮김
26 내 생명 앗아가주오 앙헬레스 마스트레타 | 강성식 옮김
27 여명 시도니가브리엘 콜레트 | 송기정 옮김
28 한때 흑인이었던 남자의 자서전 제임스 웰든 존슨 | 천승걸 옮김
29 슬픈 짐승 모니카 마론 | 김미선 옮김
30 피로 물든 방 앤절라 카터 | 이귀우 옮김
31 숨그네 헤르타 뮐러 | 박경희 옮김
32 우리 시대의 영웅 미하일 레르몬토프 | 김연경 옮김
33, 34 실낙원 존 밀턴 | 조신권 옮김
35 복낙원 존 밀턴 | 조신권 옮김
36 포로기 오오카 쇼헤이 | 허호 옮김
37 동물농장·파리와 런던의 따라지 인생 조지 오웰 | 김기혁 옮김
38 루이 랑베르 오노레 드 발자크 | 송기정 옮김
39 코틀로반 안드레이 플라토노프 | 김철균 옮김
40 어두운 상점들의 거리 파트릭 모디아노 | 김화영 옮김
41 순교자 김은국 | 도정일 옮김
42 젊은 베르테르의 슬픔 요한 볼프강 폰 괴테 | 안장혁 옮김
43 더블린 사람들 제임스 조이스 | 진선주 옮김
44 설득 제인 오스틴 | 원영선, 전신화 옮김
45 인공호흡 리카르도 피글리아 | 엄지영 옮김

46 정글북 러디어드 키플링 | 손향숙 옮김
47 외로운 남자 외젠 이오네스코 | 이재룡 옮김
48 에피 브리스트 테오도어 폰타네 | 한미희 옮김
49 둔황 이노우에 야스시 | 임용택 옮김
50 미크로메가스·캉디드 혹은 낙관주의 볼테르 | 이병애 옮김
51, 52 염소의 축제 마리오 바르가스 요사 | 송병선 옮김
53 고야산 스님·초롱불 노래 이즈미 교카 | 임태균 옮김
54 다니엘서 E. L. 닥터로 | 정상준 옮김
55 이날을 위한 우산 빌헬름 게나치노 | 박교진 옮김
56 톰 소여의 모험 마크 트웨인 | 강미경 옮김
57 카사노바의 귀향·꿈의 노벨레 아르투어 슈니츨러 | 모명숙 옮김
58 바보들을 위한 학교 사샤 소콜로프 | 권정임 옮김
59 어느 어릿광대의 견해 하인리히 뵐 | 신동도 옮김
60 웃는 늑대 쓰시마 유코 | 김훈아 옮김
61 팔코너 존 치버 | 박영원 옮김
62 한눈팔기 나쓰메 소세키 | 조영석 옮김
63, 64 톰 아저씨의 오두막 해리엇 비처 스토 | 이종인 옮김
65 아버지와 아들 이반 투르게네프 | 이항재 옮김
66 베니스의 상인 윌리엄 셰익스피어 | 이경식 옮김
67 해부학자 페데리코 안다아시 | 조구호 옮김
68 긴 이별을 위한 짧은 편지 페터 한트케 | 안장혁 옮김
69 호텔 뒤락 애니타 브루크너 | 김정 옮김
70 잔해 쥘리앵 그린 | 김종우 옮김
71 절망 블라디미르 나보코프 | 최종술 옮김
72 더버빌가의 테스 토머스 하디 | 유명숙 옮김
73 감상소설 미하일 조셴코 | 백용식 옮김
74 빙하와 어둠의 공포 크리스토프 란스마이어 | 진일상 옮김
75 쓰가루·석별·옛날이야기 다자이 오사무 | 서재곤 옮김
76 이인 알베르 카뮈 | 이기언 옮김
77 달려라, 토끼 존 업다이크 | 정영목 옮김
78 몰락하는 자 토마스 베른하르트 | 박인원 옮김
79, 80 한밤의 아이들 살만 루슈디 | 김진준 옮김
81 죽은 군대의 장군 이스마일 카다레 | 이창실 옮김
82 페레이라가 주장하다 안토니오 타부키 | 이승수 옮김
83, 84 목로주점 에밀 졸라 | 박명숙 옮김
85 아베 일족 모리 오가이 | 권태민 옮김
86 폭풍의 언덕 에밀리 브론테 | 김정아 옮김
87, 88 늦여름 아달베르트 슈티프터 | 박종대 옮김
89 클레브 공작부인 라파예트 부인 | 류재화 옮김

90 P세대 빅토르 펠레빈 | 박혜경 옮김
91 노인과 바다 어니스트 헤밍웨이 | 이인규 옮김
92 물방울 메도루마 슌 | 유은경 옮김
93 도깨비불 피에르 드리외라로셸 | 이재룡 옮김
94 프랑켄슈타인 메리 셸리 | 김선형 옮김
95 래그타임 E. L. 닥터로 | 최용준 옮김
96 캔터빌의 유령 오스카 와일드 | 김미나 옮김
97 만(卍)·시게모토 소장의 어머니 다니자키 준이치로 | 김춘미, 이호철 옮김
98 맨해튼 트랜스퍼 존 더스패서스 | 박경희 옮김
99 단순한 열정 아니 에르노 | 최정수 옮김
100 열세 걸음 모옌 | 임홍빈 옮김
101 데미안 헤르만 헤세 | 안인희 옮김
102 수레바퀴 아래서 헤르만 헤세 | 한미희 옮김
103 소리와 분노 윌리엄 포크너 | 공진호 옮김
104 곰 윌리엄 포크너 | 민은영 옮김
105 롤리타 블라디미르 나보코프 | 김진준 옮김
106, 107 부활 레프 톨스토이 | 백승무 옮김
108, 109 모래그릇 마쓰모토 세이초 | 이병진 옮김
110 은둔자 막심 고리키 | 이강은 옮김
111 불타버린 지도 아베 고보 | 이영미 옮김
112 말라볼리아가의 사람들 조반니 베르가 | 김운찬 옮김
113 디어 라이프 앨리스 먼로 | 정연희 옮김
114 돈 카를로스 프리드리히 실러 | 안인희 옮김
115 인간 짐승 에밀 졸라 | 이철의 옮김
116 빌러비드 토니 모리슨 | 최인자 옮김
117, 118 미국의 목가 필립 로스 | 정영목 옮김
119 대성당 레이먼드 카버 | 김연수 옮김
120 나나 에밀 졸라 | 김치수 옮김
121, 122 제르미날 에밀 졸라 | 박명숙 옮김
123 현기증. 감정들 W. G. 제발트 | 배수아 옮김
124 강 동쪽의 기담 나가이 가후 | 정병호 옮김
125 붉은 밤의 도시들 윌리엄 버로스 | 박인찬 옮김
126 수고양이 무어의 인생관 E. T. A. 호프만 | 박은경 옮김
127 맘브루 R. H. 모레노 두란 | 송병선 옮김
128 익사 오에 겐자부로 | 박유하 옮김
129 땅의 혜택 크누트 함순 | 안미란 옮김
130 불안의 책 페르난두 페소아 | 오진영 옮김
131, 132 사랑과 어둠의 이야기 아모스 오즈 | 최창모 옮김
133 페스트 알베르 카뮈 | 유호식 옮김

134 다마세누 몬테이루의 잃어버린 머리 안토니오 타부키 | 이현경 옮김
135 작은 것들의 신 아룬다티 로이 | 박찬원 옮김
136 시스터 캐리 시어도어 드라이저 | 송은주 옮김
137 고독한 산책자의 몽상 장자크 루소 | 문경자 옮김
138 용의자의 야간열차 다와다 요코 | 이영미 옮김
139 세기아의 고백 알프레드 드 뮈세 | 김미성 옮김
140 햄릿 윌리엄 셰익스피어 | 이경식 옮김
141 카산드라 크리스타 볼프 | 한미희 옮김
142 이 글을 읽는 사람에게 영원한 저주를 마누엘 푸익 | 송병선 옮김
143 마음 나쓰메 소세키 | 유은경 옮김
144 바다 존 밴빌 | 정영목 옮김
145, 146, 147, 148 전쟁과 평화 레프 톨스토이 | 박형규 옮김
149 세 가지 이야기 귀스타브 플로베르 | 고봉만 옮김
150 제5도살장 커트 보니것 | 정영목 옮김
151 알렉시·은총의 일격 마르그리트 유르스나르 | 윤진 옮김
152 말라 온다 알베르토 푸겟 | 엄지영 옮김
153 아르세니예프의 인생 이반 부닌 | 이항재 옮김
154 오만과 편견 제인 오스틴 | 류경희 옮김
155 돈 에밀 졸라 | 유기환 옮김
156 젊은 예술가의 초상 제임스 조이스 | 진선주 옮김
157, 158, 159 카라마조프가의 형제들 표도르 도스토옙스키 | 김희숙 옮김
160 진 브로디 선생의 전성기 뮤리얼 스파크 | 서정은 옮김
161 13인당 이야기 오노레 드 발자크 | 송기정 옮김
162 하지 무라트 레프 톨스토이 | 박형규 옮김
163 희망 앙드레 말로 | 김웅권 옮김
164 임멘 호수·백마의 기사·프시케 테오도어 슈토름 | 배정희 옮김
165 밤은 부드러워라 F. 스콧 피츠제럴드 | 정영목 옮김
166 야간비행 앙투안 드 생텍쥐페리 | 용경식 옮김
167 나이트우드 주나 반스 | 이예원 옮김
168 소년들 앙리 드 몽테를랑 | 유정애 옮김 (근간)
169, 170 독립기념일 리처드 포드 | 박영원 옮김

● 문학동네 세계문학전집은 계속 출간됩니다